AMY BAXTER
King's Legacy
Alles für dich

Weitere Titel der Autorin:

Never before you – Jake & Carrie
Forever next to you – Eric & Joyce
Hold on to you – Kyle & Peg
Someone like you – Scott & Olivia
Always with you – Riley & Tess

Titel als E-Book erhältlich

Über die Autorin:

Amy Baxter ist das Pseudonym der Autorin Andrea Bielfeldt. Mit der erfolgreichen Romance-Reihe »San Francisco Ink«, erschienen bei beHEARTBEAT, dem digitalen Label des Bastei Lübbe Verlags, eroberte sie eine große Fangemeinde. Heute widmet sie sich, dank ihres Erfolgs, ganz dem Schreiben. Zusammen mit ihrer Familie lebt und arbeitet sie in einem kleinen Ort in Schleswig-Holstein.

Amy Baxter

King's Legacy

Alles für dich

lübbe

Dieser Titel ist auch als E-Book erschienen.

Originalausgabe

Copyright © 2019 by Bastei Lübbe AG, Köln
Textredaktion: Clarissa Czöppan
Umschlaggestaltung: ZERO Werbeagentur, München
Unter Verwendung von Motiven von © shutterstock:
KireevArt | BcsChanyout | Vasya Kobelev
Satz: Dörlemann Satz, Lemförde
Gesetzt aus der Minion
CPI books GmbH, Leck – Germany
ISBN 978-3-404-17954-1

2 4 5 3 1

Sie finden uns im Internet unter www.luebbe.de
Bitte beachten Sie auch: www.lesejury.de

*Ein verlagsneues Buch kostet in Deutschland und Österreich
jeweils netto ohne UST überall dasselbe.*
Damit die kulturelle Vielfalt erhalten und für die Leser bezahlbar bleibt,
gibt es die *gesetzliche Buchpreisbindung*. Ob im Internet,
in der Großbuchhandlung, beim lokalen Buchhändler, im Dorf oder
in der Großstadt – überall bekommen Sie Ihre verlagsneuen Bücher
zum selben Preis.

**Auszug der Playlist zur *King's Legacy*-Reihe.
Die komplette Playlist findet ihr bei Spotify.
Einfach King's Legacy in die Suche eingeben.**

1 *Just Give Me a Reason – Pink*
2 *Sk8er Boi – Avril Lavigne*
3 *Closer to the Edge – Thirty Seconds to Mars*
4 *From the Inside – Linkin Park*
5 *Cry Me a River – Justin Timberlake*
6 *Can't Fight the Moonlight – LeAnn Rimes*
7 *Lose Yourself – Eminem*
8 *Shinedown – Second Chance*
9 *No More Sorrow – Linkin Park*
10 *Better Days – Breaking Benjamin*
11 *Never Too Late – Three Days Grace*
12 *You Found Me – The Fray*
13 *Unsteady – X Ambassadors*
14 *Stop the Clocks – Donots*
15 *Save Yourself – Kaleo*
16 *No Roots – Alice Merton*
17 *Jackson – Johnny Cash & June Carter*

Verweile nicht in der Vergangenheit,
träume nicht von der Zukunft.
Konzentriere dich auf den gegenwärtigen Moment.
Buddha

Jaxon

»Damit bist du gerade als Sieger für den Titel ›Größtes Arschloch auf dem Planeten‹ in die Geschichte eingegangen.«

Achselzuckend löste ich den Blick von der schwarzen Tür, die die Bar von dem Vorraum trennte und noch immer leicht hin und her schwang. Die harten Schritte von hohen Absätzen verstummten in eben der Sekunde, in der ich mich umdrehte und in das wütende Gesicht meiner Schwester sah.

Chloe funkelte mich mit ihren wasserblauen Augen herausfordernd an. Es nervte mich, dass meine kleine Schwester wieder mal meinte, mich zurechtweisen zu müssen. Zumal sie wusste, dass sie damit bei mir auf Granit biss. Und genau das ärgerte sie noch mehr, wie mir ihr spitzer Zeigefinger unter meinem Schlüsselbein gerade bestätigte. Aber was hätte es genützt, ihr meinen Standpunkt klarzumachen? Erneut. Zum x-ten Mal. Nichts. Darum packte ich nur ihre schmalen Handgelenke, hielt sie mit einer Hand zusammen, während ich die andere auf ihre Wange legte, mich vorbeugte und ihr väterlich einen Kuss auf die Stirn gab. »Ich liebe dich auch, Chloe.«

Meine zwei Jahre jüngere Schwester legte den Kopf schief und verzog ihre rot geschminkten Lippen. Ihre blauen Augen verdunkelten sich. »Mann, Jax! Und ich habe gedacht, dir würde wirklich was an Stella liegen.«

Entnervt ließ ich Chloe los. »Ich habe dir schon mal gesagt, dass ich weder auf deine Freundin abfahre, noch weiter von dir verkuppelt werden will. Wann begreifst du das endlich, Schwesterherz?« Seit fast vier Wochen versuchte sie bei jeder Gelegenheit, mir Stella schmackhaft zu machen. Davor waren es andere Freundinnen oder Bekannte gewesen, die angeblich so gut zu mir gepasst hätten. Es war nicht so, dass Stella mir nicht gefiel. Optisch war sie erste Sahne, im Bett mit Sicherheit eine Granate. Aber ich hatte keine Lust mehr darauf, mir die Frauen nur fürs Bett auszusuchen. Die Zeiten hatte ich hinter mir. Und genauso wenig war ich an einer festen Beziehung interessiert. Ich war zufrieden, so, wie es war. Und genau das hatte ich Stella vor ein paar Minuten versucht zu erklären. Doch wie es aussah nicht ganz gentlemanlike, denn erst war Stella wütend abgedampft und jetzt war offensichtlich auch noch Chloe stocksauer auf mich. Bei Stella war mir das egal, und Chloe … sie war meine Schwester und konnte mir ohnehin nicht lange böse sein.

»Ich will nichts von ihr«, gab ich daher nur zurück.

»Musstest du ihr das wirklich so straight an den Kopf knallen?«

»Anders hat sie es ja nicht geschnallt.«

»Und wann schnallst du endlich, dass du nicht ewig alleine bleiben musst?« Chloes Stimme war weicher geworden. Mir war klar, dass wir nun nicht mehr beim eigentlichen Thema waren.

»Glaubst du wirklich durch Stella? Ausgerechnet Stella?« Schnaubend schüttelte ich den Kopf.

»Sie mag dich.«

Diese ewig gleiche Diskussion ermüdete mich, sodass ich mich umdrehte und hinter dem Tresen verschwand, ohne ihr weiter zuzuhören. Aber aus der Nummer kam ich nicht so leicht raus.

»Du entwickelst dich langsam zu einem Widerling. Ein Idiot warst du ja schon immer, aber der Grat zwischen dem Arschloch, das du gerade mimst, und einem echten Scheusal«, sie zeigte mit Daumen und Zeigefinger eine fast unsichtbare Lücke an. »Der ist so schmal.«

Nur schwer widerstand ich dem Drang, die Augen zu verdrehen. Ich liebte Chloe, ja wirklich, aber mitunter wollte ich sie einfach nur an den Schultern packen und schütteln. So lange, bis ihr die bescheuerten Ideen vergingen und sie endlich aufhörte, mich unter die Haube bringen zu wollen. Es war ja nicht so, dass ich einsam war. Es gab genügend Frauen, die ich anrufen konnte und die sehr gerne mit mir ins Bett gegangen wären. Aber daran hatte ich kein Interesse mehr. Nicht mehr, seit das mit Jules passiert war.

»Und du meinst, das interessiert mich?«

»Vielleicht hörst du einfach mal auf, dich wie ein verbitterter Idiot zu benehmen«, gab sie zurück und folgte mir hinter die lange Theke.

»Verbitterter Idiot? Sagtest du nicht, ich wäre ein Widerling?«

»Fast, mein Lieber. Fast. Wie gesagt, das ist ein schmaler Grat.«

»Ja, ja«, murmelte ich und widmete mich dem Lieferschein, der auf dem Tresen lag. Vor einer halben Stunde war die Getränkelieferung für die Bar gekommen, und es wurde Zeit, dass ich Chloe stehen ließ und meine Arbeit machte.

Mit gezücktem Kuli begann ich, die Mengen auf dem Papier mit der Anzahl an gelieferten Flaschen abzugleichen. Doch kaum angefangen, nervte Chloe weiter.

»Ich verstehe ja, dass du Schiss hast, aber –«

Verärgert wirbelte ich herum, kurz davor zu platzen. »Ich. Habe. Keinen. Schiss. Verdammt, Chloe, ich habe keinen Bock auf diese geldgeilen, klammernden Püppchen, die du anschleppst. Ich bin alt genug, um mir selbst eine Frau auszusuchen. Wenn ich wollte. Aber ich will nicht. Punkt.« Eigentlich wollte ich meine Schwester, mein Herz, gar nicht so anschreien. Sanft legte ich eine Hand auf ihre Schulter und senkte die Stimme. »Und jetzt – bitte – lass mich damit ein für alle Mal in Ruhe.«

»Das kann ich nicht, und das weißt du«, erwiderte sie mit sturem Blick.

Sie konnte schon – sie wollte nur nicht. Aber ich verzichtete darauf, sie zu berichtigen, seufzte nur, ließ sie los und wandte mich wieder der Lieferung zu.

Chloe machte sich Sorgen um mich. So wie ich mir ständig Sorgen um sie machte. Ich war sechsunddreißig Jahre alt und allein, aber nicht einsam. Im Gegensatz zu Chloe. Sie war vierunddreißig. Und Single. Ihre Einsamkeit überspielte sie, indem sie mit den männlichen Gästen flirtete und dabei so tat, als hätte sie Spaß daran, sie nur bis zu einem gewissen Punkt an sich ranzulassen. Aber ich wusste es besser. Sie war nicht glücklich. Und sie hatte es verdammt noch mal verdient, glücklich zu sein.

Mit einem letzten nachdenklichen Blick ließ Chloe endlich von mir ab und widmete sich ihren eigenen Aufgaben hinter der Bar. Routiniert bestückte sie die Kühlschubladen mit den Flaschen, die ich bereits abgehakt hatte. Die Gläser mit dem O'Donnell Moonshine fehlten, aber die sollten laut Hersteller heute noch geliefert werden. Der Schwarzgebrannte war unsere Spezialität. Nicht nur der Geschmack war besonders: Die verschiedenen Varianten von Kornbrand und Likören wurden wie in der Prohibitionszeit statt in Flaschen in Einmachgläsern, den original Mason Jars, abgefüllt. Dem Lieferanten würde ich Druck machen müssen, sobald ich hier unten fertig war. Es war Samstag, heute Abend würden wir ein volles Haus haben. Und ohne den wichtigsten Bestandteil der meisten unserer Drinks brauchten wir gar nicht erst zu öffnen.

Schweigend arbeiteten wir so fast eine halbe Stunde lang, bis Schritte die Stille zerrissen. Mein Kopf flog hoch, und ich kniff die Augen zusammen. Dann grinste ich, dankbar für die Abwechslung.

»Hast du kein Zuhause?«, fragte ich die Schattengestalt, die ich anhand des Gangs gleich als meinen Freund Logan ausgemacht hatte, und richtete mich auf.

Er kam näher, ließ sich auf einen Hocker am Tresen fallen

und vergrub den Kopf in den Händen. »Heute wünschte ich, so wäre es«, murmelte er, nahm die Brille ab und rieb sich anschließend das Gesicht. Dann sah er Chloe an. »Hey, Kleines.« Er war der Einzige, der sie so nennen durfte. Nicht mal mir wurde dieses Privileg zuteil.

Logan und ich waren seit dem College befreundet, und genauso lange kannte er auch Chloe. Vor Jahren hatte ich ihm mal die Nase brechen wollen, weil er meine Schwester hier in der Bar betrunken und auf ganz plumpe Art angebaggert hatte, heute waren sie beste Freunde. Logan war nicht mehr aus unserem Leben wegzudenken. Genau wie Sawyer, die beiden waren meine besten Freunde. Er war inzwischen ein knallharter Rechtsanwalt und gerade damit beschäftigt, irgendeinen Schwerverbrecher in den Knast zu bringen. Der Prozess wurde seit Wochen in den Medien hochgespielt, und ich sah Sawyer mehr im Fernsehen als im wahren Leben. Im Gegensatz zu Logan, denn der hing so gut wie jeden Abend in meiner Bar rum.

Er grinste schief, als Chloe mit leuchtenden Augen auf das Heft deutete, das er vor sich auf den Tresen gelegt hatte.

»Ein neuer Comic?«, fragte sie und nahm den DC Comic in die Hand. *The Darkseid War Justice League?*

»Was dagegen?«

»Du siehst auch ziemlich darkside aus«, meinte Chloe und legte das Heft wieder auf den Tresen zurück.

»Danke für die Blumen.« Logan rieb sich die Augen, unter denen tatsächlich tiefe Schatten hingen.

»Jederzeit. Kaffee?«

»Ich liebe dich.«

»Ich weiß.« Chloe grinste und tippte auf das Heft. »Sag Bescheid, wenn du es durch hast, und gib es mir dann, ja?« Sie drehte sich um, drückte ein paar Knöpfe, und schon begann das Mahlwerk seine Arbeit.

»Was ist los?«, hakte ich nach und warf ihm einen wenig interessierten Blick zu. Die Antwort kannte ich, noch bevor er sie mir gegeben hatte.

»Aubrey macht mich wahnsinnig.«

Desinteressiert zuckte ich mit den Schultern. »Nichts Neues also. Gib ihr den Laufpass, und du brauchst deine Abende nicht hier auf den unbequemen Barhockern zu verbringen«, riet ich ihm zum wiederholten Mal. Allerdings ohne es wirklich ernst zu meinen, denn ich sah ihn lieber hier als bei seiner Verlobten.

»Ich bin gerne hier. Und so unbequem sind die gar nicht. Danke, Kleines«, wandte er sich an Chloe, die ihm die Tasse vor die Nase stellte.

»Kein Problem. Jungs, ich bin mal kurz zum Supermarkt. Braucht jemand was?« Logan und ich verneinten stumm. Chloe lächelte, schob sich an mir vorbei und verschwand durch die Tür, durch die vor nicht mal einer Stunde Stella auf ihren Absätzen gerauscht war.

Logan und ich blickten ihr hinterher. Kurz darauf hörte ich die schwere Metalltür ins Schloss fallen.

»Logan, schieß Aubrey ab. Sie ist nichts für dich. Wie lange willst du diese Show noch durchziehen? Sie tut dir nicht gut.« Logan war seit zwei Jahren mit der Tochter seines Chefs zusammen. Was erst wie ein riesiger Glücksgriff ausgesehen hatte, erwies sich in meinen Augen mittlerweile als Folter für ihn. Aber anscheinend wollte er es nicht anders. Logan runzelte die Stirn. Es sah aus, als würde er gleich etwas erwidern, aber er schloss den Mund dann doch wieder, ohne dass auch nur ein Ton rauskam.

Ich schwieg ebenfalls. Zum Thema Aubrey war alles gesagt.

»Und bei dir so?« Logan kannte mich gut genug, um zu wissen, dass ich sein Problem abgehakt hatte. Mit einem Achselzucken gab ich ihm die Kurzfassung der Stella-Jaxon-Chloe-Geschichte. »Sie sorgt sich um dich, Jax.«

»Warum? Mir geht's gut. Ich habe alles, was ich brauche. Die

Bar läuft, um Geld müssen wir uns keine Sorgen machen, wir sind gesund, ich hab genug zu vögeln. Also, was fehlt?«

Logan grinste. »Genug zu vögeln? Theoretisch vielleicht. Aber wann *hast* du das letzte Mal gevögelt?«

»Ist nicht lange her«, wich ich aus, aber ich hatte einen Tick zu sehr gezögert.

Logan sah mich wissend an. »Es ist verdammt lange her, und das weißt du so gut wie ich.«

»Thema beendet«, blockte ich weitere gut gemeinte Ratschläge ab und wandte mich wieder der Lieferliste zu. Logan hatte verstanden. Er setzte seine Brille wieder auf, schlug sein Comic auf und versank in der bunten Welt der Superhelden, während ich die Getränkebestände in der Tresenkühlung auffüllte.

Vor vierzehn Jahren hatte ich das *King's Legacy*, oder kurz *King's* genannt, unfreiwillig von meinem Großvater übernommen. Er war an einem schweren Schlaganfall verstorben, als ich zweiundzwanzig gewesen war. Chloe und ich waren die einzigen Erben. Meiner Schwester hatte er eine Immobilie in Queens vermacht, mir das Haus im Meatpacking District. Samt dem *King's*. Und ich hatte die Wahl gehabt: Entweder würde das *King's* verkauft, oder ich würde den Laden schmeißen. Die Entscheidung war mir nicht schwergefallen. Seit ich achtzehn war, half ich in der Bar aus. Niemals hätte ich sie verkauft. Einer meiner Vorfahren hatte das *King's* in der Prohibitionszeit als eine Speakeasy-Bar geführt, und für mich waren eine Menge Geschichten mit der Bar verknüpft. Und Grandpa hatte mir erzählt, dass sogar der berüchtigte Al Capone im *King's Legacy* seine Finger im Spiel gehabt haben soll. Zu keinem Preis hätte ich das Erbe meiner Familie aufgegeben.

In den 1920er-Jahren, als Alkohol strengstens verboten gewesen war, wurde in den sogenannten Flüsterbars leise gesprochen, damit niemand mitbekam, dass in den Räumen trotz Verbots getrunken und gefeiert wurde. Und so hatte man das *King's* damals von außen nicht als Bar erkennen dürfen. Mein Grandpa hatte dieses Konzept beibehalten und nie Werbung für die Bar im Meatpacking District gemacht. Das Geschäft lebte damals wie heute von der Stammkundschaft und denen, die durch Mund-zu-Mund von der Bar erfuhren. Der Zugang im Hinterhof, eine schwarze Metalltür, auf der ganz klein und unscheinbar der Name der Bar in einer Ecke geschrieben stand, erinnerte eher an die Hintertür einer abgefuckten Wäscherei als an den Eingang einer noblen Bar in Manhattan.

»Jaxon?« Überrascht sah ich auf und einen Schatten durch die Schwingtür treten. Normalerweise war der Haupteingang um diese Zeit auch noch verschlossen. Chloe musste ihn aufgelassen haben.

»Wir haben geschlossen«, brummte ich. Aber als der ungebetene Gast näher kam und mich ansah, verabschiedete sich meine schlechte Laune. Vor mir stand eine umwerfende Frau. Sie trug dunkle, enge Jeans und hohe Stiefel, die ihre schlanken Beine betonten. Ein paar Strähnen langer roter Haare fielen unter einer bunten Mütze auf die Schultern ihres olivgrünen Parkas. Ihr Gesicht war zugleich weich und kantig. Wunderhübsch.

»Bist du Jaxon?«

Ich ging näher, bis ich einen Meter vor ihr zum Stehen kam. Sie war gut einen halben Kopf kleiner als ich, was nicht weiter schwer war, da ich einen Meter neunzig maß. Ihre Augen waren groß und dunkel, die Wimpern lang und dicht. Tatsächlich musste ich zwei- oder dreimal hinsehen, bis ich erkannte, dass ein Auge grün war und das andere blau. Aber beide sahen mich gleich ungeduldig an.

Ich fuhr mir mit der Hand durch die Haare. »Bist du wegen des Kellner-Jobs hier?«, fragte ich, ohne den Blick von ihrem zu lösen. »Der ist bereits vergeben.«

»Job? Quatsch. Wegen Chloe. Ich soll dich holen.«

»Chloe?« Schlagartig war ich wieder klar und versteifte mich. »Was ist passiert?«

»Sie hat sich verletzt. Nicht schlimm. Sie hat … Ach, komm einfach mit.« Sie wartete nicht, bis ich antwortete, sondern lief wieder nach draußen. Und ich ihr hinterher. Was war mit Chloe passiert? Und wer war diese Frau mit den faszinierenden Augen?

Hope

»Chloe! Was ist passiert?«

Der Typ aus der Bar steuerte mit riesigen Schritten direkt auf die junge Frau zu, die vor dem Eingang des Clubs mit schmerzverzerrtem Gesicht auf einem Stapel Paletten in der Gasse saß. Er trug abgewetzte Jeans und ein offenes blaues Hemd über einem verwaschenen Band-T-Shirt von Thirty Seconds to Mars. Seine Haare waren zerstrubbelt und die Wangen von dunklen Schatten überzogen. Man hätte meinen können, er hätte es heute noch nicht ins Bad geschafft, und das, obwohl es bereits später Nachmittag war. Aber seine Augen waren wach, als er mir einen kurzen Blick zuwarf, bevor er vor Chloe in die Hocke ging. Die beiden sahen sehr vertraut miteinander aus. Und er schien ehrlich besorgt.

Ein blonder Anzugträger kam aus der Tür, blieb stehen und sah skeptisch zwischen Chloe, Jaxon und mir hin und her. War der eben auch schon da gewesen?

»Dumm gelaufen«, stöhnte Chloe, die ich erst vor wenigen Minuten mit meinem Fahrrad umgefahren hatte. Ohne Absicht natürlich, aber mit viel Schwung. Sie hatte mich in die Bar geschickt, um Jaxon zu holen. »Sag, Chloe schickt dich«, hatte sie gesagt. Und ich hatte ihr den Gefallen getan.

»Was ist passiert?«, fragte Jaxon. Komisch, irgendwie klang er sauer. Warum?

»Eher dumm gefahren«, mischte ich mich ein und musste ziemlich schuldbewusst dreingesehen haben, denn Jaxon und der Anzugträger warfen mir gleichzeitig einen fragenden Blick zu. »Ich hab sie umgefahren«, gab ich zu. »Tut mir echt leid, aber sie ist mir direkt ins Rad gelaufen.« Und das war nicht gelogen.

Jaxon musterte mich. Er hatte wirklich irre Augen. Eine Mischung aus Grün und Braun. Die Wimpern waren für einen Mann ungewöhnlich dicht und vor allem dunkel. Die buschigen Augenbrauen darüber zogen sich nun zusammen wie Gewitterwolken. »Umgefahren? Womit? Mit einem Rammbock?« *Autsch.*

Ich schnaubte. »Fahrrad.« Ein wütender Blick traf mich, bevor er sich mit einem unverständlichen Murmeln wieder seiner Freundin zuwandte. Er schien echt sauer zu sein. »Hey, ich konnte wirklich nichts dafür«, versuchte ich mich noch mal zu rechtfertigen, aber niemand reagierte darauf. Na toll. Hatte ich nicht eigentlich auch allen Grund, verärgert zu sein? Schließlich war mein Fahrrad jetzt kaputt.

Chloe stöhnte vor Schmerz auf, als Jaxon sie hochhob, mit einer Leichtigkeit, als wöge sie so gut wie nichts. Das tat sie vermutlich auch nicht, denn sie war ziemlich schlank, viel schlanker als ich.

Chloe umklammerte Jaxons Hals und lehnte das Gesicht an seine ziemlich, nein – *wirklich* breite Brust, die in dem engen T-Shirt gut zur Geltung kam. Hatte er sich das Teil etwa von ihr ausgeliehen? Bevor er sie in die Bar trug, warf er mir noch einen kurzen Blick zu, und mir war, als hätte mir jemand eins mit dem Elektroschocker verpasst, kurz und heftig, und genauso schmerzhaft. Aber ehe ich dem weitere Bedeutung schenken konnte, war der Moment schon wieder vorbei, und er drehte mir den Rücken zu.

Kurz überlegte ich hinterherzugehen, verwarf den Gedanken aber wieder. Ich fühlte mich nicht gerade willkommen. Normalerweise war ich nicht feige, aber dieser Jaxon schüchterte mich ein. Ein bisschen fühlte ich mich wie das graue Entlein in einer Gruppe von weißen Schwänen.

Doch der Anzugträger kam meiner Flucht zuvor und befreite

mich aus der Schockstarre. »Komm, ich schmeiße eine Runde Kaffee. Oder Schnaps. Oder was du so trinken möchtest auf den Schreck. Ich bin Logan.«

»Ich ... äh ... Hope.« *Du Tarzan, ich Jane.* Mein Gott, wie blöd das klang. Mein Mountainbike, das am Zaun lehnte, schien mich vorwurfsvoll anzusehen. »Ich muss noch ...« Mit fahrigen Fingern zog ich den Schlüssel für das Schloss aus der Jackentasche, legte die Kette um den Rahmen und kettete das Rad an einem Metallpfosten des Zauns an. Vermutlich hätte ich mir das auch sparen können, wer klaute schon ein Rad mit einer so verbogenen Felge? Schnellstmöglich würde ich mich um eine Reparatur kümmern müssen. So ein verdammter Mist!

»Was ist denn überhaupt genau passiert?«

Ich seufzte. Unglaublich, dass ich diese Frau einfach übersehen hatte. Na ja, so dünn wie sie war, war das wohl möglich.

»Sie ist mir direkt ins Fahrrad gelaufen, weil sie auf ihr Handy geguckt hat. Ich konnte nicht mehr bremsen und bin erst gegen sie und dann gegen die Mauer geprallt.« Und das Resultat war die Acht im Vorderrad.

»Hast du dich auch verletzt?«

Verwundert sah ich ihn an. Bis auf die Tatsache, dass er einen Anzug trug, der mit Sicherheit nicht von der Stange kam, sah er nicht übel aus. Sein Haarschnitt war ziemlich frisch, die Rasur dagegen nicht. Durch eine nerdige Brille warf er mir aus grasgrünen Augen einen fragenden Blick zu. Stumm schüttelte ich den Kopf. Der hatte zwar Bekanntschaft mit der Hausmauer gemacht, aber mehr als eine dicke Beule würde das nicht werden. Die Abschürfungen an meiner Jacke waren nicht weiter schlimm. Dies war nicht mein erster Unfall. New York war ein gefährliches Pflaster für Radfahrer. Aber mir ging es gut.

»Okay, gut. Kaffee?«

»Tee?«

Er nickte und lächelte. Es war ein warmes Lächeln. Süß irgendwie. »Tee. Klar. Hier lang.« Logan führte mich am Ellenbogen den Weg zurück. Durch die schwarze Metalltür, durch die ich eben schon gegangen war, die ich aber nicht registriert hatte. Klein und auf Entfernung kaum sichtbar erkannte ich in der oberen rechten Ecke der Tür ein Logo. Eine Krone, eingefasst in ein rundes Ornament und darin der Schriftzug *King's Legacy*. *King's Legacy* – das hatte auf der schwarzen Visitenkarte gestanden, die ich in der gefundenen Geldbörse entdeckt hatte und die noch in meinem Rucksack steckte. Deswegen war ich eigentlich hergekommen. Bevor ich mit dieser Chloe zusammengerasselt war.

Zögernd, aber auch neugierig, folgte ich Logan durch die schwarze Tür, durch einen halb dunklen Vorraum und schließlich durch eine zweite Tür in einen großen Raum mit einem imposanten Tresen. Eine ganze Wand war behangen mit Fotos und Bildern in verschiedenen Bilderrahmen der unterschiedlichsten Größen, Farben und Formen. Es sah beeindruckend aus. Leise spielte Musik im Hintergrund. Coldplay. Hm, die mochte ich, und unwillkürlich übernahmen meine Schritte den Takt von *Fix You*.

Mein Blick schweifte weiter, bis ich Chloe entdeckte, die mit kalkweißem Gesicht auf einer schwarzen Bank an einem der vielen Tische saß. Sie wirkte so zerbrechlich, dass sie mir unwillkürlich leidtat. Mein schlechtes Gewissen meldete sich erneut.

»Sie kann wirklich nichts dafür, Jax. Ich bin in sie reingerannt, weil ich aufs Telefon statt auf die Straße geguckt habe«, jammerte sie und warf ihm einen zerknirschten Blick zu. Ich kannte diese Frau nicht, aber ich mochte sie. Nicht sofort die Schuld bei jemand anderem suchen, das taten nicht viele. Sie war irgendwie niedlich und erinnerte mich etwas an Alice aus *Twilight*, allerdings mit grau gefärbten Haaren und blauen Augen. Leider schienen ihre Worte bei ihrem Freund nicht anzukommen. Er grummelte erneut etwas in seinen Dreitagebart, als er unschlüssig Chloes klobige Boots betrachtete. Stiefel mit Blättermuster. Passend zum Herbst. Sehr ausgefallen. Wo hatte sie die nur gekauft?

»Logan, hol mal Eis«, warf er dem Kerl neben mir zu, bevor er sich wieder seiner Freundin zuwandte. »Kannst du den Schuh alleine ausziehen?«, fragte er alles andere als freundlich.

Sein Befehlston ließ mich zusammenzucken. Logan allerdings setzte sich sofort in Bewegung. Auch Chloe schien sich nicht an seinem Ton zu stören.

Während sie sich mit schmerzverzerrtem Gesicht den Schuh samt geringelter Socke vom Fuß streifte und ihre schwarzen Skinnyjeans bis zur Wadenmitte hochschob, sprintete Logan hinter den langen Tresen und verschwand durch eine Tür. Es klapperte irgendwo und raschelte, kurz darauf war er mit einer Tüte Eis wieder am Tisch. Langsam trat ich näher und musterte Chloes geschwollenen Fuß, der schon ziemlich blau angelaufen war. Wenn da mal nicht die Bänder gerissen waren. Chloe sog zischend die Luft ein, als das Eis ihre nackte Haut berührte.

»Scheiße, tut das weh.«

»Du musst zu einem Arzt, das sieht nicht gut aus«, stellte Jaxon fest.

»Und meine Schicht? Ich kann doch nicht …« Ah, sie arbeitete hier, alles klar. Eine Affäre mit dem Chef? Ob das eine gute Idee war? Aber Gott, was machte ich mir Gedanken. Das ging mich nichts an.

Jaxon schnaubte. »Die kannst du wohl erst mal vergessen.«

»Tut mir echt leid.« Zerknirscht sah Chloe zu ihm auf. Er fuhr sich mit der Hand durch seine dunklen Haare, die wild abstanden. Vermutlich hatte er ein Pfund Wachs darin verteilt. Oder Zuckerwasser. Oder Rum-Cola …

Er hockte vor Chloe und runzelte die Stirn. Dann sah er mich an und wieder zurück zu ihr.

»Was sagtest du noch gleich? Du warst wegen des Jobs hier?«, wandte er sich nun an mich. Sein kurzer, aber intensiver Blick ging mir durch und durch. *Shit!* Hastig schloss ich die Augen und versuchte mich an einem Kopfschütteln. Schwindel erfasste mich. Schlechte Idee.

»Welcher Job?«, täuschte ich Interesse vor. Seine Augenbrauen zuckten hoch. So, als müsste ich wissen, wovon er redete. Aber das tat ich nicht. Und eigentlich war es mir auch egal, also winkte ich ab. »Vergiss es. Nein, ich bin nicht wegen irgendeines Jobs hier. Ich habe einen –« Erst jetzt fiel mir ein, dass ich eigentlich schon längst bei dem Job hätte sein sollen, zu dem ich auf dem Weg gewesen war. *Shit, Shit, Shit!*

»Oh Mist! Ich muss kurz telefonieren.« Hastig zog ich das Handy aus der Jackentasche und trat einige Schritte zurück. Die drei Augenpaare, die mir irritiert nachsahen, ignorierte ich geflissentlich.

Ein Blick auf die Uhr sagte mir, dass ich mehr als fünfzehn Minuten zu spät war. Hätte ich nur diese scheiß Brieftasche nie gefunden, und wäre ich bloß nicht so ein ehrlicher Mensch. Aber nachdem ich das dicke Bündel Dollarscheine darin entdeckt hatte, war mir klar gewesen, dass ich den Besitzer des Geldes auf dem schnellsten Weg ausfindig machen musste. Und war damit viel zu spät für meinen Job gewesen. Für die meisten wäre das kein Grund zur Besorgnis, für mich war es mehr als das. Mir wurde augenblicklich bewusst, dass ich seit vierzehn Minuten gefeuert war. Denn eins hatte mir mein wirklich ätzender Chef gleich am ersten Tag klargemacht: *Verspäte dich nur um sechzig Sekunden, und du brauchst gar nicht mehr anzutanzen.* Und *das* glaubte ich ihm aufs Wort.

»Rob, sorry, ich bin aufgehalten worden, ich hatte einen Unfall«, legte ich gleich los, als er das Gespräch annahm.

»Nicht mein Problem. Du kannst dir morgen deinen Scheck in der Hauptfiliale abholen, Hope.« Seine Stimme klang herablassend wie immer.

»Rob, du kannst mich doch nicht rausschmeißen wegen fünfzehn Minuten!« Ich drückte das Handy noch fester ans Ohr, als würde es irgendwas nützen.

»Siebzehn Minuten. Vorausgesetzt, du würdest *jetzt* an deinem Platz sitzen. Was nicht der Fall ist ... Also ja, das kann ich. Deinen Platz hat Jodie soeben übernommen. Dein Scheck liegt morgen bereit.« Klack. Aufgelegt. *So ein Arschloch!*

Obwohl er mich bisher schlecht behandelt hat und ich mir mehr als einmal gewünscht hatte, ihm den Job vor die Füße schmeißen zu können, musste ich schlucken. Ich biss mir auf die Lippe, um nicht zu heulen. Aushilfe in der Warenannahme einer drittklassigen Spedition, das war nichts Besonderes, und die Bezahlung war mies, aber es reichte für mein Zimmer in der WG. Und ich saß in einem winzigen, fensterlosen Kabuff im Lager und hatte keinen Kundenkontakt, war also in Sicherheit. Wie sollte ich jetzt meine Miete aufbringen?

Hope

Verstohlen sah ich mich um, während ich mein Telefon wieder einsteckte. *King's Legacy*. Was war das eigentlich? Eine Bar? Draußen hatte ich keine Leuchtreklame oder Ähnliches gesehen, die auf irgendwas in der Art hinwies. Aber vielleicht war das ja auch der Hintereingang gewesen. Klar, so musste es sein. Welche Location, die etwas auf sich hielt, hatte ihren Eingang in einer kleinen Gasse?

Das Inventar war ein Mix aus alt und modern. Steinwände, dunkler Betonboden und hohe Decken harmonierten mit einladend aussehenden Sesseln an zierlichen Zweiertischen und knallroten Ledersofas mit halbierten Holzfässern, die als Ablage für Getränke dienten und mit schwarzen Karten bestückt waren, auf denen sich das Logo des *King's Legacy* von der Tür wiederholte. Dass sie hier jemanden fürs Büro brauchten, bezweifelte ich allerdings. Und dass ich in der Lage war, in einer Bar zu arbeiten, auch.

»Mein Wagen steht im Hof, ich fahre dich ins Krankenhaus«, hörte ich Logan sagen. Er war sehr fürsorglich, und ich fragte mich, wie er dazugehörte. War *er* vielleicht *auch* ihr Freund? Oder seiner? Oh nein, ich schloss kurz die Augen. Ich musste das Kopfkino ausstellen. Es ging mich nichts an.

Chloe nickte niedergeschlagen und sank noch tiefer in das Polster des Ledersofas.

Ich trat wieder auf die drei zu, ging in die Hocke und wühlte in meinem Rucksack nach dem Relikt, das mir den ganzen Schlamassel eingebrockt hatte.

»Gehört das einem von euch?« Mit gestrecktem Arm hielt ich

das schwarze Lederportemonnaie in die Höhe, sodass alle drei einen Blick darauf werfen konnten.

Jaxons Hand fuhr an seine hintere Hosentasche. Dann wurde er blass, und auf seiner Stirn bildete sich eine tiefe Falte. *Auweia.* »Wo hast du das her?« Aufgebracht kam er zwei Schritte auf mich zu. Erschrocken zuckte ich zurück und wäre fast auf den Hintern gefallen. *Was war das denn jetzt?*

»Hallo? Der Ton macht die Musik! Denkst du, ich hab es geklaut, oder was?«, wehrte ich ab. »Du kannst froh sein, dass ich es dir bringe.« Jaxon sagte nichts, sondern fixierte mich schweigend, während das Portemonnaie wie eine unsichtbare Barriere zwischen uns schwebte. »Es lag ein paar Blocks weiter neben einem Mülleimer im Park. Darin habe ich eine Karte mit dieser Adresse gefunden. Nur deswegen hab ich deine Freundin umgefahren, mein Rad geschrottet und jetzt auch noch meinen Job verloren. Ich hoffe, das war es wert.« Stinksauer erhob ich mich und schleuderte ihm das Portemonnaie entgegen. Er reagierte schnell und fing es auf. Ohne ein Wort des Dankes öffnete er die Brieftasche.

»Ernsthaft?« *Kontrolliert er jetzt, ob ich nicht doch was rausgenommen habe?*

»Finderlohn«, hörte ich ihn sagen. Aber bevor er mir ein paar Scheine entgegenstrecken konnte, winkte ich ab.

»Danke, nein. Ich hab's nicht wegen des Geldes zurückgebracht.« Was für ein arroganter Vollidiot. Die Kohle hätte ich wirklich gut gebrauchen können, ja, aber ich hatte auch meinen Stolz.

Jaxon sah auf, seinen Blick konnte ich nicht deuten. Es war eine Mischung aus *doch, genau das habe ich gedacht* und *tut mir leid, dass ich so von dir gedacht habe.* Und als er mich mit einer hochgezogenen Augenbraue musterte, als wäre ich eine Taschendiebin, merkte ich, wie mich sein Verhalten verletzte. Mein Herz schlug schneller. Erschrocken unterbrach ich den Blickkontakt.

Es wurde ohnehin Zeit für mich zu gehen. Nichts wie raus hier. Sollte er sich die Scheine doch dahin stecken, wo die Sonne nie schien. Ich wandte mich seiner Freundin zu.

»Das mit deinem Fuß tut mir echt leid, Chloe. Kann ich noch irgendwas für dich tun?«, fragte ich und schulterte den Rucksack, um meinen Aufbruch anzukündigen. Je eher ich hier rauskam umso besser. Scheiß auf den Job. Mit einem Job dieser Art würde ich sowieso nicht klarkommen. Und mit Jaxons Arroganz erst recht nicht.

»Ja, vielleicht. Äh, wie heißt du noch mal?«

»Hope. Mein Name ist Hope.«

»Eigentlich stellt man sich vor, wenn man irgendwo reinplatzt«, brummte Jaxon. Was hatte er eigentlich für ein Problem mit mir?

Meine Hände schnellten nach oben. »Oh, wie unhöflich. Ich habe tatsächlich vergessen, mich vorzustellen, als ich deine Freundin umgefahren habe. Sollen wir das noch mal wiederholen?«

»Gott bewahre«, murmelte Chloe, grinste aber, als sie mich ansah.

»Tja, dann ...« Nun wandte ich mich endgültig zum Gehen. Es reichte mir. Mein Kopf schmerzte, mein Rad war im Eimer, und ich arbeitslos. Und die Art, wie Jaxon mich ansah – brachte mich noch zusätzlich aus der Spur.

»Lauf nicht weg, Hope. Wir machen das jetzt alles noch mal vernünftig. Ich bin Chloe, und das ist nicht mein Freund, sondern mein Bruder. Jaxon. Und er ist nicht immer so ein Idiot, glaub mir.« Ich blieb stehen und drehte mich wieder zu ihr um. Jaxon öffnete den Mund, aber Chloe ließ ihn gar nicht zu Wort kommen. »Und der hübsche Kerl im Maßanzug ist Logan, ein enger Freund. Woher kommst du? Dein Akzent hört sich nach Westküste an.« Logan grinste spitzbübisch, als er mich ansah, und ich lächelte verhalten zurück. Das mit dem hübschen Kerl war nicht gelogen. Den angebotenen Tee allerdings hatte er vergessen. Doch was viel interessanter war ... Bruder? Dieser Jaxon war ihr Bruder? Und das war nicht gut. Gar nicht gut. Er war zu angespannt, viel zu aggressiv. Und arrogant noch dazu. Und trotzdem konnte ich nicht anders, als ihn anzuschauen. Aber als ich in seine grünbraunen Augen sah, verhakten sich unsere Blicke ineinander, nur den Bruchteil einer Sekunde lang. Doch der reichte aus, um mich völlig aus der Bahn zu werfen. In meinen Ohren rauschte es so laut, als würde ich am El Porto Beach stehen und die Wellenbrecher über mir zusammenschlagen hören. Meine Beine zitterten, und mein Kopf war wie leergefegt. Was zum Teufel war mit mir los?

»Hope? Hallo? Erde an Hope!« Chloe holte mich unsanft in die Bar zurück. Mir wurde schlagartig eiskalt. Als hätte ich die wärmende Decke verloren, die mich eben noch eingehüllt hatte. Gott, war das albern! Ich kannte diesen Kerl doch gar nicht. Wie konnte er mich so durcheinanderbringen? Wie alt war ich? Dreizehn?

»Hope?« Chloe wedelte mit der Hand in meinem Blickfeld herum.

»Was?« Mein Herz raste, als hätte ich gerade eine sportliche Anstrengung hinter mir.

»Woher du kommst, wollte ich wissen.«

»L. A.«, kam es mir automatisch über die Lippen, und im selben Moment ärgerte ich mich darüber. »Nein, also ich meine, ich wohne in Manhattan, ein paar Blocks von hier.« L. A. hatte ich hinter mir gelassen. Es ging niemanden etwas an, wer ich war oder woher ich kam. Vor Kurzem war ich extra von der West- an die Ostküste gezogen, um neu anzufangen. Keiner kannte mich hier oder wusste von meiner Vergangenheit, kein Mensch hier ahnte, wer ich wirklich war.

»Ich wollte schon immer mal nach Los Angeles. Das muss toll sein dort. Hollywood, Stars und Sternchen. Hach ...«, schwärmte Chloe. Ihre Schmerzen schienen für den Moment vergessen.

»Mehr Schein als Sein«, sagte ich.

»Bestimmt trotzdem cool.«

»Nein, ist es nicht. Glaub mir.« Ein neugieriger Blick war die Antwort. Kopfschüttelnd winkte ich ab. »Wie dem auch sei. Ich denke, ich gehe jetzt, wenn soweit alles geklärt ist?«, startete ich einen erneuten Versuch.

Jaxon stand schweigend daneben, aber ich spürte seinen Blick auf mir ruhen.

»Hope … Du sagtest, du hast deinen Job verloren? Wegen mir? Okay, wie wäre es mit einem neuen Job? Hier? Du brauchst doch jetzt einen Job, oder?«

Eigentlich wollte ich verneinen, ihr sagen, dass sie mich in Ruhe und endlich gehen lassen sollte. Doch das brachte ich nicht übers Herz. Ich mochte sie. Und eigentlich bot es sich ja an. Sie konnte nicht arbeiten, und daran war ich schuld. Und dass ich soeben meinen Job verloren hatte, dafür war sie verantwortlich.

»Scheiß Idee, Chloe. Sie ist nicht wegen einem Job, sondern wegen der hier. Also lass es einfach, okay?« Jaxon winkte mit der Brieftasche und drehte sich weg von uns. Seine Schritte polterten auf dem harten Boden, ich nahm wahr, wie er am Tresen stehen blieb und sich erneut mit der Hand durch die Haare fuhr. Vermutlich dachte er nach. Das musste ich auch. Und zwar gründlich, bevor ich etwas übereilte. Bis jetzt war mein Erspartes nicht aufgebraucht, über ein kleines finanzielles Polster verfügte ich noch, aber es reichte nicht, um mich auf die faule Haut zu legen. Und das andere Geld würde ich nicht anrühren. Niemals! Also ganz pragmatisch gesehen: Ich brauchte einen Job. Aber musste es dieser sein?

Kellnern konnte ich, ja. In meiner Studienzeit hatte ich in verschiedenen Bars gearbeitet. Sogar mit Cocktails kannte ich mich aus. Und die beiden brauchten jemanden wie mich. Jetzt.

Eigentlich war es eine Win-win-Situation. Und es war an der Zeit, dass ich meine Angst runterschluckte und mich dem wahren Leben stellte.

Ich holte tief Luft. »Was zahlt er?«, fragte ich, an Chloe gewandt. Dass wir ihn außen vor ließen, stank ihm offenbar gewaltig, denn er warf seiner Schwester einen warnenden Blick zu. Aber sie ließ sich von ihm nicht einschüchtern. »Achtzehn Dollar die Stunde. Trinken frei.«

»Chloe! Was soll das? Das ist mein Laden!«

»Schrei mich nicht an.« Sie sah ihn an, als wäre er nicht ganz bei Trost.

Achtzehn Dollar waren mehr, als der Mindestlohn vorgab. Weit mehr als das, was ich bei Halsabschneider Rob bekommen hatte. Ich überschlug das schnell im Kopf. »Ich müsste zwanzig Stunden die Woche arbeiten, um das zu verdienen, was ich bis eben noch verdient habe«, pokerte ich.

»Wir haben Donnerstag bis Sonntag geöffnet. Wenn du von sechs bis vier Uhr hier bist, und das vier Tage die Woche, dann macht das …«

»Vierzig Stunden«, kam ich ihr zuvor. Dazu kam das Trinkgeld, das in diesem Stadtteil eigentlich gut ausfallen sollte. Der Meatpacking District hatte sich in den letzten Jahren zu einem der hippsten Viertel Manhattans gemausert, mit vielen Bars, Clubs und Restaurants. Hier war Leben. Und wo Leben war, war Geld. Im Grunde wäre ich blöd, wenn ich nicht einschlagen würde. Irgendwie würde das schon klappen, irgendwie würde ich mich schon überwinden können, mich wieder zwischen Menschen zu wagen. Und das mit Jaxon würde auch irgendwie funktionieren. Vielleicht konnte ich ihm aus dem Weg gehen? Es bestand die Möglichkeit, dass er gar nicht selbst hinterm Tresen stand, sondern arbeiten ließ und so gut wie nie anwesend war. Das wäre natürlich der absolute Jackpot. Ich brauchte mal wieder einen Hauptgewinn. Umso schneller konnte ich mir eine

Wohnung leisten und aus der WG ausziehen. Peyton war nett und auch kaum zu Hause, aber ich vermisste es, meine eigenen vier Wände zu haben.

»Jaxon, pass auf. Lass uns ...« Mein Blick hob sich, und ich sah ihm fest in die Augen. Diese Chance würde ich mir jetzt nicht mehr nehmen lassen. »Chloe hat recht. Ich brauche einen Job. Ihr braucht eine Kellnerin.«

»Ich suche einen Barmann. Mann.«

»Ich wusste nicht, dass Chloe dein Bruder ist«, spottete ich. Er schwieg, aber ich sah seine Kiefer malmen. *Dachte ich's mir doch.* Mein Blick wechselte zwischen ihm und seiner Schwester hin und her. Dann zu Logan, der mit amüsierter Miene lauschte, mir aber ein aufmunterndes Lächeln zuwarf. Ich nickte und wandte mich wieder Jaxon zu.

»Hör zu ... deine Schwester kann wegen mir nicht arbeiten. Ich habe wegen ihr meinen Job verloren. So gesehen ... Eine Hand wäscht die andere. Ich helfe euch, ihr helft mir. Achtzehn Dollar die Stunde sind perfekt. Und ich verspreche dir, dass ich den Job gut machen werde. Mit einem Tresen kenne ich mich aus. Also? Deal?«

Chloes Gesicht strahlte, und sie klatschte begeistert in die Hände. »Ich kenne dich zwar nicht, Hope, aber ich mag dich! Du kannst meine Uniform haben. Sie ist frisch gewaschen und gebügelt«, bot sie mir an. Und das, ohne auch nur eine Reaktion ihres Bruders abzuwarten, der mich verstört anstarrte. Einen Augenblick später zog er eine Augenbraue in die Höhe – beneidenswert! – und ließ seinen Blick einmal an mir runter und wieder rauf wandern. »Du trägst Größe XS, Chloe. Sie hat allenfalls eine M. Ihre Hüften sind ... ein wenig ... ausladender als deine.« Jetzt spottete er.

Unglaublich! Langsam zählte ich bis fünf, atmete tief ein, zählte noch mal bis fünf.

Dann schluckte ich die scharfe Antwort, die mir auf der

Zunge lag, wieder runter und beschloss, für meinen neuen Job zu kämpfen. Also rang ich mich zu einem strahlenden Lächeln durch.

»Größe M freut sich schon richtig auf die Zusammenarbeit.«

Jaxon

»Bänderriss. Sie bekommt jetzt eine Schiene, die das Ganze stabilisieren soll.«

Brian verzog das Gesicht. »Hört sich schmerzhaft an.«

»Das ist es wohl auch«, gab ich zurück und grinste schief. Es war echt Mist, dass Chloe ausfiel. Sie hatte die Gäste am Tresen versorgt, während die Kellnerinnen die breite Masse an den Tischen bediente. Brian mixte die Getränke und kümmerte sich als meine rechte Hand auch um vieles andere, wofür ich keinen Nerv hatte. Er war bis gestern bei seinen Eltern in Jersey gewesen, also brachte ich ihn auf den neusten Stand, was vor drei Tagen passiert war.

»Die Grundaussage ist, dass Chloe den Fuß schon in ein paar Tagen wieder leicht belasten darf. Aber ich will sie hier erst sehen, wenn sie wieder hundertprozentig fit ist. Sie wird damit ein paar Wochen ausfallen.« Meine Schwester tat mir wirklich leid, denn sie schien nicht nur Schmerzen zu haben, sondern auch ein schlechtes Gewissen, weil sie mich in der Bar nicht unterstützen konnte.

»Und deswegen ist *sie* hier?« Er nickte in die Richtung, wo Hope hinter dem Tresen stand und die Karte studierte. Ich vermied es, seinem Blick zu folgen. Generell umging ich es, ihr oder ihrem Größe-M-Hintern mehr Aufmerksamkeit als nötig zu schenken. Sie anzustellen war die Idee meiner Schwester gewesen, nicht meine. Chef hin oder her – die beiden hatten mich einfach überstimmt, und drei Tage nachdem sie in meine Bar gestolpert war, stand Hope nun in einer *King's Legacy*-Uniform in der Größe M – die aus einer schwarzen Hose und einer weißen

Bluse bestand – hinter dem Tresen. Und sie sah unverschämt sexy darin aus.

»Ja, deswegen ist sie hier«, gab ich mit einem Stoßseufzer zu.

Brian hatte kein Problem damit, Hope unter die Lupe zu nehmen. »Sie macht es gut«, meinte er schließlich. »Ich meine, sie scheint zu wissen, wie man einen Tresen führt oder sich dahinter verhält.«

Da musste ich ihm recht geben. Hope bewegte sich hinter der Bar, als wäre sie schon ewig im Team. Die Stammgäste schienen sie zu mögen, sie hatte für jeden ein nettes Wort und ein strahlendes Lächeln übrig, und die Sache mit den Getränken machte sie auch gut. Wo war der Haken?

Brian kümmerte sich um eine weitere Getränkebestellung, ich versuchte, nicht mehr über Hope nachzudenken und mich mit dem Mixen eines Moscow Mule abzulenken. Doch als es plötzlich schepperte, drehte ich reflexartig meinen Kopf in ihre Richtung. Hope verzog entschuldigend das Gesicht, trat einen Schritt zurück und bückte sich nach dem heruntergefallenen Flaschenkühler. Wie von allein heftete sich mein Blick auf ihren Hintern. Der in der schwarzen Hose verdammt knackig aussah. *Verdammt!*

»Entschuldigung …« Sie wirbelte herum, und ich war gezwungen, ihr ins Gesicht zu sehen. Sie schien verlegen zu sein, ich fühlte mich ertappt. Dann nickte ich stumm und wandte mich ab, doch der Anblick ihres Hinterns und der Klang ihrer Stimme hallten noch nach, als sie schon längst wieder ihrer Arbeit nachging.

»Ich kümmere mich um sie. Soll ich auf irgendwas achten? Was ist mit dem Kassieren?«, fragte Brian und zwang mich damit, mich wieder auf das Jetzt zu konzentrieren. Er stellte die gemixten Drinks für die Kellnerin auf ein Tablett und spießte den abgearbeiteten Bon auf den Pikser.

Normalerweise durften Neulinge nicht an die Kasse. Eiserne

Regel. Aber wie ich wusste, stand Hope nicht das erste Mal hinter einem Tresen und zweitens ... Mir kam ihr verletzter Gesichtsausdruck in den Sinn, als ich meine Brieftasche kontrolliert hatte.

»Ich denke, sie kriegt das hin«, gab ich Brian grünes Licht.

»Alles klar, Boss.« Er salutierte scherzhaft, wandte sich um und ging zu Hope, um sie unter seine Fittiche zu nehmen. Tatsächlich war ich dankbar, dass ich das nicht selbst tun musste. Das würde nur schiefgehen. Sowieso dachte ich viel zu sehr über sie nach. Diese Frau übte eine unvorstellbare Anziehung auf mich aus. Das hatte schon in dem Augenblick angefangen, in dem sie die Bar betreten hatte, und war für mich der Grund gewesen, warum ich sie nicht hatte einstellen wollen. Hope strahlte Unabhängigkeit aus, ließ sich von mir nicht so aus dem Konzept bringen wie andere, bot mir Paroli. Das imponierte mir. Und konnte mir gefährlich werden.

Langsam füllte sich die Bar, so wie jedes Wochenende um diese Uhrzeit. Die Türsteher ließen die Leute schubweise hinein, sodass sich die Menge erst verteilen konnte, bevor die Nächsten kamen. Außerdem achteten wir auf die Einhaltung des Dresscodes.

Es war mittlerweile kurz nach zehn am Abend, und in einer knappen Stunde sollte ein DJ hier auflegen und die Stimmung anheizen. Während es in der Woche ein wenig ruhiger zuging und Speakeasy Programm war, versuchte ich jeden Samstag, meinen Gästen etwas Besonderes zu bieten. Niemand wusste vorher, wer auflegen würde, und doch platzte die Bar jeden Samstag fast aus allen Nähten. Der Raum zwischen Tresen und Tischen wurde dann zur Tanzfläche, und die Gäste feierten ab bis weit in den nächsten Morgen hinein. Und heute war Samstag. Und dieser Abend würde die Bewährungsprobe für Hope werden. Ein Teil in mir hoffte, dass sie dem Job nicht gewachsen war. Dass sie nach dieser Nacht verschwand und ich sie nie wiedersehen würde. Der andere Teil dagegen ...

»Jaxon, hey ...« Jessie, eine hübsche Blondine, setzte sich auf einen freien Barhocker und legte ihre Designertasche auf dem Tresen ab.

»Hi, Jessie. Was kann ich dir bringen?«

»Gin Tonic, wie immer.«

»Kommt sofort.« Auf der Kasse bongte ich die Bestellung ein und legte Hope den Abriss hin. »Sie mag ihn mit Gurke«, sagte ich. Als ich einatmete, roch ich sie. Intensiv zog ihr fruchtiger und zugleich nicht zu süßer Duft in meine Nase. Ich blickte auf, direkt in ihre verschiedenfarbigen Augen, die mich verschreckt ansahen. Die viel zu nahe waren. *Fuck!* Eilig trat ich einen Schritt zurück und wandte mich brüsk ab. Das ging so nicht! Das mit ihr hier in meiner Bar war eine ganz beschissene Idee gewesen. Ich konnte mir nicht jeden Eiskübel greifen, um mich abzukühlen, nur weil sie in meiner Nähe war.

»Chris, mach du hier weiter, ich geh raus«, hielt ich eine der Kellnerinnen auf, nahm ihr das Tablett aus der Hand und verzog mich, so schnell ich konnte, aus dem Tresenbereich. Chris sah mich verwirrt an. Kein Wunder, ich hatte es bisher vermieden, den Kellner zu spielen, mich ins Gewühl zu begeben, Gläser abzuräumen oder Getränkebestellungen entgegenzunehmen. Nicht, weil ich mir als Chef dafür zu schade war, sondern weil ich einige weibliche Gäste nicht mehr loswurde, sobald der Tresen als Distanzbrücke wegfiel. Doch ich brauchte dringend Ablenkung.

»Ho, ruhig Brauner!« Eine Hand legte sich auf meinen Arm und hielt mich zurück, als ich bereits unzählige Wangenküsschen verteilt, starke Männerhände geschüttelt und auf die Frage nach meinem Befinden jedem dieselbe Lüge aufgetischt hatte: Könnte nicht besser sein. Dabei könnte es so viel besser sein. Ich fuhr herum und erkannte Sawyer, der scheinbar endlich mal wieder eine Pause von seinem Fall hatte und mich besuchen kam. Seine Augenbrauen zuckten irritiert. »Was machst du in der Höhle der

Löwinnen? Hast du dich verlaufen? Vom Klo nicht mehr zurückgefunden? Oder hast du Fährte aufgenommen?« Er grinste, was die Lachfalten um seine stahlgrauen Augen sichtbar werden ließ.

»Witzig wie immer«, gab ich genervt zurück.

»Was ist denn mit dir los?«

»Nicht mein Tag.«

»Da mach ich mit, der kann echt weg. Die verdammten Gesetzesbrecher sind auch nicht mehr das, was sie mal waren. Ich glaube, ich werde zu alt für diese Scheiße. Jetzt könnte ich glatt einen Doppelten gebrauchen.«

»Warum sitzt du dann noch auf dem Trockenen?« Auch mir war jetzt nach einem Whiskey, aber vor meinen Gästen trinken? Ein No-Go. Wir suchten uns den kürzesten Weg durch die Menge zum Tresen. »Hope? Einen Buffalo Trace«, bestellte ich den Bourbon aus Kentucky. Mit der Theke als Barriere zwischen uns ging es mir besser.

»Kommt sofort. Ach, Jaxon, der DJ ist da.« Sie zeigte auf den farbigen Kerl mit Basecap, der bereits die übliche Ecke hinter dem Tresen belegt hatte und gerade dabei war, sein Equipment aufzubauen.

»Bin gleich zurück«, sagte ich zu Sawyer und begrüßte Cox, der mit bürgerlichem Namen James Stroke hieß, um mit ihm den Ablauf zu besprechen. Er würde drei Stunden auflegen und dafür eine Pauschale kassieren. Für jede weitere Stunde musste ich tiefer in die Tasche greifen. Aber normalerweise war der Laden an Samstagabenden brechend voll, und allein durch die Getränkeeinnahmen in der Zeit trug sich seine Gage von selbst.

Cox begann sein Equipment aufzubauen, und ich stelle mich neben Sawyer, der noch einen freien Barhocker am Durchgang zur Theke ergattert hatte. Er war gerade in ein Gespräch mit einer Brünetten vertieft, ich wollte nicht stören und ging hinter den Tresen, um mir einen Kaffee zu machen. Automatisch scannte ich den langen Bereich ab. Ella bongte gerade Getränke in die Kasse, Chris und Brittany waren im Gedränge unterwegs und Brian mixte mit Hingabe die Drinks. Auf meine stumme Frage signalisierte er mir, dass meine Hilfe nicht gebraucht wurde. Meine Leute hatten alles im Griff. Nichts anderes hatte ich erwartet, auch ohne Chloe kamen sie zurecht. Aber ... Wo war Hope? Wo steckte sie? Mein Blick überflog den Bereich um den Tresen herum, aber ich konnte ihre roten Haare nirgends ausmachen. Hatte sie etwa schon die Flucht ergriffen? Hatte ich mir doch gleich gedacht, dass sie nicht lange aushielt, aber meine Schwester hatte ja nicht auf mich hören wollen. Dass ich mit meiner Meinung vielleicht sogar recht gehabt hatte, befriedigte und enttäuschte mich zugleich. Aber vermutlich war sie nur auf der Toilette.

»Hey, Jax!« Sawyer hatte seinen Flirt beendet und winkte mich zu sich. Sicher hatte er jetzt eine Telefonnummer mehr in seinem Adressbuch. Hope würde ihm sicher auch gefallen. Aber würde *mir* das gefallen? Kopfschüttelnd über diesen absurden Gedanken, schnappte ich meinen Kaffee und ging auf ihn zu. Und dann ... Hope schoss wie der Blitz aus der Küche um die Ecke, und auch mein reflexartiger Schritt zurück konnte nicht mehr verhindern, dass sie mit Schwung und ungebremst gegen mich prallte. Ihre Hüfte stieß gegen meinen Oberschenkel, ihr Gesicht war meinem so nahe, ihr Körper nur wenige Millimeter von meinem entfernt. Ich stoppte sie mit der freien Hand an ihrer Taille, aber der Kaffee schwappte über meine Hand, die Tasse glitt mir aus den Fingern und die Zeit blieb für eine Sekunde stehen. Eine Sekunde, in der ich die Welt um mich herum ausblendete und alles an ihr aufsaugte: Ihre Augen waren weit aufgerissen, ihr Blick fing sich in meinem. Die vollen rosigen Lippen formten sich zu einem stummen O, ihre linke Hand lag auf meinem Arm, die rechte drückte gegen meine Brust. Ich spürte ihre Hitze unter meiner Hand und ihre Hände, die sich auf meiner Haut einbrannten, obwohl ich ein Hemd trug. Die roten Haare, die sie irgendwie auf ihrem Kopf aufgetürmt hatte, schienen naturfarben zu sein. Ihr Teint war hell, und Sommersprossen saßen vereinzelt in ihrem Gesicht und auf den Armen. Ihre Hüften waren runder als die der Modelkörper, die fast allabendlich die Bar besuchten, was mir viel besser gefiel. Unwillkürlich fragte ich mich, wie es sich anfühlen mochte, mit der Hand weiter darüberzustreichen. Und dann zerschellte die Tasse auf dem Fußboden.

»Oh nein!« Sie unterbrach den Blickkontakt, die Zeit lief plötzlich weiter. Erschrocken sah sie auf die Kaffeetasse. »Das ... tut mir leid. Ich ...«

»Schon okay, schon gut.« Hastig ließ ich sie los und trat einen Schritt zurück, schnappte mir ein Handtuch, um mir den Arm trocken zu wischen. Mein Hemd war sauber geblieben, aber meine Handfläche brannte immer noch von der Berührung ihrer Hüfte.

»Mist. Ich mach das gleich sauber, tut mir echt leid!« Hilfesuchend drehte sie sich um, als Ella sich mit einem Tablett voller Getränke zwischen uns durchdrängte.

»Hope, Putzzeug und Besen findest du in der Küche.«

»Okay, danke ...«

Mit zerknirschter Miene trat Hope den Rückzug an, ich sah ihr nach. Dann sammelte ich die Scherben ein, warf sie in den Müll und ging kopfschüttelnd zu Sawyer.

»Alles in Ordnung?« Sawyer stieß grinsend mit der Schulter gegen meine. Offensichtlich hatte er die Szene beobachtet.

»Was? Klar. Alles okay.«

»Wer ist das?«, fragte er.

Ich folgte seinem Blick und stellte fest, dass er jetzt Hope ansah, die gerade die letzten Reste unseres Zusammenstoßes fortwischte. Nein, er starrte sie an! Wie gerne hätte ich ihm meinen Ellenbogen in die Seite gerammt. Stattdessen setzte ich eine gleichgültige Miene auf. Er war mein bester Freund.

»Hör auf, die Kleine ist tabu«, sagte ich warnend.

Irritiert sah er zu mir rüber. »Für dich reserviert?«

»Nein!«

Er machte große Augen und hob die Mundwinkel an.

»Sawyer, diese treudoofe Miene bringt vielleicht Frauenherzen zum Schmelzen, aber nicht meins. Du siehst aus wie ein geprügelter Hund.«

»Ich habe auch Gefühle, weißt du.« Er grinste breiter. »Also ja. Natürlich. Hätte ich mir ja denken können. Ade, holdes Weib ...«

»Hast du was mit den Ohren?«

»Hast du was mit den Augen? Verdammt, die Frau ist heiß.«

»Halt die Klappe!«, zischte ich. Wenn er weiter so laut sprach, würde Hope alles mitkriegen.

»Seit wann bist du so empfindlich? Danke, Brian.« Brian stellte Sawyer einen weiteren Whiskey hin, mir wortlos einen frischen Kaffee und nickte kurz, bevor er sich wieder zurückzog. »Also noch mal: Seit wann bist du so empfindlich?« Skeptisch blickte Sawyer mich an. Er hob sein Glas und prostete mir zu. Ich nippte an meinem Kaffee.

»Sie ist für Chloe eingesprungen. Sie hatte einen kleinen Unfall – nein, nichts Schlimmes«, wiegelte ich gleich ab und fasste dann den Nachmittag des Unfalls vor drei Tagen in wenigen Sätzen zusammen. »Und sobald es Chloe wieder gutgeht, wird Hope kein Bestandteil dieses Clubs mehr sein. Vermutlich schon nach diesem Abend nicht mehr. Schwer vorstellbar, dass sie das Tempo hier durchhält.«

»Wieso nicht? Sie scheint echt in ihrem Element zu sein«, bemerkte Sawyer und lächelte ihr zu, als sie zu uns rübersah. Unsere Blicke trafen sich, und ich zuckte unwillkürlich zusammen.

»Wie dem auch sei – du weißt, wie die Regel lautet.«

»Jaja, kein Sex mit Mitarbeitern. Aber mal ehrlich, Jax! Bisher hattest du auch noch keine wie sie auf der anderen Seite stehen. Ja, deine Ladys hier sind alle süß und nett, aber eben nicht … Sie dagegen … Sie wirkt, als wüsste sie, was sie will, aber trotzdem unschuldig …« Er warf einen längeren Blick in Hopes Richtung, den sie glücklicherweise nicht bemerkte, weil sie gerade mit dem Rücken zu uns stand.

»Woher kommt sie?«

»L. A.«

»Aber sie fliegt nicht jede Nacht zurück, oder?«

»Wirklich witzig, Mann. Sie wohnt wohl irgendwo hier in der Gegend«, sagte ich und beobachtete Hope, während sie mit einem Stammgast sprach. Der Kerl lächelte sie so vertraut an, dass ich die Stirn runzelte.

Sawyer pfiff leise durch die Zähne, bevor er einen Schluck seines Whiskeys trank.

»Was?«, fragte ich, als er schwieg und mich nur amüsiert musterte, als wüsste er alles und ich nichts.

»Sie hat dich schon am Haken.«

»Bullshit!«

Er grinste nur, hob erneut sein Glas und prostete mir zu.

»Sei einfach ruhig, Mann.« Langsam stieg Ärger in mir hoch. Es dauerte eigentlich lange, bis ich sauer wurde, aber wenn mein Freund so weitermachte, war es bald so weit.

»Alles klar bei euch? Kann ich noch was bringen?« Hope sah fragend in unsere Gesichter. Fuck! Wie viel von dem, was wir über sie gesagt hatten, hatte sie mitbekommen? Ich versuchte, die Antwort in ihren Augen zu lesen, aber ihre Miene war gleichbleibend freundlich.

»Für mich noch einen, bitte.«

»Kommt sofort.« Sie verschwand so lautlos, wie sie gekommen war. Mein Blick klebte an ihrer Rückseite, während sich mein Herzschlag nicht entscheiden konnte, ob er aussetzen oder lospreschen wollte. Es war irgendwie eine Mischung aus beidem. Verdammte Scheiße, was war nur mit mir los?

»Du solltest ihr kündigen.«

»Wie bitte?«

»Es geht nicht nur um Sex. Du willst sie nicht nur fürs Bett. Du willst *sie*.« Sawyer durchbrach die Stille zwischen uns.

»Und das sagt wer?«, fragte ich rau, ohne den Blick von Hope abzuwenden. Obwohl die Bar voll war, die Lautstärke durch den DJ mittlerweile erheblich angeschwollen war, hörte ich all das nicht. Ich sah Hope zu. Wie sie Biere zapfte und dabei mit den Gästen lachte. Wie ihre Augen funkelten, ihre Wangen glühten. Sah auf ihre schlanken Finger, die so zügig die Bestellungen bearbeiteten, ich war fasziniert von ihrem Lächeln, das sie unermüdlich jedem zuwarf, der sie ansah. Selbst mir. Und in diesem Moment blieb die Welt um mich herum ein zweites Mal stehen.

Es dauerte eine Weile, bis seine Antwort zu mir durchdrang, aber die zwei Worte ließen keine Zweifel, dass er recht hatte.

»Dein Blick.«

Hope

»Der Moonshine Mule wird bei uns mit dem O'Donnell High Proof gemixt. Der Moskau Mule hingegen wird mit Wodka zubereitet und in einer Kupfertasse on the rocks serviert.« Brian erklärte mir, dass der Moonshine Mule im *King's Legacy* ziemlich beliebt war. »Also, du nimmst eine Handvoll Eiswürfel, presst circa zwei Zentiliter Limettensaft aus, kippst sechs Zentiliter High Proof drauf, füllst es mit zweihundert Milliliter Spicy Ingwer auf und dann ... Voilà ...« Er dekorierte das Ganze noch mit einer Scheibe Salatgurke, ein paar Pfefferminzblättern und steckte einen Strohhalm hinein, bevor er es mir mit einem Grinsen unter die Nase hielt. »Los, probier.«

Ich war froh um die Ablenkung, die Brian mir damit gab. Nach dem Zusammenprall mit Jaxon hatte ich Mühe gehabt, mich wieder zu fangen. Was musste er nur von mir denken? Bestimmt hielt er mich für komplett unfähig und sein erstes Urteil über mich damit bestätigt. Aber dank der vielen Arbeit hatte ich nicht lange Zeit, um mir weitere Gedanken darüber zu machen. Es war Samstagabend, und die Bar platzte fast aus den Nähten. Gute drei Stunden arbeiteten Brian und ich Seite an Seite hinter dem Tresen, mixten Drinks, zapften Bier und unterhielten die Gäste. Wider Erwarten machte es mir wirklich großen Spaß, und für eine Weile vergaß ich, dass ich Menschenmengen eigentlich nicht mochte.

Jetzt war es ruhiger geworden, wir konnten einen Moment durchschnaufen, und Brian nutzte die Zeit, um mein Cocktail-Wissen zu vertiefen. Normalerweise war er allein für den Barbereich zuständig, aber Jaxon hatte wohl darauf bestanden, dass er mich in die Geheimnisse des Cocktail-Mixens einführte.

»Hope?« Brian hielt mir immer noch das Glas hin.

»Wo ist meine Spuckflasche?«

Er riss fragend die Augen auf. »Spuckflasche?«

»*Coyote Ugly?* Der Film?«

»Es gibt eine Bar im East Village, die so heißt, aber einen Film …?« Er kratzte sich theatralisch am Kopf. »Muss ich den kennen?«

»Oh mein Gott! Es gibt diese Bar wirklich? Da muss ich unbedingt hin.« Ich war ganz aus dem Häuschen. Warum hatte ich nicht eine von *den* Kellnerinnen mit dem Rad umgefahren? Zwar würde ich niemals in knappen Hotpants auf dem Tresen tanzen wollen, aber ansehen würde ich mir die Bar aus meinem Lieblingsfilm schon gerne mal. Ich konzentrierte mich wieder auf Brian. »Und: Ja! Du musst ihn dir ansehen. Du bist Barkeeper.« Ungläubig verdrehte ich die Augen. »In dem Streifen geht es nämlich um eine Bar – hier in New York –, die von Frauen geführt wird. Sie machen Party hinter und auf dem Tresen. Und um das Geschäft anzukurbeln, lassen sie sich natürlich auch Shots ausgeben. Logisch, dass du keinen klaren Kopf behältst, wenn du alle wirklich trinkst. Also spuckst du den Schnaps einfach da rein. So verdienst du an dem, was der Gast zusätzlich ausgibt, aber bleibst nüchtern.«

»So was gibt's?« Skeptisch sah er mich an.

»In der Unikneipe, in der ich damals gekellnert habe, haben wir den Trick aus dem Film übernommen. Das hat uns Mädels so manchen Abend den Hintern gerettet.«

»Keine schlechte Idee.«

»Sag ich doch. Aber den hier werde ich dennoch mal probieren.« Skeptisch nahm ich das Glas in die Hand und trank einen vorsichtigen Schluck, denn ich vertrug Alkohol nicht gut. Jedoch war das Einzige, was ich schmeckte, der Ingwer.

»Uh ...« Ich verzog das Gesicht und war mir sicher, dass dieser Cocktail und ich keine Freunde werden würden.

Brian grinste. »Ja, ist nichts für Mädchen. Spuckflasche?« Er hielt mir eine leere Bierflasche unter die Nase. Lachend schüttelte ich mich und unterdrückte den Reflex, ihm einen blauen Fleck am Oberarm zu verpassen. Aber vermutlich hätte ich mir bei seinen Muskeln eher die Finger gebrochen, als ihm wehgetan. Zwar war er nicht mein Typ, aber er war wirklich Zucker. Warum war er noch Single? Wir kamen prima miteinander aus, was vielleicht an seinen feuerroten Haaren lag. Oder an den Sommersprossen. Zumindest hatten wir den gleichen schrägen Sinn für Humor, und das alles zusammen verbündete uns irgendwie. Die zwei Jahre, die er jünger war als ich, fielen da nicht ins Gewicht.

»Ich brauche noch drei Cosmopolitan, Hope.« Die dunkelhaarige Chris kam um die Ecke gefegt und pfefferte mir schwungvoll einen Bon mit ihrer Bestellung auf den Tresen, bevor sie mit dem nächsten gefüllten Tablett wieder abzog. Ihre Bestellung landete hinter den anderen, die noch darauf warteten, abgearbeitet zu werden. Und dabei ließ ich mich nicht aus der Ruhe bringen. Irgendwie fand ich es witzig, dass in dieser Bar bis heute mit Block und Stift gearbeitet wurde, während anderswo auf der Welt digital bestellt wurde. Aber ich mochte es auch. Es gab mir das Gefühl, mich auszukennen und in der Schnelligkeit des Lebens mithalten zu können. Hier war so vieles anders. Zum Beispiel, dass Jaxon, bevor das *King's* öffnete, mit all seinen Angestellten zusammensaß, einen Kaffee oder Ähnliches trank und dabei den Ablauf des Abends besprach. Ich fand diese Tradition wirklich motivierend für alle. Dabei hatte er mir auch die anderen Mitarbeiter vorgestellt. Neben Brian und Jaxon gab es noch drei Kellnerinnen: Ella, Chris und Brittany, die ebenfalls erst neu angefangen hatte. Zusammen sahen die drei ein bisschen aus wie die Neuauflage der Spice Girls. Scary,

Sporty und Baby Spice. Aber sie waren ganz nett zu mir, wenn auch der Funke nicht so übersprang wie bei Brian. Ich hatte ein wenig das Gefühl, dass sie nur auf einen Fehler von mir warteten. Keine Ahnung, ob sie sich von mir bedroht fühlten oder so. Dabei waren alle drei bestimmt zehn Jahre jünger als ich, hatten glattere Haut, frechere Sprüche auf den Lippen und weniger Berührungsängste. Aber ich war Profi, und da ich nicht das erste Mal hinter einem Tresen stand, konnten sie lange darauf warten, dass ich Fehler machte, die mich den Job kosteten. Solange ich bei Jaxon die Füße stillhielt, würde ich hoffentlich ins Raster passen.

»Die Arbeit hier scheint dir Spaß zu machen«, bemerkte Brian.

»Ja, das stimmt. Und dir? Wie lange bist du schon dabei?«

»Ich war in meiner Studienzeit jahrelang Thekenschlampe. Das Image wird man nicht mehr so schnell los. Entweder man mag es, oder man hasst es. Dazwischen gibt es nichts. Wie lange machst du es schon?«

»Oh, ich hab's nur während meines Studiums gemacht. Danach nicht wieder. Bis ... jetzt ...«

»Hast du es seitdem vermisst?« Brian zwinkerte mir verschwörerisch zu. Seine dunklen Augen funkelten spitzbübisch.

»Das Kellnern?« Er nickte, und ich dachte kurz über seine Frage nach. »Nein, aber es macht mir trotzdem einen riesigen Spaß.« Und das war die Wahrheit. Hinter dem Tresen sein zu dürfen und nicht raus in die Menge zu müssen, vereinfachte die Sache für mich. Zudem war ich ein visueller Mensch und konnte mir daher ziemlich schnell merken, in welcher Schublade ich die passenden Getränke fand, die Kupfertassen für die Mules und die stilechten Mason Jars für die Moonshine Drinks, sowie die richtigen Tasten auf der Kasse. Nach der Sache mit Jaxons Portemonnaie hatte mich die freie Hand diesbezüglich zwar gewundert, aber ich beschwere mich nicht. Die Rezepte der einzelnen

Cocktails fielen mir anfangs schwerer, jedoch pinnten Gott sei dank Karten an der Innenseite des Tresens, nicht einsehbar von den Gästen. Somit mixte ich meine ersten Drinks zwar nicht so routiniert, aber sie schienen zu schmecken. Keiner fiel vom Stuhl oder beschwerte sich über die unfähige Barkeeperin. Also alles halb so wild.

»Und du machst deinen Job echt gut«, bestätigte Brian meinen Eindruck.

»Danke. Nach fast drei Monaten stupidem Ausfüllen von Formularen und Ablage machen in der Spedition ist das hier echt mal was anderes.« So viel Schiss ich anfangs gehabt hatte, wieder unter Leuten zu arbeiten, umso mehr Lust hatte ich jetzt darauf, mich zu beweisen. Mir zu bestätigen, dass es klappte, dass ich es konnte. Ich freute mich auf diese Herausforderung. Und es war an der Zeit. Nicht nur wegen mir. Sondern auch, weil mir klar war, dass Jaxon mir den Job nicht zutraute. Das hatte er mir unmissverständlich von der ersten Minute an zu verstehen gegeben. Allerdings wunderte es mich, dass er mir dann gleich die Samstagabendschicht hinter dem Tresen gab. Aber ich schlug mich offenbar ganz gut. Zumindest sagte seine Miene nichts Gegenteiliges. Ich bewunderte ihn insgeheim für seine Fähigkeiten als Chef. Aber auf der anderen Seite war da der Mann Jaxon King. Und den wollte ich so gar nicht bewundern.

»Hör mal ... macht es dir was aus, wenn ich dich kurz alleine lasse?«, fragte Brian.

»Was hast du vor?«

»Nichts, was dich in Schwierigkeiten bringen würde. Nur Servietten aus dem Lager holen, die sind aus.«

Meine Lippen verzogen sich zu einem Lächeln. »Ich komme klar.«

»Davon gehe ich aus.« Er grinste und verschwand in der Küche. Ich kümmerte mich wieder um die Getränkebestellungen und um die Wünsche der wenigen Gäste, die noch am Tresen saßen.

Es war eine verdammt lange Theke, aus dunklem, massivem Holz, und sie zog sich über die ganze linke Seite des Raums. Die Oberfläche glänzte, und ich konnte mir gut vorstellen, wie Barkeeper früher die Gläser mit Whiskey on the rocks darüber hatten schweben lassen wie auf einem Air-Hockey-Spielfeld. Davor in einer Reihe standen mit braunem Leder bezogene Barhocker, von der Decke hingen drei Kronleuchter, und ihr Licht spiegelte sich in dem polierten Holz.

Die unzähligen Flaschen und Gläser wurden in Regalen mit Glastüren an der Wand hinter dem Tresen in Szene gesetzt. Sie reichten bis zur stuckverzierten Decke. Eine Holzleiter, wie man sie von Bibliotheken kennt, sorgte dafür, dass man auch an die obersten Flaschen rankam. Allerdings war das alles nur Deko. Die Flaschen, die wir ständig nutzten, befanden sich in greifbarer Nähe am Tresen. Zwischen den Regalen hing ein riesiger Spiegel, der bestimmt drei Meter breit und einen Meter hoch war. Er diente dazu, die Gäste auch beim Mixen und Kassieren nicht aus dem Blick zu verlieren. Darunter standen die Einmachgläser in einer Reihe. Ich trank wenig bis nie Alkohol, aber das hatte echt Stil und erinnerte an die Zeiten von Al Capone. Jetzt verstand ich auch, was es mit den Uniformen im Style der Zwanzigerjahre auf sich hatte. Meine Urgroßmutter hatte mir oft aus der Zeit erzählt, als ich noch ein Kind gewesen war, und ich hatte an ihren Lippen gehangen. Leider war sie vor wenigen Jahren mit fast fünfundneunzig friedlich eingeschlafen. Sie war die Einzige aus meiner Familie, die ich wirklich vermisste.

Bevor es mich runterziehen konnte, schüttelte ich die Vergangenheit ab und widmete mich wieder der Gegenwart.

»Hope? Hilfst du mir kurz?« Brittany stand vor mir, ein volles Tablett in der Hand, das zweite für denselben Tisch stand noch auf dem Tresen, und sah mich fragend an. Ihre Bitte ließ mich mitten in meiner Bewegung verharren. Mein erster Impuls war zu verneinen. Aber dann fing ich Jaxons Blick auf. Also nickte ich, schnappte mir die Bestellung und folgte Brittany mit einem ziemlich beschissenen Gefühl im Magen durch die Menge der Feiernden zu einem der hinteren Tische. Und je weiter ich mich vom Tresen entfernte und je weniger Platz zum Durchgehen blieb, umso zittriger wurde ich. Die Flüssigkeiten in den Gläsern schwappten hin und her, ich spürte die verschwitzten Körper der fremden Männer nahe an meinem. Zu nahe. Meine Kehle wurde eng und der Drang, mich aus dieser Menge zu befreien, mit jeder Sekunde stärker. Doch ich schaffte es, die Getränke unfallfrei zu servieren und in angemessenem Tempo wieder zurück hinter den Tresen, meinen Schutzwall, zu gehen. Ich brauchte die Sicherheit und Grenze, die er bot. Aber ich konnte mich nicht ewig hinter ihm verstecken.

Mir war nicht entgangen, wie Jaxon mich beobachtete. Immer wieder spürte ich seine Blicke im Nacken. Vermutlich wartete er nur auf einen Fehler von mir, damit er mich wieder loswerden konnte. Aber diesen Gefallen würde ich ihm nicht tun. Was mich aufrecht hielt, war der Gedanke an mein neues Leben. *Nicht mehr unterkriegen lassen.* Die Worte meiner besten Freundin Kelly hatten sich in mein Unterbewusstsein gebrannt und erinnerten mich jeden Tag aufs Neue daran, dass ich den Absprung geschafft hatte. Und nichts und niemand konnte mir das nehmen. Morgen würde ich sie anrufen. Ich vermisste sie so fürchterlich.

Mittlerweile legte der DJ auf und hatte die Feiernden im Griff, die kleine Tanzfläche zwischen dem Tresen und den Sitzplätzen an der Wand war gut gefüllt. Schnelle House-Beats drangen aus den versteckten Lautsprechern und verbreiteten ziemlich schnell gute Stimmung.

»Hey, M.« Jaxons Stimme ließ mich erschaudern. Unwillkürlich versteifte ich mich und drehte mich zu ihm herum.

M? Ernsthaft? Ich setzte an, ihm eine passende Antwort um die Ohren zu schleudern, doch glücklicherweise fiel mir rechtzeitig ein, dass ich mir das mit meiner Steilvorlage wohl selbst eingebrockt hatte. Und dass ich von ihm das Geld für meine Miete erhalten würde.

»Hey, King«, sagte ich also nur. Auf seine verdutzte Miene gab ich nur Schulterzucken zurück.

»Kommst du klar hier?« Er warf mir einen kurzen Blick zu, während er mit gerunzelter Stirn die Kasse inspizierte. Was tat er da? Suchte er was?

»Ja, alles bestens. Gibt's ein Problem?« Mit verschlossener Miene zeigte ich auf die Kasse.

»Warum fragst du? Willst du mir was beichten?«

»Für eine Beichte hätte ich ja wohl erst mal sündigen müssen.«

Sein Blick wanderte kurz an mir runter und wieder rauf. Dann hob sich eine Augenbraue, bevor er sich wieder der Kasse zuwandte. »Hast du das nicht schon?«

Mir entgleisten für einen winzigen Moment die Gesichtszüge. »Sag mal, geht's noch?«

Ich suchte in seinem Gesicht nach einem Anflug von Belustigung, die seine Worte begleitete, aber ich fand nichts. Ohne eine Miene zu verziehen sah er mich an. Offensichtlich meinte er das ernst. Das traf mich wirklich. Mir war klar: Er hatte mir nur wegen seiner Schwester eine Chance gegeben. Weil er selbst mir den Job nicht zutraute. Aber dass er wirklich so von mir dachte, war unterste Schublade.

»Du traust mir nicht, richtig? Du glaubst echt, ich hätte dein beschissenes Portemonnaie geklaut, ja? Und dass ich in die Kasse greife offensichtlich auch. Das ist so mies!«, platzte es aus mir raus.

»Wenn ich so mies zu dir bin, warum gehst du dann nicht einfach? Oder stehst du darauf, schlecht behandelt zu werden?«

Seine Worte waren wie ein Schlag in den Magen. Wenn er wüsste, was er da sagte. Es war nicht einfach, zu gehen. Auch, wenn man schlecht behandelt wurde. Er hatte keine Ahnung, worüber er redete. Wie konnte man nur so ungerecht sein? Das war einfach das Allerletzte. Er war mein Chef, allein deshalb hätte ich darüberstehen müssen, aber ich konnte *das* einfach nicht so stehen lassen. Ich schluckte den Klumpen in meinem Hals runter, dann sammelte ich all meine Kraft und sah ihn an.

»Du weißt nichts von mir, King. Rein gar nichts. Du hast keine Ahnung, wer ich wirklich bin oder was ich durchgemacht habe. Also rede nicht über Dinge, von denen du nichts verstehst.«

Im ersten Moment wirkte er irritiert. Dann wandelte sich seine Miene. Er gab der Kassenschublade einen so gewaltigen Schubs, dass sie mit einem Knall zuflog. Dann stand er auch schon vor mir. Seine grünbraunen Augen funkelten wütend.

»Mitkommen«, herrschte er mich an, sodass ich überhaupt nicht auf die Idee kam, ihm zu widersprechen. Ich zuckte zusammen, als er mich am Ellenbogen packte. Aber ich fühlte mich so überrumpelt, dass ich mich von ihm durch die Tür hinter dem Tresen, durch die Küche und von dort durch eine weitere Tür schieben ließ. Erst als wir draußen im Hof standen, machte ich mich los.

»Verdammt, was soll das?« Mein Herz schlug bis zum Hals.

Er zog die Augenbrauen etwas zusammen, verschränkte die Arme vor seiner breiten Brust und starrte mich an. Sein Atem verursachte kleine Wölkchen in der kalten Luft. Mein trommelnder Herzschlag beschleunigte sich und hämmerte ähnlich wie die schnellen Beats der Musik, die durch die nur angelehnte Tür zu uns drang.

Bedrohlich leise zischte er: »Jetzt hör mir mal gut zu.« Er umfasste erneut meinen Oberarm. »Was fällt dir eigentlich ein, mich vor meinen Gästen so anzugehen?« In seinen Augen loderte die Wut.

Wie aus dem Nichts überkam mich Angst. Ich war ganz allein in einem halbdunklen Hinterhof mit einem Kerl, den ich kaum kannte. Er war groß wie ein Kleiderschrank, und ich konnte ihn nicht einschätzen. Es war dunkel, und keiner würde mich hören bei der lauten Musik. Meine Knie zitterten, als er die Arme rechts und links neben meinem Kopf an der Wand hinter mir abstützte. Der Abstand wurde immer geringer. Seine Füße, seine Beine, seine Brust, sein Gesicht ... alles an ihm war mir so nahe. Zu nahe. *Atme, Hope. Atme!*

Die Dunkelheit, die ich in den letzten Monaten erfolgreich verdrängt hatte, wollte jetzt von mir Besitz ergreifen. Die Hilflosigkeit wollte mich übermannen, aber ich würde das nicht zulassen. Mein Herz raste. Meine Fäuste ballten sich, ich zwang mich, die Lähmung herunterzuschlucken, und sah ihm geradewegs in die Augen.

»Fass. Mich. Nicht. An«, brachte ich langsam, aber mit aller Härte, die ich aufbringen konnte, heraus. Und betete, dass er das Zittern in meiner Stimme nicht wahrnehmen konnte.

Jaxon sah mich an, ohne sich von der Stelle zu rühren. Seine Augen verengten sich.

Wenn er mir nicht sofort Raum zum Atmen lässt, dann ...

Urplötzlich zog er sich zurück, hob abwehrend die Hände und nahm gleich ein paar Schritte Abstand. Rasch blinzelte ich die Tränen weg, die vor Wut, aber auch vor Erleichterung in mir aufstiegen.

»Ganz ruhig, M. Tut mir leid, ich wollte nicht ... Ich hab wohl ein bisschen überreagiert. Und nein, ich halte dich nicht für eine Diebin«, setzte er leiser hinterher.

Ein kalter Schauer lief mir über den Rücken, und ich schloss für einen kurzen Moment die Augen. »Gut«, flüsterte ich. Als ich ihn ansah und bemerkte, dass er vermutlich nie wirklich etwas

Bedrohliches ausgestrahlt hatte, fühlte ich mich doch wie ein dummes, trotziges Gör. *Ich* hatte überreagiert. *Ich* war hysterisch geworden, obwohl dazu gar kein Grund bestanden hatte. Die Tür neben mir war angelehnt, die Geräusche des Clubs drangen an mein Ohr, die belebte Straße war nur einen Mauersprung entfernt. Es war total abgedreht gewesen, vor Jaxon Angst zu haben. *Scheiße.*

»Ich bin ... ich mag es nicht, wenn ...« Wie konnte ich das nur wieder geradebiegen? Betreten sah ich zu ihm auf, hoffte auf Verständnis seinerseits, auf ein Entgegenkommen. Vielleicht auf ein erleichtertes Lachen, das die Anspannung lockerte. Aber nichts.

Er sah mich aus leicht zusammengekniffenen Augen an. »Ich wollte dir nicht zu nahe treten. Hätte ich gewusst, dass ...« Er brach ab. Natürlich. Wie hätte der Satz auch enden sollen? Er hatte doch keine Ahnung. Aber ich würde den Teufel tun, ihm den wahren Grund zu nennen. Niemals. Daher schüttelte ich nur den Kopf, zuckte mit den Schultern und starrte auf meine Fußspitzen.

»Ich –«

»Nein, schon gut. Du musst mir nichts erklären.« Er fuhr sich mit der Hand durch seine Frisur. Wieder trotzten einzelne Strähnen der Erdanziehung und blieben einfach in der Luft stehen. »Ich wollte dir keine Angst machen. Ich hab wirklich überreagiert«, wiederholte er. »Ist das damit jetzt geklärt? Können wir bitte wieder an die Arbeit gehen?« Seine Stimme war leiser, sanfter, aber zugleich distanzierter als vorher.

Meine Zähne bohrten sich in die Unterlippe, und ich bejahte stumm. Er nickte ebenfalls und wandte sich nach einem weiteren kurzen Blick der Tür zu. Dann hielt er sie mir auf, ließ mich vorgehen, und ich betete inständig, dass er das Zittern meines Körpers nicht bemerkte.

Ich war dort gewesen, wo ich nie wieder hingewollt hatte.

Egal, wie sehr Jaxon King mich durcheinanderbrachte, gleichgültig, wie viel schneller mein Herz schlug, wenn er in meiner Nähe war. Denn soeben war ich daran erinnert worden, wohin Gefühle führen konnten. Direkt zurück in die Hölle.

Jaxon

»Bringst du mir noch einen Kaffee mit, wenn du schon in die Richtung läufst? Uhhh, sexy Unterhose!« Chloe, die auf *meinem* Sofa lag, grinste und warf mir mit einem filmreifen Augenaufschlag einen Luftkuss zu, der mir nur ein resigniertes Lächeln entlocken konnte. Dann vertiefte sie sich wieder in ihr Buch. Sie war genau wie Logan süchtig nach Comics, aber mehr noch nach dicken Wälzern. In ihrer Wohnung gab es tatsächlich einen ganzen Raum, in dem sich nichts anderes befand. Ihre eigene kleine Bibliothek. Ich selbst konnte Papier nicht viel abgewinnen. Statt zu lesen, sah ich mir lieber den Film dazu an. Das ging schneller.

Logan hatte Chloe nach der Diagnose im Krankenhaus in meine Wohnung über der Bar gebracht. Mir war wohler dabei, sie jetzt bei mir zu wissen, als allein in ihrem Appartement in Queens. Hier konnte ich mich um sie kümmern, falls sie Hilfe brauchte.

»Dass du dich in *meiner* Wohnung einnistest, dich über *meine* Unterwäsche beschwerst und mich dazu wie einen Leibeigenen behandelst, darüber sollten wir dringend reden«, warf ich Chloe im Vorbeigehen zu.

»Darüber rede ich schon jede Woche mit meiner Therapeutin«, witzelte sie.

»Über meine Unterwäsche?«

Sie nickte ernst. »Natürlich. Aber vergiss es, sie steht nicht auf kariert.«

»So ein Jammer«, erwiderte ich gähnend und streckte mich ausgiebig.

Ich kam gerade erst aus dem Bett. Nachdem ich nur etwas

über fünf Stunden geschlafen hatte. Die Sache mit Hope hatte mich wach gehalten. Trotz der Schlaftablette, die ich wie fast jeden Abend eingeworfen hatte. Ohne diese Pillen kam ich kaum mehr zur Ruhe, wurde oft genug von Albträumen gequält. Die Träume hatten mich in der letzten Nacht verschont, aber dennoch fühlte ich mich wie von einem Sattelschlepper überrollt. Dementsprechend war meine Laune nicht die beste.

Nach der Begegnung im Hof des *King's* waren wir uns den Rest der Nacht aus dem Weg gegangen. Zumindest so gut es möglich gewesen war. Und obwohl ich nicht darüber nachdenken wollte, konnte ich es nicht verhindern. Ständig tauchte die Frage in meinem Kopf auf, was in ihrem Leben passiert sein musste, dass sie so reagiert hatte.

Sawyer hatte sich als einer der letzten Gäste zur Sperrstunde um vier Uhr morgens verabschiedet. Brian hatte Hope bezahlt und sich um die Abrechnung gekümmert, ich hatte mich ins Büro zurückgezogen, bis alle weg waren. Nicht zu wissen, wie ich mit jemandem umgehen sollte, war absolut neu für mich. Bisher hatte ich stets den Ton angegeben, egal, ob es eine Beziehung, eine Affäre, ein One-Night-Stand oder ein Arbeitsverhältnis war. Doch jetzt war ich verunsichert. Ich – Jaxon King – war aus dem Sattel geworfen worden.

Mit zwei Bechern Kaffee ging ich zum Sofa. Dann setzte ich mich zu meiner kleinen Schwester, die ich über alles liebte, und deren Verletzung mich fast so sehr schmerzte wie sie selbst. »Hast du noch starke Schmerzen?«

»Nein, es ist okay, die Tabletten wirken ganz gut. Das sind so Scheißegal-Dinger, mit denen du nicht mehr nachdenkst als nötig. Die hauen einen ganz schön um.« *Die könnte ich jetzt auch gut gebrauchen.* Sie grinste schief, lehnte sich dann aber vor und sah mich sensationslustig an. »Und jetzt erzähl mal: Was hab ich gestern verpasst? Wie hat Hope sich geschlagen?« Bei der Erwähnung ihres Namens zuckte ich kurz zusammen.

»Jax?« Meine Schwester neigte den Kopf etwas und sah mich argwöhnisch an. »Oh Shit! Du hast sie nicht flachgelegt, oder? Sag mir nicht, dass du sie gevögelt hast. Bitte nicht. Sie wäre perfekt für das Team und du –«

»Ich habe sie nicht flachgelegt!«, fiel ich ihr barsch ins Wort. *Wenn es nur das gewesen wäre ...* Meine Miene musste sich ziemlich verdunkelt haben, jedenfalls spiegelte sich das in ihrer wider. »Fang nicht wieder damit an, Chloe. Das ist lange vorbei, und das solltest du eigentlich wissen.«

»Guck mich nicht so entrüstet an. Der Gedanke ist ja nun nicht weit hergeholt, oder? So, wie du damals drauf warst.« Ihre schlanken Finger schlossen sich fester um den Kaffeebecher.

Möglichst geduldig atmete ich tief ein und wieder aus. Hinter meiner Stirn begann es unangenehm zu pochen. »Chloe, lass es einfach, okay. Ich bin gerade nicht in der Stimmung, um –«

»Du wirst echt alt, Bruderherz. Früher warst du immer in Stimmung.« Ihre Miene spiegelte unverhohlene Skepsis. Ihre wasserblauen Augen wurden größer, und ihre kleine Stupsnase kräuselte sich dabei. Sie sah süß aus, wenn sie Witterung aufgenommen hatte, aber ich wusste auch, dass der Schein trog. Sie würde nicht lockerlassen. »Für was? Was ist los mit dir? Jax? Was ist gestern passiert? Und erzähl mir nicht, es wäre *nichts* passiert. Dafür kenne ich dich mittlerweile zu gut.«

Ich stöhnte auf. Geräuschvoll stellte ich den Becher auf dem Tisch ab, stand auf und ging zum Fenster. Der Blick auf den Hudson River, der durch die Häuserschluchten durchblitzte, beruhigte meine Nerven immer. Aber dieses Mal wollte sich die Ruhe nicht einstellen. Meine Gedanken waren zu wirr, irrten im Kreis umher, nur um das eine Thema herum. Hope. Doch so sehr ich es auch drehte und wendete – ich fand keine befriedigende Antwort auf die vielen Fragen in meinem Kopf. Was war in den zwei Minuten passiert, die wir draußen verbracht hatten? Warum war sie so panisch geworden? War ich ihr so zuwider? Nein, das glaubte ich nicht. Eher das Gegenteil. Denn wenn mich nicht alles täuschte, hatte sie diese Anziehung zwischen uns auch gespürt. Ich wusste nicht, was es war, aber es war da, schon von der ersten Sekunde an. Ihre Panik war durch meine Wut heraufbeschworen worden. Der Gedanke, sie könnte nach diesem Zwischenfall nicht wiederkommen, gefiel mir nicht. Ganz und gar nicht.

»Was verschweigst du mir?«

»Chloe, du nervst.«

»Na und? Das ist mein gutes Recht. Ich bin deine kleine Schwester. Ich nerve schon, seit ich auf der Welt bin. Ich mache mir Sorgen um dich.« Sie ließ nicht locker, ich kannte das doch. Also war es besser, ihr zu sagen, was sie hören wollte.

»Es geht mir gut, Chloe. Hope hat sich hinter dem Tresen gut geschlagen, aber mein Gefühl sagt mir, dass sie nicht wiederkommt. Sie war ja eh nicht wirklich wegen des Jobs zu uns gekommen. Genaugenommen hat sie uns nur einen Gefallen getan.« Ich wusste, dass mein Ton zu brüsk gewesen war, jedoch war das die einzige Möglichkeit, um Chloe zum Schweigen zu bringen. Sie konnte es verschmerzen. Doch meine schlechte Stimmung prallte an ihr ab wie ein Baseball am Schläger.

»Das wäre sehr schade«, sagte sie nach einer Weile. »Ich mag sie und finde, sie passt gut ins *King's*. Sie ist total nett. Und schlagfertig. Und sie lässt sich von dir nicht einschüchtern, das gefällt mir.«

»Was soll das denn heißen?«

»Hast du ihre Nummer?«, überging sie meine Frage einfach.

»Nein.« Was sollte ich besser finden? Wenn sie den Job schmeißen würde und nicht wiederkäme, oder wenn sie heute Abend wieder auf der Matte stehen und ich ihren Duft einatmen würde? Wenn sie in meiner Nähe war, kam es mir vor, als würde ich die Kontrolle verlieren.

»Hm, Brian müsste sie notiert haben, oder?«

»Kann sein«, wich ich aus. Die Mitarbeiter mussten ihre Daten immer angeben. Hope auch, darum hatte Brian sich bestimmt gekümmert. Aber ich würde den Teufel tun und sie anrufen. Geschweige denn, Chloe die Möglichkeit dazu geben. Denn ich wusste – entschied Hope sich wegen gestern, nicht wiederzukommen –, Chloe würde sie umstimmen können. Deshalb schwieg ich und trank meinen Kaffee. Äußerlich ruhig brodelte es in mir. Ich musste hier raus.

»Ich geh joggen«, presste ich hervor, eilte ohne auf Chloes Protest zu achten ins Schlafzimmer und sprang hastig in die Laufklamotten. Laufen würde mir helfen, den Kopf frei zu machen und Hope ein für alle Mal aus meinen Gedanken zu kriegen. Zumindest hoffte ich das. Hope. Was für ein Wortspiel.

Trotz Nieselregens verließ ich die Wohnung und trabte los Richtung Central Park, der gute drei Kilometer entfernt lag. Der High Line Park lag in der Nähe, war aber sicher überfüllt um diese Uhrzeit. Von Musik auf den Ohren hielt ich nichts, ich brauchte eine Pause von allem und versuchte, mich nur auf die Stille zu konzentrieren. Sofern man mitten in New York von Stille sprechen konnte. Also bemühte ich mich krampfhaft, all meine Gedanken auszublenden. Den Job, Chloes Verletzung, die Personalprobleme, meine Albträume, Jules ... Hope.

Ohne darüber nachzudenken lief ich die große Runde um den Park, die fast zehn Kilometer lang war. Hier gab es viele Hügel, doch der Harlem Hill im Nordwesten war besonders schwierig. Wenn man das Stück gegen den Uhrzeigersinn lief, war der Abschnitt ziemlich steil. Normalerweise brachte mich diese Strecke ganz gut an meine Grenzen, aber diesmal sprintete ich den Hügel trotz des Regens nur so hoch, bezwang ihn, angefeuert durch das Chaos in mir. Auch den Rest der Etappe schaffte ich es nicht, die Geschehnisse des gestrigen Abends aus dem Kopf zu bekommen. Die Panik in ihrem Blick, als ich ihr zu nahe gekommen war … Warum interessierte mich das überhaupt? Ich kannte sie kaum.

King, verdammt! Halt dich da raus! Du kannst sie nicht alle retten. Dann ging ich an meine Reserven und rannte die letzten drei Kilometer vom Park nach Hause in persönlicher Bestzeit.

Wieder zu Hause bemerkte ich dankbar, dass Chloe eingeschlafen war. Sie lag zusammengerollt auf dem mächtigen bequemen Sofa, welches einen großen Teil des Raums einnahm, hatte sich die Wolldecke bis über die Schultern hochgezogen und atmete tief und gleichmäßig. So brauchte ich ihr gegenüber zumindest keine weiteren Erklärungen abzugeben. Das schaffte ich ja nicht mal bei mir selbst.

Ich stieg die Treppe zur oberen Etage hoch und sprang unter die Dusche. Doch auch dem heißen Wasser gelang es nicht, die Gedanken an Hope fortzuspülen. Sie hatte sich in mir eingenistet und ließ mich nicht mehr los.

Nach einer gefühlten Ewigkeit drehte ich das Wasser ab und machte mich für die Arbeit fertig. Die Getränkebestände in der Bar mussten kontrolliert und aufgefüllt werden, und da Chloe ausfiel, würde ich selbst auf den Markt gehen müssen, um Obst für die Cocktails einzukaufen.

Als ich runterkam, war Chloe gerade aufgewacht.

»Hey.«

»Ich geh runter in die Bar. Du kommst zurecht?«

Sie richtete sich auf, noch halb verschlafen. »Warte, ich komme mit nach unten. Ich mach mich nur eben frisch.«

»Ernsthaft? So?« Mein Blick fiel auf die Krücken vor dem Sofa, dann auf ihre Schiene.

»Ist die etwa nicht chic genug fürs *King's*?«

»Ich denke, du hast Schmerzen?«

»Am Hintern, ja. Wenn ich noch länger hier rumsitze. Mann, ich muss hier raus.«

»Chloe …« Ich grinste schief. »Du trägst diese Schiene erst seit drei Tagen.«

Chloe korrigierte mich. »Ich *trage* sie nicht, Jax. Dieses Scheißding ist keine Handtasche, die mit mir spazieren geht. Mein Fuß ist in dieses … Ding eingezwängt wie in einen schlecht sitzenden Catsuit und –«

Ich stoppte sie mit der Hand. »Bitte keine Modetipps. Du wirst laut Arzt ein paar Wochen mit diesem *Ding* aushalten müssen. Und wenn dir der Hintern vom Sitzen wehtut, dann *leg* dich hin. Auf jeden Fall bleibst du hier. Unten bist du nur im Weg.«

Chloe legte den Kopf auf die Seite. Ihre Augen funkelten angriffslustig. »Früher war ich klein und süß, heute alt und im Weg, oder was soll das heißen?« Unwillkürlich musste ich grinsen. Und das machte sie nur wütend. »Jaxon King! Glaubst du allen Ernstes, nur weil du zwei verdammte Jahre älter bist als ich, kannst du mich behandeln wie ein Kind? Vergiss es! Ich mache mich jetzt fertig. Und wenn du mich nicht reinlässt, dann … dann … Ach, irgendwas wird mir schon einfallen. Außerdem …« Sie grinste mich zuckersüß an, und ich wusste im selben Moment, dass sie etwas getan hatte, was ich nicht gut finden würde.

»Außerdem …?«

»Außerdem habe ich mit Hope telefoniert. Sie kommt heute Abend zu ihrer zweiten Schicht. Also zieh dir was Schickes an, Bruderherz.«

Hope

»Du hast was?« In kurzen Sätzen hatte ich meiner besten Freundin Kelly via Skype von dem Zusammenprall mit Jaxon im Hinterhof des *King's* erzählt. Ihre Sorge war trotz der dreitausend Meilen Entfernung zwischen New York und Los Angeles deutlich zu spüren. Von Angesicht zu Angesicht hatte ich Kelly nie etwas vormachen können. Sie kannte mich einfach zu gut.

Wir waren seit der Junior High befreundet. Unsere Mütter hatten zusammen Cocktailpartys gegeben, unsere Väter gemeinsam Golf gespielt. Eine Freundschaft, die, wenn man es so wollte, aus Zwang entstanden war. Wir hatten von allem zu viel gehabt: zu viel Kohle, zu viel Zeit, zu viele falsche Freunde. Und nichts weiter zu tun gehabt, als auf die Highschool zu gehen und gut auszusehen. Aber das war mir nicht genug, das hatte ich ziemlich schnell begriffen. Und Kelly auch. Es ging überall nur ums Geschäft. Mein Vater war Filmproduzent, ihrer Regisseur. Typisch für Hollywood. Ihre Mom war Designerin, meine führte eine erfolgreiche Modelagentur, in der sie mich vermarktet hatte, kaum dass ich Brüste entwickelt hatte. Irgendwann kam der Zeitpunkt, an dem ich begann, Hollywood zu hassen. Die Freundschaft zwischen Kelly und mir aber hatte sich immer mehr verfestigt. Sie war mein Fels in der Brandung und ich ihrer. Aber jetzt, wo ich sie am dringendsten gebraucht hätte, lag der ganze verdammte Kontinent zwischen uns.

Ich begann zu frösteln, seufzte abgrundtief und zuckte mit den Schultern.

»Auf einmal bin ich durchgedreht. Keine Ahnung, Kell, ich

hab einfach Panik bekommen. Und jetzt weiß ich nicht, wie ich mich ihm gegenüber verhalten soll. Ich meine, ich brauche den Job.«

Sie schüttelte ihre blonden Locken. »Du hast genug Geld, Hope. Mehr, als du ausgeben kannst. Benutze es.«

»Nein! Ich will das Geld nicht, Kell. Ich werde es nicht anrühren. Nicht, wenn es auch anders geht.«

Kelly seufzte und verdrehte die Augen über meine Sturheit. Es gab ein Treuhandkonto, auf das mein Vater seit dem Tag meiner Geburt eingezahlt hatte, und auf das ich erst seit Kurzem – genaugenommen seit meinem dreißigsten Geburtstag – Zugriff hatte. Aber ich wollte dieses Geld nicht. »Ich habe mich nicht von meiner Familie losgesagt, um finanziell weiter von ihr abhängig zu sein, Kell.«

»Ja, ja. Ich finde das ja auch völlig legitim, aber versprich mir wenigstens, dass du es nimmst, wenn es wirklich ernst wird. Okay?«

Mit Schwung kippte ich den Saft in den Mixbecher. Natürlich kleckerte die Hälfte daneben, und fluchend griff ich nach dem Lappen, der schon einige Lachen hatte aufsaugen müssen. Es war eben doch nicht so leicht, Flüssigkeiten aus einer bestimmten Höhe in einen kleinen Shaker zu füllen. Dabei hatte es bei Brian so spielerisch einfach ausgesehen. Aber ich würde so lange üben, bis es mir aus den Ohren kam. Bis ich es verdammt noch mal draufhatte.

Seit zwei Stunden stand ich in der schwarz-weißen Designer-Küche in dem modernen Appartement meiner Mitbewohnerin Peyton Eliot und versuchte mich an verschiedenen Handbewegungen mit dem Shaker. Total dämlich, wenn man bedachte, dass ich nach meiner Überreaktion gestern Abend die Bar am liebsten nie wieder betreten wollte. Tatsächlich hatte ich mich mit dem Shaken nur ablenken wollen. Von dem Vorfall im Hof und von Jaxon King. Und ich hatte darauf gebaut, dass es helfen würde, aber das tat es nicht. Natürlich nicht! Schließlich stand das Cocktailmixen in enger Verbindung mit Jaxon King. Eine Gänsehaut lief mir über den Körper. Ich war völlig durcheinander.

»Hope?« Kelly war wahrlich nicht die Geduld in Person, und ihr Tonfall ließ mich kurz innehalten.

»Ja, ich verspreche es.« Das tat ich auch nur, weil ich wusste, dass es so weit nie kommen würde. Aber wenigstens war Kelly damit zufriedengestellt.

»Was machst du da eigentlich?«

»Mixen.«

»Spannend ...«

»Ich würde dir ja meine Kreation aus Eis, Kirschsaft und Kaffee anbieten, aber ...«

Kelly täuschte ein Würgen vor. »Das hört sich nicht lecker an.«

»Ist es auch nicht. Dient nur der Fingerfertigkeit. Das Shaken ist nicht einfach nur ein lapidares, stures Schütteln. Du musst es aus dem Bauch heraus machen. Siehst du? So.« Ich zielte mit dem Lappen ins Spülbecken, dann schraubte ich den Shaker zu und gab meiner Freundin eine Demonstration dessen, woran ich mich seit zwei Stunden versuchte.

»Oh mein Gott ...« Kelly brach in lautes Gelächter aus, worauf ich stoppte und ihr einen bösen Blick zuwarf.

»Nicht hilfreich, Kell. Nicht. Hilfreich.«

»Ach komm schon, Süße. Da fehlt noch der gewisse Sexappeal.« Sie stand auf, und nur noch ihre Hüften waren im Blick. Und mit eben diesen fing sie dann an zu wackeln, führte eine Art Bauchtanz auf, während sie einen imaginären Cocktailshaker schüttelte. »Siehst du? So!«

»Damit komme ich im *King's* bestimmt ganz groß raus!« Jetzt war ich es, die in Gelächter ausbrach.

»Und was genau musst du in dieser Bar machen? Außer hüftwackelnde Verrenkungen?«, fragte Kell, als wir uns wieder beruhigt hatten.

»Ich stehe hinterm Tresen und gebe die Drinks raus. Jaxon zahlt gut, und mir gefällt es dort. Der Tresen schützt mich, ich mag die Arbeit, mit Brian komme ich gut klar – du würdest ihn mögen – und Chloe und Logan ... ich glaube, wir könnten Freunde werden. Diesen Sawyer kann ich nicht einordnen, aber – Halleluja! – er ist verdammt sexy. Er hat durchaus was von dem jungen George Clooney. In *Emergency Room*, erinnerst du dich? Ich glaube, die Männer hier würden dir gefallen.« *Jaxon auch ...* »Und jetzt hat mich mein blöder Ehrgeiz gepackt, obwohl ich nicht mal weiß, ob ich da wieder hingehen will«, seufzte ich.

Kelly schwieg und sah mich mitleidig an.

»Du denkst, ich bin total durchgeknallt, oder, Kell? Und weißt du was? Ich glaube, das –«

»Geht's dir gut, Hope?«, unterbrach sie mich.

Für einen winzigen Moment überlegte ich, ob ich darüber nachdenken musste, aber kam zu dem Schluss, dass ich die Antwort kannte. Also schüttelte ich den Kopf. »Nein. Mir geht es verdammt noch mal überhaupt nicht gut. Jaxon King macht mich fertig. Und ich vermisse dich. Und ich habe zu viel widerlich aussehende Fake-Getränke geschüttelt. Und – wenn Peyton das Schlachtfeld hier sieht, dann dreht sie mir den Hals um. Oder noch schlimmer: Sie wirft mich raus. Ich muss das hier beseitigen. Dringend.«

»Küchen sind zum Benutzen da.«

»Nicht diese hier, Kell. Glaub mir.«

»Aber warum wohnst du dann da?« Ihre dunklen Augenbrauen, die wie immer perfekt in Form gebracht waren, zogen sich kaum merklich etwas zusammen, sodass sich eine kleine Falte über ihrer Nase bildete.

»Weil es nicht so einfach ist, in New York bezahlbaren Wohnraum zu finden. Es gibt genügend Bruchbuden für viel Kohle, die ich mir mit zwielichtigen Typen hätte teilen müssen. Peyton lässt mich für eine faire Miete ihre Designerküche beschmutzen. Oder auch nicht. Ach, wie dem auch sei ... Glaub mir – das hier ist die beste Alternative.«

»Die beste Alternative wäre, dass du zurückkommst. Du glaubst nicht, was du hier alles verpasst.« Und dann lenkte Kelly mich ab und erzählte mir, dass Bella Southamp, eine ehemalige Mitschülerin, die Hauptrolle in dem neuen Blockbuster meines Vaters bekommen hatte; dass Brandon Noles, ein Mitglied unserer ehemaligen Clique, sich mit einer fünfzehn Jahre älteren Frau eingelassen hatte; dass die Cops Todd Thompson beim Koksen erwischt hatten; und dass Kellys Vater ihr eine Eigentumswohnung gekauft hatte. »Und das hat er nur getan, um sein schlechtes Gewissen zu beruhigen, weil er und Mom sich scheiden lassen«, ließ sie die Bombe platzen.

Es lenkte wirklich ab, all das zu hören.

»Das tut mir leid, Kell. Wie geht es dir damit?«

Sie zuckte mit den Schultern. »Die beiden waren doch sowieso nur noch auf dem Papier miteinander verheiratet. Nur, um die Klatschpresse nicht zu füttern. Tja, nun aber hat Mom beschlossen, dass ihr jüngster Lover ihre große Liebe ist und sie sich echt scheiden lassen will. Du glaubst gar nicht, was hier seitdem los ist. Dad dreht durch. Nicht wegen Mom, sondern wegen der Kohle, die ihr zusteht.« Sie grinste frech. »Geschieht ihm irgendwie recht. Hätte er sich mehr um uns gekümmert, mehr zu schätzen gewusst, was er an Mom hatte, wäre das vielleicht nicht passiert.«

»Ja, möglich.«

»Wie dem auch sei ... du fehlst mir, Hope.«

»Du mir auch.«

»Nicht mal Mason kann die Lücke füllen ...« Ihre grünen Augen – ebenfalls perfekt geschminkt – sahen mich traurig an. Für sie hatte sich innerhalb des letzten Jahres nichts verändert. Ganz anders bei mir. Sie war immer noch mit Mason zusammen, ging weiterhin ihrem Job in der Galerie nach und lebte nach wie vor in der Welt, aus der ich ausgebrochen war. »Meinst du nicht, du könntest vielleicht doch bald zurückkommen?«, wagte sie erneut einen Vorstoß.

Entschlossen schüttelte ich den Kopf. »Nein, das geht nicht. Ich bin ja nicht mal hier zur Ruhe gekommen. Und wie lange bin ich jetzt schon hier? Drei Monate, Kell. Drei beschissene Monate. Man sollte doch meinen, dass drei Monate, dreitausend Meilen und drei Zeitzonen ausreichen, um endlich alles hinter mir zu lassen.«

»Du musst damit abschließen, Hope«, wiederholte sie und verschwand kurz von meinem Bildschirm. Dann hörte ich nur noch ihre Stimme und Tastaturgeklapper. »Sonst wird es dich immer verfolgen.«

»Leichter gesagt als getan.«

»Süße, Sean kann dir nichts mehr tun. Leb dein Leben. Geh in die Bar, mach deinen Job, hab Spaß und wenn du willst, dann auch mit diesem Jaxon. Und …« Stille. Dann pfiff sie anerkennend durch ihre vollen, geschminkten Lippen. »*Wow!* Der ist ja echt heiß!«, rief sie aus. Jetzt war sie wieder da und grinste mich mit ihrem breiten Hollywood-Lächeln an und wackelte dabei mit den akkurat geformten Augenbrauen.

»Was? Wer?«

»Na, Mr Barbesitzer.«

»Jaxon?«

Sie verdrehte die Augen. »Kennst du noch andere?«

»Nein, aber … Hast du ihn gegoogelt?«

Auf die Idee war ich noch gar nicht gekommen. Aber Kelly wusste gerne, woran sie war und mit wem sie es zu tun hatte. Ich dagegen hatte mich auf meine Menschenkenntnis und mein Bauchgefühl verlassen. Bis sie Dinge über Sean rausgefunden hatte, die ich wohl nie erfahren hätte, wenn sie nicht geschnüffelt hätte.

»Er *ist* heiß, verdammt.« Kelly fuhr sich mit der Zunge über die Lippen, bevor sie einen rollenden Laut ausstieß. »Rarrr ...«

»Kell!«

Kelly kicherte und zog beschämt die Schultern hoch. Na ja, nicht wirklich verlegen, aber sie konnte in vielen Dingen gut so tun als ob.

»Wo hast du ihn gefunden?« Jetzt wollte ich es auch wissen, öffnete einen neuen Tab und verlor Kellys Bild.

»Gib nur seinen Namen ein. Die Bar hat offensichtlich keine eigene Homepage.«

»Kein Wunder. Ihre Existenz ist ja auch ein offenes Geheimnis. Oh, wow ...«, stieß ich aus, als ich in sein Gesicht sah, das mir von einem Online-Artikel ins Auge sprang.

In dem Bericht war die Rede von der Übernahme des Clubs durch den jungen Jaxon King, nachdem sein Großvater gestorben war. Wie gut er aussah. Der Artikel war schon ein paar Jahre alt. In seinem Blick lag etwas, das nicht zu dem fast unmerklichen Lächeln passen wollte. Derselbe Schmerz, wie ich ihn jahrelang in meinen eigenen Augen gesehen hatte, wenn ich in den Spiegel geblickt hatte. Was hatte er durchgemacht? War er auch durch die Hölle gegangen, so wie ich? Was war *seine* Hölle? Wer hatte *ihm* so wehgetan? Und das tat mir weh.

»Hope?« Kells Stimme brachte mich zur Besinnung. Ertappt klickte ich das Bild weg und holte den Video-Chat zurück auf den Bildschirm. »Du stehst auf diesen Kerl, oder?« Eindringlich sah sie in die Kamera.

»Ja. Nein. Ich ...«

»Hope?«

»Ja, irgendwie schon. Und das kann ich mir überhaupt nicht erklären, Kell. Ich meine, ich bin doch weg, weil ich die Schnauze von Männern voll habe und –«

»Nein, Schatz«, fiel sie mir ins Wort und wedelte mit dem Zeigefinger herum. »Du bist weg wegen Sean, nicht wegen der Männer im Allgemeinen. Und wenn da so eine megasexy Schnitte auf der Bildfläche erscheint, ist es doch wohl kein Wunder, dass du darauf anspringst.« Ihre Stimme wurde sanfter, ihre Augen ein wenig dunkler. »Du hast so viel durchgemacht, du hast ein bisschen Glück verdient. Und wenn es nicht dieser Jaxon ist, ist es ein anderer. Früher oder später findest du deinen Deckel. Aber lass nicht zu, dass Sean weiter dein Leben bestimmt.« Sie hielt den Blick nachdenklich über die Kamera gerichtet, ohne mich anzusehen. »*Verbringe deine Zeit mit Menschen, die dich bedingungslos lieben. Und nicht mit Menschen, die dich nur lieben, weil du ihre Bedingungen erfüllst*. Das habe ich erst kürzlich auf Instagram gelesen. Verfasser unbekannt, aber ich finde das sehr passend und schön.« Nun sah sie mir direkt in die Augen. Eindringlich und fast flehend. »Du musst den Absprung schaffen, Hope. Jetzt. Bevor es zu spät ist.«

Nachdenklich nickte ich. Ja, da war etwas Wahres dran. Bei Sean war ich stets auf der Hut gewesen, immer darauf bedacht, seine Bedingungen zu erfüllen – damit er mich liebte. Aber er hatte mich nie geliebt. Das wusste ich jetzt. Ihm war es wichtig gewesen, dass er mich herumkommandieren konnte. Und das hatte ich wirklich viel zu lange mit mir machen lassen. Sean war allgegenwärtig. Kelly hatte recht. Das musste aufhören! Ein für alle Mal.

»Wann ist deine nächste Schicht?«, fragte sie. Dankbar für die Unterbrechung meiner Gedanken hielt ich inne, sah in die Kamera und zog beide Augenbrauen hoch.

»Heute Abend, aber –«

Jetzt seufzte Kelly gequält auf. »Nichts aber! Du musst da hin. Allein wegen deiner Shaker-Stunde. Und das meine ich jetzt nicht zweideutig.« Sie zwinkerte mir zu, dann wurde sie wieder ernst. »Wie lange willst du noch weglaufen, Hope? Reicht es nicht, dass du alles aufgegeben hast und ans andere Ende der Welt gezogen bist?«

»Es sind nur drei Zeitzonen«, sagte ich und grinste halbherzig.

»Oh Hope. Du weißt genau, was ich meine. Du hast alles hinter dir gelassen. Und niemand weiß, wo du steckst. Außer mir. Alle machen sich Sorgen um dich. Deine Eltern rufen an und ich sage ihnen, ich wüsste nicht, wo du bist. Es bringt mich um, sie alle anlügen zu müssen. Mach wenigstens etwas, wofür es sich lohnt.«

Das hatte gesessen. Mit der Bitte um ihre Verschwiegenheit verlangte ich Kelly wirklich viel ab.

»Du hast recht.«

»Natürlich habe ich recht.«

»Ich werde heute Abend hinfahren. Ins *King's*. Ich lasse nicht zu, dass er mich immer noch bestimmt. Ich schaffe das, Kell. Versprochen.«

»Oh, Pumpkin ...«

Mir schossen die Tränen in die Augen bei der Erwähnung des Kosenamens, den sie sich wegen meiner roten Haare ausgedacht hatte, als wir noch Kinder gewesen waren. Und den ich schon viel zu lange nicht mehr gehört hatte.

»Du fehlst mir so sehr«, flüsterte ich. Auch in ihren Augen glitzerte es.

Zum Schluss musste ich Kelly versprechen, auf mich acht zu geben und mich zusammenzureißen, bevor wir die Verbindung trennten. Ohne sie fühlte ich mich einsam in dieser Küche. Daran konnten auch die Gläser voller Fake-Cocktails, die ich am Küchentresen aufgereiht hatte, nichts ändern. Ich wischte mir die Finger an einem Küchenhandtuch ab, ließ mich auf einen der exklusiven Designer-Küchenstühle fallen und griff mit beiden Händen nach meinem Teebecher. Kalt. Kalt wie mein altes Leben. Hier konnte es nur besser werden.

Ich setzte einen Kessel mit Wasser auf den Herd, und als das Telefon klingelte, nahm ich noch in Gedanken den Anruf an.

»Hope? Hier ist Chloe«, meldete Jaxons Schwester sich. Ich hätte nicht mehr überrascht sein können, wenn es Ed Sheeran persönlich gewesen wäre. Sie hielt sich nicht mit Höflichkeiten auf.

»Ich wollte nur wissen, wie es dir gestern so gefallen hat. Das Arbeiten in der Bar.«

»Gut. Es hat Spaß gemacht«, gab ich zu. Das hatte es auch. Bis ich vor Jaxon … Entschlossen schüttelte ich die quälende Erinnerung ab.

»Prima. Dann können wir also heute Abend auf dich zählen?«

Mach wenigstens etwas, wofür es sich lohnt.

»Ja, ich komme.«

»Prima!« Chloe schien sich wirklich zu freuen.

Wir legten auf, und während der Kessel auf dem Gasherd das Wasser zum Kochen brachte, dachte ich über das Telefonat nach. Schon verrückt, wie sich manchmal alles wie von allein regelte.

Nachdenklich schob ich den linken Ärmel meines Pullis hoch und starrte eine Weile auf die Narbe auf meinem Unterarm. Und je länger ich sie ansah, umso stärker wurde mir klar: Ich musste etwas ändern, denn sonst würde mein Vorsatz, mir mein Leben zurückzuholen, sich in Luft auflösen.

Hope

»Siehst du den Typen mit dem roten Schlips und die Frau daneben?« Brian nickte ziemlich verdeckt in Richtung eines Pärchens, das uns schräg gegenüber an einem der Tische auf Barhockern saß. So unauffällig wie möglich sah ich hinüber und glaubte, ein ganz normales Paar zu sehen, das nach Feierabend noch was trinken gegangen war. Aber was war schon normal? »Er heißt Chris, sie nennt sich Lory. Er kam schon her, bevor sie hier Gast war, sie haben sich hier kennengelernt. Allerdings ...« Er grinste. »... nimmt er jeden Abend, ehe sie die Bar betritt, seinen Ehering ab.«

»Du meinst ...?«

Er nickte mit einem verhaltenen Grinsen. »Sie weiß das sicher nicht. Ich tippe auch mal darauf, dass sie sich noch nie außerhalb des *King's* getroffen haben.« Schulterzuckend griff Brian sich das nächste Glas, um es zu polieren. Ich tat es ihm gleich.

Es war Sonntag. Laut Jaxon ein ruhiger Abend im *King's*, weswegen auch nur Brian und ich hinter dem Tresen standen. Das Wochenende war so gut wie vorbei, die Feierwütigen kurierten noch die Nachwehen aus und bereiteten sich bereits wieder auf den ersten Arbeitstag der Woche vor. Die Workaholics arbeiteten auch sonntags. So wie Jaxon King. Der saß seit Stunden in seinem Büro und machte Papierkram.

Es waren lange nicht alle Plätze am Tresen besetzt, an den Tischen ebenfalls nicht. Und es gab heute auch keine laute Musik durch einen DJ, sondern nur softe Lounge-Musik aus den unsichtbaren Lautsprechern.

»Und was ist mit denen da?« Es machte Spaß, von Brian etwas über die Gäste zu erfahren. Möglichst unauffällig zeigte ich auf zwei Männer in unserem Alter, die aussahen, als wären sie gerade aus einem der Bürokomplexe in der Wallstreet gekommen, um noch einen Absacker zu trinken. Sie saßen beide vor einem Longdrink und unterhielten sich leise. Auf den ersten Blick konnte ich nichts Ungewöhnliches entdecken. Doch Brian verzog die Lippen zu einem Schmunzeln.

»Archer und John, Anwälte. Schwul. Und ein Paar. Aber heimlich. Würden es nie zugeben, schon gar nicht in der Öffentlichkeit. Aber manchmal halten sie unter dem Tisch Händchen oder küssen sich im Hinterhof. Sie glauben, es wüsste niemand ... Ich finde ja, sie sollten endlich dazu stehen, aber ...«

»Aber?« Mein Blick klebte an den beiden.

»Archer ist verheiratet.«

Mein Blick fiel auf seinen Ringfinger. Richtig, da schien ein Goldring zu stecken. »Woher weißt du das alles?«, fragte ich Brian.

Er zuckte mit den Schultern. »Das ist mein Job. Ich bin nicht umsonst Barkeeper geworden.« Er zwinkerte mir zu, dann stellte er das Glas ins Regal. »Sag mal ... Hast du Mittwochabend schon was vor?«, fragte er nach einer Weile.

Meine Hände stoppten innerhalb der gleichmäßigen Bewegungen, mit denen ich das Weinglas poliert hatte, aber mein Blick war weiterhin auf das karierte Handtuch geheftet. War das gerade die Vorhut einer Einladung zu einem Date? Ich schluckte, sah auf und hoffte, dass ich mich geirrt hatte. Brian beachtete mich nicht, sondern drehte mir den Rücken zu und ordnete die Gläser ganz oben ins Regal.

»Brian, ich weiß nicht, ob ...«

Brian hatte mein Zögern bemerkt. »Oh ... nein!« Er grinste verhalten. »Nicht, was du denkst. Es ist Halloween, und da ist Karaoke im *SingCity,* eine nette Bar ein paar Blocks weiter. Und die Belegschaft geht eigentlich jedes Jahr zusammen hin. Da du nun auch ein Teil des *King's* bist ...«

»Oh ... ich ...«

»Also, es ist nicht, weil du nicht heiß bist. Du bist mega heiß. Aber ...« Sein Blick bekam etwas Verklärtes. »Es gibt da eine andere. Also nicht, dass sie wüsste, dass es mich gibt, aber ich weiß, dass es sie gibt und deswegen ist mein Herz leider schon vergeben.«

Erleichterung durchströmte mich, und ich strich mir ein paar Haare aus dem Gesicht. »Wenn ich jetzt sagen würde, ich finde das schade – würdest du mir glauben?«

Er warf mir einen langen Blick aus seinen hellbraunen Augen zu. Dann grinste er spitzbübisch. »Nein.«

»Gut«, sagte ich erleichtert und fiel in sein Lachen mit ein.

»Tut mir leid, wenn ich dich in Verlegenheit gebracht habe.«

»Nein, schon in Ordnung«, sagte ich und atmete erleichtert auf. »Das hört sich lustig an. Solange ich nur zusehen kann und nicht gezwungen werde, selbst zu singen, ist das okay.«

»Am ersten Abend ja, aber beim nächsten Mal kommst du nicht mehr so leicht davon.« Er zwinkerte mir zu.

»Muss ich mich verkleiden?« Kostümierungen hasste ich seit jeher.

»Es ist Halloween«, sagte er nur, als würde sich damit meine Frage selbst beantworten. Was sie wohl auch tat. »Also? Bist du dabei, oder hast du schon was anderes vor?«

Ich musste nicht lange überlegen. Das mit dem Verkleiden würde ich bestimmt irgendwie hinkriegen. »Ich habe nichts weiter vor. Also ja, ich komme sehr gerne mit.« Gott sei Dank war es nicht das gewesen, was ich befürchtet hatte. Auch wenn ich Brian mochte, hatte ich im Moment wirklich keinen Bedarf an Männern. Das würde nur Komplikationen mit sich bringen.

»Super.« Brian nickte, wandte sich ab, hängte das Handtuch

an den dafür vorgesehenen Haken und lächelte die Frau an, die gerade durch die Tür in Richtung Tresen kam.

Sie setzte sich ans äußere Ende. Wenn mein erster Eindruck mich nicht täuschte, sah sie ziemlich geschafft aus. Ich beobachtete Brian, wie er zu ihr ging, als sie sich gesetzt hatte, hörte, wie er mit freundlicher Stimme ein paar auflockernde Worte zu ihr sprach und ihr damit ein Lächeln entlockte. Das Eis war gebrochen. Er mixte ihr einen Drink und blieb in ihrer Nähe. Sie schien Redebedarf zu haben. Und Brian spielte den Zuhörer.

»Guten Abend, kann ich bei dir was bestellen?« Ich fuhr herum. Ein Mann, groß, dunkelhaarig und mit einem durchdringenden Blick stand auf der anderen Seite des Tresens und musterte mich. Auf eine Art, die mir nicht gefiel. Trotzdem setzte ich ein freundliches Lächeln auf und checkte ihn innerhalb von Sekunden ab: Anzugträger, nicht von der Stange. Volles Haar, Lachfalten, gerade, strahlend weiße Zähne. Entweder hatte er in seinem Leben noch nichts Süßes gegessen oder einen guten Zahnarzt. Kein Ring am Finger, gepflegte, manikürte Hände. Bürohengst, kein Handwerker. Etwa einen halben Kopf größer als ich, gut gebaut, Kraftsportler und Athlet. Sicher mit Sixpack und Knackarsch, aber verborgenen Tattoos, die nicht zu seinem jetzigen Lebensstil passten. Das war genau die Sparte Mann, die man in L. A. auf jeder Cocktailparty traf.

Ich atmete kontrolliert durch und bemühte mich um einen neutralen Tonfall. »Ja, natürlich.«

»Wie heißt du?« Er lehnte sich gegen den Tresen und legte seinen Arm darauf ab.

»M«, sagte ich aus einem Impuls heraus und war Jaxon in diesem Moment sehr dankbar für den Spitznamen.

»M? Wofür steht das?«

»Für nichts. Einfach nur M.«

»Das ist ... ein ziemlich ungewöhnlicher Name. Ich bin Vito.«

Ich lächelte. Er ebenfalls. Ein breites Lächeln, das Selbstverliebtheit ausstrahlte. Vermutlich sein Standardprozedere, um Frauen aufzureißen. Womit er bei mir absolut an der falschen Adresse war. Mir war sein Lächeln eine Spur zu freundlich. Er selbst war mir einen Tick zu nah, obwohl der breite Tresen zwischen uns stand.

»Ich habe dich schon die ganze Zeit beobachtet«, gab er locker zu, als wäre das das Normalste von der Welt. Bei mir lösten diese Worte allerdings Alarm aus. Langsam zog ich die Augenbrauen nach oben, doch das irritierte ihn kein Stück. Er zuckte mit den Schultern und glitt auf einen der Barhocker vor der Theke. »Wundert dich das?« Er ließ mich nicht aus den Augen. »Du gefällst mir.« Er beugte sich vor, lehnte sich vertraulich auf den Tresen und lächelte noch breiter. Sein aufdringliches Aftershave stieg mir in die Nase. Unwillkürlich trat ich einen Schritt zurück. Ich mochte ihn nicht.

Beruhig dich, Hope. Er kann dir nichts tun. Du bist in einer Bar, in der Öffentlichkeit. Er wäre verrückt, wenn er dir hier gegen deinen Willen zu nahe kommen würde.

»Woher kommst du, M?« Er ließ sich mein Pseudonym auf der Zunge zergehen.

»Was kann ich dir bringen?«, wechselte ich reserviert das Thema und betete, dass das leichte Zittern in meiner Stimme im Sound der leisen Musik unterging. Das Letzte, was ich wollte, war, diesem aufdringlichen Fremden private Details aus meinem Leben auf die Nase zu binden.

Er warf einen flüchtigen Blick auf die Tafel, die hinter mir an der Wand hing. »Erst mal einen Bootlegger«, bestellte er den Drink des Abends. »Ich gehe da rüber, okay?« Ich schluckte, biss die Zähne aufeinander und nickte.

Erleichtert, dass er nicht am Tresen sitzen geblieben war, drehte ich mich um und wischte mir die schweißnassen Hände an der Schürze ab. Als Barkeeper war es ja meine verdammte

Pflicht, die Gäste zu unterhalten, aber bei solchen Kerlen fiel es mir schwer. Besonders, wenn sie so übergriffig waren.

Das sind Luxusprobleme, die du dir nicht leisten kannst, Hope! Es könnte mich den Job kosten und damit die Miete und damit wiederum meinen Neuanfang in dieser Stadt. Das wollte ich nicht riskieren. Also musste ich mich jetzt endlich zusammenreißen.

Ich konzentrierte mich darauf, das richtige Glas aus dem Regal zu nehmen, um es erst mit zerstoßenem Eis und im Anschluss mit Alkohol und Apfelsaft aufzufüllen. Blendete das ungute Gefühl aus, das mir im Nacken saß. Der Kerl hatte Ähnlichkeit mit Sean. Nicht das Aussehen, aber die Art. Seine Bewegungen, die einer Raubkatze glichen. Sein selbstgefälliges Lächeln. Seine Arroganz, die mir zeigen sollte, wie sehr ich ihm unterlegen war. Die übergriffige Annäherung. So war Sean gewesen.

Ich atmete tief ein und langsam wieder aus. Eine Atemtechnik, die Kelly mir beigebracht hatte und die ich lange geübt hatte. Es half. Mit jedem Atemzug wurde ich etwas ruhiger, und der Knoten in meinem Magen löste sich ein wenig. Das war mehr, als ich erwartet hatte. Mein Blick schwenkte nach links zum kleinen Kräuterbeet, in dem Basilikum, Pfefferminze und andere Kräuter für die Cocktails in Metalltöpfen standen, und blieb direkt an Jaxons Gesicht hängen. Wie lange saß er schon da am Tresen? Hatte er nicht in seinem Büro zu tun? Beobachtete er mich etwa? Unsere Blicke begegneten sich, und ich spürte, wie mir die Hitze in die Wangen schoss. Und dann lächelte er mich plötzlich an. Einfach so. Ich senkte den Kopf hastig, um ihm nicht zu zeigen, wie sehr er mich durcheinanderbrachte. Das war so albern. Meine Güte! Energisch rupfte ich ein paar Basilikumblätter ab, zerstampfte sie mit dem Mörser und gab sie in den Drink. Dann drehte ich mich zurück, stellte das Glas auf eines der vorbereiteten Tabletts und sah mich nach Brian um. Aber er war nicht da. Vielleicht war er ins Lager gegangen, um Getränkenachschub zu holen, oder einfach nur auf die Toilette. Egal. Ich war erwachsen und doch wohl selbst in der Lage, diesem Typen seinen Drink zu bringen.

Also schnappte ich mir das Tablett und umrundete den Tresen. Dabei musste ich an Jaxon vorbei, dessen Blick mich erzittern und die Eiswürfel gegen das Glas klirren ließ.

»Soll ich dir das abnehmen, M?«, fragte er und sah auf das Tablett. Dann zu dem Kerl, der allein an einem Stehtisch gegenüber des Tresens stand.

»Ich schaff das schon, King«, erwiderte ich. Es kam mir wie ein Ritual vor, auf meinen Spitznamen mit seinem Nachnamen zu kontern. Obwohl ihn das eigentlich auf ein Podest hob. King. König. Ja, das war er tatsächlich, wie mir in dieser Sekunde bewusst wurde.

»Daran habe ich keine Zweifel, M«, antwortete er mit einem seltsamen Unterton.

Knapp nickte ich ihm zu und schob mich an ihm vorbei, wobei mir der Geruch seines Rasierwassers in die Nase stieg. Während ich Jaxons Blick in meinem Rücken fühlte, konzentrierte ich mich auf den Weg. Ich umrundete den Tresen, setzte einen Fuß vor den anderen und erreichte nach dreiundvierzig Schritten den Tisch, an dem Vito in aller Gelassenheit lehnte und irgendwas in sein Handy tippte.

Erst legte ich eine schwarze Serviette als Untersetzer vor ihm auf das blank polierte Holz, dann stellte ich das Glas darauf ab. »Ein Bootlegger. Bitte sehr.«

Er streckte seine Hand nach dem Drink aus. Gerade wollte ich mich erleichtert umdrehen und gehen, da packte er mein Handgelenk.

»Mach mir doch gleich noch einen. Redhead.«
Redhead?
Schweißperlen legten sich auf meine Haut.
Das war noch lange nicht genug, Redhead.

Schmerz boxte in meinem Magen.

Vorbei ist es erst, wenn ich es sage, Redhead.

»Nein!« Ich schrie und wirbelte rum. So heftig, dass ich versehentlich das Glas vom Tisch schlug. Es fiel scheppernd auf den dunklen Steinboden und zersprang in tausend Einzelteile. Wie mein Innerstes bei der Berührung dieses Fremden. Dann war alles still.

Wie versteinert stand ich da und starrte ihn an, fühlte den Griff seiner Finger auf meiner Haut, spürte die Übelkeit, die in mir aufstieg, den Schweiß auf meiner Stirn, die Panik, die mich ergriff. *Sah Vitos Gesicht, das sich in Seans Fratze verwandelt hatte. Sah das breite, selbstgefällige Grinsen, das augenblicklich gefährlich näher kam. Roch seinen Atem, der eine Wolke von Alkohol mit sich brachte. Fühlte seine Hände auf mir, die sich schmerzhaft in meine Haut einbrannten.* Hastig schnappte ich nach Luft, versuchte, meine Hand aus seinem Griff zu befreien, aber er ließ nicht los. Er stand nur da, taxierte mich wie ein wildes Tier seine Beute. Meine Beine wurden schwächer, mein Blickfeld schwärzer. Ich sehnte die Ohnmacht herbei.

»Lass mich los«, flüsterte ich, doch ich hörte die Worte nicht. Hatte ich überhaupt etwas gesagt? Ich wollte schreien, aber tat es nicht. Ich wollte atmen, aber konnte es nicht. Ich starrte nur in seine blauen Augen, unter deren Blicken ich mich nackt fühlte. Und die Angst schnürte mir die Kehle zu.

»Gibt es ein Problem?« Der Griff um mein Handgelenk löste sich augenblicklich, und ich merkte, wie meine Knie nachgaben und ein Arm sich fest um meine Taille legte. Wie aus dem Nichts war Jaxon neben mir aufgetaucht und sorgte dafür, dass ich nicht umkippte. Langsam lichtete sich die Dunkelheit um mich herum, die mich fast verschlungen hatte, und ich spürte Jaxons Anwesenheit ganz deutlich, eine tröstliche Wärme direkt neben mir, seinen Arm beschützend um mich gelegt. Nur schwerlich traute ich mich, den Blick zu heben. Er und Vito starrten sich an.

Vito schnaubte verächtlich. »Ja! Das Glas ist runtergefallen, und deine kleine Angestellte hätte fast meinen Anzug ruiniert.«

»Es ist wohl besser, wenn du jetzt gehst.« Jaxons Stimme war ruhig, aber kalt wie Eis, und ich war in diesem Moment froh, dass seine Worte nicht mir galten. Noch nicht. Aber ich fürchtete, das würde noch kommen. Jetzt wollte ich mich aus seinem Arm befreien, doch das ließ er nicht zu. Er hielt mich fest, und zu meiner großen Überraschung war das okay für mich.

Vito hob die Hände, seine Miene war angepisst. Er lehnte sich gegen den Tisch, als wäre nichts gewesen. Als hätte er mich nicht angepackt. Als wäre ich schuld an dem ganzen Tumult. Vielleicht war ich das ja auch? Möglicherweise war tatsächlich gar nichts passiert? Womöglich hatte ich mir das alles nur eingebildet, mal wieder überreagiert, weil meine Fantasie mir einen Streich gespielt hatte. Mein Blick heftete sich auf die Scherben zu unseren Füßen. Die Lache breitete sich immer weiter auf dem Boden auf.

»Der Drink geht aufs Haus.« Jaxons Stimme war noch eisiger, wenn das überhaupt möglich war. Er zog fast unmerklich eine Augenbraue in die Höhe und sah mit einem Nicken kurz nach rechts. Schräg hinter Vito hatte sich einer der Securitys aufgebaut, mit denen man sich lieber nicht freiwillig anlegte.

»Wir sehen uns, Redhead.« Keine zehn Sekunden später war der Platz am Tisch leer. Als die Schwingtür hinter Vito zum Stillstand kam, schlotterte ich am ganzen Körper.

»Hey, M. Alles okay?« Jaxons Stimme erreichte mich durch den Nebel, der urplötzlich in der Bar aufgezogen war. Meine Hände zitterten, es fiel mir schwer, mich zu beruhigen. *Atme! Konzentriere dich auf deinen Atem, Hope!*

Entkräftet nickte ich. Und schämte mich. Anstatt mich an all das zu erinnern, was ich gelernt hatte, um Typen wie diesen Vito abzuwehren, war ich in eine Starre verfallen und hatte mich einschüchtern lassen. War schwach gewesen. War es immer noch.

»Es … tut mir leid«, krächzte ich. Mein Hals fühlte sich rau an.

Ich spürte seine Hand auf der Schulter und zuckte unwillkürlich zusammen. »Komm, ich bring dich hier weg.«

Jaxon

Hope zitterte am ganzen Körper. Das spürte ich unter meinen Fingern, als ich sie am Tresen vorbei nach hinten in mein Büro schob. Dort waren wir ungestört, und sie hatte die Möglichkeit, sich zu beruhigen. Was dringend nötig war. Was hatte der Kerl getan, dass sie so in Panik geraten war? Es fiel mir nicht leicht, mich zusammenzureißen, dem Drecksack nicht zu folgen und ihm die Fresse zu polieren. Aber Hope war jetzt wichtiger.

Ich hatte sie beobachtet, auch wenn sie das vielleicht nicht mitbekommen hatte. Zu spät hatte ich erkannt, dass sie von dem Kerl angemacht worden war. Ein Gespräch mit Preston war unausweichlich. Er war für die Security in der Bar verantwortlich. Dieser Typ würde hier nicht noch mal Zutritt bekommen.

»Setz dich.« Ich drückte Hope in den Sessel, der meinem Schreibtisch gegenüberstand. »Und bleib hier sitzen, ich hole dir was zu trinken.« Ohne auf eine Antwort zu warten, verließ ich das Büro und marschierte zurück zum Tresen.

»Was ist passiert?« Aus Brians Miene sprach Ahnungslosigkeit. Er hatte nichts mitbekommen.

»Nicht jetzt.« Er verstand und ging mir aus dem Weg.

»Hey, ist alles okay mit ihr?« Chloe, die trotz ihres Bänderrisses offenbar kein anderes Zuhause hatte als die Bar und gerade hereingekommen war, als ich Hope in mein Büro gebracht hatte, beugte sich über den Tresen und sah mich mitfühlend an, als ich die Kaffeemaschine befüllte.

»Das versuche ich herauszufinden.«

»Sie sah echt fertig aus. Dieser Kerl ... wer war das?«

»Ich habe keine Ahnung. Aber was auch immer das war – das

passiert nicht noch mal. Dafür werde ich sorgen.« Die Anspannung in mir wollte raus, nur zu gerne hätte ich auf irgendetwas eingeschlagen. Vorzugsweise auf den Typen von eben. Aber bereitwillig auch in meine eigene Visage. Sie arbeitete für mich. Und dazu gehörte auch, dass ich auf Hope aufpasste. Und ich hatte es bei der erstbesten Gelegenheit verkackt. Das war echt ein Armutszeugnis.

Aber ich war überzeugt, dass ihr so etwas nicht zum ersten Mal passiert war. So von Angst ergriffen, wie sie sich verhalten hatte, musste sie schon vorher mit solchen Situationen konfrontiert worden sein.

»Du magst sie, oder?«

»Chloe, bitte! Für den Scheiß hab ich jetzt wirklich keinen Kopf.«

»Versau es nicht.« Dann versteckte sie ihre Nase wieder hinter ihrem iPhone, als wäre nichts geschehen.

»Danke, Prinzessin Naseweis«, murmelte ich, allerdings so leise, dass sie es nicht hörte.

Ich griff einen Hochprozentigen aus dem Kühlfach und zwei Gläser aus dem Regal, stellte sie zu den beiden Espressi und balancierte alles auf einem Tablett zurück in mein Büro. Meine Befürchtung, Hope würde abhauen, sobald ich aus dem Raum war, hatte sich nicht bestätigt. Sie war noch da, und ihr Gesicht hatte sogar ein wenig Farbe zurückbekommen. Aber sie wollte aufstehen, als ich reinkam. »Ich sollte wieder an die Arbeit gehen.«

»Brian kommt klar, du kannst sitzen bleiben.«

»Aber ich –«

»Hope, bleib doch bitte einfach sitzen!« Warum verdammt ließ sie nicht zu, dass ich mich um sie kümmerte?

Als sie zusammenzuckte, tat es mir im selben Moment leid, sie so angefahren zu haben. Aber zumindest hatten meine Worte gefruchtet. Sie setzte sich wieder hin.

Eine Tasse dampfenden Espresso sowie ein gefülltes Schnapsglas stellte ich vor sie auf den Schreibtisch. Mir füllte ich ebenfalls einen Schnaps ein und setzte mich auf den zweiten Sessel vor dem Schreibtisch zu ihrer Linken. Mit genügend Abstand.

»Runter damit«, sagte ich und hob das Glas, um es mit der nächsten Bewegung meine Kehle runterzustürzen.

»Was ist das?« Sie begutachtete die bernsteinfarbene Flüssigkeit skeptisch.

»Trink einfach. Der tut gut und vertreibt auch die hartnäckigsten Geister.«

»Hört sich an, als wüsstest du, wovon du sprichst.«

Ich sah sie an. »Glaub mir. Das tue ich.«

Kurz schien sie irritiert, doch dann führte sie das Glas an die Lippen. Mit einem Zug kippte auch sie den Schnaps runter und schüttelte sich.

»Noch einen?« Fragend hielt ich die Flasche hoch.

Sie nickte, also schenkte ich uns nach und wir kippten auch den zweiten Hochprozentigen runter. Langsam fühlte ich die Wärme des Gebrannten und merkte, wie er seine entkrampfende Wirkung entfaltete. Fast wie Medizin. Noch ein paar mehr davon und ich würde heute vielleicht sogar ohne Tabletten einschlafen können. Aber eigentlich glaubte ich nicht daran, sondern befürchtete eher das Gegenteil. Zumal ich nicht wusste, was besser war. Alkohol oder die Pillen. Vermutlich war beides gleich scheiße. Doch solange es mir half, zur Ruhe zu kommen, war es für mich okay. Und ich war in der erfreulichen Lage, niemandem Rechenschaft ablegen zu müssen.

Ob das so wirklich erfreulich ist?

Darüber wollte ich nicht weiter nachdenken, und unterbrach mein stummes Zwiegespräch.

»Was war los?«

Hopes Kopf flog hoch, mit leeren Augen sah sie zu mir rüber. Ihre Finger legten sich um das kleine Schnapsglas, bis es zwischen ihren Handflächen verschwunden war. »Jaxon, ich … Ich hatte dir versprochen, dass ich nicht mehr überreagiere. Tut mir –«

Schroff fiel ich ihr ins Wort. »Entschuldige dich ja nicht dafür. Ich will weder sinnfreie Rechtfertigungen noch weitere Ausflüchte von dir hören.« Erschrocken riss sie die Augen auf. Jetzt funkelten sie, die Leere war verschwunden, und ich wusste nicht, in welches ich lieber gucken wollte. In das grüne oder das blaue. Sie gaben beide eine solche Tiefe vor, dass ich mir vorstellen konnte, in ihnen zu versinken. Aber das tat ich nicht. Stattdessen riss ich mich zusammen, um mich davor zu bewahren, meinen Gefühlen nachzugeben und eine Dummheit zu begehen.

»Aber …«

»Nein«, fuhr ich ihr bestimmt ins Wort. Sie stoppte augenblicklich, und ihr Blick wurde unsicher. Ich holte Luft, und wie von selbst öffnete sich mein Herz noch ein bisschen mehr, bevor ich weitersprach. »M, es tut *mir* leid, dass du hier in so eine Lage gekommen bist. Wir hätten besser aufpassen sollen.« *Ich hätte verdammt noch mal besser aufpassen sollen!*

»Nein, ich … Er … Er hat mir ja nichts getan. Er –«

Aber er hätte, wenn … »Hope, ich will dir nicht zu nahe treten, aber du hast doch Angst vor irgendetwas …«

Mein Blick hielt ihren fest, sah von einem Auge zum anderen. Von Blau zu Grün und zurück. *Du hast einfach nur Schiss, ehrlich zu sein.* Ja, das hatte ich. Aber einmal musste ich ja damit anfangen, oder? Und eine Frau wie Hope würde mir kein zweites Mal über den Weg laufen. *Versau es nicht.* Jetzt wusste ich, warum Chloe das gesagt hatte.

Sie senkte den Blick und zupfte an den Ärmeln ihrer Bluse herum. Dann schüttelte sie den Kopf. Langsam, bedächtig. »Ich bin einfach verkorkst.« Sie stoppte, und ich sah ihr an, wie sie mit sich rang.

»Ich bin auch verkorkst, M. Da bist du nicht die Einzige,

glaub mir. In dieser Stadt ist über die Hälfte der Leute verkorkst oder gestört.« *So wie der Dreckskerl eben.* Es brauchte einen Moment, um mich zu sammeln und die richtigen Worte zu finden. »Ich mache mir Sorgen, M. Ich mache mir Sorgen um dich.« Ihre Augen wurden größer, ihre Lippen öffneten sich, als sie mich ungläubig ansah. Es war lange her, dass ich zu jemandem außer Chloe und meinen zwei engsten Freunden so ehrlich gewesen war. Und noch länger, dass ich so für jemanden empfunden hatte. Und vielleicht hatte ich damit zu viel gesagt. Unzählige Sekunden verstrichen, ohne dass einer von uns ein Wort sagte. Ich starrte auf ihre schlanken und schmucklosen Finger mit den kurzen, unlackierten Nägeln, die unbewegt in ihrem Schoß lagen.

Hope räusperte sich im selben Moment. Ihre Finger verschränkten sich miteinander und lösten sich wieder. Es sah aus, als würde sie mit sich ringen und dabei die richtigen Worte suchen. »Du hast recht, Jaxon. Es gibt … gewisse Dinge, über die ich nicht reden möchte. Danke für … dein Verständnis.«

Damit wollte sie das Gespräch beenden. Aber ich konnte es nicht so stehen lassen. Verständnis? Ja, ich wollte sie verstehen. »Was hat es mit Redhead auf sich?«

Dieses Wort musste der Auslöser für ihre Panikattacke gewesen sein. Es war fies, es jetzt wieder ins Spiel zu bringen, aber nur so konnte ich sie aus der Reserve locken. Hier war sie wenigstens in Sicherheit. Und wie ich es vermutet hatte, wich ihr bei diesem Wort alles Blut aus dem Gesicht.

»Nein, King, bitte nicht …« Sie kämpfte sich aus dem Sessel hoch.

Ich stand ebenfalls auf. »Hope, nicht … Lauf nicht wieder weg. Ich möchte dir nur helfen.«

Sie sah mich an, sah durch mich hindurch. »Das geht nicht, King.«

»Wieso nicht?« So würde ich sie nicht gehen lassen. Sie war

verzweifelt, verängstigt und allein. Es war nicht nur meine verdammte Pflicht, mich um sie zu kümmern. Ich wollte auch für sie da sein.

»Dafür ist es zu spät.« Jetzt sah sie mir in die Augen. »Ja, Jaxon. Ich bin vor etwas weggelaufen. Doch ich habe es hinter mir gelassen. Und ich möchte nicht darüber reden. Jetzt will ich endlich vergessen. Bitte, akzeptiere das.«

»Das tue ich, Hope. Aber du sollst wissen, dass ich hier bin, falls du deine Meinung änderst. Okay?« Behutsam nahm ich ihre Hände in meine. Wir schauten uns an. Unsere Gesichter kamen sich immer näher, bis sie nur noch eine Handbreit voneinander entfernt waren. Ich konnte sie riechen, ihren fruchtigen Duft, nach Aprikose und Zimt. Wenn ich jetzt die Augen schloss, dann …

»Jaxon?« Ich schreckte zurück, als Brian den Kopf durch die Tür steckte. *Verflucht!*

»Was?«, rief ich unwirsch und funkelte ihn wütend an.

»Ich … Nichts, sorry.« Er zog sich mit schuldbewusster Miene zurück und schloss die Tür hinter sich. Geräuschvoll atmete ich durch und drehte mich wieder zu Hope um. Verschreckt stand sie da und war leichenblass. Bevor ich etwas sagen konnte, schüttelte sie den Kopf. Eine stumme Bitte an mich, einfach die Klappe zu halten.

»Ich … ich denke, ich sollte Brian jetzt nicht länger allein die ganze Arbeit machen lassen.«

Sie sah fragend zu mir rüber, als erwartete sie ein Okay von mir, dass sie wieder in die Bar gehen durfte. Stumm nickte ich. Erst als die Tür hinter ihr mit einem lauten Knall ins Schloss fiel, erwachte ich aus der Lähmung, die mich erfasst hatte.

Schnaubend schnappte ich mir die Schnapsflasche und setzte sie an meine Lippen. Warum mit Nebensächlichkeiten aufhalten? Ich stürzte den Schnaps meine trockene Kehle runter, als wäre er Wasser.

Fast hätten wir uns geküsst. Wenn Brian nicht wie ein unsensibler Trottel reingeplatzt wäre, hätten wir uns geküsst. Sollte ich wütend oder froh darüber sein? Gerade war ich enorm aufgebracht, denn ich hatte in dem Moment nichts mehr gewollt, als Hopes rosige Lippen zu kosten. Aber mir war auch klar, dass ich Brian dankbar sein sollte. Dankbar, dass mein Leben sich nicht weiter verkomplizieren würde. Und das würde es, wenn ich mich auf Hope einließ.

Sie war süß und weckte meinen Beschützerinstinkt. Aber hatte ich mit mir selbst nicht schon genug Probleme? Da brauchte ich keine Frau, die selbst einen Berg davon mitbrachte.

Ich sprang auf und setzte mich hinter meinen Schreibtisch, startete den Laptop und nahm einen weiteren Schluck aus der Flasche. Aber auch der Alkohol konnte das Chaos in mir nicht vertreiben.

Mit einem Seufzen stellte ich den Schwarzgebrannten zur Seite und starrte untätig auf die Rechnungen, die darauf warteten, bezahlt zu werden. Dabei zwang ich mich, nicht mehr an Hope oder an das, was fast zwischen uns passiert wäre, zu denken. Aber das klappte nicht. Immer wieder flogen meine Gedanken zu ihr, während meine Hand nach der Flasche griff, bis ich sie schließlich gar nicht mehr losließ.

Sie war fast leer, als Chloe ins Büro humpelte. Sie hielt sich nicht mit Höflichkeiten auf, sondern platzte sofort los.

»Hast du die allein getrunken?« Sie zeigte auf die Schnapsflasche neben meinem Laptop, die so gut wie leer war.

»Hol dir 'ne eigene.« Ich nahm auch noch den letzten Schluck und ließ die Flasche dann einfach in den Papierkorb fallen.

»Jaxon!«

»Ja, so heiße ich.«

»Du bist betrunken.«

»Noch nicht genug. Brian soll mir noch eine Flasche holen.«

»Scheißidee.«

»Finde ich nicht.«

»Jaxon ...« Oh, oh, ich kannte diesen Ton, und sofort war ich ganz Ohr. »Was hast du mit Hope angestellt?«

»Ich? Ich habe gar nichts angestellt. Ich wollte ihr helfen«, brauste ich auf. »Aber ich sollte endlich aufhören, mich um diese Frau kümmern zu wollen. Ich hab von Anfang an gewusst, dass sie Ärger bedeutet. Hätte ich nur nicht auf dich gehört und sie eingestellt.«

»So ein Quatsch! Sie ist völlig neben der Spur, seit sie aus deinem Büro gekommen ist.«

Seufzend inspizierte ich die Flasche im Papierkorb. War sie wirklich schon leer? *Fuck!* Achtlos ließ ich sie wieder zurückfallen und lehnte mich im Stuhl nach hinten. Dann sah ich meiner Schwester in die Augen. »Wir hätten uns fast geküsst«, gestand ich ihr mit schwerer Zunge. Sie würde es sowieso rausfinden. Keine Ahnung wie sie so was machte, aber Chloe konnte man einfach nichts verheimlichen.

»Bitte was?« Kopfschüttelnd arbeitete sie sich zum Sessel vor, in dem Hope noch vor einer halben Stunde gesessen hatte, und ließ sich hineinfallen.

»Es ist nichts passiert. Brian ist vorher reingeplatzt, dieser Idiot, und hat ... mich vor einem Fehler bewahrt.«

»Einem Fehler?«, echote sie.

»Einem verfickten Fehler«, berichtigte ich mich.

»Jaxon, verdammt! Überleg dir das gut! Sie arbeitet für dich. Und ich mag sie. Sie passt hier rein. Mach das bloß nicht alles kaputt.«

Ich sprang auf, doch ich hatte die Rechnung ohne den Alkohol gemacht. Der ließ mich gleich wieder zurück in den Sessel fallen. »Darum geht es doch gar nicht, Chloe!«, versuchte ich, so klar wie möglich rauszubringen.

»Nein? Worum dann? Du gehst keine feste Bindung ein,

Jaxon. Damit du dich ja nicht um Gefühle kümmern musst. Seit Jules ...«

Es war, als würde mir alle Kraft aus den Gliedern weichen. Mir wurde schlecht und schwindelig. »Halt Jules da raus«, flüsterte ich. Allein ihren Namen auszusprechen, riss die Wunde auf und ließ mein Herz bluten.

»Warum? Darum dreht sich doch immer noch alles. Du kannst einfach nicht loslassen. Du *willst* nicht loslassen, Jax.«

»Lass es.« Ich wollte nicht darüber reden.

»Es wird nie vorbei sein, wenn du sie nicht gehen lässt«, setzte sie hinterher.

»Chloe. Ich warne dich«, knurrte ich. »Du weißt, ich liebe dich. Mehr als alles andere auf dieser Welt. Aber wenn du nicht sofort den Mund hältst, dann garantiere ich für nichts.«

Sie sagte eine ganze Weile kein Wort, sah mich nur an aus ihren dunkel geschminkten Augen. Wenig später mühte sie sich aus dem Sessel hoch, humpelte zur Tür und drehte sich noch einmal zu mir herum. »Du magst Hope. Denk einfach mal darüber nach.« Ein letzter Blick, dann hinkte sie aus meinem Büro.

Angespannt lehnte ich mich in den Sessel zurück, legte die Hände auf die Tischplatte und schloss die Augen. Ich wusste, sie hatte recht. Es würde mich vernichten, wenn ich noch mal jemanden verlieren würde. Aber mir war auch klar, dass ich keine Wiederholung zulassen würde. Niemals. Und in diesem Moment wurde mir bewusst, warum Hope und ich uns begegnet waren.

Es war kein Zufall.

Es war Schicksal.

Jaxon

Zwei Stunden später traten Hope und ich auf den Gehweg vor der Bar. Nach dem, was passiert war, wollte ich nicht, dass sie allein vor die Tür ging. Wer wusste schon, ob jemand auf sie lauerte. Sollte ihr etwas zustoßen – ich würde es mir nie verzeihen.

Die Nacht war kalt, und sicher hätte man Sterne am dunklen Nachthimmel gesehen, wenn wir außerhalb der hell erleuchteten Stadt gewesen wären. Und wenn es nicht so nieselig wäre. Es hatte Stunden ohne Unterlass geregnet, jetzt verzogen sich die Regenwolken endlich, aber die feuchte Luft blieb und kroch einem unter die Klamotten.

»Bist du mit dem Rad hier?«, fragte ich, als sie ihren Mantel enger um sich zog.

»Nein, das ist noch nicht repariert. Ich bin mit dem Taxi gekommen. Ich werde mir eins rufen.« Sie öffnete ihre Tasche und holte ihr Handy raus.

»Soll ich mich um die Reparatur kümmern?« Ich hatte ein schlechtes Gewissen wegen ihres kaputten Rads.

»Das ist nicht nötig, King, aber danke«, blockte sie mein Angebot ab. Sie war einfach zu stolz, um etwas anzunehmen, und ich beschloss, es erst mal gut sein zu lassen.

»Wo musst du hin?«

»Third Avenue. Murray Hill.«

»Ich würde dich ja fahren, mein Auto steht hier gleich um die Ecke. Aber ich fürchte, ich habe zu viel getrunken«, sagte ich. Zwar fühlte ich mich nach Chloes Standpauke wieder relativ klar im Kopf, aber ich würde den Teufel tun und mich hinters Lenkrad setzen. Und erst recht nicht mit einer so kostbaren Fracht an Bord wie Hope.

»Nein, danke. Schon okay. Wie gesagt ... Taxi.« Sie lächelte und wischte über den Startbildschirm ihres Handys. Sie klang immer noch angespannt. Mir war nicht entgangen, wie sie sich verstohlen umgesehen hatte, als wir aus dem *King's* getreten waren. Aber natürlich hatte ich vorher die Lage gecheckt. Die Angst, dass dieser Wichser hier irgendwo rumlungerte und ihr auflauerte, war allgegenwärtig. Vielleicht wollte ich deshalb noch etwas Zeit mit ihr verbringen. Sie nicht einfach so gehen lassen, schon gar nicht alleine. Es war aber nicht ausgeschlossen, dass es an dem lag, was man *Gefühle für jemanden empfinden* nannte. Chloe hatte mich wachgerüttelt. Also setzte ich alles auf eine Karte.

»Wenn du einverstanden bist und ein kleiner Spaziergang in Ordnung ist, bringe ich dich zu Fuß nach Hause. Ich glaube, mir würde etwas frische Luft ganz guttun«, schob ich hinterher, weil ich keiner von denen sein wollte, der ihr vorschrieb, was sie zu tun hatte. Mein Gefühl sagte mir, dass sie schon mit genügend solcher Typen Bekanntschaft gemacht hatte.

Hope neigte den Kopf etwas zur Seite, in ihren Augen spiegelten sich die Lichter der Stadt. »Du willst freiwillig einen Fußmarsch von über einer Stunde auf dich nehmen?«

»Wenn es sein muss.«

Mit einem winzigen Lächeln schüttelte sie den Kopf. »Danke, das ist nett, aber ...« Sie zeigte auf ihre Füße. »Ich würde tatsächlich das Taxi vorziehen.«

Ich schmunzelte, weil ich genau wusste, welche Wege man in der Bar zurücklegte. »Ja, das kann ich verstehen ... Dann begleite ich dich eben mit dem Taxi nach Hause.«

»Danke, das musst du nicht. Ich –«

Bevor sie wieder Ausflüchte vorbringen konnte, unterbrach ich sie. »Ich würde mich wirklich sehr freuen.« Fragend sah ich sie an und begriff, wie wichtig es mir war, sie nach Hause zu begleiten.

»Okay …«, lenkte sie schließlich ein. »Danke.«

»Hör auf, dich ständig bei mir zu bedanken. Sonst werde ich noch ganz verlegen.«

»Dich kann man in Verlegenheit bringen?«

»Indem man sich permanent bedankt für Dinge, die selbstverständlich sind«, stellte ich klar. Es war überraschend einfach, aus meiner alten Haut auszubrechen, etwas zu wagen.

Ich pfiff uns ein Taxi heran und hielt ihr die Tür auf, schob mich nach ihr auf die Rückbank und merkte mir die Adresse, die sie dem Fahrer nannte. Dann lehnte ich mich zurück und schob die Hände in die Taschen meines Parkas. Ihr feiner Duft füllte das Wageninnere aus, und ich musste mich schwer zusammenreißen, sie nicht zu berühren. Die Versuchung, nach ihren Fingern zu greifen oder ihr den Arm um die Schultern zu legen, um ihr das Gefühl zu geben, dass sie nicht allein war, war einfach zu groß. Ich durfte das nicht tun. Ich würde sie nur bis zu ihrer Tür bringen und im Anschluss selbst nach Hause gehen. Nichts weiter.

»Ich finde nicht, dass es selbstverständlich war, was du getan hast. Andere hätten weggeguckt …«, kam es nach einer Weile zögernd aus ihrem hübschen Mund, den sie fast hinter ihrem dicken Schal verborgen hatte. Ihr Tonfall und ihre Worte ließen mich aufhorchen.

Im Halbdunkel des Wagens versuchte ich, ihren Blick zu erforschen. »Ich würde niemals wegsehen.«

Sie sagte nichts, und ich hielt die Luft an, bis sie den Blickkontakt unterbrach und das Gesicht zum Fenster wandte. Schatten der Straße fielen darauf, hinterließen kurzzeitig Spuren auf ihrem Gesicht. Aber mir kam es vor, als würde diese Dunkelheit immer auf ihrer Miene liegen. Selbst wenn sie lachte, verschwand sie nicht vollständig.

»Lebst du schon immer hier?« Ihre Frage durchbrach die Stille zwischen uns. Sie sah nach vorne, als das Taxi plötzlich bremste, weil ein kleiner Pulk Menschen über die Straße lief. Wir hatten die Bar frühzeitig geschlossen, weil kein Betrieb mehr gewesen war, wie fast immer sonntags. Jetzt war es elf Uhr am Abend, also noch nicht spät für eine Stadt wie New York.

»Ja, schon mein ganzes Leben. Und du?« Sie hatte bei unserer ersten Begegnung ja erzählt, sie komme aus L. A., aber sonst wusste ich nichts über sie. Mir wurde klar, dass ich das gerne ändern würde. Ich wollte sie kennenlernen. Wollte wissen, was sie beschäftigte, was sie bewegte, was sie ängstigte. Ihre Träume, ihre Ziele, ihre Wünsche. All ihre Geheimnisse. Aber die würde sie wohl nicht mit mir teilen. Mit einem Mann, den sie kaum kannte und von dem sie nicht mehr wusste als jeder beliebige Gast in der Bar. Vielleicht war jetzt der Zeitpunkt, das zu ändern.

Das Taxi hielt, ich bezahlte den Fahrer, bevor Hope ihre Tasche geöffnet hatte, und stieg aus. Sie folgte mir und sah mich aus leicht zusammengekniffenen Augen an.

»Danke, Jaxon. Aber ... du erwartest jetzt keinen Kaffee oder so was bei mir, oder?«

Ich grinste. »Nein. Weder Kaffee noch irgendwas anderes. Nur deine Antwort auf meine Frage wollte ich nicht verpassen.«

Sie stutzte, dann lächelte sie. »Seit drei Monaten«, gab sie zurück.

»So kurz erst?« Das überraschte mich. »Und wie gefällt dir die Stadt bis jetzt?«

»Ich ... Ich hatte bisher gar keine Zeit, mich hier umzusehen.«

»Noch gar nicht?« Sie verneinte stumm. Ich glaubte nicht, dass es an der fehlenden Zeit lag, und fasste einen Entschluss. Wobei ich betete, der Schuss würde nicht nach hinten losgehen. »Hast du morgen schon was vor?«, fragte ich, bevor ich es mir anders überlegen konnte. Sie zog die Augenbrauen etwas zusammen. Skepsis stand ihr ins Gesicht geschrieben. »Hättest du Lust auf Sightseeing? Ich würde dir gerne meine Stadt zeigen. Das Wichtigste im Schnelldurchlauf. Ich kann mit einigen Geschichten über New York glänzen«, witzelte ich.

Ihre glatte Stirn legte sich in Falten. Und ihr Blick verdunkelte sich fast unmerklich, als sie die Lippen verzog. »Jaxon, ich weiß nicht. Das ist wirklich nett gemeint, aber –«

»Genau. Es ist nett gemeint. Mehr nicht.« Ich stellte mich vor sie, sodass sie stehen bleiben musste. Neben uns lag ein Coffeeshop, der noch bis Mitternacht geöffnet hatte. Das Licht fiel durch die großen Scheiben auf ihr Gesicht. »Ich bin kein schlechter Kerl, M. Und ich wünschte mir, du würdest mir das glauben. Ich möchte dir einfach nur meine Stadt zeigen.«

Ich wartete. Endlose Sekunden wartete ich auf ihre Antwort. Bis sie mich endlich erlöste.

»Das ist alles?«

Ich hatte die Luft angehalten und atmete jetzt geräuschvoll aus. »Japp, das ist alles. New York muss man einfach gesehen haben. Du kannst nicht hier wohnen und nicht auf dem Empire State Building gewesen sein oder am 9/11-Memorial. Du musst einen Hotdog im Gray's Papaya essen und unbedingt einmal zu Fuß über die Brooklyn Bridge spazieren. Die Aussicht vom Rockefeller Center ist auch nicht zu verachten, aber noch besser ist der Weihnachtsbaum, den sie bald schon da aufstellen werden. Du musst den High Line Park sehen und dort die Beine baumeln lassen. Und natürlich die Wallstreet und den Times Square mit all seinen Werbetafeln besichtigen. Wusstest du zum Beispiel, dass das One Times Square, das Gebäude auf der Ecke, auf dessen Fassade die Schlagzeilen im Textformat veröffentlicht werden, leer steht?« Sie schüttelte den Kopf. »Bis auf die Apotheke, die die unteren drei Stockwerke nutzt, ist das Haus unbewohnt. Es bringt mehr Kohle ein, die Gebäudeflächen der Werbung zu überlassen, als Wohnungen zu vermieten.«

»War das eine der Geschichten über New York, mit denen du glänzen wolltest?«

Ich warf mich in die Brust. »Wenn Sie mehr erfahren wollen, buchen Sie eine exklusive Rundreise durch die Stadt mit Ihrem Guide Jaxon King.«

»Hey, wow …« Hope lachte nun leise, und die Schatten auf ihrer Miene wurden weniger. Ein paar Haarsträhnen hatten sich in ihr Gesicht verirrt, aber bevor ich auch nur in Versuchung kommen konnte, wischte sie sie selbst beiseite. »Das hört sich großartig an. Sag bloß, das schafft man an einem Tag?«

»Du glaubst gar nicht, was alles an einem Tag passieren kann«, erwiderte ich und wurde mir erst in diesem Moment der Doppeldeutigkeit meiner Antwort bewusst. Auch Hope schien zu begreifen, was mir da rausgerutscht war, doch sie fing sich schneller als ich wieder.

»Da bin ich sehr gespannt …«

»Okay … Prima. Dann hole ich dich um neun Uhr ab.« Schmunzelnd warf ich einen Blick auf ihre Füße. »Und zieh dir bequeme Schuhe an.«

Hope

Pünktlich um neun Uhr stand er wie versprochen vor Peytons Wohnung, in abgewetzten Jeans, seinem dunkelgrauen Parka und gemütlich aussehenden dicken Boots. Ich trug die bequemsten Sneaker, die ich besaß. Allerdings war ich völlig übermüdet, weil ich vor Aufregung die halbe Nacht nicht geschlafen hatte. Concealer und Kaffee waren heute meine besten Freunde.

»Hey, M. Gut geschlafen?«, fragte er mich zur Begrüßung und lächelte dabei. Das erste Mal, dass ich ihn wirklich lächeln sah. Und erst jetzt fiel mir das Grübchen auf, das sich tief in seine Wange bohrte. Dieses Lächeln samt dem Grübchen stand ihm so gut, und ich wusste in dieser Sekunde, dass es ein wunderbarer Tag werden würde. Auch wenn ich erst nicht gewollt hatte, jetzt war ich froh und dankbar, dass Jaxon ein Nein bezüglich der Stadtführung nicht hatte gelten lassen.

Er machte keinerlei Anstalten, mich zu umarmen oder auf die Wange zu küssen, wie es hier in New York anscheinend üblich war. Und ich war froh darüber. Ich war auch so schon nervös genug.

Er hielt mir einen Pappbecher entgegen. »Einmal der beste Kaffee der Stadt. Stark und schwarz.«

Verwirrt bedankte ich mich, damit hatte ich nicht gerechnet. Jaxon wartete mit den beiden Bechern in den Händen vor der Tür, bis ich mir ebenfalls meinen Parka übergeworfen und den Kaffee in Empfang genommen hatte.

»Hey, der ist echt gut«, sagte ich, nachdem ich gekostet hatte.

»Sag ich doch. Meine erste Station vor dir war mein Lieblings-Coffeeshop, in dem es ungelogen den besten Kaffee Manhattans gibt. Ohne den Koffeinkick am Morgen bin ich nicht überlebensfähig.«

»Aber du hast eine Bar. Mit einer Hochleistungskaffeemaschine«, merkte ich an.

»Da müsste ich ihn mir aber selbst zubereiten, und das mache ich jeden Tag für andere«, gab er mit einem Augenzwinkern zurück. »Nein, ernsthaft. Das hier«, er hob den Becher hoch, »mache ich nicht oft. Und … auch nicht für jeden …« Er sah mir direkt in die Augen, und die Hitze stieg meine Wangen hinauf, als mir die Bedeutung seiner Worte bewusst wurde.

»Ich fühle mich geehrt«, antwortete ich und hoffte, dass meine Stimme nur in meinen Ohren so piepsig klang. »Und … was machen wir nun mit diesem angebrochenen Tag?«, lenkte ich ab, als Jaxon mich einfach nicht aus den Augen ließ und ich nicht mehr stark genug war, um den Blickkontakt zu halten. Er machte mich nervös. Weil ich ihn so schwer einschätzen konnte. Weil ich nicht wusste, wie ich mit ihm umgehen sollte. Weil ich nicht wusste, wie ich damit umgehen sollte, dass ich mich so zu ihm hingezogen fühlte.

Jaxon griff mit der freien Hand in seine Jackentasche und wedelte dann mit zwei Papieren in der Luft rum. »Hier sind zwei Tickets für eine der Hop-on-/Hop-off-Busrouten, mit denen wir – wie Touristen – quer durch Uptown, Downtown und Brooklyn fahren können. Und rate, was unsere erste Station ist.«

»Keine Ahnung?«

»Na dann komm!« Er steckte die Tickets mit einem Grinsen wieder in seine Tasche und zeigte auf die Haltestelle ein paar Meter weiter. »Der Bus müsste jeden Moment um die Ecke biegen.« Er fasste mich am Arm, und diesmal war es okay, dass er mich berührte. Um nicht zu sagen: mehr als okay. Ich genoss es sogar, seine Hand durch den dicken Stoff meiner Jacke zu spüren. Mein Herzschlag stolperte im Takt meiner Füße, als ich an seiner Seite die Straße überquerte und auf den Bus zuhielt, der tatsächlich gerade um die Kurve bog.

Lachend ließen wir uns auf die Sitzbank fallen, und ich fand es schön, ihn so dicht neben mir zu spüren, dass wir uns ab und an sogar mit den Armen berührten. Wir fuhren über die Park Avenue, kamen an diversen Restaurants und teuren Geschäften vorbei, sahen von Weitem den Madison Square Park, in dem viele bekannte Künstler und Bands Konzerte gaben.

»Nächstes Jahr kommt Pink. Ich überlege, mir eine Karte zu holen.«

»Pink ist großartig!«

Jaxon drehte sich etwas zu mir herum und sah mich an. Langsam verzog sich sein Mund zu einem Lächeln. »Wie wäre es, wenn wir zusammen hingehen?«

Mein Mund klappte auf, und ich musste ihn ziemlich sprachlos angesehen haben. Allein dass er mich gefragt hatte, machte mich sprachlos. Aber dass er davon ausging, dass ich im nächsten Jahr noch bei ihm sein würde … das flashte mich richtig.

»Ja, vielleicht. Warum nicht?«, brachte ich nach einigen Schweigesekunden hervor.

»Prima! Ich kümmere mich gleich morgen um die Karten.« Die Begeisterung in seiner Stimme war ansteckend, und auch in seinem Blick konnte ich lesen, dass er es ernst meinte. Wirklich ernst. Jetzt traute auch ich mich, mich zu freuen.

Wir fuhren weiter die 4th Avenue entlang, der Bus hielt, Leute stiegen ein und aus, und mit jedem Meter, den wir zurücklegten, fühlte sich das Zusammensein mit Jaxon leichter und unbeschwerter an. Das Wetter zeigte sich schon seit einigen Tagen wolkenverhangen und regnerisch, heute aber schien es aufzulockern und freundlicher zu werden. Wenn das kein gutes Omen war.

»Gleich müssen wir raus«, signalisierte Jaxon, und wir standen auf. Als wir über die Lafayette Street an der Haltestelle Brooklyn

Bridge ankamen und der Bus mit einem lauten Quietschen ruckartig zum Stehen kam, taumelte ich und prallte mit dem Rücken gegen Jaxons Brust. Sofort schlossen seine Arme sich von hinten um mich. Mein Herz schlug wie wild und ich ließ für wenige Sekunden die Augen geschlossen, atmete den Geruch seines Aftershaves ein und hielt diesen kurzen Moment einfach nur fest. Wider Erwarten genoss ich diese Berührung und war erstaunt, seine Wärme zu vermissen, als er mich losließ. »Wir sind da.« Er zeigte auf die Brooklyn Bridge, die ihr imposantes Stahlgerüst dem blauen Himmel entgegenstreckte und die ersten Sonnenstrahlen des Tages einfing. Das wäre ein traumhaftes Motiv für eine Leinwand, und in diesem Moment wünschte ich mir Farben und Pinsel, um diesen Moment für immer festhalten zu können.

»Du musst wenigstens einmal zu Fuß hier rüber gelaufen sein«, meinte er, fasste mich an der Hand und führte mich eine Ebene nach oben. Wir schlenderten über der sechsspurigen Fahrbahn den Rad- und Fußweg Richtung Manhattan entlang, und der Wind wehte uns gut zwanzig Meter über dem Wasser um die Nase. Die Brücke war knapp zwei Kilometer lang, und die Autos unter uns waren wesentlich schneller unterwegs. Ein bisschen schwindelig wurde mir, als ich hinuntersah, also konzentrierte ich mich auf den Blick über das Wasser.

»Alles okay?« Jaxon sah mich aufmerksam an. Stumm nickte ich, atmete tief ein und sog die Entschleunigung hier oben in mich auf. Ein tolles Gefühl. Und die Aussicht auf die Skyline von Manhattan und Brooklyn, sowie den East River war der absolute Wahnsinn.

Mit dem Bus wieder zurück auf der Insel angekommen, spazierten wir durch die Wallstreet, das Zentrum der New Yorker Finanzwelt. Bisher kannte ich die berühmte Straße nur aus den Nachrichten oder Filmen. Eingeschüchtert durch die Wolkenkratzer, die trotz ihrer Unbeweglichkeit aussahen, als würden sie um jeden Zentimeter Höhe kämpfen, fragte ich mich, wie die Menschen in diesem Teil der Stadt wohl lebten. Die Mieten waren sicher horrend. Ob alle hier Geld im Überfluss hatten, wie es den Anschein hatte, oder ob es dort auch Leute gab, die um ihre Existenz bangen mussten? Ich erinnerte mich an eine Reportage, in der von Ein- oder Zweizimmerwohnungen in Manhattan die Rede gewesen war, die sich eine Reihe von Menschen teilten, um überhaupt ein Dach über dem Kopf zu haben. Wieder einmal war ich sehr dankbar, dass Peyton nicht mehr für den Luxus verlangte, den ich in ihrer Wohnung genießen durfte.

»Mein Freund Sawyer, den du Samstag kennengelernt hast, hat dort hinten sein Büro.« Er deutete auf eines der gläsernen Gebäude in dem Dschungel aus Wolkenkratzern.

»Was macht er beruflich?«

»Rechtsanwalt.«

Wir zogen weiter, und Jaxon zeigte mir aus der Ferne den Ground Zero, wo sich jetzt das 9/11-Memorial und das neu errichtete World Trade Center befanden. Ich hatte allerdings kein Bedürfnis, diesen schrecklichen Tag durch den Besuch der Gedenkstätte noch einmal zu durchleben. Auch wenn ich zu der Zeit in L. A. gelebt hatte, so hatte der Tag doch allen Amerikanern den Boden unter den Füßen weggerissen.

Dann bogen wir auf den Broadway ab, und Jaxon mimte den Tourguide. »Der Broadway stammt zu Teilen noch aus einem alten Indianerpfad.«

Erstaunt sah ich ihn an. Das konnte ich mir so gar nicht vorstellen, war es doch einer der berühmtesten Hauptverkehrswege in Manhattan – so viel wusste ich mittlerweile schon.

»Die ersten holländischen Siedler haben ihn übernommen und zu einer Straße ausgebaut. Ist schon 'ne Weile her«, setzte er lachend hinterher.

»In L. A. haben wir nur Sterne«, warf ich ein.

»Der Walk of Fame, richtig. Warst du schon mal da?«

»Ich habe dort gelebt. Natürlich.«

Wieder sah er mich mit diesem Blick an, der mir unter alle Hautschichten drang und mich zum Beben brachte. Sein Blick hielt meinen fest und mein Herzschlag stolperte, als ich seine Worte hörte.

»Vielleicht zeigst du ihn mir irgendwann mal?« Ich konnte nur stumm nicken.

Unterwegs holten wir uns Kaffee und Blaubeermuffins, schlenderten weiter über den Broadway zum Washington Square Park und liefen bestimmt drei Kilometer der 5th Avenue ab, an den teuersten Boutiquen entlang, aus denen die Damen unzählige Tüten schleppten. Oder besser: schleppen ließen. Wir kamen am Trump Tower vorbei, der von unzähligen bewaffneten Securitys bewacht wurde, sahen das IBM Building und liefen noch die paar hundert Meter bis in den Diamond District, wo ich mir die Nase am Schaufenster von Tiffany plattdrückte.

»Gefallen sie dir?«, fragte Jaxon.

»Ich würde lügen, wenn ich Nein sagen würde. Sie sind wunderschön. Aber haben wollen? Nein.« Ich legte keinen Wert auf Schmuck und schon gar nicht auf protzige Klunker, aber es war wirklich etwas Besonderes, dieses Geschäft mal aus nächster Nähe zu sehen.

Wir fuhren mit dem Bus bis nach K-Town, das koreanische Geschäftsviertel von Manhattan, aßen in einem der vielen Restaurants zu Abend. Dort bestellte ich mir Japchae, das waren koreanische Süßkartoffelglasnudeln mit Rindfleisch, Möhren und Gurke. Jaxon hatte sich für Dakdoritang entschieden, ein scharfer Hühnereintopf mit Kartoffeln und Nudeln.

»Das sieht lecker aus«, meinte Jaxon.

»Wenn ich von dir probieren darf, darfst du auch was von mir haben«, bot ich an.

Mit einem Grinsen schaufelte er ein paar Nudeln und etwas Huhn auf seinen Löffel und hielt ihn mir entgegen. Dabei ließ er mich nicht aus den Augen. Ich schaffte es sogar, die Portion unfallfrei zu essen, aber dieser innige Moment sorgte in meinem Körper für einige Hitzewallungen.

Nach dem Essen machten wir einen Abstecher zu Macy's, einem der größten Warenhäuser der Welt. Ein Besuch dort hatte schon einige Zeit auf meiner To-do-Liste gestanden, genaugenommen seit ich in dem Film *Das Wunder von Manhattan* die Macy's Thanksgiving Day Parade gesehen hatte, aber bisher hatte ich einfach keine Zeit gehabt. Mit Jaxon machte es auch viel mehr Spaß, durch die Gänge des pompösen Kaufhauses zu ziehen, Hüte aufzuprobieren und edle Schokolade zu kaufen.

»Warte Thanksgiving ab«, meinte er. »Dann entsteht in der achten Etage das größte Winterwonderland, das du je gesehen hast.«

»Lieber nicht. Ich steh nicht so auf Weihnachten.«

Jaxon lächelte wissend. »Hier ist Weihnachten anders. Es ist etwas Besonderes. Glaub mir, du wirst es lieben.«

Danach führte Jaxon uns rüber zum Empire State Building, das nur wenige Gehminuten vom Macy's entfernt lag. Mittlerweile war die Sonne untergegangen, und ich freute mich sehr auf einen Blick über die Lichter der Stadt.

»Wow«, stieß ich aus und erntete damit ein leises Lachen. Wie hypnotisiert stand ich vor dem dritthöchsten Gebäude New Yorks, hatte den Kopf in den Nacken gelegt, starrte ehrfürchtig nach oben und betrachtete die Lichter an der Spitze in rund vierhundert Metern Höhe. Nach drei Monaten in dieser pulsierenden Metropole befand ich mich nun endlich vor dem Empire State Building. Es war beeindruckend, und ich fühlte mich davor so winzig wie eine Ameise. Jaxon hatte recht gehabt – das musste man gesehen haben.

»Das Empire State Building ist für uns New Yorker so was wie der Eiffelturm für die Franzosen. Deswegen denke ich, dass es auch der wichtigste Punkt auf unserer To-do-Liste ist«, sagte Jaxon neben mir.

»Es ist wunderschön. Nein. Gigantisch trifft es wohl eher.«

»Warte, bis du es von drinnen siehst. Oder besser gesagt, bis du von oben runtersehen kannst.«

Jaxon schob mich durch eine der Türen des Besuchereingangs, vor denen sich noch immer lange Schlangen befanden. Aber es ging schneller als erwartet vorwärts, und ich bewunderte die braun marmorierten Wände, die uns haushoch überragten. Genau vor uns war ein Bild in der Platte eingelassen, das das Empire State Building neben den sieben Weltwundern als das achte darstellen sollte. Im Hintergrund war die Landkarte des nordamerikanischen Kontinents zu sehen.

»Nehmen wir den Lift, oder möchtest du lieber die Treppe hochsteigen?«

»Das ist jetzt ein Scherz, oder?«

»Es sind nur 1.576 Treppenstufen.« Er neigte den Kopf etwas und tat ganz unschuldig. »Hey, jedes Jahr gibt es hier einen Treppenlauf. Den Building Run-Up. Der Rekord liegt bei neun Minuten und dreiunddreißig Sekunden.«

»Bist du da etwa mitgelaufen?«

»Ist aber schon ein paar Jahre her.«

»Ernsthaft?« Sollte ich glauben, was ich da hörte? Unwillkürlich fiel mein Blick auf seine Beine. Die waren mit größter Wahrscheinlichkeit sehr durchtrainiert und muskulös. Ich nahm mir vor, gleich morgen mit dem Laufen anzufangen.

»Ja. Allerdings habe ich nicht mehr als eine Urkunde vorzuweisen. Platz vierhundertachtzig oder so. Aber dabei sein ist ja bekanntlich alles. Also? Was ist mit dir? Schaffst du das?« Mein Kopf neigte sich noch ein wenig mehr zur Seite. »Okay, schon verstanden. Wir nehmen den Lift.« Er lachte und zog mich am Arm mit zu einem der Aufzüge, die uns in die sechsundachtzigste Etage bringen sollten. Dorthin, wo sich die Aussichtsplattform befand. Nachdem wir die Sicherheitskontrollen hinter uns gebracht hatten, durften wir passieren, und innerhalb von wenigen Sekunden katapultierte uns ein Hochgeschwindigkeitsaufzug die dreihundertachtzig Meter nach oben. Der Druck auf den Ohren war extrem, und es dauerte einen Moment, bis er sich mit einem Knacken verflüchtigte. Als sich mit einem Ping die Türen öffneten, folgte ich Jaxon in eine Art Vorraum aus Glas, von dem aus man schon eine irre Aussicht auf New York hatte.

Der eisige Wind trieb mir die Tränen in die Augen, als wir durch die Tür nach draußen gingen. Gott sei Dank hatte ich noch meine Beanie eingepackt, die ich jetzt aus meiner Tasche zog und aufsetzte. Dann trat ich an die brusthohe Mauer, auf der ein metallenes, an die vier Meter hohes Gitter befestigt war. Und das war auch gut so, denn sonst hätte ich mich nicht mal in die Nähe der Steinwand gewagt. Ich litt nicht direkt unter Höhenangst, aber solche Dimensionen waren mir schon unheimlich und verursachten ein mulmiges Gefühl im Bauch.

»Und? Muss man mal gesehen haben, oder?« Jaxon war neben mich getreten und sah über die Stadt. Wir hatten wirklich Glück mit dem Wetter. Es war arschkalt, aber trocken.

»Es ist der Wahnsinn«, gab ich zu. Mein Blick schweifte über die unzähligen Lichter unter uns, ich lachte über die Autos, die von hier oben aussahen wie krabbelnde Ameisen, und folgte Jaxons Fingerzeig auf die verschiedenen beleuchteten Wahrzeichen der Stadt.

»Das erinnert mich an den Film mit Tom Hanks und Meg Ryan.«

»*Schlaflos in Seattle*. Ja, an den denke ich auch immer, wenn ich hier oben bin«, gab er zu. Verwundert sah ich zu ihm rüber. »Was?«

»Ich dachte, das wäre ein Frauenfilm.«

»Ich hab sogar *Titanic* gesehen.«

»Freiwillig?«

Das Grübchen bohrte sich in seine Wange, als er grinste. Ich unterdrückte den Impuls, es mit dem Finger nachzuzeichnen. »Ich habe eine zwei Jahre jüngere Schwester.«

»Ah ja, klar. Wie konnte ich das vergessen.«

»Nur gegen diese Vampirfilme habe ich mich bisher erfolgreich gewehrt«, unkte er.

»*Twilight?*«

Er nickte. »Und du? Hast du Geschwister? Was ist mit deiner Familie?« Die Frage war banal, und ich hätte einfach irgendwas antworten können. Aber ich brachte es nicht fertig. Plötzlich hatte ich einen dicken, fetten Klumpen in meinem Hals, der wie aus dem Nichts gekommen war, feststeckte und kein Wort mehr rauslassen wollte. Stumm sah ich geradeaus auf die Dächer der Stadt und hoffte, dass er nicht nachhaken würde. Aber ich kannte ihn nicht gut genug. Jaxon war niemand, der Fragen – oder Antworten – aus dem Weg ging. So wie ich.

»M? Alles klar?«

Ich biss mir in die Wange und versuchte, seinen besorgten Blick zu ignorieren. Aber einen Jaxon King ignorierte man nicht. *Das* hatte ich schon gelernt. Er fasste sanft meinen Arm und drehte mich zu sich herum.

»Sollen wir gehen? Ist es die Höhe? Komm, ich bin da. Halt dich einfach an mir fest.« Seine Hand legte sich auf meinen Rücken, ich merkte, wie er mich umdrehen und zum Ausgang dirigieren wollte, aber ich wollte hier gar nicht weg.

»Jaxon, es ist okay. Es ist … Es liegt nicht an der Höhe.«

Er sah mich an. Mitfühlend und ohne mich zu drängen. »Willst du drüber reden?«

Wollte ich das? Konnte ich das? Bisher hatte ich mit niemandem außer mit meiner besten Freundin Kelly über den Teil meiner Vergangenheit geredet. Kelly war die Einzige, die Bescheid wusste. Über mich. Über meine Familie. Und über Sean. Vielleicht würde es guttun, mit einem Außenstehenden zu reden. Aber mit Jaxon? Wirklich? Ich sah hoch, ihm direkt in die Augen. Warm und verständnisvoll sahen sie mich an. Blickten in mich. Tiefer, als sonst ein Fremder je in mein Innerstes geblickt hatte. Das beflügelte und beunruhigte mich gleichermaßen. Wie konnte das sein?

»M?« Jetzt stand er so dicht vor mir, dass unsere Jacken sich berührten. Sein warmer Atem streifte meine Stirn, der Wind trieb mir die Tränen in die Augen. Oder war es gar nicht der Wind?

Jaxon hob langsam eine Hand, und kurz darauf lag sie auf meiner Wange. Sein Daumen strich vorsichtig darüber, und unwillkürlich schmiegte ich mich in seine Handfläche.

Du spielst mit dem Feuer. Willst du dich wirklich verbrennen?

Aber ich war doch schon verbrannt worden. Konnte es noch schlimmer werden? Ich wusste nicht aus welchem Grund, aber ich vertraute Jaxon. Er würde mir nicht wehtun. Nicht so, wie Sean es getan hatte. Und da wurde mir bewusst, dass ein Teil von mir sich schon längst für ihn entschieden hatte.

Hope

Den ganzen Weg über hielt Jaxon meine Hand. Sein Daumen streichelte meinen Handrücken, und ich liebte es. Er hatte mich nicht losgelassen, seit wir das Empire State Building verlassen hatten. Und es fühlte sich richtig an. Alle Neonpfeile mit der Aufschrift *Achtung* und *Vorsicht* oder *Tu es nicht* hatte ich in die hinterste Ecke meines Gehirns verbannt und eine dicke Wand vorgezogen, damit sie mir nicht in die Quere kamen. Und das würden sie, wenn ich anfing, darüber nachzudenken, ob das, was ich hier tat, richtig war.

»Wir sind da«, sagte ich und zeigte auf das Haus, in dem ich das Zimmer gemietet hatte.

»Ich weiß.«

Ich lächelte unsicher.

»Und was nun?« Jaxon sah zu mir rüber, als ich steif stehen blieb und keinerlei Anstalten machte, mich von ihm zu verabschieden.

»Ich würde dich ja mit reinbitten, aber … Ich teile mir die Wohnung mit einem gesundheitsbewussten Beautymodel. Ich teile mir mit ihr das Bad und die Küche.« Kurz stoppte ich, dann lächelte ich und wagte es. »Aber ich glaube nicht, dass ich *dich* mit ihr teilen möchte.«

Seine Mundwinkel hoben sich langsam an, und das Grübchen, das ich so faszinierend fand, erschien. »Okay … Und … das heißt was?«

»Ich weiß nicht. Du bist doch der Einheimische. Schlag was vor. Wo kann man um diese Uhrzeit noch hingehen?« Es war, als hätte ich auf dem dritthöchsten Gebäude Amerikas meine

Unsicherheit verloren. In Jaxons Nähe fühlte ich mich irgendwie sicher und geborgen. Verrückt irgendwie.

»Um was zu tun?«

»Etwas, das ich vor diesem Tag nicht für möglich gehalten hätte«, wisperte ich mutig.

Sein Blick war wie eine stumme Frage, auf die ich unmerklich nickte. Und dann küsste er mich.

Seine Lippen waren weich und warm, und doch fordernd. Sie machten mir klar, dass sie mich so schnell nicht wieder freigeben würden. Und das wollte ich auch nicht. Er schmeckte nach Kaugummi und dem Kaffee mit Karamellgeschmack, den wir vor einer Stunde getrunken hatten. Seine eine Hand lag auf meinem Hinterkopf, die andere um meine Taille. Ein leises Aufstöhnen drang aus seiner Kehle, als unsere Zungen einander neckten. Er holte mich aus der dunklen Ecke, aus der Versenkung, in der ich mich viel zu lange versteckt hatte. Er ließ mich vergessen, wovor ich weggelaufen war und dass ich Angst hatte. Er hielt mich fest, machte, dass ich mich geborgen und beschützt fühlte. Schaffte es, dass ich in diesem Moment einfach glücklich war. Und erst, als irgendwo in der Ferne die Alarmanlage eines Autos unentwegt jaulte, trennten wir uns.

Ich schluckte und traute mich kaum, ihn anzusehen. Würde sich der innige Moment fortsetzen, oder würden wir in peinlichem Schweigen auseinandergehen? Vorsichtig hob ich meinen Blick und sah in Jaxons leuchtende Augen. Wenn ich Angst vor Letzterem gehabt hatte, dann nahm er mir sie mit dieser unglaublichen Wärme, die darin funkelte. »Ich wüsste einen besseren Platz für ... so was.« Seine Stimme klang belegt, und sein Blick war nicht ganz klar. Das konnte ich nachvollziehen, denn auch ich fühlte mich schwindelig. »Was meinst du? Verschwinden wir hier?«, raunte er.

Ich lächelte zaghaft und nickte. Zu reden traute ich mich nicht, meine Stimme würde brechen, das ahnte ich.

Jaxon gab mir noch einen sanften Kuss auf die Stirn, bevor er den Arm um mich legte und mich wieder die Straße runter lenkte, nach einem Taxi pfiff und mich auf die Rückbank schob. Als er neben mir saß, legte er den Arm um mich und ich meinen Kopf an seine Schulter. Schon nach wenigen Abbiegern in dem Dschungel der Nacht mit ihren unzähligen Lichtern und Reklametafeln hatte ich die Orientierung verloren. Aber ich vertraute ihm und fragte nicht, während uns das Taxi durch New Yorks Nachtleben manövrierte.

»Wir sind da.« Der Wagen hatte angehalten. Wir stiegen aus und standen direkt vor der dunklen Gasse zum *King's*.

»Ich möchte dir meinen Lieblingsplatz zeigen.«

Wir gingen in die Gasse hinein, und unsere Schritte hallten zwischen den Hauswänden wider. Wir kamen zu einer Kellertür. »Komm.«

Stirnrunzelnd blieb ich stehen. »Da rein?«

Er hob eine Augenbraue. »Angst?«

»Vor dir?«

Er zuckte mit den Schultern. »Wovor sonst?«

»Du überschätzt dich, King.«

Mit einem verschlagenen Grinsen streckte er mir seine Hand entgegen und wartete an der Tür, bis ich bei ihm war und sie ergriff. Es fühlte sich gut an, seine Finger um meine zu spüren.

Jaxon hatte Licht gemacht und lenkte mich durch ein paar kühle Kellergänge. Es roch modrig, und ich fröstelte, weil es hier unten noch kälter war. Kurz darauf standen wir vor einem Lastenaufzug. Sofort wuchs der Knoten in meinem Magen.

»Müssen wir damit …?«

Er wandte sich zu mir um. »Ja«, sagte er gedehnt. »Was ist?«

»Der sieht nicht gerade vertrauenerweckend aus.« In L. A. war ich einmal mit so einem alten Ding stecken geblieben. Es hatte fast eine Stunde gedauert, bis er sich in Bewegung gesetzt hatte. Das war grausam gewesen, und ich wollte das nie wieder erleben.

»Und wenn ich dir verspreche, dass die Fahrt kurz ist und ich auf dich aufpasse?« Er drückte meine Hand.

»Okay. Wird schon schiefgehen.«

»Was passiert im schlimmsten Fall? Nur, dass ich vorbereitet bin.«

»Ich kotze auf deine Schuhe.«

»Damit kann ich leben.«

Das brachte mich zum Lachen und nahm etwas von der Schwere, die sich beim Anblick des Aufzugs auf meine Schultern gelegt hatte. Ich musste endlich aufhören, an meine schlimmsten Erlebnisse zu denken. Sonst würde ich nie loslassen können. Aber das wollte ich. Dafür war ich dreitausend Meilen gereist und hatte ein neues Leben begonnen. *Also fang endlich an, es zu leben!*

Die Aufzugtüren schlossen sich mit einem Rumpeln, und die Neonröhre über uns flackerte. Ich stellte mich dicht neben Jaxon, und er legte den Arm um mich, als der Fahrstuhl sich mit einem Höllenlärm in Bewegung setzte. »Du darfst dich gerne vertrauensvoll an mich klammern, wenn es nötig ist«, witzelte er.

Die Fahrt dauerte keine Minute, und ich war wirklich erleichtert, als die Türen sich wieder öffneten. Jaxon zog mich an der Hand raus aus dem Ungetüm, und ich betete, dass ich so schnell nicht wieder damit fahren müsste. Lieber würde ich die Feuerleiter nehmen.

»Hier lang.« Jaxon ging vor bis zum Ende des Flurs, wo sich eine Stahltür befand. »Hier wohne ich.« Er schloss auf und trat ein. Was ich erwartet hatte? Keine Ahnung, aber das hier auf jeden Fall nicht.

Ich war Jaxon durch die offene Tür gefolgt und fand mich in einem riesigen Raum mit wunderschönem Parkettboden und unverkleidetem Mauerwerk wieder. Mitten im Raum stützte ein weißer Holzbalken einen ebenfalls weißen Querbalken, der an der Decke verlief.

»Wow!«, rief ich aus. Tatsächlich konnte ich gar nicht anders, als meine Bewunderung für diesen Raum rauszulassen.

»Gefällt es dir?« Die Tür war ins Schloss gefallen, und Jaxon war hinter mich getreten. Ich drehte mich zu ihm um und nickte begeistert. Dann fiel mein Blick auf ein mannshohes Regal neben der Tür, und ich kicherte.

»Sind das etwa alles deine?«

»Ich habe keinen Mitbewohner, falls das deine nächste Frage gewesen wäre. Ja, die Schuhe gehören alle mir. Ein Tick von mir«, gab er mit einem Schulterzucken zu.

»Das ist ja irre.« Bis eben hatte ich keinen Vertreter des männlichen Geschlechts gekannt, der mehr Schuhe hatte als ich.

Fasziniert wandte ich meinen Blick von den Schuhen ab und drehte mich wieder zurück in den Raum, um alles in mich aufzusaugen. Das Zimmer mochte um die hundert oder mehr Quadratmeter groß sein und war mindestens drei Meter hoch. Ich war nicht so gut im Schätzen. Rohre einer Sprinkleranlage verliefen über unseren Köpfen, Kabel und andere Leitungen ebenfalls, und die einzige Lichtquelle an der Decke schien ein alter abgesägter Ast zu sein, der mit Lichterketten behängt war. Allerdings flammten plötzlich in allen Ecken kleine Leuchten auf, die ich vorher gar nicht wahrgenommen hatte. Am Ende des Raumes befanden sich drei riesige bodentiefe Fenster, an der linken Wand zwei weitere. Die rechte Wand war komplett mit Backstein zugemauert. Mittig standen ein großes Sofa, das super bequem aussah, ein kleiner Tisch und zwei gemütlich aussehende und dick gepolsterte Sessel. Wie in der Bar beherrschte Jaxon auch hier den Stilmix aus alt und neu. Das Ganze hatte den Touch eines alten Fabrikgebäudes. Ein absoluter Traum.

»Hast du Durst?« Er bog nach rechts ab, und als mein Blick

ihm folgte, sah ich die Küchenzeile, die gleich um die Ecke eingebaut war.

»Ja.«

»Bier?«

»Unbedingt.«

Er öffnete einen großen Kühlschrank, holte zwei Flaschen raus und stellte sie auf einen Tisch. Nein, das war eigentlich kein Tisch, sondern nur drei lange, grobe, zusammengeschraubte Bretter, die auf einem ramponierten Holzgestell auflagen. Die Küchenzeile aber war modern, zumindest sahen die wenigen Schränke und die Elektrogeräte recht neu aus.

»Benutzt du die auch?«, wollte ich wissen.

»Du wirst lachen, aber ich koche echt gerne.«

»Ich habe noch nie einen Mann kennengelernt, der gerne kocht«, gab ich zu. »Und der so viele Schuhe hat.«

Er lachte auf. »Wie schön, dass ich dich immer wieder überraschen kann.«

»Was ist dein Lieblingsgericht?«

»Steak. Und deins?«

»Pasta.«

»Ich habe ein paar nette Rezepte für Pasta«, meinte er mit einem verschmitzten Grinsen. »Pasta und Steak passen auch gut zusammen.« Ebenfalls grinsend versuchte ich, den kleinen Hüpfer, den mein Herz machte, vor ihm zu verbergen.

»Deine Wohnung ist der Hammer.«

»Schön, dass sie dir gefällt.« Er hatte seine Jacke ausgezogen und über die Lehne eines blauen Stuhls am Brettertisch gehängt. Dann drückte er mir eine der beiden Flaschen in die Hand. »Cheers.«

»Cheers.« Wir ließen Glas an Glas klirren, und nachdem ich einen Schluck getrunken hatte, inspizierte ich die Wohnung weiter.

Rechts hing eine Leuchtreklame einer bekannten Getränkemarke. Ein Flatscreen füllte fast die restliche Wand neben den Fenstern aus.

»Das Mauerwerk ist toll«, bewunderte ich seine Wände und strich mit der Handfläche darüber.

»Ich wollte den Charme des alten Gebäudes erhalten.«

»Das ist dir gelungen. Hast du das etwa selbst gemacht?«

Jaxon fuhr sich mit der Hand durch die Haare. »Ich habe das Haus von meinem Großvater geerbt. Ihm gehörte auch die Bar unten. Dieses Geschoss habe ich nach seinem Tod renoviert und zu einer Wohnung umgebaut. Es waren damals nur Lagerräume und ein Büro.«

»Deswegen so groß. Hast du das ganz allein gemacht?«

»Nein. Ich hab beim Entkernen geholfen. Ein paar Wände eingerissen und aufgestemmt, aber den Wiederaufbau hab ich Leuten überlassen, die sich damit auskennen.«

»Die Leute haben ganze Arbeit geleistet. Wie viele Zimmer hast du hier?«

»Die Küche, den Wohnraum. Und dort«, er zeigte auf eine von zwei Türen zu unserer Linken, »befindet sich ein Gästezimmer mit Bad. Das wird derzeit von Chloe belagert.«

Ich fuhr herum. »Chloe wohnt hier?«

»Nur für die Zeit, in der sie auf Krücken laufen muss. Sie hat eine Wohnung in Queens, aber die hat keinen Fahrstuhl. Deswegen hab ich ihr für die nächsten Wochen Asyl gegeben.«

»Das ist nett von dir.« War sie jetzt hier? Wie würde sie reagieren, wenn sie mich sah?

Jaxon schien meine Gedanken lesen zu können. »Sie ist bei einer Freundin. Ihr fiel die Decke auf den Kopf, und sie übernachtet dort. Frauenabend und so, du weißt sicher besser, worum es da geht.«

»Oh ja, ich könnte dir einige Dinge aufzählen, über die an einem Frauenabend gelästert wird. Aber ich würde niemals petzen. Ihr habt ein sehr gutes Verhältnis, oder?«

»Das haben wir.«

Ich durchquerte den Raum und stellte mich an eines der Fenster. »Die Aussicht ist fantastisch.«

»Das stimmt. Tagsüber kann man hinter den Häusern ein Stück vom Hudson River erkennen. Aber es gibt einen Platz, von dem aus man ihn besser sieht.«

»Und der wäre?«

Er zeigte zu einer steilen Treppe, die ich bisher nicht registriert hatte. Sie lag in einer Nische beim Eingang, gegenüber dem Badezimmer. »Das ist der Weg zu meinem Lieblingsplatz.

»Den du mir zeigen wolltest?«

»Ganz genau.« Er streckte die Hand aus und sah mich abwartend an. Ich zögerte nicht, sondern folgte ihm die Stahltreppe rauf in die nächste Etage. Von dem Flur gingen zwei Türen ab. »Was ist hier?«

»Hier ist mein Schlafzimmer mit einem Bad, und da geht's zum Fitnessraum.« Er zeigte zu einer Tür, die halb offen stand. Auf dem Bett lag zerwühlte Bettwäsche. »Aber wir müssen noch eine Etage höher.«

Erst als wir ganz oben waren, ließ er meine Hand los, um eine weitere Stahltür zu öffnen. Dann trat er beiseite und bedeutete mir hindurchzugehen. Und wenn ich gedacht hatte, dass seine Wohnung mich geflasht hätte, dann war ich nicht darauf gefasst gewesen, was mich über den Dächern Manhattans erwartete.

Jaxon

Ich öffnete Hope die schwere Stahltür. »Da sind wir.« Während sie in Richtung der kleinen Oase auf dem Dach ging, beobachtete ich sie. Sie war die Erste, der ich meinen Rückzugsort zeigte. Die Erste, die ich hierher mitnahm. Die Erste, mit der ich diesen Ort teilte. Selbst meine Schwester wusste, dass dieser Teil des Hauses für sie tabu war. Und dabei kannte Chloe mich länger und besser als irgendjemand anders. Es war wirklich verrückt. Diese Frau war erst vor wenigen Tagen in mein Leben getreten, und obwohl ich kaum etwas von ihr wusste, hatte ich das Gefühl, als würde ich mich ihr öffnen können. Ein Gefühl der Sicherheit, das ich noch nie zuvor gefühlt hatte.

»Oh wow …« Hopes Lippen waren leicht geöffnet und ihre hübschen Augen ungläubig weit aufgerissen. Ein kleines Mädchen vor dem großen Weihnachtsbaum am Rockefeller Center hätte nicht weniger überrascht ausgesehen.

Langsam schlenderte ich hinter ihr her. Sie nickte stumm, während sie einen Fuß vor den anderen setzte, über die mit Holz ausgelegte Terrasse schritt und schließlich an der brusthohen Balustrade aus Glas stehen blieb.

»Es ist wunderschön.«

»Das ist es.« Ich stellte mich neben sie und folgte ihrem Blick über die Dächer der Stadt. Wir waren hier auf dem Dach eines der höchsten Häuser am Hudson River, und auch wenn das Gebäude in zweiter Reihe stand, so überragte es die vor uns stehenden noch um einige Meter. Somit war der Ausblick auf den Fluss frei, und die unzähligen Lichter der Stadt spiegelten sich darin.

»Da drüben siehst du die Skyline von Jersey.«

»Wenn ich hier wohnen würde, wäre dies mein Platz für den Sommer. Tag und Nacht.« Ihr Blick war weiter auf die Stadt unter uns gerichtet, ihre Wangen vom Wind gerötet, und ihre Augen glänzten vor Begeisterung.

»Wir sind uns ziemlich ähnlich.«

Sie drehte den Kopf zu mir rum und sah mich an. Ihr Blick war neugierig, aber auch wissend. »Du schläfst hier?«

Ich lachte lautlos. »Nein. Zumindest nicht die ganze Nacht. Aber ich verbringe viel Zeit hier oben.«

»Es wäre auch Verschwendung, es nicht zu tun.«

Nach einer Weile rieb Hope sich die Arme. »Kalt?«, fragte ich, und sie zuckte mit ihren Schultern. »Ich habe Decken hier oben.«

»Wirklich?« Ihre Augen leuchteten, sie wollte nicht von hier weg.

»Wirklich.« Ich ging zu der kleinen, aber etwas höher gelegenen Sitzgruppe aus Rattanmöbeln, die unter einem beigen Pavillon stand. Auch von hier aus hatte man einen traumhaften Blick. Aus der massiven Holztruhe an der Wand holte ich ein paar Kissen und zwei flauschige Decken. Hope kam zu mir, setzte sich, und ich legte ihr eine der Decken um die Schultern. »Besser?«

»Hmm«, murmelte sie mit einem kleinen Lächeln auf den Lippen und zog die Decke enger um sich. Dann stellte ich die beiden Gasstrahler an, die ich für kalte Tage hier oben bereitgestellt hatte, und setzte mich zu ihr. Während ich die Beine ausstreckte, zog Hope ihre an und kuschelte sich in meinen Arm. Sie einfach nur festzuhalten und ihre Nähe zu genießen, fühlte sich so gut an. Für mehr war auch später noch Zeit, auch wenn es mir mit jeder Sekunde an ihrer Seite schwerer fiel, nicht über sie herzufallen. Aber ich würde es nicht vergeigen. Nicht mit ihr.

Nachdenklich lehnte ich meinen Kopf zurück und blickte nach oben in die Nacht, die hier in der Stadt nie wirklich dunkel war. »Ich mag es, in den Himmel zu sehen und sich als ein winziger Teil des großen Ganzen zu fühlen. Allein mit meinen Gedanken sein und abschalten.«

»Der Job in der Bar ist bestimmt ziemlich stressig, oder?«

»Schon, aber das ist positiver Stress. Ich liebe meinen Job, und die Bar ist mein Leben. Ich bin froh, dass ich sie übernehmen durfte.«

»Sie hat deinem Großvater gehört?«

In Kurzform erzählte ich ihr die Geschichte der Bar und die meines Großvaters.

»Und Chloe? Was macht sie, wenn sie nicht bei dir arbeitet?«

»Sie hat tatsächlich mal Journalismus studiert und auch eine Zeitlang für die *New York Times* geschrieben.«

»Oh wow! Und wieso jetzt nicht mehr?«

»Weil der Markt rau ist und sie nicht gut mit Ellenbogen kämpfen kann. Das Recherchieren und der Kontakt mit Menschen machen ihr Spaß, aber sie geht ungern über Leichen, was in dem Job allerdings zum Standardrepertoire gehört. Daraufhin hat sie ihr Hobby zum Beruf gemacht und vor geraumer Zeit ein paar Trainerscheine und Zusatzausbildungen absolviert. Mittlerweile ist sie eine gut gebuchte Personal Trainerin in einem großen Fitnessstudio in der Stadt. Das tut ihr gut, Power genug hat sie ja. Dass ihr Fuß sie gerade zur Pause zwingt, ist nervig, aber nicht zu ändern. Aber lass uns nicht immer nur über meine Familie sprechen.«

»Sondern ...?«, kam es gedehnt aus ihrem Mund.

»Was ist mit dir? Was sind deine Träume und Ziele?« Ich ahnte, dass ich mich mit dieser Frage auf sehr dünnem Eis bewegte, aber ich wollte Hope damit auch zeigen, dass ich an ihr interessiert war. Dass es mir um mehr ging, als darum, sie ins Bett zu kriegen.

»Schon als kleines Mädchen wollte ich eine eigene Galerie eröffnen«, begann sie zögernd. »Und dort auch Bilder von mir selbst verkaufen.« Sie sah mich an und verdrehte verschämt die

Augen. »Ich habe früher immer gerne gezeichnet, irgendwann aber die Aquarellmalerei für mich entdeckt. Es hat Spaß gemacht, die Farben selbst anzumischen, ich mochte den Umgang mit den Pinseln, den Geruch von Farben und Pinselreiniger … Am schönsten aber war es zu sehen, wie aus einer weißen Leinwand etwas Lebendiges wurde …« So wie sie es erzählte, hatte ich den Geruch der Farben schon in der Nase, sah sie an einem großen Fenster vor ihrer Staffelei stehen und einer Leinwand Leben einhauchen.

»Und was ist daraus geworden? Aus deinem Traum?«

Ihre Schultern spannten sich kurzzeitig an, und ich dachte erst, sie würde einen Rückzieher machen, mich wieder ausschließen, aber dann antwortete sie mir doch. »Er ist zerplatzt. Mit einem lauten Knall.«

»Das tut mir leid, M«, sagte ich und küsste ihren Scheitel. Ihre Enttäuschung darüber konnte ich spüren, und das tat mir weh. Ich wollte, dass es ihr gutging, sie glücklich war und erfüllt von dem, was sie tat.

Doch Hope überraschte mich. »Muss es nicht«, sagte sie und sah zu mir auf. »Denn wenn es geklappt hätte, säße ich jetzt irgendwo auf einer schottischen Insel, würde Stillleben malen und wäre nicht hier. Bei dir. Und es gibt im Moment keinen Ort, an dem ich lieber wäre als hier.« Sie lächelte vorsichtig.

»Warum Schottland?«

»Lach nicht, aber ich mag Romane, die dort spielen. Es scheint, als würde dort die Zeit stehen bleiben und das Leben einfacher sein.«

Ihr Gesicht hob sich meinem entgegen, und noch bevor ich über das Gesagte nachdenken konnte, berührten sich auch schon unsere Lippen. Und es war kein sanfter Kuss, der ein Vortasten auf etwas noch viel Größeres war. Nein. Diesmal war es das Größere, auf das ich gehofft hatte. Hope saugte mich ein, hungrig und begierig, so als würde sie leer ausgehen, wenn sie mich nicht festhielte. Ich war überrascht, aber auch überwältigt von ihr. Aber so sehr ich sie wollte – ich wollte nichts überstürzen. Denn so stürmisch sie jetzt auch war, so fragil war das zwischen uns auch.

»M, hey …«

»Was …?« Ihre Lider flatterten, bevor sie sich öffneten und sie mich aus glasigen Augen ansah.

»Bist du dir sicher?«

Es dauerte eine ganze Weile, bis sie mir antwortete. Ich sah die Rädchen, die sich hinter ihrer Stirn drehten und das Für und Wider abwogen, das unser Zusammensein verursachte.

»Was, wenn nicht?«

»Dann warten wir. Ich will nichts kaputtmachen, M.«

Hope

»Ist nicht mehr weit«, meinte Brian, und es klang etwas zerknirscht. Nach bereits zwanzig Minuten zurückgelegtem Weg durch Manhattan hatte ich etwas Mühe, ihm zu glauben.

Drei Tage, nachdem er mich zu der Halloween Party ins *SingCity* eingeladen hatte, waren wir zu Fuß auf den Weg dorthin. Da er in derselben Gegend wohnte wie Peyton, hatte er mich zu Fuß dort abgeholt. Das fand ich nett, aber ich hätte alles für das wärmende Innere eines Taxis gegeben. Die Temperaturen waren quasi über Nacht in den Keller gefallen, und es war außergewöhnlich kalt geworden. Tagsüber konnte man allerdings bei sonnigen Temperaturen noch den Indian Summer genießen.

»Ist dir kalt? Soll ich –?« Er machte Anstalten, seinen Arm um mich zu legen.

»Nein! Nein, schon gut. Danke.« Einem Impuls folgend trippelte ich einen Schritt zur Seite, zog meinen flauschigen Schal höher und vergrub meine Nase tief darin. Brian war echt nett, aber mich von ihm wärmen zu lassen, das ging mir dann doch zu weit.

»Okay.«

Mir war lausig kalt in diesem Kostümfetzen, in den ich mich geworfen hatte. Darüber trug ich nur einen dünnen Mantel, denn einen Wintermantel besaß ich noch gar nicht, wie ich nach einem Blick in meine recht spärliche Garderobe hatte feststellen müssen. Und der etwas dickere Parka passte absolut nicht zum Kostüm. In L. A. waren die Temperaturen nie so rapide gefallen wie hier, daher hatte ich mir um wärmere Klamotten nie Gedanken machen müssen. Es wurde wohl mal Zeit für einen Shoppingtrip. Nur schade, dass Kelly mich nicht begleiten konnte.

Halloween. Ende Oktober, aber der Winter lag nach dem langen Sommer für mich noch in weiter Ferne.

Irgendwie freute ich mich auch auf den Winter an der Ostküste. Das letzte Mal hatte ich als Kind die Weihnachtstage im Schnee verbracht, als Mom, Dad und Dads Geschäftspartner Skilaufen gewesen waren. In einem der vielen noblen Skigebiete, dessen Namen ich mir nicht gemerkt hatte. Ich erinnerte mich nur daran, dass ich nicht im Schnee hatte toben dürfen, weil ich mir den schicken Schneeanzug nicht dreckig machen sollte. Da war ich acht Jahre alt gewesen. Schnell schüttelte ich die alte und schon längst verblasste Erinnerung ab, konzentrierte mich darauf, mit Brian Schritt zu halten, und bewunderte die Halloweendekoration in den Straßen und vor den Türen der Häuser. Die Bewohner hatten sich viel Mühe gegeben, gruselige Szenen in ihren Vorgärten nachzustellen oder ihre Eingänge mit Spinnenweben, blutgetränkten Mullbinden und ähnlich gespenstischen Accessoires zu verschönern. Halloween hatte ich noch nie viel abgewinnen können. Das lag wohl daran, dass meine gesamte Kindheit nichts weiter als eine Maskerade gewesen war. Das Einzige, was ich an diesem Fest mochte, waren die leuchtenden Kürbisse mit ihren grimmigen Gesichtern. *Pumpkins*. Ich dachte an Kelly und merkte wieder einmal, wie sehr ich meine Freundin vermisste.

»Sollen wir langsamer gehen?«

»Nein! Wenn wir noch langsamer gehen, dann bin ich erfroren, bevor wir da sind.« Meine Schritte nahmen wieder Fahrt auf, und ich warf ihm einen entschuldigenden Blick zu. »Sorry, ich bin etwas nervös.«

»Warum?«, fragte Brian mich mit einem Stirnrunzeln. Die falschen Augenbrauen, die zu seinem Kostüm von Mr. Hyde gehörten, wackelten bedrohlich. Hoffentlich hielt der Kleber.

»Es ist das erste Mal seit langer Zeit, dass ich ausgehe«, log ich. Denn das war nicht der Grund für meine Nervosität. Das Letzte, was Brian wissen musste, war, dass dies heute die erste Begegnung mit Jaxon sein würde, nachdem wir vor zwei Tagen den Abend miteinander verbracht hatten, und ich seitdem nichts mehr von ihm gehört hatte. Das ging niemanden etwas an, schon gar nicht einen Kollegen, den ich kaum kannte und der für den Grund meines Dilemmas arbeitete. Ich zupfte an meinen falschen Haaren. »Und ich weiß nicht, ob ich das richtige Kostüm gewählt habe.«

Brian blieb stehen und sah übertrieben sorgfältig an mir runter und wieder hoch. Dann grinste er. »Ich kann ja noch nicht viel davon sehen, aber die schwarzen Haare und der dunkle Lippenstift sind echt sexy. Vielleicht solltest du das öfter tragen?« Ich boxte ihm gegen den Oberarm, er jaulte auf und lachte. »Nein, ernsthaft. Warum gehst du denn nicht mehr unter Leute?«

»Keine Lust, keine Zeit, keine Leute, mit denen man Spaß haben könnte«, gab ich schulterzuckend zurück.

»Ha! Das wird sich heute Abend ändern. Mit uns kannst du eine Menge Spaß haben. Du wirst sehen. Los, komm, sonst frieren wir hier noch fest, bevor du auch nur einen Ton singen kannst.«

»Ich singe nicht, schon vergessen?«, erinnerte ich ihn mit einem amüsierten Augenrollen.

»Du willst Spaß haben, schon vergessen?« Er zwinkerte mir zu, und ich konnte nicht anders, als mich von seiner guten Laune anstecken zu lassen. Wir liefen die gespenstisch geschmückte Straße entlang und mussten immer wieder Gruppen von verkleideten Kids ausweichen, die an den Türen ihr »trick or treat« hervorbrachten und dafür mit Süßigkeiten belohnt wurden. Ich war nie zu Halloween von Haus zu Haus gelaufen.

Endgültig wischte ich die Erinnerungen an meine Kindheit beiseite und sah in den Himmel. Die Lichter der Stadt funkelten mir zu, wild und schön. Sie luden mich ein, mich in ihr zu verlieren, Spaß zu haben und nur das zu tun, was ich wollte. Ganz allmählich freute ich mich auf den Abend und beeilte mich, auf meinen Absätzen an Brians Seite mitzulaufen.

»Es ist echt saukalt geworden«, meinte er und hielt die Nase in die Luft, als wir an einer Ampel auf Grün warteten. »Kannst du eigentlich Skifahren?«

»Nein.«

»Nein?« Er sah mich an, als käme ich vom Mars.

Ich legte meinen Kopf schief und funkelte ihn herausfordernd an. »Nein. Kannst du surfen?«

Brian verneinte lachend. »Touché.« Ich verneigte mich mit einem Lachen. »Ich fahre über Weihnachten in den Schnee. Mit ein paar Freunden«, erzählte er.

»Wohin?«

»Wachusett Mountain, ein Skigebiet bei Boston. Wir fliegen bis Boston, dann geht's mit dem Jeep auf den Berg. Wir sind jedes Jahr in derselben Hütte. Sie gehört den Eltern eines Freundes.«

»Das hört sich toll an.« Neid stieg in mir auf. Auf die Tage im Schnee, aber mehr noch auf die Freunde, mit denen er dorthin fahren konnte.

»Ich freu mich schon sehr. Hast du auch eine Tradition?«

Schnell winkte ich ab. »Nein, nicht wirklich. Ich steh nicht so auf diesen ganzen Weihnachtskram. Ich bin eher ein Grinch«, behauptete ich und zog eine Grimasse. »Vielleicht werde ich einfach arbeiten.« Obwohl ich überhaupt keine Ahnung hatte, ob ich es noch in Jaxons Gegenwart aushalten würde. Ich wusste ja nicht mal, ob er es in meiner aushielt. Dass er sich nicht gemeldet hatte, sprach wohl für sich.

»Die Bar ist über die Feiertage geschlossen, da wirst du dich also nicht verstecken können. Silvester allerdings steigt eine Party, da könntest du Glück haben.«

»Oh ... okay.« Dann würde ich mich vermutlich in Peytons Wohnung einschließen und einen Serienmarathon starten.

»Darf ich dich was fragen?« Brian sah mich mit leicht zusammengekniffenen Brauen an.

»Klar. Und je nach Frage bekommst du auch eine Antwort.«

»Was war das letztens zwischen dir und Jaxon?«, fragte er und warf mir einen schnellen Seitenblick zu. »Ich hoffe, ich habe nicht zu sehr ... gestört?« Abrupt blieb ich stehen und sah ihn mit offenem Mund an. Bis ich begriffen hatte, dass er von dem Fast-Kuss in Jaxons Büro sprach, hatte er bereits sein eigenes Urteil gefällt. Er runzelte die Stirn und gestikulierte hilflos herum. »Ich mag dich, Hope. Du bist anders als die Frauen, mit denen Jaxon sonst so rumhängt.« Jetzt fiel mir alles aus dem Gesicht. Hatte er das gerade wirklich gesagt? »Nun guck mich nicht an wie ein Auto. Hast du gedacht, er wäre völlig abstinent?«

»Nein, nicht wirklich.« Warum war ich nicht einfach zu Hause geblieben? Das hätte mir zumindest diese Unterhaltung erspart. Die halbe Nacht hatte ich wach gelegen, mich nur hin und her gewälzt, ununterbrochen Jaxons Gesicht vor meinen Augen. Seine Lippen auf meinen gespürt, seinen Duft in der Nase gehabt und sein Lachen in meinem Ohr. Ich war glücklich gewesen. Für den Moment hatte ich alles vergessen, was mich je belastet hatte. Und dann war ich zurück in das schwarze, bodenlose Loch gefallen. Und nach zwei langen Tagen hart aufgeschlagen. Er fehlte mir.

Immer wieder hatte ich versucht, unser Zusammensein im Nachhinein zu analysieren. Ohne nennenswerten Erfolg. Das Einzige, was ich damit erreicht hatte, war, mich noch verrückter zu machen. Verdammt, es war doch nur Jaxon King, der Womanizer. Es waren nur ein paar harmlose Küsse zwischen uns gewesen, mehr nicht. Aber tief in mir weigerte sich etwas, zu glauben, dass er mit mir gespielt hatte.

»Oh Mann, ich sollte endlich lernen, meine vorlaute Klappe zu halten. Tut mir leid, ich wollte nicht so neugierig sein.«

»Brian, schon … okay. Aber da läuft nichts zwischen Jaxon und mir.« Ich konnte schon immer schlecht lügen, aber Brian war so höflich, mich nicht darauf hinzuweisen.

»Was immer du sagst. Hey, wir sind da.« Er war langsamer geworden und zeigte nun auf einen mit unzähligen Spinnweben und leuchtenden Kürbissen dekorierten Hauseingang, über dem eine nervös flackernde Neonbeleuchtung den Namen der Karaokebar verriet. *SingCity*. Davor standen zwei als Mumien verkleidete Türsteher. Nie hätte ich hinter dieser Tür eine angesagte Bar vermutet, wenn das Schild nicht gewesen wäre. Das war wirklich das Verrückte hier an New York. Während in L. A. keine Bar, kein Club, kein Restaurant mit auch nur annähernd genügend Glitzer und Bling Bling auf sich aufmerksam machen konnte, ging es hier in New York auch ohne diesen ganzen falschen Glamour. Und das gefiel mir immer mehr. Ich mochte die nackte Ehrlichkeit dieser Stadt.

Brian sprang die letzten Schritte an mir vorbei und hielt mir die Tür auf, ich lächelte und ging über zwei Stufen hinein. Sofort schlug mir der warme Mief einer vollgestopften Location entgegen.

Meinen Mantel gab ich bei der kopflosen Garderobiere ab, und als ich mich umdrehte, musterte Brian mich prüfend. Dann stieß er einen Pfiff aus. »Wow. Wenn ich gewusst hätte, mit wem ich es heute zu tun habe, hätte ich mir etwas mehr Mühe bei meiner Kostümwahl gegeben. Ich hätte deinen Mann spielen können.« Nach langem Überlegen hatte ich mich für eine Kostümierung als Morticia, die Mutter der Addams Family entschieden. Die Addams Family war herrlich schräg und das Kostümieren einfach gewesen. Dafür hatte ich nur ein nachtschwarzes Kleid und eine schwarze Langhaarperücke gebraucht, die ich ewig bearbeitet hatte, um einen akkuraten Mittelscheitel hinzubekommen. Beides hatte ich für wenig Geld im Einkaufszentrum erstanden.

»Ja, das hätte gut zu dir gepasst«, meinte ich und strich ihm über sein zerfetztes Jackett. »Aber das hier ist auch nicht übel.«

»Oh, warte, es wird noch besser.« Er drehte sich kurz von mir weg, dann zeigte er mir sein breites Lächeln. Ich fiel fast hintenüber vor Lachen, als ich die falschen Zähne sah, die er sich eingeschoben hatte.

»Du bist traumhaft schön.«

»Dann komm an meine Seite, Freund.«

Wieder musste ich laut lachen. Brian war witzig, und ich fühlte mich verdammt wohl an seiner Seite. »Aber gerne doch, Freund.« Gut gelaunt hakte ich mich bei ihm unter und ließ mich von ihm aus der Garderobe raus- und eine Treppe hinunterführen. Die Wände waren vergilbt und rau verputzt, voller künstlicher Spinnweben samt Plastikspinnen. Das Stimmengewirr wurde lauter, und als wir am Ende der Treppe angekommen waren, standen wir in einem riesigen Raum, proppenvoll mit wild verkleideten Leuten. Gespenster, kopflose Reiter, sexy Krankenschwestern, Skelette und unzählige Hexen, Joker, Wölfe und Vampire. Rechts befand sich eine Bar mit einem langen geschmückten Tresen, vor dem bestimmt zwanzig Gäste auf Barhockern Platz fanden. Gegenüber standen Tische mit Sitzbänken und Stühlen, die alle besetzt waren. Es war brechend voll und die Stimmung ziemlich ausgelassen. Am Ende der Bar entdeckte ich eine Leinwand, die die halbe Wand einnahm. Darauf lief der Text zu dem Lied ab, das gerade aus den Lautsprechern dröhnte. Aber anstelle einer melodischen Stimme setzte ein ziemlich schriller Gesang ein. Autsch! Doch der Menge schien es zu gefallen, zumindest johlte und klatschte sie, als die ersten Silben von Madonnas *Material Girl* in einer ordentlichen Lautstärke ins Mikro gequietscht wurden. Ich unterdrückte den Wunsch, mir die Ohren zuzuhalten, und betete, dass es auch begnadetere Sänger unter den Zuschauern gab.

»Hey, ihr zwei, hier rüber!« Eine Hand schob sich in mein Blickfeld. Sie gehörte Chloe, die bereits an einem der Tische saß und uns zu sich winkte. Sie und Logan hatten sich als Bonnie und Clyde verkleidet und ihre Gesichter als knochige Schädel mit schwarzen Augenhöhlen geschminkt.

»Ihr seht echt abgefahren aus«, begrüßte ich die beiden.

Brian ließ mir den Vortritt, und ich rutschte zu Chloe auf die Bank, während er sich neben Logan und damit mir gegenüber setzte.

»Und? Wie findest du es hier?« Chloe strahlte ausgesprochen gute Laune aus. Ich fragte mich, ob das an den Schmerztabletten lag, die sie nehmen musste, oder an dem Cocktail, der vor ihr stand. Vermutlich eher an der Mischung von beidem.

»Es ist ziemlich … schräg«, sagte ich und meinte nicht nur die Kostüme. Ich nickte in Richtung der Bühne, auf der ich nun, nachdem ich einen besseren Blick hatte, tatsächlich ein bekanntes Gesicht entdeckte. »Ist das etwa …?«

»Ja, das ist Brittany. Sie lässt keine Möglichkeit aus, sich zu präsentieren. Auch, wenn sie es hier lieber lassen sollte, ihre Stimme ist schrecklich«, sprach Chloe aus, was ich auch schon gedacht hatte. »Aber die Leute feiern sie. Sie traut sich was, und das kommt gut an. Und sie hat Spaß. So what.«

Zustimmend beobachtete ich Brittany, die mit ihrem kurzen Rock und den knallroten Overknees die sexy Krankenschwester mimte. Nicht, dass ihr das nicht stand – sie hatte den perfekten Körper dafür. Sie trug bestimmt keine Kleidergröße M. Sofort boxte mein Herzschlag schmerzhaft gegen meine Brust. Ich ignorierte es und konzentrierte mich auf Brittany, die gerade unter jubelndem Applaus die letzten Töne quiekte und sich dabei vom Publikum feiern ließ wie ein Rockstar.

»Das ist so richtig schräg«, staunte ich mit offenem Mund.

»Nein, das ist Brittany«, kommentierte Logan trocken und nahm einen kräftigen Schluck aus seinem Glas. »Singst du auch?«, wandte er sich an mich, als er den Drink abgesetzt hatte.

»Ja, unter der Dusche«, gab ich lachend zu. »Ich drehe dann die Musik immer so laut, dass ich denke, ich singe echt gut.« Alle am Tisch lachten mit mir. Das fühlte sich gut an.

»Was ist dein Lieblingssong?«, hakte Brian nach und drückte seine künstlichen Augenbrauen an, die sich bereits lösten. Trotzdem er mit mir sprach, starrte er Brittany an. Alles klar. Jetzt wusste ich auch, wer die ominöse Unbekannte war, die ihn nicht auf dem Schirm hatte.

»Äh ... ich hab keinen Lieblingssong«, meinte ich, obwohl er mir gar nicht zuhörte. Er hatte nur Augen und Ohren für Brittany. Das war echt süß.

»Ach, komm schon, jeder hat einen Song, der ihm Gänsehaut verpasst.« Ich fuhr herum und traute meinen Augen nicht.

Jaxon

»Gomez Alonzo Lupold Addams.«

»Ich freue mich, Euch hier zu sehen, meine Teuerste.« Sie starrte mich weiterhin mit offenem Mund an.

»Das ist …«

»Creepy?«, half ich ihr auf die Sprünge.

»Ziemlich. Woher …?«

»Ich das wusste?« Sie nickte stumm. »Gar nicht. Aber ich fand die Addams Family schon immer urkomisch. Und du offensichtlich auch.«

»Total.« Verblüfft schweifte ihr Blick an meinem schwarzen Samtanzug mit Hemd und Krawatte hinauf, über das angeklebte Oberlippenbärtchen und die streng zurückgekämmten Haare, bis sie mir wieder in die Augen sah. Und ihr Blick sich wandelte. Wenn mich nicht alles täuschte, dann war sie sauer. Oder verunsichert? Ihre Stimmung war schwer einzuordnen, doch ich ahnte, dass sie sauer war, weil ich mich nicht gemeldet hatte. Das gefiel mir nicht.

»Ist hier noch frei, Mrs Addams?«, fragte ich, und bemühte mich um einen unverbindlichen Ton, hoffte, dass sie mich nicht zum Teufel schicken würde.

»Äh … Sicher.« Sie rückte ein Stück rüber, obwohl noch genügend Platz neben ihr gewesen wäre. Ich begrüßte Brian, meine Schwester und Logan. Dann sah ich Hope an, spürte die Wärme, die von ihr ausging. Dabei war die Luft hier in der Bar ohne sie schon kochend heiß. Und als unsere Arme sich kurz berührten, weil ich die Anzugjacke auszog und hinter mich legte, zuckte sie zusammen wie vom Blitz getroffen.

»Schwarz steht dir«, sagte ich und griff nach ihren falschen Haaren. Sie versteifte sich, ich ließ los.

»Nicht unbedingt mein Favorit.«

»Nicht?«

»Nein.« Sie klang unbeteiligt, desinteressiert, aber ich wusste es besser.

Logan stand auf und trat aus der Sitzecke heraus. »Komm, Chloe, wir holen ein paar Drinks. Es ist gerade etwas trocken hier.« Die Worte waren wirklich passend ausgewählt, denn die Luft am Tisch war gerade zum Schneiden. Chloe nickte nur stumm, warf mir einen kurzen Versau-es-nicht-Blick zu und folgte ihm dann.

»Äh, ich komme mit.« Brian folgte den beiden nach einem kurzen Blick in meine Richtung.

Ich war meinem Freund dankbar, dass er die Situation richtig eingeschätzt und gleich reagiert hatte. Als die drei außer Sicht waren, wandte ich mich wieder Hope zu, die mit versteinerter Miene auf die Tanzfläche sah, und versuchte es erneut auf die sanfte Tour.

»M! Was soll das? Ich dachte, dieses Spielchen hätten wir hinter uns?«

Langsam wandte sie mir das Gesicht zu. »Warum hast du nicht angerufen?« Da war sie wieder, die Abwehr in ihrem Blick. So als wüsste sie genau, dass ich ihr keine zufriedenstellende Antwort darauf geben konnte.

»Ein Telefon funktioniert in beide Richtungen.«

Ihre Augen sprühten Funken. »Ernsthaft?«

Ich berührte sie sanft an der Schulter. »M ...« Als sie nicht zurückwich, legte ich meine Hand auf ihren Arm. »Lass uns später darüber reden. Was ist deine Lieblingsfarbe?«, lenkte ich ab. Ich wollte weg von der Wut, die offensichtlich in ihr steckte.

Aus Abwehr wurde Unsicherheit, wurde Verblüffung. Und da war noch etwas anderes. Ein Schmunzeln, ein leichtes Kopfschütteln. Ein Hauch Spott, so, als würde sie nicht verstehen, was hier gerade mit uns geschah. Und dann, ganz plötzlich, lenkte sie ein. »Also gut, King. Rot. Meine Lieblingsfarbe ist Rot.« Sie legte den anderen Arm auf dem Tisch ab und drehte sich zu mir herum.

»Wie deine Haare.« *Ich mag deine Haare.*

»Bockmist. Wie die Red Sox.«

Ich verzog das Gesicht zu einem amüsierten Lächeln. »Die die Yankees zum Frühstück fressen.«

»Darauf kommt es gar nicht an. Wer wen frisst. Es kommt darauf an, es zu versuchen, sich einzusetzen. Mutig zu sein.«

»Das hat nichts mit Mut zu tun. Das ist reines Glück.«

Sie schnaubte und schüttelte den Kopf. »Es ist also reines Glück, ob man gewinnt oder verliert?«

»Hier geht es doch nicht ums Gewinnen oder Verlieren, M. Ich dachte, es kommt auf den Mut an. Was ist mit dir? Bist du mutig?«

Ihre Augen wurden schmaler, und sie zuckte gleichmütig mit den Schultern. »Sicher.« Ihr Verhalten zeigte mir, dass sie verletzter war, als sie es je zugeben würde.

Ablenkung war jetzt nötig. Also erhob ich mich und streckte ihr die Hand hin. »Dann komm, lass uns singen.«

Das Lächeln auf ihrem Gesicht wurde breiter. »Nein, King. Vergiss es. Ich werde nicht singen.«

»Ich denke, du bist mutig?«, forderte ich sie heraus.

Ihr Gesichtsausdruck wandelte sich. Von wütend zu überrascht.

»Ich wusste nicht, was das mit uns ist, M. Deswegen habe ich nicht angerufen.«

»Und jetzt weißt du es?«

»Nein. Aber ich bin bereit, es herauszufinden«, gab ich offen zu. Darauf erwiderte sie nichts, doch ich sah, dass ihre Wangen einen Hauch mehr Farbe bekamen. Ich beugte mich wieder vor.

»Also, dass du auf die Red Sox stehst, weiß ich ja nun, wenn ich auch nicht verstehe, warum. Aber gut. Machen wir weiter. Was ist dein Lieblingssong?«

»*Ring of Fire.*«

»Johnny Cash?«

»Ich steh ziemlich auf Johnny Cash«, gab sie leicht verlegen zu. In der nächsten Sekunde kamen Chloe und Logan zurück, und ich bemerkte erst jetzt, dass wir uns immer noch ansahen. Doch da war der intime Moment zwischen uns auch schon Vergangenheit.

»Ich mag Johnny auch«, sagte ich und nahm den Faden damit wieder auf, zog sie weiter fort, weg von dem, was alles so kompliziert gemacht hatte.

»Du verarschst mich doch.«

»Was ist so ungewöhnlich daran?«

»Na ja, ich kenne niemanden in meinem Alter, der auf Johnny Cash steht. Ich höre ihn nur, weil meine Grandma in ihn vernarrt gewesen ist und ich keine Möglichkeit hatte, dem Plattenspieler zu entfliehen. Was ist deine Entschuldigung?«

»In deinem Alter? Wie alt bist du? Oh, sorry, das fragt man eine Frau nicht. Das wievielte Fettnäpfchen war das mittlerweile?«

Das brachte sie zum Lachen, und sie wurde etwas lockerer. »Ist schon okay. Mit gerade mal dreißig bin ich noch in einem Alter, wo ich nicht lügen muss.«

»Also nicht für immer neunundzwanzig? So wie Chloe?«

Ich grinste meine Schwester an, die nur mit den Schultern zuckte.

»Hey, neunundzwanzig ist toll. Und wenn Edward Cullen rechtzeitig um die Ecke gekommen wäre, um mich zu beißen, dann hätte das auch geklappt. Aber so schlage ich mich schon seit fast fünf Jahren, zwar ohne älter zu werden, aber auch ohne Glitzer im Sonnenlicht herum.«

»Du glitzerst auch so genug«, warf ich ein. »Dein Kleiderschrank besteht quasi nur aus Glitzer.« Und an Hope gewandt sagte ich: »Das weiß ich so genau, weil ihr halber Kleiderschrank jetzt in meinem Gästezimmer ausgebreitet liegt.«

»Und daran ist Edward Cullen schuld.« Sie zog einen Schmollmund, doch dann grinste sie wieder, und in ihren Augen funkelte es spitzbübisch, als sie mir einen filmreifen Augenaufschlag zuwarf.

»Hast du *Twilight* gelesen?«, fragte sie Hope.

»Team Jacob«, antwortete diese wie aus der Pistole geschossen.

»Gut, dass du nicht auf Puschel, das Eichhörnchen stehst. Das lässt dich in meiner Achtung ein ziemlich großes Stück hochklettern«, warf ich ein und fing mir dafür einen bösen Blick von Hope ein. »Was? Nur die Wahrheit.«

»Du hast ja doch die Filme gesehen!«

»Gut kombiniert, Watson. Glaubst du ernsthaft, ich würde ein Buch lesen?«

Sie schüttelte den Kopf. »Nein. Aber du hast abgestritten, die Filme gesehen zu haben.«

Ich zuckte mit den Schultern. »Wer gibt so was schon freiwillig zu? Außerdem wurde ich von Chloe dazu gezwungen.«

Hope warf einen Blick zu Chloe, dann zu mir. »Wie kann sie dich zwingen? Du bist zweimal so groß und so breit wie deine Schwester. Und älter.«

»Sie hat … etwas gegen mich in der Hand«, gab ich zu, worauf Chloe losprustete.

»Ja, genau. Ein Foto, auf dem er splitterfasernackt auf dem Rasen liegt. Total betrunken. Du siehst, ich habe ihn tatsächlich in der Hand.«

Hope lachte schallend auf, und ich verdrehte die Augen, als ich kurz darauf die nächsten Worte meiner Schwester hörte.

»Wie gut, dass Jax mehr mit einem zähnefletschenden Wolf

gemein hat als mit einem puscheligen Glitzervampir, was?« Sie zwinkerte mir zu.

»Sehr witzig, Chloe. Wirklich unglaublich witzig.«

»Ich fand's witzig«, versicherte Hope und nippte an ihrem Bier. Das Zucken ihrer Mundwinkel sah ich genau. Und in der Sekunde wurde mir klar, dass ich sie entweder auf gar keinen Fall hätte küssen, oder sie danach nicht mehr hätte gehen lassen dürfen. Diese Frau brachte mich um den letzten kleinen Rest meines Verstands. Aber das hatte auch was Gutes: Ich fühlte wieder etwas. Das nämlich hatte ich eine sehr lange Zeit nicht getan.

»Wartet ab, Mädels. Wartet nur ab …«

»Soll das etwa eine Drohung sein?« Chloe beugte sich herausfordernd über den Tisch.

»Lass dich überraschen.«

Meine Schwester kicherte, und kurz darauf war sie mit Hope in eine Unterhaltung über Bücher vertieft. So wie ich raushörte, las Hope auch viel, und da das Thema mich nicht sonderlich interessierte, schaltete ich einfach ab und spielte den stillen Beobachter.

Ich war nicht das erste Mal mit Freunden in dieser Bar. Aber es war das erste Mal, dass ich eine Frau dabeihatte, die mehr für mich war als ein unverbindlicher Flirt. Eine Frau, die mir etwas bedeutete. Was war nur aus meinem obersten Gebot geworden? Fange nichts mit Angestellten an. Entweder musste ich das Gebot ändern oder Hope kündigen. Mein Herz plädierte für die erste Variante.

Ich saß neben ihr, und wenn sie sich bewegte, berührten sich unsere Körper. Und dabei flammte jedes Mal in mir der Wunsch auf, sie festzuhalten und an mich zu ziehen, bevor sie sich wieder zurückzog. Aber das tat ich nicht. Das Einzige, wozu ich in der Lage war, war, sie anzusehen, an ihren Lippen zu hängen, wenn sie erzählte oder lachte.

Schweigend trank ich ein Bier mit Logan, der nichts sagte, aber mich ansah, als wüsste er mehr als ich. Ich ignorierte das und versuchte, konzentriert den Details aus dem DC-Universum zu folgen, die er mir erklären wollte. Doch das war sinnlos. Mein Kopf war mit anderen Dingen voll.

»Vergiss es, Logan. Diese ganzen Zusammenhänge werde ich niemals verstehen«, winkte ich ab. Und außerdem war es mir ziemlich egal, welcher Actionheld mit wem kämpfte, um die Welt zu retten. Letztlich war das alles nur Fiktion. Aber in mir kämpfte gerade die Realität. Und das nicht zu knapp. Ich war froh um die paar Minuten, in denen Hope zur Toilette ging. Das war die Chance, mich wieder unter Kontrolle zu bringen. Aber dann hatte ich eine Idee.

»Hier, halt mal.« Logan nahm überrascht mein Bier entgegen, aber bevor er fragen konnte, was ich vorhatte, war ich schon mit großen Schritten auf dem Weg zur Bühne. Während ich meinen Musikwunsch bei Tom durchgab, behielt ich unseren Tisch im Blick. Und als Hope zurückkehrte, sah ich sie suchend umherblicken. Dann zeigte Logan auf die Bühne. In der Sekunde, in der sie mich an der Seite erblickte, auf meinen Einsatz wartend, lachte sie auf und schüttelte amüsiert den Kopf.

No Roots von Alice Merton verklang, und eine leicht angetrunkene Alice im Wunderland wurde unter großem Applaus von Tom von der Bühne verabschiedet. Danach war ich dran. Tom und ich kannten uns recht gut. Wenn man so lange im Nachtleben unterwegs war wie wir, dann änderte sich der Freundeskreis. Und die, die dieselben Arbeitszeiten hatten wie du, nahmen den Platz derer ein, die zu den Zeiten feiern oder schlafen gingen. Und natürlich hatte er Spaß daran, mich anzukündigen.

»Den nächsten Freiwilligen werden die meisten von euch kennen. The one and only Jaxon King! Der König des Hochprozentigen und …« Sein Blick schweifte einmal an mir rauf und runter, bevor er sich grinsend wieder ans Publikum wandte,

»der heißeste ... Kopf der Addams Family in ganz Manhattan.« Tom winkte mich mit seinem breiten Showlächeln zu sich. Unter Gejohle und einigem Beifall betrat ich die Bühne. Hier und da ertönten Pfiffe, und ein paar Leute riefen meinen Namen, einige bekannte Gesichter lachten mir entgegen. Hope stand neben Logan und lachte ebenfalls.

»Mr Addams, welchen Song wollen Sie zum Besten geben?«

»Johnny Cash«, raunte ich ins Mikro und ließ Hope dabei nicht aus den Augen, der die Überraschung ins Gesicht geschrieben stand. »Mit *Jackson*.«

»Oh, ein Klassiker ... Jaxon mit *Jackson*«, unkte er und fand das offenbar total witzig. »Aber dafür fehlt dir noch eine June an deiner Seite. Ladies, wer erklärt sich bereit, Johnnys June zu sein und mit ihm das sexy Duett zu singen?«

Ich grinste und winkte ab, als sich mehrere Hände in die Höhe hoben und einige Rufe laut wurden. »Sorry, Leute, aber ich habe schon eine Partnerin.«

Hope zog die Augenbrauen zusammen und verschränkte die Arme vor der Brust, bis ich ihr mit dem Finger signalisierte, zu mir zu kommen. Sie stutzte, dann schüttelte sie vehement den Kopf. Ihr *Nein, ganz sicher nicht!* konnte ich bis hierher hören. *Oh doch*, formte ich stumm. Tom folgte meinem Blick, und als seine Augen an Hope hängenblieben, pfiff er durch die Zähne. »Ladies, ihr müsst jetzt stark sein ... Wie es aussieht, hat Jaxon tatsächlich eine Partnerin. Sie ziert sich nur noch ein wenig. Helfen wir ihr, Leute! Applaus für ... Mrs Addams!«

Der Applaus war ganz ordentlich, und wenn ich es allein nicht schaffte, Hope auf die Bühne zu bewegen, dann konnte es hoffentlich das Publikum. Ich griff nach dem zweiten Mikrofon und hielt es ihr entgegen. Sie stand immer noch wie angewurzelt da, zierte sich wie June Carter in dem Film *Walk the Line*, aber ich sah ihren Widerstand bröckeln. Das Lächeln auf ihrem Gesicht wurde breiter, bis es schließlich ihr ganzes Gesicht strahlen ließ. Und als Brian sie am Arm nahm und Richtung Bühne schob, leistete sie auch keinen Widerstand mehr. Die Menge teilte sich für einen Gang, Klatschen begleitete sie und feuerte sie an.

Hope schüttelte verhalten grinsend den Kopf, als sie neben mir stand. »Das wirst du mir büßen, King.«

Ich reichte ihr das Mikro. »Das hoffe ich doch.«

Sie kam nicht mehr dazu zu antworten, denn im selben Moment erklangen die ersten Takte von *Jackson*, dem Song, den Johnny und June 1967 gemeinsam aufgenommen und performt hatten.

»We got married in a fever, hotter than a pepper sprout«, begann ich, und endlich stieg auch Hope mit ein. »We've been talkin' 'bout Jackson, ever since the fire went out ...«

Ich schwöre, ich hatte selten so viel Spaß auf einer Bühne, und auch Hope kam nach ein paar Tönen aus sich heraus. Und das gar nicht mal übel. Mein Gesang war schrecklich, aber sie riss das Ganze mit ihrer melodischen Stimme wieder raus. Allerdings wusste ich genau, was ich mir danach anhören konnte. Aber das war es mir wert.

Als der Song vorbei war, umarmten Hope und ich uns lachend, und als wir uns wieder voneinander lösten, küsste ich sie auf die Wange. »Danke, dass du mit mir gesungen hast«, sagte ich nah an ihrem Ohr.

Sie lächelte. »Manchmal muss man eben mutig sein.«

Unter tosendem Applaus und Gejohle brachte ich Hope von der Bühne durch die Leute zu unserem Tisch zurück, wo wir von unseren Freunden lautstark empfangen wurden.

»Hey, ihr wart klasse!« Chloe fiel mir mit leuchtenden Augen um den Hals. »Ihr seid ein tolles Paar«, raunte sie mir ins Ohr, laut genug für mich, zu leise für Hope.

»Jax! Ich bin froh, dass du die Bar hast. Als Sänger würdest du verhungern.« Logan schlug mir lachend auf die Schulter.

Das Adrenalin hielt uns eine ganze Weile über gefangen, und immer, wenn ich Hope ansah, erkannte ich auch in ihrem Blick, dass ihr unsere Showeinlage gefallen hatte. Ihre Augen strahlten, die Wangen leuchteten, und um ihren Mund lag ein Gewinnerlächeln. Dass sie tatsächlich nachgegeben hatte und über ihren Schatten gesprungen, mutig gewesen war, imponierte mir. Sie hatte ihren Schweinehund besiegt. Und ich war verdammt stolz auf sie.

Nach einer neuen Runde Getränke verschwanden Chloe und Hope in Richtung der Toiletten. Ich sah ihr nach, bis sie um die Ecke verschwunden war. Gott, sie war verdammt schön. Gerade in einem Kleid, das ihre Kurven betonte. Für mich war sie die attraktivste Frau in der ganzen Bar.

»Ich muss mal an die Luft«, signalisierte ich Logan kurz darauf und stand auf. Es dauerte etwas, bis ich mich durch die Mengen von Hexen, Mumien, Zauberern und Skeletten gekämpft hatte. Ich musste einige Krankenschwestern davon überzeugen, nicht krank zu sein, und Superwoman, dass sie prima ohne mich klarkam. Und ich wurde immer ungeduldiger, weil mir die Masse an schwitzenden Körpern langsam auf die Nerven ging. Aber als ich durch die Tür nach draußen trat und die frische Nachtluft einatmete, beruhigte ich mich sofort. Es fing langsam an zu nieseln. Bei den Temperaturen würden sich die Tropfen sicher bald in Schnee verwandeln. Ich schlenderte einige Schritte von der Tür weg Richtung Straße, um den Feiernden, die in kleinen Grüppchen draußen standen, rauchten, tranken und sich unterhielten, aus dem Weg zu gehen. Jetzt brauchte ich ein paar Minuten für mich, denn ich war höllisch durcheinander. Meine Gedanken kreisten um Hope und darum, dass ich kurz davor war, sie mir einfach zu nehmen. Aber das würde mich aus dem Rennen schießen. Hope war keine Frau, die sich nehmen ließ. Sie hatte ihren eigenen Kopf.

»Nein danke. Ich bleib lieber allein.«

Die Stimme kannte ich doch? Ich blickte hoch und sah mich um. Wenige Meter vor mir gestikulierte eine Frau, deren Kostüm aus einem langen schwarzen Kleid und einer schwarzhaarigen Perücke bestand. Und vor ihr ein schwankender Doktor, der ihr offensichtlich auf die Nerven ging. Wer war das?

Hope schüttelte den Kopf und schob ihn mit der freien Hand von sich.

»Ach komm schon, Süße. Noch mal entkommst du mir nicht.«

»Hau endlich ab, sonst schneid ich dir die Eier ab.« Sie schubste ihn mit voller Kraft gegen seine Brust, sodass er fluchend nach hinten taumelte.

»Das würde ich mir wirklich zweimal überlegen, Kumpel«, sagte ich und hielt ihn fest, bevor er wieder auf Hope zustürmen konnte.

»Hey! Was …?« Verwundert über die Störung sah er sich um. Und dann zu mir hoch. Ich überragte ihn um mehr als einen Kopf. »Oh, alles klar, Mann. Sorry, nichts für ungut.«

»Verzieh dich«, knurrte ich und gab dem Horrordoktor einen kleinen Stoß in die andere Richtung. Doc hatte verstanden und trat mit hochgezogenen Händen schwankend den Rückzug an. Ich drehte mich zu Hope um und nahm sie unter die Lupe. »Alles klar?«

Mit vor der Brust verschränkten Armen versuchte sie, mich mit einem harschen Blick zurechtzuweisen, aber der scheiterte kläglich. »Mit der Trauergestalt wäre ich auch alleine fertig geworden.« Es sollte wohl zurechtweisend rüberkommen, aber ich erkannte das amüsierte Funkeln in ihren Augen.

»Gern geschehen.«

Ein Schmunzeln zuckte um ihre Mundwinkel. »Musst du dich eigentlich überall einmischen?«

»Hast du was dagegen?«

Einer ihrer Finger bohrte sich in meine Brust. »Ja! Weil ich immer noch sauer auf dich bin, verdammt.« Sie klang allerdings nur noch halb so sauer wie zu Beginn des Abends.

Um ihr einen Gefallen zu tun, wich ich einen halben Meter zurück. Ihr Finger folgte mir allerdings. »Hätte ich gewusst, dass du auf diese Art von Anmache stehst«, begann ich trocken, »hätte ich dich erst angetatscht, bevor ich dich geküsst habe.« Diese Anspielung konnte ich mir nicht verkneifen. Das Grinsen allerdings auch nicht.

In ihren Augen tanzte die Herausforderung wie die Lichter der Straßenbeleuchtung in der Pfütze. »Und wenn es so wäre? Vielleicht mag ich es ja hart. Und heftig.«

Meine Füße setzten sich wie von allein in Bewegung, und schon stand ich so dicht vor ihr, dass ich ihre Körperwärme spüren konnte. Als ich einatmete, erwischte mich neben der nasskalten Luft auch der fruchtige Duft ihres Parfüms. Mein Blick heftete sich auf die nackte Mulde unter ihrem Schlüsselbein, und der Drang, diese verletzliche Stelle zu berühren, wurde immer stärker. Stattdessen aber gab ich meiner Anspannung nach, packte ihre Schultern und drückte sie gegen den Laternenpfahl in ihrem Rücken. Keine Chance, mich zurückzuhalten – ich musste es einfach tun. Vielleicht würde sie schreien, mich ohrfeigen oder – wie hatte sie es genannt? – mir die Eier abschneiden. Aber alles war besser, als noch länger Katz und Maus zu spielen.

Verschreckt blickte sie mich an. Ihre Lippen waren leicht geöffnet, ihre Augen aufgerissen. Aber ich sah keine Panik darin. Nur Verwunderung.

»Hart und heftig? Kannst du haben«, raunte ich und beugte mich noch näher zu ihr. Sie schluckte, wollte zu einer Erwiderung ansetzen, aber ich wartete keine Antwort ab. Ich hatte die Schnauze gestrichen voll davon zu warten. Ich brauchte sie. Jetzt. Und bevor sie reagieren konnte, presste ich meine Lippen auf ihre. Hart und heftig. Wie sie es gefordert hatte. Und nach einer wirklich kurzen Schrecksekunde öffnete sie sich mir. Ihre

Abwehr schmolz dahin wie Schokolade auf der Zunge, und ihr Körper, der eben noch gelenkig wie der Laternenpfahl gewesen war, an dem sie lehnte, wurde weicher und drängte sich letztlich meinem entgegen. Ihre Finger krallten sich in meine Oberarme, und ich unterdrückte einen Aufschrei. Wunden lecken konnte ich morgen. Also zog ich sie noch enger an mich, ihre Hände fuhren mir in den Nacken, und sie schlang ihre Arme um meinen Hals. Meine Hände strichen über ihre Rippen und ihre Hüften bis zu ihrem Hintern, den ich packte und gegen meinen harten Schwanz presste. Ich war bereit und hätte sie am liebsten hier auf der Stelle genommen.

Ein unüberhörbares Aufstöhnen kam aus ihrem Mund, als ich ihre Lippen kurz freigab, um die Haut unter ihrem Schlüsselbein endlich zu küssen. Sie legte den Kopf in den Nacken und krallte ihre Fingernägel in meinen Rücken.

»Du bist echt ein arroganter Arsch, King.« Ihre Stimme zitterte.

»Ich weiß.«

»Du hast es doch gar nicht drauf.«

»Willst du es wirklich rausfinden? Traust du dich das? Du wirst verlieren.« Ich packte ihren Hintern und zog sie ruckartig an mich. Meine Erektion, die ich nicht mehr verbergen konnte, drückte in ihren Bauch.

»Ich verliere nicht. Nicht mehr.«

»Wir werden sehen.«

»Es ist spät. Ich glaube, ich möchte jetzt gehen«, keuchte sie, und ich spürte das Beben ihres Körpers unter meinen Händen.

Ich sah sie an. Ihre Augen waren glasig, und ich erkannte die pure Erregung in ihrem Blick.

»Dann ist es wohl besser, ich bringe dich ins Bett.«

Jaxon

Ich pfiff uns ein Taxi heran.

»Nicht zu mir«, stoppte sie mich.

»Okay.« Trotzdem setzte ich sie in den Wagen, auch wenn meine Wohnung nur zwei Blocks entfernt war. Es war kalt, es regnete jetzt stärker, und wir hatten unsere Jacken drin gelassen. Ich hatte wenig Lust, noch mal reinzulaufen, um sie zu holen. In diesem Moment gab es nichts Unwichtigeres als Jacken.

Hope schlüpfte auf die Rückbank, ich setzte mich neben sie. Unsere Beine berührten sich, ich merkte, dass sie noch immer zitterte. Ob vor Kälte oder vor Erregung würde ich noch herausfinden. Nachdem ich dem Taxifahrer die Adresse durchgegeben und Chloe per Handy eine kurze Nachricht wegen unserer Jacken geschickt hatte, legte ich meinen Arm um Hope und sah ihr in dem schummrigen Licht des Wagens in die Augen. Die schwarze Perücke veränderte ihr Aussehen stark, doch ihre Augen waren immer noch dieselben.

»Diesmal werde ich nicht um deine Erlaubnis fragen«, warnte ich sie vor.

»Das musst du auch nicht, aber vorher …« Ihre Hand hob sich, und ehe ich es mich versah, riss sie mir den angeklebten Oberlippenbart ab, an den ich schon gar nicht mehr gedacht hatte. *Aua!*

»Können wir jetzt zum gemütlichen Teil übergehen?«

»Du hast ja doch gefragt«, erwiderte sie mit einem listigen Lächeln.

Ich sagte nichts, sondern schob nur meine Hand in ihren Nacken. Sie lächelte stumm, und als sie mir ihr Gesicht entgegenhob, küsste ich sie erneut. Ihre Lippen waren so warm und weich. Genauso wie ich sie in Erinnerung hatte. Sie schmeckte nach Bier und Pfefferminz. Und ihre Finger machten sich geschickt an mir zu schaffen. Als sie langsam über meine Brust in Richtung meiner Hose strich, konnte ich ein Aufstöhnen nicht unterdrücken. Alle Muskeln waren in Alarmbereitschaft, sie brachte mich damit fast um den Verstand, und unser Kuss wurde fordernder. Es gab kein Zurück mehr. In dieser Nacht würde sie mir gehören. Nur mir.

Der Fahrer hatte Gas gegeben, und nur wenige Minuten später hielt das Taxi vor der Gasse zum *King's*. Ich zahlte, und wir stiegen aus. Knutschend stolperten wir in die dunkle Gasse, und ich drückte Hope gegen die Hauswand, als der Wagen verschwunden war.

»Morticia Addams, ich würde dich am liebsten gleich hier und jetzt nehmen«, murmelte ich. Ich knabberte an ihrem Ohr und umfasste ihre Brüste. Ihre Brustwarzen drückten sich durch den dünnen BH und reckten sich mir entgegen.

»Dann tu's doch«, gab sie mit einem Stöhnen zurück, als ich durch zwei Lagen Stoff ihre Nippel rieb.

»Zu kalt.«

»Mir ist heiß.«

Ich sah sie an. Die Straßenlaterne warf Schatten auf ihr Gesicht. »Ich will dich nackt, M. Und ganz bestimmt werde ich nicht zulassen, dass du dir deswegen eine Erkältung einfängst.« Sie schlang ihre langen Beine um meine Hüften, als ich sie hochhob. Meine Erektion sprengte mir fast die Hose, so schmerzhaft war das Warten. »Ich kann es kaum erwarten, mich in dir zu versenken. Und das werde ich, M. Und nicht nur einmal«, keuchte ich in ihr Ohr.

»Du überschätzt dich mal wieder, King.« Ihre Erregung konnte sie nicht mehr verstecken. Sie atmete ebenso schwer wie ich, und als sie ihre Hände unter mein Hemd schob, kratzten ihre Fingernägel über meine Haut.

»Glaub mir, ich weiß, wozu ich fähig bin. Und du wirst es auch noch herausfinden. Wenn du dieses Spiel nicht bis zum Ende spielen willst, dann ist jetzt die letzte Chance für einen Rückzieher. Ansonsten ...« Ich nahm ihr Kinn in die Hand und fuhr mit meinem Daumen über ihren Mund. Ihre Lippen saugten ihn ein und lutschten daran, was mir ein Keuchen entlockte. »Ansonsten gehörst du diese Nacht mir. Nur mir.«

Keine Ahnung, ob sie sich meiner Worte wirklich bewusst war, aber sie zögerte nicht. Ihr Kinn hob sich trotzig in die Höhe, ihr Blick war fest. »Lasst die Spiele beginnen.«

Mein Mund presste sich auf ihren, und ich biss ihr sanft in die Unterlippe. »Auf in die erste Runde.«

Der Regen wurde stärker, durchnässte uns in kürzester Zeit bis auf die Haut, als ich sie die paar Meter zur Tür trug. Ich hielt sie mit einer Hand, presste ihren Unterleib an meinen in Vorfreude auf das, was in wenigen Minuten passieren würde. Aber als ich die Schlüssel aus der Hosentasche holen wollte, fand ich nichts außer ein paar Dollar und einem Kondom. »Fuck!«

»Was?« Erschrocken sah Hope mich an.

»Der Schlüssel ...« Vorsichtig setzte ich sie direkt an der Wand ab. Dort kam der Regen dank des Dachüberstands nicht hin. Hastig durchsuchten meine Hände auch die andere Tasche und fanden darin nur mein Handy. »Fuck! Er liegt in der Wohnung. Nicht hilfreich, ich weiß.« Vorhin war ich so in Eile gewesen, dass ich vergessen hatte, den Schlüssel einzustecken.

»Oh ... und jetzt?«

»Jetzt muss ich in mein eigenes Haus einbrechen. Warte hier.« Wenn ich erst mal im Keller war, war der Zutritt in die Wohnung ein Kinderspiel. Dort hatte ich für alle Fälle einen Ersatzschlüssel deponiert.

Ich stieg die Treppen zum Keller runter und stellte fest, dass das Fenster, durch das ich einsteigen wollte, verschlossen war. »Welcher Idiot hat das zugemacht? Das ist ja wohl nicht wahr!«

Verdammter Mist! Da brauchte man einmal einen Zugang, und was passierte?

»Was ist los?« Hope stand am oberen Rand der Treppe und sah zu mir runter.

»Kleine Planänderung.« Wie oft genug im Film gesehen, zog ich mir das Hemd aus und wickelte es um meinen Ellenbogen.

»Was hast du vor? King, das ist eine ganz beschissene Idee! Pass auf ... Lass mich ... ich kann auch einfach nach Hause fahren.«

»Nein. *Das* ist eine ganz beschissene Idee. Du wirst nirgends hinfahren.« Überrascht starrte sie mich an, doch einen Atemzug später nickte sie tatsächlich. Ohne Widerworte. Siegessicher wandte ich mich wieder zum Fenster. »Gleich geschafft.« Ich winkelte den Arm an und zielte. Kurz darauf klirrte es, und die Scheibe des Kellerfensters war kaputt. Hope quiekte erschrocken auf. Vorsichtig entfernte ich die Scherben aus dem Rahmen, stemmte mich hoch und zog mich rein. Fünf Sekunden später öffnete ich den Riegel der Tür von innen und grinste Hope an, die sich nicht von der Stelle gerührt hatte. »Hereinspaziert, M.«

»King, du bist verrückt.« Sie kam kopfschüttelnd, aber grinsend die Stufen runter und legte ihre Hand auf meine nackte Brust. Sie war eiskalt. Ein Zischen hätte mich nicht überrascht.

»Ja. Verrückt nach dir«, keuchte ich und zog sie mit einem Ruck an mich. Sie stöhnte auf, als ich meine Zunge fordernd in ihren Mund schob und die Finger zielgerichtet unter ihren Rock gleiten ließ.

»Gott, King, du ... Ooohh ...« Sie zuckte, als ich ihren Slip erfasste und die erhitzte Haut darunter berührte. Es brauchte nicht viel, um sie in Erregung zu versetzen. Sie klammerte sich an mich, als ihre Beine nachgaben. Ich zog sie in den dunklen Keller und setzte sie auf die alte Waschmaschine, die schon längst hätte entsorgt werden sollen. Ich schob ihren Rock nach oben und drückte ihre Beine auseinander, bevor ich vor ihr in die Knie ging.

»Was machst du?« Ihre Stimme zitterte vor Erregung.

»Spielen, M. Nur spielen«, raunte ich, rollte ihr den Slip über die Schenkel und warf ihn achtlos hinter mich. Als ich endlich ihre Spalte mit meinen Fingern erforschte, drückte sie den Rücken durch und legte den Kopf in den Nacken. »Oh mein Gott ...«

Gerade wollte ich mein Gesicht zwischen ihren Beinen versenken, da sah ich ein Licht durch die Gasse huschen. Ich bremste mich abrupt.

»Da ist jemand«, flüsterte ich und zog mich langsam zurück. Hope schloss die Beine, ich bedeutete ihr, ruhig sitzen zu bleiben und still zu sein. Sie nickte stumm, als ich aufstand und zur offen stehenden Tür schlich. Gerade streckte ich mein Gesicht um die Ecke, da traf mich ein greller Lichtkegel. Halb blind kam ich ins Schwanken.

»NYPD. Hände nach oben und rauskommen. Und das ganz langsam ...«

Jaxon

»Diese Runde ging wohl an die Bullen«, flüsterte Hope mir zu, und ihr Gesichtsausdruck schwankte zwischen »*Ich hab es dir doch gleich gesagt*« und »*Gott, hatte ich Spaß*«.

Ich murmelte irgendwas davon, dass ich selbst wusste, wie beschissen das gelaufen war, und dass ich mir den Abend definitiv anders vorgestellt hatte.

Irgendein aufmerksamer Nachbar hatte die Polizei gerufen, nachdem ich das Glas des Kellerfensters eingeschlagen hatte. Kein Wunder. Als zwei Mitglieder der Addams Family sahen wir wohl auch nicht gerade vertrauenserweckend aus. Leider hatten weder Hope noch ich uns ausweisen können. Mein Ausweis lag in meiner Brieftasche, und die wiederum in meiner Wohnung. Aus dem einfachen Grund, weil ich sie nicht noch einmal verlieren wollte, und weil sich in der Jacke des billigen Kostüms, die im *SingCity* liegen geblieben war, keine Taschen befanden, und ich nur Bargeld in der Hosentasche dabeihatte. Hope hatte ihre Handtasche inklusive Geld und Ausweis am Tisch in dem Club liegen lassen. Also blieb uns nichts weiter übrig, als mit den Polizisten aufs Revier zu fahren. Ich war ja froh, dass sie wenigstens die Handschellen wegließen. Nach einem Anruf bei Chloe kam sie eine halbe Stunde später gemeinsam mit Logan auf die Wache, um uns auszulösen. Auf die Frage, was wir denn im Keller gewollt hatten, hatten wir weder meiner Schwester noch der Polizei die Wahrheit gesagt. Bestimmt dachte sich jeder seinen Teil.

Hope biss sich auf die Unterlippe, ich glaubte wirklich, sie sei sauer, aber unerwartet prustete sie laut los und lachte, bis ihr die Tränen kamen. »Gott, das war so verrückt!«, rief sie und zog mich am Jackett vom Revier weg.

»Ja, das war es«, bestätigte ich verwirrt. Diese Frau würde ich wohl nie durchschauen. Rätselhaft und voller Überraschungen. Genau das, was ich brauchte.

»Ich bin noch nie in mit einem Polizeiauto gefahren. Da musstest erst du in mein Leben treten. Jaxon King ...« Sie schnalzte mit der Zunge und hob mahnend den Zeigefinger. Sie versuchte, ernst zu bleiben, aber konnte sich ein Kichern nicht verkneifen. »Ich weiß nicht, ob du wirklich der richtige Umgang für mich bist. Ich bin immer noch ohne Höschen unterwegs ...« Bei diesen Worten fühlte mein Schwanz sich sofort angesprochen. Ich packte sie, zog sie an mich und umfasste ihren Hintern.

»Bring mich endlich ins Bett, King«, forderte sie heiser.

Wir riefen uns ein Taxi, und während wir durch die Stadt fuhren, fingerte ich sie auf dem Rücksitz. Wir küssten uns ohne Unterbrechung, und Hope stöhnte verhalten in meinen Mund. Und ich schwöre – hätte das Taxi nicht in diesem Moment vor dem *King's* angehalten, dann hätte ich sie noch im Wagen genommen.

Über den normalen Weg gingen wir ins Haus, und ich drückte auf den Knopf für den alten Lastenaufzug. Rumpelnd öffnete er seine Türen und ließ uns einsteigen. Als er sich ächzend in Bewegung setzte, presste ich Hope gegen die Wand und fuhr mit meinen Fingern erneut unter ihr Kleid. Ich fühlte ihre nackten Beine und ertastete ihren glatten Schoß, der so nass war und nur darauf wartete, dass ich mich in ihm versenkte.

»Ich kann es kaum erwarten, dich dort endlich zu küssen«, murmelte ich an ihrem Hals. »Oder hast du etwas dagegen?« Ihr erregtes Stöhnen war mir Antwort genug.

Der Fahrstuhl kam mit einem Ruck zum Stehen. Ich trug Hope das kleine Stück durch den dunklen Flur und öffnete dann die Tür zu meiner Wohnung.

»Lass das Licht aus«, bat sie mich flüsternd, ihr Gesicht an meiner Schulter versteckt.

Egal, was der Grund für ihren Wunsch war, ich tat ihr den Gefallen. Der Lichtschein, der von draußen durch die Fenster fiel, reichte aus, um zu sehen, was ich sehen wollte.

Ich kniete mich mit Hope auf den Hüften auf den Boden, legte sie sanft auf dem weichen Teppich in der Mitte ab und entledigte mich hastig des Jacketts und der Schuhe. Die langen schwarzen Haare ihrer Perücke breiteten sich auf dem Fußboden aus wie ein Fächer. Durch die Verkleidung wirkte Hope fremd, aber dennoch seltsam vertraut.

Dann öffnete ich die Reißverschlüsse der kniehohen Stiefel und zog sie ihr ohne Eile aus. Meine Finger folgten der Naht ihrer halterlosen Strümpfe, wobei ich mit sicherem Griff das Kleid hochschob, sodass ihr glänzender nasser Schoß offen vor mir lag. Der Anblick allein entfachte ein Feuerwerk in mir, wie ich es schon lange nicht mehr erlebt hatte. Ich half ihr, das Kleid über den Kopf zu ziehen, öffnete zielsicher ihren BH und beugte mich zu ihr runter. »Du bist wunderschön«, raunte ich und leckte über die erhitzte Haut ihres Dekolletees, bis sie aufkeuchte. Es fühlte sich unendlich gut an. Ich spielte an ihren Nippeln, und als ich einen davon zwischen die Lippen nahm, krallte sie ihre Finger in den Teppich. Langsam arbeitete ich mich mit dem Mund von ihren vollen Brüsten über ihren flachen Bauch, ihre Hüften bis zu ihren festen Oberschenkeln. Sie roch so süß, wie eine Verlockung, der man nur schwer bis gar nicht widerstehen konnte. Es kostete mich eine enorme Willenskraft, mein Gesicht nicht einfach zwischen ihren Beinen zu versenken und sie zu lecken, bis sie meinen Namen schrie. Ich wollte, dass sie genoss, was ich mit ihr tat, und deshalb bemühte ich mich, mir Zeit zu lassen. Schon viel zu lange war es her, dass ich etwas gefühlt hatte, wenn ich mit einer Frau zusammen war. Und bei Hope fühlte ich definitiv. Vermutlich sogar mehr, als es gut für mich war.

Ich küsste die Innenseiten ihrer Schenkel und rollte Millimeter für Millimeter die halterlosen Strümpfe runter, einen nach dem anderen, liebkoste jeden Quadratzentimeter ihrer Haut, bis ich an ihren Füßen angekommen war. Ich arbeitete mich langsam über ihre Waden und weiter an den Innenseiten ihrer Schenkel wieder nach oben. Bis zu ihrer heißen Mitte. Nackt und zitternd vor Erregung lag sie vor mir. Sie war wunderschön, und ich liebte ihre Hüften, deren Rundungen perfekt in meine Hände passten. Bei diesem Anblick konnte ich mich kaum mehr beherrschen.

»Gott, bist du schön«, raunte ich und presste meinen Mund endlich auf ihre Scham. Alles, was ich wollte, war, sie zu schmecken, ganz in mir aufnehmen, ein Teil von ihr zu werden und sie ein Teil von mir werden zu lassen. Meine Zunge kreiste langsam um ihre geschwollene Klit. Sie schmeckte so gut, und ich wollte mehr. Langsam drang meine Zunge in sie ein, sie war so heiß, so eng und so weich. Das brachte mich völlig um den Verstand. Ich leckte sie, und als sie ihre Finger in mein Haar krallte, legte ich den Daumen an ihre empfindlichste Stelle. Sofort bäumte sie sich auf, stemmte ihre Füße in den Boden und hob die Hüften an. Als ich zwei Finger in sie stieß, drängte sie sich mir heftig entgegen. Sie war so nass, dass ich es kaum erwarten konnte, mich ganz in ihr zu versenken. Aber das musste warten. Erst würde ich sie bis an ihre Grenze bringen und darüber hinaus.

»Komm zu mir, King«, wimmerte sie, versuchte, mich an den Schultern zu sich hochzuziehen, aber ich war noch nicht fertig mit ihr. Jetzt war ich einfach nur noch gierig darauf, sie zum Höhepunkt zu treiben.

»Nein. Ich will sehen, wenn du kommst.« Der Voyeur in mir wollte zusehen, wie ihre Pussy anschwoll, wenn sie explodierte. Ihr Aufstöhnen, ihr Wimmern, das mir zeigte, wie bereit sie war, ließ mich um meine Beherrschung kämpfen. Meine Finger stießen weiter in sie, ich umkreiste mit der Zunge ihre Klit, saugte an ihr, bis ihr Keuchen immer schneller und lauter wurde. Sie bebte unkontrolliert, als sie mit einem unterdrückten Schrei explodierte, und ich hörte nicht auf, mich in ihr zu bewegen, bis sie erschöpft zusammenbrach und kraftlos meine Hand wegschob. »Nicht ... ich ... Pause ...«

Lächelnd ließ ich von ihr ab. Ohne sie aus den Augen zu lassen, zog ich mich aus. Sie lag vor mir, ihre Lider waren geschlossen, ihre Brust hob und senkte sich schnell. Ein leises Keuchen kam über ihre Lippen, und ihr Schoß war glänzend und nass. Mit fahrigen Fingern kramte ich ein Kondom aus meiner Hosentasche und streifte es mir über den harten Schwanz. Dann kniete ich mich zwischen ihre Beine, strich über die Innenseiten ihrer Schenkel, ließ sie erneut erzittern.

»Glaub nicht, dass das schon alles war, M«, flüsterte ich rau und dirigierte mit der Spitze an ihre Schamlippen. Sie war so nass, dass ich wie von selbst in sie reinrutschte. Ihre Lider flatterten. »Was ...?«

»Das Spiel. Runde zwei«, erinnerte ich, hob mühelos ihre Beine an, legte sie mir über die Schultern und schob mich sachte tief bis zum Anschlag in sie hinein. Hope schloss die Augen wieder und keuchte auf. Ich wollte mich langsam in ihr bewegen, mich ihr sanft annähern, aber als sie immer lauter stöhnte, ihre Hände in meine Oberschenkel krallte, verflog auch der letzte Funken meiner Beherrschung.

Je kräftiger ich zustieß, umso lauter rief sie meinen Namen. »Jaxon! Oh Gott, wie ist das ... Ich ... schon wieder ...«

»Ja, komm für mich, Babe. Lass dich gehen«, drängte ich, wollte nichts mehr, als dass wir zusammen kamen, wollte in ihrem Orgasmus explodieren. Jetzt! Meine Finger berührten ihre nasse Spalte, rieben ihre nasse Klit, während ich immer heftiger und schneller in sie stieß. Und dann, als ich es kaum mehr aushielt, kam sie. »Jaaaax ...«

Das Zucken um meinen harten Schwanz war die Erlösung,

und als sie sich laut keuchend unter mir wand, ließ auch ich meiner Erregung freien Lauf. Ich packte ihre Hüften und rammte mich noch einmal so tief in sie, dass ich endlich alles aus mir rausließ. Diese Runde ging an mich ...

Hope

Es war schon hell, als ich aufwachte. Ich blinzelte, und im ersten Moment hatte ich keine Ahnung, wo ich mich befand. Das nackte Mauerwerk in meinem Tunnelblick war mir gänzlich unbekannt. Auch die Fenster, durch die ich ein Stück bedeckten Himmel erkennen konnte, hatte ich noch nie zuvor gesehen. Und als ich die Finger bewegte, fühlte ich etwas Hartes und zugleich Weiches darunter. Etwas, das sich beständig auf und ab senkte. Schlagartig erstarrte ich und erinnerte mich. An alles.

Jaxons gleichmäßige Atemzüge und sein Arm unter meinem Körper, seine Hand auf meinem nackten Hintern, das machte mich kirre und ruhig zugleich. Ich traute mich kaum zu atmen, noch weniger, mich zu bewegen oder womöglich mein Bein von seinen Oberschenkeln zu ziehen. Wir lagen völlig ineinander verschlungen in seinem Bett. In *seinem Bett! Oh mein Gott!*

Ich konnte nicht fassen, was in der letzten Nacht geschehen war. Zwischen uns geschehen war. Wir hatten Sex miteinander gehabt. Jaxon King und ich. Und nicht nur einmal, nein, gleich dreimal. Und eigentlich war das nicht nur Sex gewesen, sondern ein Überschwang an Lust und Gefühlen. Jetzt noch, Stunden später, war ich total überwältigt und weigerte mich, dem schalen Beigeschmack der Unsicherheit Raum zu geben. Schließlich war er nicht nur Jaxon King, der heißeste Kerl im ganzen Universum. Er war auch mein Chef. Aus diesem Grund sollte ich aufstehen, meine Klamotten zusammensuchen und verschwinden. Schnell! Aber nachdem mein Verstand seinen Senf dazugegeben hatte, übernahm mein Herz. Ich hörte auf Jaxons Atem, beobachtete meine Hand, die sich mit seiner nackten und verdammt durchtrainierten Brust auf und ab hob, und genoss einfach den Moment mit ihm allein, den mir keiner nehmen konnte. Vorsichtig bewegte ich meinen Kopf und hob mein Gesicht, um ihn anzusehen. Und als mein Blick auf seine leicht geöffneten Lippen fiel, mit denen er letzte Nacht so unglaubliche Dinge angestellt hatte, die mich fast um den Verstand gebracht hatten, schoss mir allein bei der Erinnerung daran das Blut in die Wangen und in einige andere Körperteile. Bisher hatte ich noch nicht mit vielen Männern geschlafen, ich konnte sie an einer Hand abzählen, und nichts von dem, was in der letzten Nacht hier in dieser Wohnung passiert war, hatte ich vorher auch nur ansatzweise erlebt. Und schon gar nicht gefühlt. Es war wie ein Rausch gewesen, der mich auf seinen Schwingen davongetragen hatte. Nackt und verletzlich hatte ich mich Jaxon King präsentiert. Und es – wenn ich ehrlich war – unglaublich genossen. Und das war es, was mir so verdammten Schiss vor dem Augenblick machte, in dem er aufwachen würde. Das war wie mit dem Moment nach dem ersten Kuss. Folgte ein zweiter Kuss oder peinliches Schweigen? Der Morgen nach der ersten Nacht aber war noch schlimmer. Was, wenn er mich gar nicht mehr hier haben wollte? Wenn er davon ausging, dass ich mich gleich, nachdem er eingeschlafen war, vom Acker gemacht hatte? Aber nein, das würde er nicht tun. Ich glaubte nicht daran, dass er mich in seinem Arm hätte einschlafen lassen, wenn er nicht gewollt hätte, dass ich blieb. Auch glaubte ich nicht daran, dass ich mir das, was zwischen uns war, nur einbildete. Da war mehr als nur Sex. Und er wusste das genauso gut wie ich. Das war es nicht, was mir Angst machte. Im Grunde hatte ich andere Sorgen. Was war, wenn er die Narben entdecken und mich darauf ansprechen würde … Und das würde unweigerlich geschehen, wenn ich hier nackt bei ihm liegen blieb. Bisher hatte ich nicht einen Gedanken daran verschwendet, bis … Bis seine Finger darübergestrichen waren. Natürlich hatte ich das Zögern bemerkt. Und die Neugier, die auf einmal den Raum ausgefüllt hatte. Doch ich war nicht bereit gewesen, die Erinnerungen an das Geschehene zuzulassen, und hatte seine stummen Fragen ignoriert. Es war dunkel gewesen, aber jetzt war es hell. Jetzt würde er es sehen. Jetzt würde er wissen wollen, was passiert war. So gut glaubte ich ihn mittlerweile einschätzen zu können.

Würde ich das aushalten? Oder war es besser, dem zuvorzukommen und die Flucht zu ergreifen, solange er noch schlief? Mein Verstand bevorzugte die letzte Variante. Mein Herz keine davon. Also beschloss ich, hierzubleiben und alles einfach auf mich zukommen zu lassen. Aber da mein menschliches Bedürfnis sich nun meldete, würde ich zumindest aufstehen müssen. Lautlos, möglichst ohne viel Bewegung zu machen. Aber das klappte nicht wirklich.

»Hey, wo willst du hin?« Jaxons Hand, die bis eben noch locker auf meinem Hintern gelegen hatte, packte mich nun fester und zog mich zu sich heran. Seine Lippen hatten sich zu einem Lächeln geformt, die Lider flatterten, aber waren noch geschlossen.

»Ich muss mal«, flüsterte ich.

»Du musst nicht flüstern, M. Wir sind ganz allein hier.« Sein Gesicht kam näher, seine rechte Hand fuhr in meinen Nacken und zog meinen Kopf zu sich. Erst dann öffnete er die Augen. »Ich bin froh, dass du nicht weggelaufen bist, M.« Ich schmolz dahin und wehrte mich nicht, als er mich zu sich zog und küsste. Er roch so gut nach Schlaf und Sex. Und sofort spürte ich das Verlangen in mir erneut aufflackern. Auch ihn ließ unser Kuss nicht kalt. Seine Erektion drückte sich gegen mein Bein. »Ich kann nichts dafür, M. Das bist du …« Er sah mich zärtlich an.

»Ich bin zu allem bereit, aber erst …«

»Klar. Aber vergiss das Wiederkommen nicht.«

»Niemals.«

»Das wollte ich hören.«

Ein verschlafenes Lächeln legte sich auf sein Gesicht, und selbst wenn ich gewollt hätte, hätte ich nicht mehr an ihm zweifeln können. Augen sagten so viel mehr als Worte, und das, was ich in seinem Blick erkannte, war mehr als nur der Triumph darüber, dass er mich in seinem Bett hatte.

Ich griff nach dem nächstbesten Kleidungsstück, das ich auf dem Fußboden ertasten konnte, und zog es zu mir. Neben der Perücke, derer ich mich irgendwann in der Nacht entledigt hatte, lag sein schwarzes Hemd. Ob er was dagegen hätte, wenn ich es überwarf? Egal, es war immer noch besser, als mich hüllenlos zu zeigen. Auch wenn ich die letzten Stunden nackt neben ihm gelegen und er gefühlt jeden Quadratzentimeter meiner Haut erforscht hatte – jetzt im Hellen war es, als würde der Teufel der Vergangenheit auf mich lauern. Dafür war ich noch nicht bereit.

»Mein Hemd steht dir, M.«

»Besser als dir?«

»Ja, vielleicht sogar besser als mir.« Ich hörte das Lächeln in seiner Stimme und spürte seinen Blick im Rücken, als ich aufstand und aus dem Bett und durch die angrenzende Tür ins Badezimmer schlüpfte.

Erst als ich die Tür hinter mir schloss und mich dagegen lehnte wie gegen einen schützenden Freund, traute ich mich auszuatmen. Tief durchzuatmen.

Ich pinkelte und sah mich dabei im Bad um. Wie in der ganzen Wohnung war auch hier der Charme des alten Hauses zu erkennen. Die Rohre liefen über die Wände, die Decke war hoch, und eine Wanne auf Löwenfüßchen stand halb hinter einem bunten Vorhang verborgen in der Ecke auf einem schwarz-weiß gefliesten Fußboden. Einzelne Schränke beinhalteten vermutlich Rasierzeug, Handtücher und den üblichen Männerkram. Als mein Blick auf eine Pillendose neben dem Spiegel fiel, stutzte ich. Schnell wusch ich mir die Hände und spritzte mir eine Ladung eiskaltes Wasser ins Gesicht, dann nahm ich die Pillendose in die Hand. Schlaftabletten? Warum zum Teufel brauchte Jaxon Schlaftabletten?

Auf der Suche nach einem Handtuch fiel mein Blick auf ein zusammengelegtes neben dem Waschbecken, auf dem eine verpackte Zahnbürste lag. Dabei ein Zettel mit einem M. »Oh Jaxon ...«, murmelte ich. Wann hatte er das hierhingelegt? Ich konnte mich nicht erinnern, dass er vor mir im Bad gewesen war. Also musste er es letzte Nacht hier drapiert haben. Was hieß, dass er davon ausgegangen war, dass ich blieb. Auf das Glücksgefühl, das mir schlagartig von meinem Bauch durch die Brust in die Kehle aufstieg und nichts als wohlige Wärme hinterließ, war ich nicht vorbereitet gewesen. Ich kniff die Augen zusammen, um nicht zu heulen, legte meine Hände auf die Ablagefläche und stützte mich auf. Dann beäugte ich mich intensiv. Und ich konnte nicht leugnen, dass ich anders aussah. Im Spiegel sah mir eine Frau entgegen, die ich lange nicht gesehen hatte. Sie sah zwar müde, aber glücklich aus. Verschreckt, aber beschwingt. Durcheinander, aber unbesorgt. Abgesehen davon, dass meine Haare so wirr waren, dass ich sie in hundert Jahren nicht mehr durchgekämmt kriegen würde, wirkten meine Lippen roter und voller, meine Haut rosiger und meine Augen viel glänzender als sonst. In der letzten Nacht war etwas mit mir passiert. Etwas, das ich nicht für möglich gehalten hatte, seit ...

Hastig putzte ich mir die Zähne und versuchte, meine Haare mit den Fingern zu ordnen. Ein sinnloses Unterfangen. Also sammelte ich mich, rief mir ins Gedächtnis, dass ich hier war, weil er es genau wie ich wollte, und öffnete die Tür. Das zerwühlte Bett war leer. Dafür hörte ich Schritte auf der Stahltreppe.

»Hey ...« Jaxon kam mit zwei dampfenden Bechern durch die Tür. Einem gelben und einem roten. Er trug gestreifte Shorts und sonst nichts. Wie angewurzelt blieb ich im Türrahmen stehen und konnte mich kaum sattsehen an seinem durchtrainierten Körper, an dem sich jeder noch so feine Muskel definiert hervorhob. Besonders die, die in seinen Shorts verschwanden. Gemeinsam mit dem Flaum dunkler Haare. *Oh. Mein. Gott!* Hastig wandte ich den Blick von seinem Bauch ab, als er sich räusperte, und zwang mich, ihm in die Augen zu sehen. Mir war ein wenig schwindelig.

»Ich hab uns Kaffee gemacht«, sagte er, und der leicht amüsierte Unterton in seiner Stimme war nicht zu überhören.

»Ich … danke …« Während er die Becher auf der Kiste neben dem Bett abstellte und wieder unter die Decke schlüpfte, stand ich wie angewurzelt im Türrahmen und starrte ihn an. Noch immer konnte ich es nicht fassen, dass ich hier war. Hier im Schlafzimmer eines der heißesten Junggesellen Manhattans, und ich glotzte auf seine Hose.

»Komm wieder ins Bett.« Jaxon unterbrach mein stilles Zwiegespräch und klopfte neben sich auf das weiße Laken. Er hatte es sich an einen Berg von Kissen an der Wand gelehnt bequem gemacht. Die Tür hinter mir fiel leise ins Schloss, ich trat zum Bett und krabbelte unter die gemütliche, gestreifte Decke, die er mir hochhielt. Als er seinen Arm um mich legte und mich ganz nah an sich zog, ließ ich das wohlige Kribbeln in meinem Innersten zu.

»Kaffee schwarz. Ich hoffe, das ist okay?«, unterbrach er das Schweigen zwischen uns und drückte mir den roten Becher in die Hand. »Tee ist leider aus. Aber ich kann sonst auch runter in die Bar –«

»Kaffee schwarz ist super«, unterbrach ich ihn. »Danke.«

Er hob die linke Hand und fasste mir leicht unters Kinn. Dann zog er mein Gesicht zu sich, und ich konnte seinem Blick nicht länger ausweichen.

»Es ist schön, dich hier zu haben, M«, raunte er, und in seinen Augen sah ich, dass das die Wahrheit war. Seine Lippen senkten sich hinab und trafen auf meine. Er hatte ebenfalls Zähne geputzt, und ich erinnerte mich daran, dass in der unteren Etage auch ein Badezimmer war.

»Ist das Bad unten Chloes …?«

»So lange sie hier wohnt, nutzt sie es, ja. Warum fragst du?«

Ich zögerte, aber dann siegte die Neugier. »Sind das … ich habe Schlaftabletten im Bad gesehen und mich gefragt …«

Es war ihm anzusehen, dass das kein Thema war, über das er gerne sprechen wollte. Seine Miene verschloss sich augenblicklich, und sein Tonfall war nicht mehr so warm wie noch vor wenigen Momenten. »Und?«

Erneut zögerte ich, doch dann nickte ich entschlossen. Vor nicht allzu langer Zeit erst hatte ich mir geschworen, mein Leben nach meinen Regeln zu leben. Nicht nach denen anderer. »Ich wüsste schon gerne, womit ich es zu tun habe.«

»Ich bin kein Junkie, falls du das meinst.«

»Davon gehe ich auch nicht aus.«

Er wühlte sich aus der Decke und stand auf. Dann sah er mich an. Sein Blick war abweisend, und seine Augenbrauen hatten sich unheilvoll zusammengezogen. »Ich nehme sie, wenn ich nicht schlafen kann. Was bei meinem Rhythmus ab und an vorkommt. Schließlich arbeite ich dann, wenn andere schlafen. Sonst noch Fragen?« Er hatte die Arme vor der Brust verschränkt und sah mit verkniffener Miene zu mir rüber.

»Nein«, entgegnete ich leise. Er nickte und ließ die Arme fallen. Ich wappnete mich und zuckte automatisch zurück, als er auf mich zukam. Er sah es, und sofort blieb er stehen. In seiner Miene erkannte ich das Wechselspiel, so als wüsste er nicht, was er tun sollte.

»Hope …« Langsam streckte er die Hand nach mir aus. Ich brauchte einen Moment, um zu registrieren, dass er nicht wütend, sondern verletzt war. Er setzte sich zu mir, seine Arme schlossen sich um mich, und seine Wange legte sich auf meinen Scheitel. Ich wusste nicht, wie ich mich verhalten sollte, also ließ ich es einfach geschehen. So saßen wir eine lange Zeit einfach nur da. Bis ich mich schließlich ein Stück löste und mich traute, ihn anzusehen. Besorgt blickte er mich an. »Es sind nicht nur die Tabletten, die dir Sorgen machen, richtig?«

»Was … was meinst du?«

»Hope … Eins solltest du schon bemerkt haben: Du kannst mir nichts vormachen. Was ist los? Ich habe die Narben auf deinem Arm bemerkt … Willst du … Willst du darüber reden?«

Kurz ließ ich seine Worte sacken. Er schien wirklich in mir lesen zu können wie in einem offenen Buch. Seit wann war ich so leicht zu durchschauen? Ich sah ihn an, öffnete den Mund, doch dann schüttelte ich den Kopf. Nein, ich konnte nicht darüber reden. Es ging nicht. Dazu war ich nicht bereit. Noch nicht. Vielleicht irgendwann, aber nicht jetzt. Jaxon verstand. Er nickte stumm, zog mich wieder an sich und küsste mein Haar. »Wann immer du jemanden brauchst, ich bin da.«

Ich glaube, das war der Moment, wo ich mich Herz über Kopf unwiderruflich in Jaxon King verliebte.

Jaxon

Es war bereits früher Abend, als ich Hope die wenigen Blocks bis zu ihrer Wohnung fuhr. Ich hatte ihr ein langes Sweatshirt von mir geliehen, damit sie nicht wieder in ihr zerknittertes Kostüm steigen musste. Es stand ihr besser als mir.

Die Sonne war gerade im Begriff unterzugehen, und eigentlich war ich für einen Arbeitstag im *King's* viel zu spät dran. Noch nie in all den Jahren, in denen ich die Bar führte, war ich auch nur einen Tag krank gewesen oder hatte nicht den Laden aufgeschlossen. Diesmal hatte ich Chloe per WhatsApp gebeten, Brian reinzulassen, und ihn, sich um die Vorbereitungen für den Abend zu kümmern. Chloes erstaunten Smiley und ihre darauffolgenden Fragen hatte ich mit einem einzigen Wort abgewimmelt: *Hope*. Fürs Erste hielt sie die Füße still und machte, worum ich sie gebeten hatte. Aber ich wusste, dass ich mich ihrem Kreuzverhör würde stellen müssen, sobald ich einen Fuß ins *King's* setzte. Doch nicht nur deswegen zögerte ich den Moment des Abschieds noch hinaus. Es fiel mir nicht leicht, mich von Hope zu trennen. Wenn auch nur für ein paar Stunden. Zu schön waren die Nacht und der Tag mit ihr gewesen. Und zu schwer hing die Sache mit den Tabletten zwischen uns in der Luft, die ich bis jetzt noch nicht bereinigt hatte. Ich verlangte von ihr, ehrlich zu sein, aber sagte selbst nicht die Wahrheit? Das passte nicht. Die Wahrheit kam zwar nicht infrage, aber eine bessere Erklärung schuldete ich ihr schon.

Am Straßenrand stellte ich den Motor ab und drehte mich zu ihr um. »M ... es tut mir leid. Anstatt so wütend zu werden, hätte ich dir eine ehrliche Antwort auf deine Frage geben sollen«, versuchte ich, einen Anfang zu finden. Hope sah nach vorn aus dem Fenster, ohne eine Miene zu verziehen. »Die Tabletten nehme ich wirklich nur, weil ich nicht gleich runterfahren kann, wenn ich morgens aus dem *King's* komme. Sie helfen mir, einzuschlafen und mich auszuruhen. Aber wenn das für dich ein Problem ist, dann … dann höre ich auf damit«, beteuerte ich, obwohl mir klar war, dass das eine weitere Lüge war. Viel zu sehr schon hatte ich mich an das Schlafen mit den Pillen gewöhnt, als dass ich noch wusste, wie es ohne ging. Außer in der letzten Nacht, da hatte ich sie nicht gebraucht. Aber da war Hope auch bei mir gewesen. Vielleicht war es das, was ich brauchte: eine neue Droge namens Hope.

»Schon okay, Jaxon. Kein Problem. Wenn du die Dinger brauchst, dann nimm sie.« Der Tonfall strafte ihre Worte Lügen.

»Bitte, Hope. Ich meine es ernst.«

Nachdenklich legte sie ihre Stirn in Falten, doch dann nickte sie. »Okay.«

»Okay«, wiederholte ich wie ein stummes Versprechen und nahm dabei ihre Hand. »Dann ist wieder alles klar zwischen uns?«

Erneut nickte sie. »Ja, es ist alles klar zwischen uns.« Ein zartes Lächeln schlich sich auf ihr Gesicht, als ich in ihren Nacken griff und sie sanft zu mir heranzog, um sie zu küssen.

»Gut«, murmelte ich, als ich ihre Lippen wieder freigegeben hatte. »Also, bis später dann.«

Ich wartete noch, bis Hope in dem grau-weiß gestrichenen Haus verschwunden war und in der oberen Etage das Licht anging. Als ich ihren Schatten hinter den folierten Fenstern sah, startete ich den Wagen und fuhr ins *King's*.

* * *

Chloe hatte sich direkt gegenüber des Eingangs auf einem Sessel platziert, während Brian hinter dem Tresen mit den Vorbereitungen für den Abend beschäftigt war. Als ich eintrat, zerkleinerte er gerade die Limetten für die Drinks. Er warf mir einen freundlichen Gruß zu, Chloe dagegen einen amüsierten Blick.

»Jaxon King, du alter Schwerenöter …«

Ich erwiderte nichts, sondern nahm mir einen Kaffee, schnappte mir Brian und besprach mit ihm den Ablauf des Abends. Etwas, das wir normalerweise vor Schichtbeginn alle gemeinsam machten. Danach setzte ich mich zu Chloe an den Tisch.

»Lass dir nicht alles aus der Nase ziehen, Jax«, forderte sie und wippte ungeduldig mit dem gesunden Fuß.

»Ein Gentleman genießt und schweigt.« Obwohl ich im Moment nicht wirklich genießen konnte. Zu sehr lag mir die Sache mit den Tabletten im Magen. Hope hatte ein Problem mit den Pillen, und ich machte mir Sorgen, ob ich mein Versprechen, mit den Pillen aufzuhören, halten konnte.

»Bitte keine schmutzigen Details. Du bist mein Bruder.« Angeekelt verzog sie das Gesicht. »Ich will nur wissen, ob es schmutzige Details gibt, die du mir vorenthalten kannst.«

»Hope und ich waren zusammen. Die ganze Nacht. Und keiner von uns bereut das. Das ist alles, was du wissen musst.«

Sie hob die Hände in die Luft und ließ sie dann mit einem breiten Grinsen wieder in den Schoß sinken. »Wie es aussieht, hast du meinen Rat befolgt.«

»Ich habe es nicht versaut, wenn du das meinst.« Zumindest hoffte ich das inständig.

Sie legte mir ihre Hand auf den Arm. »Ich freu mich für dich, Jax.«

»Jetzt tu nicht so, als wäre es etwas Besonderes, wenn ich mit einer Frau –«

»Es ist etwas Besonderes, Jax«, fuhr sie mir ins Wort. »Und das weißt du.«

»Es wäre schön, wenn du es in Hopes Gegenwart einfach unkommentiert lässt, okay?«, bat ich meine Schwester, ohne auf ihre Anspielung einzugehen.

Ihre Augenbrauen flogen hoch, Überraschung zeichnete sich in ihrem Gesicht ab, als würde ich ihr unterstellen, die Geheimnisse der Weltherrschaft auszuplaudern. »Natürlich.«

»Dann springe ich eben unter die Dusche und esse einen Happen, bevor es hier losgeht. Was ist mit dir? Hast du schon gegessen?«

Chloe zeigte auf einen Pizzakarton auf dem Tresen. »Die ist für dich.«

»Beste Schwester«, lobte ich, gab ihr einen Kuss auf die Wange, schnappte mir den Karton und verzog mich nach oben in meine Wohnung. Als ich die Tür zum Schlafzimmer öffnete, roch es noch immer nach Hope. Mit dem Pizzakarton in der Hand fiel ich aufs Bett und schloss für einen Moment die Augen. Sofort hatte ich die Bilder der letzten Nacht vor Augen. Hope, mit geschlossenen Augen und gespreizten Beinen auf dem Rücken liegend; mit wippenden Brüsten und nach hinten geworfenen Haaren auf mir reitend; ihre pulsierende Pussy, während ich sie geleckt hatte. Dabei spürte ich ihre Fingernägel in meinem Rücken und ihre Lippen auf meinen, als wäre sie noch immer bei mir. Mein Schwanz dachte dasselbe – er drückte sich pochend gegen meine Jeans.

Chloe hatte recht. Es war etwas Besonderes. Weil Hope etwas Besonderes war. Ich hoffte nur, meine Ahnung, die ich seit der Szene im Hinterhof hatte, würde sich nicht bestätigen. Aber wie wahrscheinlich wäre es schon, zweimal im Leben das Gleiche durchmachen zu müssen?

Ich durfte nicht länger der Vergangenheit nachtrauern. Vor allem musste ich von den scheiß Tabletten loskommen. Das, was damals geschehen war, konnte ich nicht mehr ändern. Die Pillen verdrängten es nur, aber machten es nicht ungeschehen. Es wurde Zeit, weiterzugehen und nach vorne zu sehen. Denn da vorne ... da stand Hope. Ihr Glück war jetzt wichtiger. Und ich wollte derjenige sein, der sie glücklich machte. Wenn das nicht der perfekte Grund war, um endlich loszulassen. Endgültig.

Hope – zwei Wochen später

»Wir sehen uns unten«, raunte Jaxon mir zwei Wochen später ins Ohr, küsste mich noch einmal und verschwand durch die Tür seiner Wohnung runter in die Bar. Ich hörte die Metalltür ins Schloss fallen, dann den Aufzug rumpeln. Erst als ich mir sicher war, dass Jaxon auf dem Weg nach unten war, atmete ich aus.

Was war das gewesen?

Wir hatten uns gerade übereinander hergemacht wie zwei Kinder über eine Schüssel Schokoladenpudding. Schnell und hungrig. Noch immer atmete ich schwer, und das Ziehen in meinem Unterleib verebbte nur langsam.

Seit zwei Wochen lief es so mit uns. Wir gingen zu ihm, nachdem die Bar geschlossen hatte. Es hatte sich eingebürgert, dass ich die Tage, an denen ich im *King's* arbeitete, bei ihm übernachtete. Eigentlich machten wir in diesen Nächten alles Mögliche miteinander – außer schlafen. Wir redeten über Gott und die Welt, nur nicht über das, was uns ausmachte oder unsere Vergangenheiten. Das waren unausgesprochene Tabuthemen. Und das, obwohl Jaxon die Narben auf meinem Arm gesehen hatte. Etwas, das ich ihm verdammt hoch anrechnete. Wir schlenderten nach Feierabend durch Manhattan, Jaxon zeigte mir die Stadt bei Nacht. Und meistens landeten wir danach im Bett und fielen übereinander her wie zwei ausgehungerte Tiere. Es war, als hätten wir beide viel nachzuholen, was das Vögeln betraf, es war ein stetes Geben und Nehmen. Denn nichts anderes passierte in diesen Momenten zwischen uns. Wir vögelten. Und wenn ich ehrlich war, dann hatte Jaxon es auch echt drauf. Außerdem – hatte ich denn etwas anderes gewollt? *Ich* war doch diejenige, die nicht mit zu viel Nähe klarkam. Mit Gefühlen schon gar nicht. *Ich* war es, die ihn auf Abstand hielt. Um mich zu schützen. Daran sollte ich denken, bevor ich unbewusst anfing, ihm Vorwürfe zu machen, mich zu benutzen.

»Nimm es, wie es ist, Hope. Mehr kriegst du nicht.« Im Bad machte ich mich kurz frisch, ordnete meine Frisur, zog mich an, und keine fünfzehn Minuten später bediente ich neue Gäste im *King's*. Allerdings mit hochroten Wangen, denn jedes Mal, wenn unsere Blicke sich trafen, durchzog es meinen Unterleib wie ein zuckender Blitz. Und Jaxons wissendes Schmunzeln oder dass er mir an den Hintern fasste, wenn wir uns unbeobachtet fühlten, war auch nicht hilfreich. Und trotzdem gefiel mir diese Spielerei zwischen uns. Aber es war, was es war: ein Spiel.

»Hi, Hope.« Sawyer, einer von Jaxons Freunden, ließ sich vor mir am Tresen auf den Barhocker fallen.

»Anstrengenden Tag gehabt?«, fragte ich mitfühlend. Er sah völlig geschafft aus. Sein Schlips hing ihm gelockert um den Hals, der Hemdkragen war geöffnet und die Frisur zerwühlt, als hätte er sich unentwegt die Haare gerauft. Auf den Wangen zeichneten sich dunkle Bartschatten ab, die den Schatten unter seinen geröteten Augen beinahe den Rang abliefen. Alles in allem sah er scheiße aus.

»Frag nicht.«

»Okay. Wie immer?«

»Bitte.«

Ich wandte mich ab, um ihm einen Moonshine Mule zu mixen, wie Brian es mir beigebracht hatte und wie Sawyer ihn gerne trank. Jaxon begrüßte ihn, und ich schnappte ein paar Fetzen über einen anstrengenden Fall auf, den er wohl gerade bearbeitete. Jaxon nahm sich Zeit für seinen Freund, etwas, das ich bewunderte. Er war ein Workaholic. Nichts ging über die Bar, das hatte ich schon begriffen, aber für seine Freunde hatte er immer Zeit, egal wie voll der Laden war.

Mit Arbeit lenkte ich mich von Jaxons Anblick ab, und es funktionierte, indem ich die Gäste beobachtete, Obst für Cocktails zurechtschnitt und die Bons abarbeitete, die Ella, Chris und Brittany mir hinlegten. Die Zusammenarbeit mit den dreien klappte täglich besser. Als sie spitzgekriegt hatten, dass ich etwas mit dem Chef laufen hatte, waren sie mir kurzzeitig mit unverhohlener Abneigung begegnet. An ihrer Stelle hätte ich vermutlich ähnlich reagiert. Aber als sie gesehen hatten, dass ich dadurch keine Vorzüge oder gesonderte Behandlung erfuhr, sondern genauso zusammengestaucht wurde wie alle anderen, wenn ich einen Fehler machte, hatten sie sich wieder entspannt. Dass der Chef solche Anranzer im Bett wiedergutmachte, mussten sie nicht wissen.

An diesem Abend mixte ich einige beliebte Kreationen der Bar. Der Pumpkin Pi mit Schwarzgebranntem, Kürbismus, Cider und leckeren Gewürzen war heute der Renner. Aber auch die Cocktails in der Geschmacksrichtung Bratapfel wurden immer beliebter, jetzt, wo wir Halloween hinter uns gelassen hatten und es langsam auf den Winter und damit auf Weihnachten zuging. Mal mischten wir sie mit Ingwerbier oder pimpten sie mit Whiskey auf. Ein Blick auf die angepinnnten Zutatenlisten war mittlerweile auch für mich nicht mehr nötig.

Ich wusste nicht, wie viele Drinks ich an diesem Abend schon gemixt hatte, als ich auf die Uhr sah. Es war halb drei in der Nacht, und die Bar war noch zu mehr als zwei Dritteln gefüllt. Das Publikum lachte, trank, unterhielt sich und hatte augenscheinlich Spaß. Und wieder fing ich Jaxons Blick auf. Ein kleines, verstohlenes Lächeln, der Ansatz seines Grübchens, reichten, um in meinem Bauch das Flattern ausbrechen zu lassen. Mit hochroten Wangen bemühte ich mich um Selbstbeherrschung und lenkte mich von der in mir aufsteigenden Erregung ab, für die es augenscheinlich nur einen seiner Blicke bedurfte. Wie war das nur möglich? Ich verkniff mir ein Grinsen, nahm ein

Glas, um es zu spülen, und schwenkte meinen Blick erneut über die Gäste. Und dann boxte mir schlagartig die Realität in den Magen.

Nein!

Bitte nicht! Nein!

Das konnte nicht sein.

Meine Hände zitterten, mit einem Schlag war mir eiskalt.

»Hope?«

Das Glas rutschte mir aus den Fingern und versank im Spülbecken. Sawyer wedelte mit der Hand vor meinem Gesicht herum, aber ich reagierte nicht, sondern fixierte den dunkelblonden Kerl, der am Ende des Raumes mit dem Rücken zu mir stand. Wartete, dass er sich umdrehte und die schreckliche Ahnung Gewissheit werden ließ. Sean! Ich starrte und starrte, als könnte ich ihm so ein Loch in den Rücken bohren und ihn damit zum Umdrehen bewegen. Aber stattdessen ging er. Einfach so. Ohne, dass er sich umgedreht hatte. Und das war noch viel schlimmer, als sein Gesicht zu sehen.

Meine Beine zuckten, ich zog die Hände aus dem Wasser und setzte mich in Bewegung. Aber mein erster Impuls, alles stehen und liegen zu lassen, um diesem Kerl hinterherzulaufen, wurde jäh durch Sawyers verbale Attacke auf mich gestoppt.

»Hope, verdammt!«

»Was?« Mein Kopf fuhr herum. Das Glas, das vor mir unsanft auf den Tresen knallte, ließ mich zu mir kommen.

»Alles okay mit dir?« Sawyers Blick durchdrang mich und traf mich bis ins Mark. Ich schüttelte mich, warf die Angst ab, die sich wie zäher Teer über mich gelegt hatte. Hier war ich in Sicherheit. Ich hatte mich geirrt. Sean saß im Knast. In L. A. Dreitausend Meilen weit von mir entfernt. Er konnte das nicht gewesen sein. Suchend schweifte mein Blick noch einmal durch die Bar, aber der Kerl war verschwunden. Langsam sickerte diese Information in mein Gehirn, und ich beruhigte mich allmählich wieder.

»Alles ... Ja, danke. Alles okay. Ich dachte nur, ich hätte da ... Schon gut. Sorry. Ich war wohl etwas abgelenkt.«

Er verzog skeptisch sein markantes Gesicht und nahm mich mit seinen stahlgrauen Augen unter die Lupe. »Ja, das war nicht zu übersehen.«

»Tut mir leid«, sagte ich schnell. »Was kann ich dir noch bringen?«

»Nichts, aber ...« Er fuhr sich mit der Hand durch seine sowieso schon zerwühlten Haare. »Ich möchte dich und Jaxon gerne einladen. Jedes Jahr zu Thanksgiving findet in meinem Strandhaus in den Hamptons traditionell ein Essen mit ausgewählten Freunden statt, und ich würde mich freuen, wenn du und Jax auch dabei wärt.«

»Oh, ich ...« Ich wusste nicht, was ich sagen sollte. Wie lange war es her, dass ich so eine Einladung bekommen hatte? Als ich mit Sean zusammen gewesen war, hatte ich in den letzten Jahren auf solche Treffen meistens verzichtet und war allein zu Hause geblieben. Hatte er seine Freunde zu uns eingeladen, hatte ich hinter dem Herd gestanden. Und im Anschluss die Reste aufsammeln dürfen. Oder die Scherben. Je nachdem, wie der Abend verlaufen war.

»Hope?« Wieder rief er mich ins Hier und Jetzt. Erschrocken schob ich den Gedanken an Sean beiseite und versuchte, mich auf Sawyer zu konzentrieren. »Es ist nichts Großes, wie gesagt, nur ein Abend unter Freunden. Und da Jaxon mein Freund ist und du seine Freundin ...« Er zuckte mit den Schultern. »Gehörst du ja wohl dazu.«

»Freundin?« Ich musste ihn angestarrt haben, als hätte er mich gebeten, Erbsen und Linsen zu trennen wie das Aschenputtel. In dieser Sekunde fühlte ich mich auch wie sie. *Freundin?* Hatte er das gerade wirklich gesagt?

»Oder was ist das mit euch?«, fragte er. Und ich verkniff mir ein Auflachen, weil ich partout nicht wusste, wie ich ihm diese

Frage beantworten sollte. Und auch nicht, wie ich mit seiner Einladung umgehen sollte. Ich hatte mich schon lange nicht mehr unscheinbar gefühlt, aber in diesem Moment war ich tatsächlich das unscheinbare Aschenputtel, das nicht glauben konnte, dass es zum Ball gehen durfte.

Ich straffte die Schultern und sah ihm fest in die Augen. »Danke, das ist echt nett von dir, aber du musst mich nicht einladen, nur weil ich …« Ich brach ab. Das Wort brachte ich einfach nicht über die Lippen.

»Du seine Freundin bist?«, beendete Sawyer meinen Satz.

»Du musst dich nicht genötigt fühlen, mich einzuladen«, flüsterte ich fast und bemühte mich um eine feste Stimme.

»Das tue ich nicht. Glaub mir, wenn ich dich nicht leiden könnte, würdest du es merken.«

Das entlockte mir ein Schmunzeln. »Bist du immer so geradeheraus?«

»Immer.«

Ich nickte stumm. Wartete auf die böse Stiefschwester, die mir die Kutsche vor der Nase wegschnappte und mich zurück in die Asche stieß. Aber sie kam nicht. Stattdessen beugte Sawyer sich etwas vor und warf mir einen freundschaftlichen Blick zu.

»Also? Kommst du?«

»Ja, klar … ich gucke mal, ob es zeitlich passt. Danke für … die Einladung«, erwiderte ich.

»Mach es passend, okay? Ich habe keine Lust, dass Jaxon mir den ganzen Abend jammernd in den Ohren liegt, weil du nicht dabei bist.«

»Das wird er wohl kaum tun«, gab ich zurück und verdrehte amüsiert die Augen. Wobei die Vorstellung, er würde sich nach mir verzehren, verlockend war. Aber noch verlockender war die Aussicht, ein ganzes Wochenende mit ihm zu verbringen und seine Freunde kennenzulernen.

Sawyer zuckte mit den Schultern. »Ach, Schätzchen, glaub

mir: Da unterschätzt du Jaxon. Das meine ich verdammt ernst, Hope.« Er sah in Jaxons Richtung, und ich folgte seinem Blick. Jaxon stand am anderen Ende vom Tresen und war gerade mit einem weiblichen Gast beschäftigt. Ich sah ihn die Bestellung aufnehmen und dabei flirten. Das war Teil seines Jobs, es hatte nichts zu bedeuten, das hatte er mir gleich zu Anfang erklärt. Also machte ich mir deswegen auch keine Sorgen. Dazu hatte ich ja auch gar kein Recht. Aber ich beobachtete ihn trotzdem, ließ meinen Blick auf ihm ruhen, und als spürte er, dass ich ihn ansah, wandte er sich zu mir um. Und zwinkerte mir zu, bevor er sich wieder umdrehte.

Ich zwang mich, meinen rasenden Puls wieder unter Kontrolle zu bekommen und erschrak, wie schwer es mir viel. Wie war es nur möglich, dass mir bei einem einzigen Blick dieses Mannes schwindlig wurde? Das war doch Wahnsinn!

Eigentlich glich es fast einem Harakiri, sich auf ihn einzulassen. Wenn es ernst werden sollte, musste ich mich meiner Vergangenheit stellen. Konnte ich das?

»Siehst du, was ich meine?«

Erneut zuckte ich zusammen, wandte mich von Jaxon ab und starrte Sawyer verständnislos an. Der beugte sich nun etwas über den Tresen und winkte mich mit einer verstohlenen Geste näher zu sich. »Ich kenne Jaxon nun schon einige Jahre, Hope. Ich wage sogar zu behaupten, dass ich ihn ziemlich gut kenne. Manchmal vielleicht auch besser als er sich selbst. Und noch nie – und das schwöre ich gerne auf die verdammte Bibel – hat er sich so seltsam benommen, wenn eine Frau im Spiel war. Glaub mir, dieser Kerl da ist verrückt nach dir. Und ich lege meine Hand dafür ins Feuer, dass er es ihm ernst ist mit dir.«

Diese Worte hauten mich um. Sawyers Offenheit war einmalig, und tatsächlich war ich nur deshalb gewillt, ihm zu glauben. Trotzdem konnte ich nicht verhindern, dass mein Kopf auch den letzten Zweifel ausgeräumt haben wollte, bevor ich mich auf

Jaxon und alles, was das mit sich zog, einließ. Und etwas anderes als das kam fast nicht mehr infrage. Zu sehr hatten meine Gefühle für diesen Mann mich im Griff.

»Wie kommst du darauf?«, fragte ich leise.

Sawyer lachte rau. Dann nahm er sein Glas in die Hand und stürzte seinen Drink in einem Zug runter. Als er das Glas wieder absetzte, sah er mich ernst an. »Glaub mir – ein Jaxon King macht keine halben Sachen.«

Hope – zwei Wochen später – Thanksgiving

Zwei Wochen später füllte meine Nervosität das komplette Wageninnere aus, und ich hatte immer größere Schwierigkeiten, mich auf ein Gespräch oder auch nur auf die Musik aus dem Autoradio zu konzentrieren. Seit Sawyers Einladung vor zwei Wochen war ich nicht mehr so angespannt gewesen. Am Vormittag waren wir mit Jaxons Pick-up von New York in die Hamptons aufgebrochen, um die Feiertage in Sawyers Haus zu verbringen. Die Fahrt sollte in etwa drei Stunden dauern, eine halbe Stunde hatten wir noch vor uns.

Nachdem ich mit Jaxon darüber gesprochen hatte und er mich ebenfalls gebeten hatte, ihn über Thanksgiving zu begleiten, war mir die Zeit bis dahin noch so lang vorgekommen. Aber die zwei Wochen waren verdammt schnell um gewesen. Ich bereute die Zusage nicht, aber ich war unglaublich nervös.

Wir wollten vier Tage bleiben, und da würden wir unweigerlich aufeinanderhocken. Wie lange würde ich ihm weiterhin alles verschweigen können? Oder anders gefragt: Wie lange wollte ich das noch? Denn je mehr Zeit wir zusammen verbrachten, umso größer wurde mein Vertrauen.

Tatsächlich lief das mit uns schon gute vier Wochen. Seit Sawyers Einladung allerdings hatte die Ebene unserer Beziehung sich verändert. Wir hatten nicht aufgehört, miteinander zu schlafen, nein. Die Nächte wurden nach wie vor von wenig Ruhe und viel Sex beherrscht. Und ich liebte es. Mal fegte er wie ein Sturm über mich hinweg, riss mich mit sich und saugte uns beide in einen Strudel voller Leidenschaft. Und ein anderes Mal hüllte er mich ein wie ein warmer Sommerwind und trug mich auf seinen Schwingen sanft bis zum Höhepunkt. Ich wusste nie, was auf mich zukam, aber ich hatte gelernt, ihm zu vertrauen. Und mich fallen zu lassen.

Wir verbrachten Zeit miteinander, waren häufig durch den Central Park spaziert und seit etwa einer Woche joggten wir sogar gemeinsam im High Line Park, einer alten Güterzugtrasse, die über viele Jahre zu einem Park umgebaut worden war. Der Muskelkater war höllisch.

Wir bummelten über den Broadway, schlenderten durch die 5th Avenue und fuhren mit dem Rad durch ganz Manhattan. Wir aßen Tacos bei Taquitoria und genossen ein Fünf-Gänge-Menü im Battersby in Brooklyn. In den Nächten, in denen das *King's* geschlossen hatte, zeigte er mir die Clubs der Lower East Side und des East Village. Und am letzten Sonntag waren wir auf dem Brooklyn Flea Flohmarkt gewesen und hatten einen Tisch und ein paar antiquarische Bilder für seine Wohnung ergattert. Es gab so viele Gemeinsamkeiten, die uns verbanden. Da war derselbe Musikgeschmack – wir hörten privat Indie und Grunge und Johnny Cash. Wir standen auf Fast Food, aber auch auf exquisites Essen. Wir liebten das Meer und träumten von einer Reise quer durch Europa. Es gab jeden Tag etwas Neues an diesem Mann zu entdecken, und mit jeder Entdeckung fühlte es sich ein Stück besser und vor allem richtiger an. Das war wirklich schön. Langsam begann ich, mich sicher zu fühlen. Etwas, das ich noch vor wenigen Wochen niemals für möglich gehalten hatte. Es war wohl gut, dass ich nicht weggelaufen war, sondern ihm – uns – eine Chance gegeben hatte.

»M ... kannst du bitte aufhören, so rumzuzappeln?«, bat Jaxon mich und legte seine rechte Hand auf meinen Oberschenkel. Ich trug nur ein paar wärmende Leggins unter dem dunkelblauen Kleid, und trotzdem ich seine Berührungen mittlerweile gewohnt sein sollte, brannte sich der Abdruck wie heißes Karamell in meine Haut ein.

»Sorry, ich … ich bin nur etwas nervös«, gab ich zurück und versuchte, eine Position zu finden, in der ich die nächsten Minuten still verharren konnte.

Jaxon drückte meinen Schenkel. »Das musst du nicht. Es ist niemand da, der dich auffressen wird, nur weil du ihnen den begehrtesten Junggesellen New Yorks vor der Nase weggeschnappt hast«, witzelte er. Ich grinste halbherzig und nahm mir vor, mich endlich zusammenzureißen. Jaxon griff nach meiner Hand und strich mir mit dem Daumen über den Handrücken. Sein Blick war auf die Straße vor uns gerichtet, aber sein Mundwinkel hatte sich ein kleines bisschen angehoben.

Ja, ich benahm mich wirklich albern. Es war ein Treffen mit seinen Freunden. Logan und Chloe kannte ich bereits. Ich wusste nicht, wer noch dabei sein würde, aber sicher waren alle nett. Also entspannte ich mich etwas und ließ die Landschaft an mir vorüberziehen. Wir fuhren gerade am Schild mit der Aufschrift *Bridge Hampton* vorbei. Ich war zum ersten Mal hier und hatte im Internet Häuser gesehen, die mit mehr als sieben Millionen Dollar gehandelt wurden. Und dabei war das nur Holz auf Sand. Selten dämlich, wofür einige Leute ihr Geld ausgaben. Doch eigentlich sollte mich das nicht schockieren. In L. A. kostete manche Villa das Doppelte oder mehr. Als ich noch am Leben der High Society teilgenommen hatte, da hatte ich mir über Geld nie Gedanken gemacht. Es war einfach da gewesen und wollte ausgegeben werden. Punkt. Erst nach meiner Rebellion hatte ich bemerkt, dass es manchmal auch hart verdient werden musste. Ich war so naiv gewesen.

Von Jaxon wusste ich, dass Sawyer Anwalt war und seit einem Jahr der jüngste Partner einer angesehenen Kanzlei in New York. Geld schien auch für ihn keine existenzielle Rolle mehr zu spielen. Daher hoffte ich, dass seine Freunde sich nicht als oberflächliche Arschlöcher herausstellten, sogar die Sorte Mensch verkörperten, wegen denen ich mein altes Leben weggeworfen hatte. Was wäre dann? Würde Jaxon sich beeinflussen lassen und glauben, ich sei nicht gut genug für ihn? Nicht, dass ich ihn so einschätzte, aber Freunde konnten verdammt viel Macht ausüben, wenn sie wollten. Das hatte ich bereits am eigenen Leib erfahren müssen. Noch mal würde ich so was nicht mitmachen.

»Es dauert nicht mehr lange, bis wir im Strandhaus sind«, unterbrach Jaxons warme Stimme mein stummes Zwiegespräch, und ich war erleichtert, den widersprüchlichen Gedanken entfliehen zu können.

»Super. Ist er eigentlich oft dort? In dem Haus, meine ich?«, fragte ich, um die Lähmung meiner Zunge loszuwerden.

»Soweit ich weiß, nutzt er es nur über den Sommer. Und das seit er als Partner in die Kanzlei eingestiegen ist auch nur noch sporadisch.«

»Zu viel Arbeit?«, folgerte ich. Mir fiel ein, wie kaputt er so manches Mal aussah, wenn er auf einen Drink in die Bar kam.

Jaxon schnaubte kurz. »Wenn du mich einen Workaholic nennst, dann warte ab, bis du Sawyer besser kennengelernt hast. Er verdient eine Bezeichnung, die das noch um das Zehnfache übertrifft. Sawyer kennt wirklich nichts außer seiner Arbeit. Sein Privatleben bleibt auf der Strecke, Urlaub gönnt er sich selten, und wenn er in einem Fall steckt, dann kommt er da so lange nicht wieder raus, bis der erledigt ist. Zu seiner Zufriedenheit versteht sich.« Unmut schwang in Jaxons Stimme mit. Er machte sich Sorgen um seinen Freund, aber ich hatte keinen Schimmer, wie ich ihm die nehmen konnte. Also schwieg ich.

Nach weiteren zwanzig Minuten nervösen Rumrutschens auf dem Ledersitz des Pick-ups passierten wir das blaue Schild mit den goldenen Lettern: *Welcome to East Hampton*. Und pünktlich setzte auch ein leichter Regen ein.

Wir fuhren an wunderschönen Häusern vorbei, gesäumt von

weißen Zäunen und aufs Sorgfältigste beschnittenen Bäumen, die mittlerweile all ihre Blätter verloren hatten, von denen allerdings nicht eines auf dem Gehweg oder dem Grundstück lag. Die Gärtner hier waren vermutlich Tag und Nacht im Einsatz, um fliegendem Laub den Garaus zu machen.

Weitläufige Anwesen mit herrschaftlichen Villen und Herrenhäusern reihten sich aneinander, und je weiter wir in Richtung Meer fuhren, umso prunkvoller wurden sie. Auf der rechten Seite erblickte ich ein großes Grundstück, auf dem sich eine graue Windmühle befand, deren Flügel sich im Wind drehten. Die Old Hook Mill stammte aus dem Jahr 1806 und war aufwendig restauriert worden, wie mir Jaxon erklärte.

»Sie ist wunderschön«, sagte ich.

»East Hampton ist überhaupt ein toller Ort. Wusstest du, dass Jacky Kennedy hier auf dem Anwesen ihrer Großeltern aufgewachsen ist?«

»Wie kommt es, dass du dich hier so gut auskennst?«

»Meine Großeltern hatten ein Haus hier, direkt am Strand. Chloe und ich haben unsere Sommer hier verbracht.« Also war Geld auch für ihn nichts, das er sich selbst erarbeiten musste. Es war ihm vermutlich vererbt worden, in den Schoß gefallen. Ich wusste nicht, ob mir das so gut gefiel. Andererseits hatte er so gar nichts Versnobtes an sich, und in der Bar machte er immer den Anschein, dass er hart für seine Ziele arbeitete.

»Was ist mit dem Haus passiert, nachdem …« Bisher wusste ich nicht viel aus Jaxons Leben und hätte gerne mehr erfahren. Unter anderem hatte er mir erzählt, dass seine Großmutter schon vor langer Zeit verstorben und sein Großvater einem Schlaganfall erlegen war, als Jaxon Anfang zwanzig gewesen war.

»Grandpa hat es verkauft. Nachdem Grandma gestorben ist, ist er nur noch widerwillig mit uns dorthin gefahren. Zu viele Erinnerungen. Aber weil wir so gerne unsere Ferien da verbrachten, sprang er über seinen Schatten. Als … Mein neunzehnter Geburtstag war der letzte, den ich dort feierte. Wenig später verkaufte er das Haus. Ich bin seitdem nicht wieder da gewesen.« Mitfühlend drückte ich seine Hand. Ich wusste, wie es war, etwas hinter sich zu lassen, das einem viel bedeutete.

Ein weißes Schild zu unserer Rechten erlangte meine Aufmerksamkeit, es wies den Weg zum Main Beach, und nun erfasste mich auch ein wenig Vorfreude. Wie ich mich auf den Strand freute! Ihn vermisste ich von meinem Zuhause in Kalifornien am allermeisten. Ich hoffte sehr, in den nächsten Tagen ein bisschen Zeit am Meer verbringen zu können. Der raue Atlantik war schon was anderes als der still fließende Hudson River, der quasi vor der Tür des *King's* verlief.

Wenige Kurven später bog Jaxon auf einen langen, mit grauen Kieseln aufgeschütteten Weg ein, dessen weißes Tor offen stand und uns zum Strandhaus führte, in dem das große traditionelle Thanksgiving-Essen stattfinden sollte. Und trotzdem der Winter vor der Tür stand und kein Baum mehr Laub an seinem Geäst trug, lag der Rasen in einem satten Grün vor uns und fasste mit einigen Tannen das wirklich wunderschöne Holzhaus ein, das uns mit weißen Sprossenfenstern neugierig entgegenblickte. Es sah so gar nicht aus wie eine typische Villa von jemandem, der viel Geld hatte und nicht wusste, wohin damit. Es sah eher aus, als wäre es mit Bedacht gekauft und mit viel Liebe hergerichtet worden. Sawyer musste einiges an Geld in die Pflege dieses Anwesens stecken.

Es standen bereits drei Autos vor dem Haus – ein roter Mustang, ein silberner Jaguar und ein schwarzer Geländewagen. Chloe und Logan waren also schon da. Das wären zumindest zwei vertraute Gesichter. Neben Jaxon. Und Sawyer, den ich seit seinen offenen Worten im *King's* wirklich schätzte.

Jaxon parkte den Wagen und rannte einmal ums Auto, wohl um mir die Tür zu öffnen. Aber das hatte ich aus reiner Gewohnheit schon selbst getan. Kalte, salzige Luft schlug mir entgegen, als ich ausstieg. Und es hatte aufgehört zu regnen.

»Du machst es einem nicht gerade leicht, ein Gentleman zu sein«, sagte er und warf mir einen gespielt vorwurfsvollen Blick zu.

»Oh ... Sorry. Soll ich mich noch mal ...?« Ich lachte und machte Anstalten, mich wieder in den Wagen zu setzen, aber Jaxon umfasste meine Hüften und zog mich an sich. Statt einer Antwort küsste er mich. Lang und innig. In mir stieg Hitze auf, und die Kälte war vergessen.

»Habt ihr kein Zuhause?«

Erschrocken wollte ich meinem ersten Reflex nachgeben, mich von Jaxon zu lösen, aber das ließ er nicht zu. Er hielt mich weiter im Arm, wenn auch lockerer, und drehte den Kopf zum Hauseingang. Also folgte ich seinem Blick und sah Sawyer, der mit hochgezogenen Augenbrauen zu uns runter sah.

»Für die nächsten vier Tage wohnen wir hier, schon vergessen?«, warf Jaxon ihm mit einem Lachen entgegen. Er ließ mich los, aber behielt seine Hand auf meinem Rücken. Als wollte er damit nicht nur mir etwas klarmachen.

Sawyer lachte und kam leichtfüßig in Sneakern, Jeans und einem Wollpullover die Treppen runter und auf uns zu. Er sah wesentlich entspannter aus als neulich. Meer entspannte eben. Und gerade als er auf den Kies trat, sprang ein schwarzer Hund an seine Seite. »Rambo, hierher.« Der Hund gehorchte sofort und ging mit seinem Herrchen bei Fuß auf uns zu. »Ich hoffe, du hast keine Angst vor Hunden?«, rief er mir zu.

»Nicht, wenn sie keine Angst vor mir haben«, entgegnete ich.

Sawyer lachte, dann entließ er Rambo aus seinem Befehl, und er kam auf uns zu. Nachdem er Jaxon schwanzwedelnd begrüßt hatte, schnupperte er an mir. Bis er entschied, dass ich uninteressant sei, und sich wieder auf den Weg ins Haus machte.

»Herzlich willkommen in meiner bescheidenen Hütte«, empfing Sawyer uns. Überrumpelt erwiderte ich die freundschaftliche Umarmung, mit der er erst mich und dann Jaxon begrüßte.

Jaxon holte unsere Taschen aus dem Pick-up, und wir folgten Sawyer über eine weiße Veranda ins Haus. In der einen Ecke stand einen Schaukelstuhl und in der anderen hing eine Schaukelbank an der Decke. Ich stellte es mir sehr gemütlich vor, dort in der Früh einen Kaffee zu trinken. Das war die Ostseite, also ging hier die Sonne auf.

Sawyer führte uns durch einen langen Eingangsbereich, in dessen Holzfußboden ein maritimes, dunkles Ornament eingebrannt war. Es sah aus wie ein Seemannsknoten. Die Farbe Weiß dominierte den Raum, sowohl bei den Wänden als auch bei den Möbeln. Akzente waren mit Meeresbildern, Muscheln und Holz gesetzt, was dem Ganzen einen frischen und vor allem sommerlichen Touch gab. Da das hier ein Sommerhaus war, ergab das natürlich Sinn. Ich hatte schon davon gelesen, dass man vor den Toren New Yorks den schlichten Wohnstil der Shaker aus dem achtzehnten Jahrhundert pflegte und ihn dann mit Accessoires in Blau-Weiß, den Farben des Meeres, aufpeppte. Das hatte hier wundervoll geklappt und alles harmonierte miteinander, sodass ich mich sofort wohl und willkommen fühlte.

Sawyer führte uns in einen Wohnbereich, dessen Decke nach oben offen war, sodass durch Fenster im oberen Bereich am Tag sicher viel Helligkeit hineinkam. Hier am Meer war es heute regnerisch und trübe, so, als setzte bereits die Dämmerung ein. Nur noch wenig Licht drang durch die Scheiben ins Innere. Dafür erhellten einige kleine Lampen das Zimmer, und im Kamin brannte schon ein knisterndes Feuer. Als wir eintraten, lag Rambo bereits auf einer Decke in der Nähe des Ofens. Mein Blick schweifte unauffällig durch den Raum, und ich erkannte, dass Logan und Chloe auf dem cremefarbenen Sofa saßen. Erleichterung durchströmte mich, und als Chloe mir ein strahlendes Lächeln zuwarf, war es, als würde ich eine gute Freundin wiedertreffen. Doch dann sah ich, dass die Hand auf Logans Oberschenkel nicht zu Chloe gehörte. Denn die saß am anderen Ende des Sofas, und ich registrierte erst jetzt die schlanke Blondine neben ihm, die seine Hand hielt. Verwundert erkannte ich, dass ich wie selbstverständlich davon ausgegangen war, dass Chloe und Logan ein Paar waren, oder zumindest eines werden sollten. Doch wie es aussah, hatte ich mich getäuscht. Schade irgendwie. Sie passten so gut zueinander. Aber da hatte ich wohl kein Mitspracherecht.

»Hey, Aubrey. Schön, dich zu sehen«, hörte ich Jaxon Logans Freundin begrüßen. Und als er uns einander vorstellte, sah ich den blitzenden Diamantring an ihrer Hand. Der Klunker musste mindestens ein Karat besitzen. Und wenn mein erprobtes Auge mich nicht täuschte, war das ein Verlobungsring und er war von Tiffany. *Halleluja.* Jaxon stellte uns einander vor, und als sie meine Hand ergriff, starrte sie mich unverhohlen an.

»Hope? Hope Vanderwall?«

Ich versteinerte, und augenblicklich sackte mir das Blut aus dem Gesicht.

»Bishop«, korrigierte Jaxon, als ich nicht widersprach. In diesem Moment war ich froh, dass ich meinen Mädchennamen nie angegeben hatte.

»Ach so? Hast du geheiratet?« Ihre Hand hielt meine immer noch fest, suchte nach einem Ring an meinem Finger.

»Du verwechselst mich«, presste ich hervor und bemühte mich, ein möglichst gelassenes Gesicht aufzusetzen. Was mich eine enorme Anstrengung kostete.

»Wirklich? Es ist unglaublich, aber … Du siehst ihr so ähnlich …« Sie ließ mich los, dann lächelte sie. Ich kannte diese Art von Lächeln. »Schade. Ich hätte sehr gerne mit dem bekannten Model und der Tochter des erfolgreichsten Filmproduzenten Hollywoods an einem Tisch gesessen.«

»Tut mir leid, wenn ich dich enttäuschen muss«, gab ich mit einem eingefrorenen Lächeln zurück.

»Kein Problem«, sagte sie steif.

»Wunderbar«, gab ich ebenso förmlich zur Antwort. Meine Gebete waren nicht erhört worden. Sie war eine dieser oberflächlichen Leute, wie ich sie noch aus meinem alten Leben kannte. Ich hoffte nur, dass Logan wusste, worauf er sich da einließ.

Mir entging Jaxons kurzes Stirnrunzeln in meine Richtung nicht. Stumm bat ich ihn, nicht nachzuhaken. Er tat mir den Gefallen.

Nachdem ich Logan unter den Argusaugen seiner Verlobten flüchtig gedrückt hatte, erhob sich aus dem Sessel daneben ein Junge von höchstens neun oder zehn Jahren. Seine dunklen Haare hatten einen modischen Schnitt, er trug Jeans und ein kariertes Hemd. Jaxon und er klatschten sich ab wie zwei Sportler und umarmten sich dann wie Männer. Zum Schluss wuschelte Jax dem Jungen aber noch durch die Haare, was der mit einem schiefen Grinsen hinnahm.

»Ich bin Elijah«, stellte er sich vor und gab mir die Hand. Wie süß! Eine junge Frau mit dunklen Locken und einem hübschen Gesicht saß daneben und erhob sich ebenfalls. Jaxon drückte sie sehr lange und innig, und gerade, als ich anfing, mir Gedanken zu machen, wer sie denn war, zog er sich von ihr zurück und legte dann seinen Arm um mich.

»Jenna, darf ich dir Hope vorstellen? Meine Freundin. Hope, das ist Jenna, Sawyers Schwägerin.« Bevor ich auf irgendeine Weise reagieren konnte, kam Jenna zwei Schritte auf mich zu, nahm meine Hand zwischen ihre.

»Hope? Was für ein wunderschöner Name. Ich freue mich riesig, dich kennenzulernen. Jaxon bringt nicht oft jemanden mit. Eigentlich noch nie. Deshalb ist es umso schöner, dass du da bist.« Sie war so freundlich, und es fiel mir leicht, sie zu mögen. Ganz im Gegensatz zu Aubrey, die mich immer noch musterte, wie ich aus dem Augenwinkel bemerkte. Während Jaxon uns etwas zu trinken besorgte, nahm ich neben Chloe und gegenüber Jenna Platz. Dort fühlte ich mich sicher. Ich hoffte, dass Aubrey bald das Interesse an mir verlieren würde, ignorierte sie einfach und hörte Jenna zu. Sie erzählte, dass Elijah zu ihr gehörte, sie aus Philadelphia kamen, wo ihr Sohn die Junior-Highschool besuchte und sie als freiberufliche Textredakteurin für einige Magazine tätig war. Während Jaxon sich um Elijah kümmerte, quatschten Jenna, Chloe und ich über die Fahrt, über das *King's* und über Chloes Genesung. Ich hatte keine Möglichkeit zu fragen, was mit ihr und Logan los war, und wer diese Aubrey überhaupt war. Aber ich betete inständig, dass das Wochenende hier nicht zum Fiasko werden würde.

»Hey, alles klar?« Jaxon setzte sich neben mich und drückte mir ein Glas in die Hand.

»Sicher. Was ist das?« Ich roch dran und erkannte verschiedene Gewürze wie Nelke und Zimt.

»Sawyers Thanksgiving-Punsch. Du solltest ihn allerdings langsam trinken, wenn du nicht gleich ins Bett willst«, setzte er mit einem Augenzwinkern hinterher.

»Und wenn ich das will?« Ich zwinkerte ebenfalls und lachte auf, als Jaxon wegen meiner Worte stutzte.

»Nur mit mir, Babe«, raunte er mir zu, hauchte mir einen Kuss auf die Schläfe und hielt meine Hand noch ein kleines bisschen fester.

Hope

Zum Dinner hatte Sawyer Essen von einem Restaurant in der Nähe kommen lassen, das auf dem langen Esstisch hübsch angerichtet war und eine große Auswahl verschiedener Speisen beinhaltete. Unter anderem Salate, Pasta, Mini-Pizzen, kleine Burger und Fisch in allen Variationen, sowie kleine Kuchen und Panna Cotta zum Dessert.

»Mann, ist die Auswahl riesig.« Chloe grinste mich an und schnappte sich einen weiteren kleinen Burger, der nicht viel größer war als ein Vierteldollar, und steckte ihn sich mit einem Mal in den Mund.

»Ich glaube, wenn ich mich hier durchgekämpft habe, dann platze ich«, bestätigte ich grinsend.

Chloe kaute und bedeutete mir mit Handzeichen, dass ich unbedingt auch den Burger probieren sollte. Also probierte ich ebenfalls davon. »Mein Gott, sind die gut!«

»Sag ich doch. Es ist alles so lecker, und außerdem schmeckt es in Gesellschaft doch sowieso am besten. Los, komm, jetzt die Pizzen …« Kichernd kämpften Chloe und ich uns von einer Leckerei zur nächsten, probierten uns durch Lachspasta und Saltimbocca bis hin zu köstlicher Pannacotta.

»Uff, ich kriege nichts mehr runter«, stöhnte ich, als ich auch den letzten Rest des Desserts ausgekratzt hatte.

Chloe dagegen nahm sich noch einen kleinen Schokobrownie. »Ach, einer geht noch.«

»Wo lässt du das bloß alles? Rutscht das bei dir einfach so durch?« Sie war so verdammt schlank und durchtrainiert, während ich aufpassen musste, was ich zu mir nahm.

»Sport, meine Süße. Viel, viel Sport.«

Ich blickte auf ihre Schiene, die in einem locker geschnürten Chuck steckte. »Aber doch nicht mit dem Fuß?«

Sie lachte. »Na klar. Geht alles. Joggen nicht, klar, aber ansonsten kann ich alles machen. In der Regel trainiere ich fünfmal die Woche im Studio. Und Yoga mache ich auch noch.«

Mir fiel die Kinnlade runter. »Woher nimmst du die Energie?«

»Vom Essen?« Sie lachte, hakte mich unter und sah mich an. »Wie wäre es, wenn ich dich mal mitnehme? Vielleicht ist das ja auch was für dich.«

Sport war bisher nie meins gewesen, außer das bisschen Joggen mit Jaxon neuerdings. Aber gut, warum sollte ich nicht mal meinen sportlichen Horizont erweitern? »Okay. Ich bin dabei.«

»Wo bist du dabei?« Jaxon stand wie aus dem Nichts hinter mir und hauchte mir einen Kuss in den Nacken. Gänsehaut überzog meinen ganzen Körper, und ich erschauderte. Langsam drehte ich mich zu ihm herum. »Du kannst gerne alles essen, aber musst nicht alles wissen.«

Chloe prustete los und hob ihre Hand zu einem High Five. Ich schlug lachend ein. Jaxon dagegen rollte mit den Augen.

»Na prima, jetzt haben sich meine beiden Lieblingsfrauen gegen mich verbündet. Das wird ja ein klasse Wochenende.«

»Wenn du für mich noch Pannacotta ergattern kannst, wirst du es überleben, Bruderherz«, unkte Chloe.

Jaxon sah mich an und zuckte mit den Schultern. »Dann will ich mal sehen, was ich für meine Lieblingsschwester tun kann.« Er verschwand in Richtung der großen Küche. Mein Blick blieb an seinem knackigen, in engen Jeans verpackten Hintern hängen, bis er nicht mehr zu sehen war. Hach …

Nach dem Essen wollten wir uns gerade mit einem Glas Wein auf das Sofa fallen lassen, da entführte Jaxon mich.

»Komm, lass uns dem Wahnsinn hier entfliehen.«

An der Hand zog er mich in den Flur, drückte mir meinen Dufflecoat in den Arm und schob mich durch die Tür nach draußen. Hastig schlüpfte ich in den Mantel und beeilte mich, ihm die Treppen runter zu folgen. »Wohin gehen wir?«

»Zum Strand.«

Sofort war ich Feuer und Flamme und konnte es kaum erwarten, endlich den Atlantik zu sehen. Jaxon legte den Arm um mich und dirigierte uns um das Haus herum. Noch hatte ich das Meer nicht gesehen, nur gehört. Und als wir am Ende des Gartens ankamen, brachte eine hölzerne Treppe uns zum Strand hinunter. Es war dunkel, einzig die Beleuchtungen der Häuser, die an diesem Abschnitt lagen, und der Mond spendeten ein wenig Licht. Jaxon führte mich zum Meer runter.

»Oh mein Gott!« Gebannt starrte ich auf die tosenden Wellen des dunkel daliegenden Atlantiks. Die weiße Gischt balancierte auf dem schwarzen Wasser wie die Sterne am Nachthimmel. Das Mondlicht blitzte hinter der dicken Wolkendecke hervor und schickte seine Strahlen auf das Meer, das sie wieder verschluckte, sobald die nächste Welle heranraste. Dieses Schauspiel war kein Vergleich zum ruhigen und warmen Pazifik. »Es ist wunderschön.«

»Lass uns ein bisschen rumlaufen«, hörte ich Jaxon sagen, und Arm in Arm schlenderten wir am Wasser entlang.

»Und? Wie gefällt es dir hier?«

Ich sah zu ihm auf. Sein Gesicht lag im Halbdunkel. Der Mond schob den dunklen Vorhang für Sekundenbruchteile beiseite. »Es ist ein Traum. Hier am Strand, aber auch oben im Haus. Du hast nicht zu viel versprochen.«

Er zog mich enger an sich und drückte mir einen Kuss auf das Haar.

»Ich mag Jenna. Und Elijah.«

»Ja, sie sind beide so herzensgute Menschen.«

»Was ist mit Elijahs Vater?«, wagte ich zu fragen und hoffte, nicht in ein Fettnäpfchen zu treten.

Jaxon holte tief Luft und rieb sich kurz über das Kinn, bevor er antwortete. »Er ist tot.«

Reflexartig schoss meine Hand auf meinen Mund. »Das tut mir so leid ... Entschuldige, ich habe ja nicht gewusst, dass –«

»Woher auch. Schon okay, M. Es ist kein Thema, über das ich gerne rede. Das ist ... Sawyers Geschichte, und vielleicht erzählt er dir irgendwann, was passiert ist.«

Stumm nickte ich und wartete darauf, dass der schwere Moment vorüberziehen würde, um das Gespräch wieder auf ein lockereres Thema lenken zu können. Aber Jaxon brach als Erster das Schweigen.

»Jenna hat recht. Ich habe noch nie jemanden hierher mitgebracht.«

»Warum nicht?«

»Weil mir dieser Platz hier wichtig ist. Und das teile ich nicht mit jedem.«

Was hätte ich erwidern sollen? Selbst, wenn mir etwas eingefallen wäre, hätten die Worte nicht meine Kehle verlassen können. Da steckte nämlich ein dicker Kloß drin. Ich merkte erst, dass wir stehen geblieben waren, als Jaxon sich vor mich stellte und mich eng an sich zog, um mich zu küssen. Der Boden unter meinen Füßen schwankte, und das Plätschern der Wellen entwickelte sich zu einem ohrenbetäubenden Tosen. Erst als wir uns langsam voneinander lösten, merkte ich, dass es nicht das Meer, sondern mein Blut war, das in meinen Ohren rauschte. Jaxons Finger lagen auf meiner Wange, sein Daumen auf meinen Lippen. Meine Lider waren schwer, nur mit Mühe schaffte ich es, sie zu öffnen und ihn anzusehen. Seine dunklen Augen glitzerten im Mondlicht, und obwohl es dunkel war, erkannte ich das Feuer in ihnen. Und in diesem Moment wollte ich nichts mehr, als dass die Zeit stehen blieb. Für immer.

Jaxon trat hinter mich und umarmte mich. Sein Kinn lag auf meiner Schulter, und seine Wange berührte meine. So standen wir eine ganze Weile schweigend da, sahen auf das dunkle Meer und genossen den Stillstand der Welt. Bis ein einziges Wort sie ins Trudeln brachte.

»Vanderwall?«

Ich versteifte mich. An seinem Tonfall erkannte ich, dass er Aubreys Mutmaßung nicht für eine einfache Verwechslung hielt. Kurz war ich versucht zu lügen. Nicht darauf einzugehen, es als blöden Zufall abzutun. Aber das konnte ich nicht. Nicht mehr. Aubrey war mir scheißegal, aber Jaxon hatte die Wahrheit verdient. Allerdings wollte ich ihm auch nicht das Wochenende hier verderben. Also entschied ich mich für eine Halbwahrheit.

»Aubrey hat recht. Ich bin die Tochter von Hollywoods erfolgreichstem Filmproduzenten Eric Vanderwall.« Als ich mich zu ihm umdrehte, sah ich die Verwirrung in seinem Gesicht. »Es tut mir leid, dass ich nichts gesagt habe, aber ich habe mit diesem Leben abgeschlossen und … Ich habe den Mädchennamen meiner Mutter angenommen, um nicht aufzufliegen. Bishop.«

Jaxon dachte nach. Über meine Worte, über das, was ich war. Wer ich war. Und plötzlich hatte ich höllische Angst. Davor, dass er mir nicht glauben, oder noch schlimmer – mir nicht verzeihen konnte, dass ich ihm das verheimlicht hatte. Dabei war das nur ein Bruchteil meiner Wahrheit. Die ich ihm erzählen würde. Sobald wir wieder in Manhattan wären. Das schwor ich mir, zusammen mit einer Batterie Stoßgebete, die ich in den Himmel schickte.

Endlich erlöste Jaxon mich. Er berührte meine Wange mit seinen Fingern, und langsam breitete sich das gewohnte Lächeln auf seinem Gesicht aus. »Du hättest es mir sagen können.«

»Ich weiß.«

Er griff unter mein Kinn, sanft hob er es an, sah mir fest in die Augen. Trotz der Dunkelheit um uns herum erkannte ich die

Ehrlichkeit in seinem Blick. »Ich verstehe dich, M. Und mir ist es völlig egal, welchen Namen du trägst oder welcher Herkunft du bist, ob du arm bist oder in Geld badest. Nichts davon kann an dem rütteln, was ich für dich empfinde.«

Ich erzitterte unter seinen Worten, und als ich tief in seine Augen sah, mich selbst darin erkannte, wurden mir in dieser Sekunde drei Dinge bewusst.

Erstens: Ich fühlte mich sicher.

Zweitens: Ich war rettungslos in Jaxon King verliebt.

Und drittens: Punkt eins und zwei waren alles, was ich brauchte.

Jaxon

»Jaxon, spielst du noch eine Runde mit uns?« Elijah sah nur kurz vom Fernsehschirm auf, auf dem sich erneut ein Duell mit Comic-Fahrzeugen geliefert wurde. Sawyer, Logan und Jenna saßen auf dem Sofa, die Joysticks in den Händen, und trieben ihre virtuellen Fahrer zu Bestleistungen an. Aubrey saß in einem der Sessel und tippte auf ihrem Smartphone herum, während meine Schwester am Feuer saß und ihre Nase in einem Buch versteckt hatte.

So ungern ich meinem Zieh-Neffen etwas abschlug – diesmal ging es nicht anders. Ich hatte etwas Besseres vor. Bedauernd schüttelte ich den Kopf, aber das wurde von Elijah schon gar nicht mehr beachtet. Bevor ich zu einer Antwort ansetzen konnte, lenkte Sawyer ihn mit einem Abschuss seines Wagens in eine Schlucht. Fluchend und lachend prophezeite der Kleine seinem Onkel, was er ihm alles antun würde, sobald er wieder im Rennen wäre.

Ich lachte leise, sah Hope an und zog sie unbemerkt und auf leisen Sohlen an den anderen vorbei die Holztreppe nach oben.

In unserem Zimmer angekommen drehte ich den Schlüssel im Schloss herum. »Zur Sicherheit.« Weder Elijah oder jemand anders sollte uns bei etwas überraschen, das nicht für seine Augen gedacht war.

Hope legte sich rücklings auf das Bett und stützte sich mit den Ellenbogen ab. »Das war ein wundervoller Tag.«

Langsam ging ich auf sie zu, knöpfte mir dabei die Jeans auf und grinste. »Ja, das fand ich auch.«

»Ich meine es ernst, King. Danke, dass du mich hierher mitgenommen hast.«

Wie angewurzelt blieb ich stehen, als mir die Ernsthaftigkeit ihrer Worte bewusst wurde. Ich ließ die Finger von meiner Hose und setzte mich zu ihr aufs Bett, so, dass ich sie ansehen konnte. »Diese Menschen hier ... Sie sind meine Familie, Hope. Ich liebe sie. Ich bin froh, dass du sie magst.«

Keck legte sie den Kopf zur Seite. »Wer sagt denn, dass ich sie mag?«

»Ich sehe es an deinem Blick, M.«

Sie setzte sich auf, rutschte zu mir und umarmte mich. Meine Arme legten sich um ihre Mitte, und ich sog den Duft nach Meer und Strand ein, der sich in ihren Haaren festgesetzt hatte.

»Du hast recht«, murmelte sie nahe an meinem Ohr. »Ich mag sie.«

»Und sie mögen dich.« Kurzerhand packte ich ihre Taille und hob sie auf meinen Schoß. »Und ich mag dich auch«, sagte ich leise. »Sehr.«

Hope erwiderte nichts, doch die Freude über meine Worte zeichnete sich für einen winzigen Moment auf ihrem Gesicht ab. Ihre Augen fingen das schwache Licht der Deckenlampe ein, und auf ihre Lippen setzte sich kurz darauf ein kleines Lächeln. »Ich mag dich auch. Sehr.«

Mein Herz stockte für einen Schlag, dann galoppierte es haltlos weiter. Worte waren für diesen Moment zu schwach, und so legte ich stumm meine Lippen auf ihre und all meine Emotionen in diesen einen Kuss.

Wir küssten uns innig, und je länger unsere Zungen miteinander spielten, umso stürmischer wurden wir. Meine Finger schoben sich unter ihr lockeres Kleid, öffneten den BH und kneteten ihre Brüste. Ein Aufstöhnen war die Antwort, und nur wenige Minuten später hatten wir uns beide unserer Klamotten entledigt.

Hope klammerte sich an mich, legte ihre Beine um meine Hüften wie ein Reiter um ein Pferd. Mit ihr auf dem Schoß drehte ich mich, legte sie dann auf dem Bett ab und mich auf sie.

Langsam senkte ich mein Gesicht, spürte ihren Atem auf meiner Haut, erkannte den Hunger in ihrem Blick, bevor ich die Augen schloss, um sie erneut zu küssen. Ihre Lippen teilten sich bereitwillig, ihre Zunge spielte mit mir, ihre Fingernägel kratzten leicht über meine Haut, fuhren meine Rippen entlang, über meinen Rücken, zu meinem Hintern. Ihre Schenkel öffneten sich, ich versteifte mich.

»Warte, M, ich …« Ich wollte mich zurückziehen, aufstehen, um mir ein Kondom überzustreifen, aber Hope hielt mich zurück.

»Ich nehme die Pille«, flüsterte sie und sah mich mit verklärtem Blick an. »Und ich bin sauber«, setzte sie noch hinterher.

Ich schluckte, dann nickte ich. »Ich auch, Babe. Ich auch.« Auch ich hatte mich testen lassen. Gleich nachdem ich meine letzte, flüchtige Affäre gehabt hatte. Das war vor gut drei Monaten gewesen. Seitdem hatte ich mit keiner Frau außer Hope mehr geschlafen.

Als ich mich über Hope beugte, ihren nackten, warmen und weichen Körper unter mir fühlte und ihr dabei tief in die Augen sah, da war mir klar: Noch nie hatte ich ein solches Verlangen für eine Frau verspürt, aber gleichzeitig auch eine solche Angst, sie zu zerbrechen.

Mir war klar, dass Hope eine Vergangenheit besaß, von der sie mir nicht erzählen wollte. Aber wer konnte sie verstehen, wenn nicht ich? War ich doch selbst gefangen in den dunklen Erinnerungen, die ich nur verdrängen, aber nie vergessen konnte. Mit Hope war es etwas Ernstes, und ich belog mich selbst, wenn ich mir vormachte, mit meinen Geheimnissen eine Beziehung führen zu können. Doch noch war ich nicht so weit, mich ihnen zu stellen. Und Hope auch nicht.

Mit einem Stöhnen riss ich die Augen wieder auf und glitt in sie hinein. Gott, wie ich diesen Moment genoss! Sie zu spüren, rein und pur, war wie ein Durchdringen ihrer Schutzmauer. Ein Ertasten ihres Innersten ohne Barriere. Es war der reine Wahnsinn, und ich konnte nicht genug davon bekommen, mich in ihr zu reiben. Ich hatte das Gefühl, mein Glied würde mit jeder Bewegung steifer, praller und ungeduldiger werden. »Gott, das ist so geil, Babe ...«, murmelte ich atemlos, als ich immer weiter in sie stieß.

»Das ist es, King. Ja, das ist es ...« Hopes Lider flatterten, als ich mich aufrichtete und ihre Beine anhob, um sie noch tiefer nehmen zu können. Keuchend sah ich auf ihre glatte, nasse Spalte. Ich platzierte eine Hand an ihren Schamlippen und rieb mit dem Finger über ihre Klit, während mein Schwanz sich immer tiefer und schneller in ihr versenkte.

Hope war bereit, ich spürte ihr Beben, noch bevor sie aufstöhnte und ihre Fingernägel in meine Oberschenkel grub. Ein letztes Mal rammte ich mich bis zum Anschlag in sie und kam mit ihr zusammen in einer gewaltigen Explosion. Ein letztes Aufbäumen, ein letztes Beben, ein letztes Keuchen. Dann brachen wir zusammen. Nur noch das Rasseln unserer Atmung war zu hören. Und unsere einstimmig hämmernden Herzschläge klangen im Dunkel der Nacht wie ein stummes Versprechen.

Hope

Irgendwas kitzelte mich an der Wange, aber ich war zu müde, um es wegzuwischen, also ignorierte ich es so gut ich konnte und versuchte weiterzuschlafen. Was ich aber nicht ignorieren konnte, war das helle Licht, das mich trotz geschlossener Augen blendete. Unwirsch brummte ich etwas, das nicht mal ich selbst verstand, aber dafür war ich wohl noch zu sehr in meinem Traum gefangen. Und dieser Traum, in dem Jaxon mich küsste, mich berührte und mit mir Dinge anstellte, die …

Vorsichtig öffnete ich ein Auge. Und das Erste, was ich sah, war Jaxon, der mich anlächelte. »Guten Morgen, M …« Der Impuls, mir die Decke über den Kopf zu ziehen und weiterzuschlafen, war wie weggeblasen. Jaxon war da. Das war viel besser als der Traum. Zudem ließ mir der Duft von Kaffee und Frischgebackenem das Wasser im Mund zusammenlaufen.

»Guten Morgen, King«, murmelte ich und öffnete nun beide Augen. Jaxon saß neben mir im Schneidersitz auf dem Bett, hatte eine Tasse Kaffee in der Hand und ein unwiderstehliches Lächeln auf seinem Gesicht. Ich wäre am liebsten gleich wieder über ihn hergefallen.

Nachdem ich kurz Pinkeln und Zähneputzen gegangen war und dann ein paar Schlucke Kaffee zum Wachwerden getrunken hatte, tat ich auch genau das. Und Jaxon wehrte sich kein bisschen.

Zwei Stunden später schafften wir es nach unten in die Küche, wo Jenna und Chloe fleißig mit Kuchenbacken beschäftigt waren. Wobei Chloe eher den Eindruck machte, nur im Weg zu sein.

»Wo ist Elijah?«, wollte ich wissen. Ich hatte den Jungen wirklich lieb gewonnen und war nur zu gerne bereit, noch eine Runde auf der Spielekonsole gegen ihn zu verlieren, wenn es ihn glücklich machte.

»Draußen mit den Männern Holz hacken«, gab Jenna zur Antwort.

»Dann werden sie mich sicher auch brauchen«, meinte Jaxon, schob sich grinsend die Ärmel hoch und gab mir noch einen Kuss, bevor er sich anzog und in den Garten ging.

»Kann ich euch helfen?«, fragte ich. Backen war nicht unbedingt meine Leidenschaft, aber ich hätte auch das getan, um nicht ganz verloren dazustehen. Doch Jenna überraschte mich.

»Ja. Nimm Chloe und bring sie ganz weit weg von hier. Und nimm Rambo mit, der müsste mal raus. Danke.«

Ich lachte laut auf, und auch Chloe verzog ihren Mund zu einem Lächeln. »Okay, okay, schon verstanden. Ich weiß, wann ich verloren habe. Also gut, Hope, bring die Back-Legasthenikerin aus dem Haus.«

Ich zeigte auf Chloes Fuß. »Schaffst du einen Spaziergang?«

»Ach, klar! Mit der Schiene kann ich prima laufen. Los, komm.«

Albern kichernd schnappten wir uns den Hund und unsere Jacken und machten uns durch den Garten auf dem Weg zum Strand. Ich freute mich auf einen weiteren Besuch am Meer. Am Ende des Gartens waren die Männer beim Holzhacken zu sehen. Allerdings standen sie mehr rum, als dass sie arbeiteten, aber genau dafür war dieses Wochenende ja auch da. Es sollte Spaß machen und Erholung sein. Und von beidem hatte ich für meinen Teil auf jeden Fall genug.

»Du und Jaxon, ihr kommt gut klar, oder?«, fragte Chloe mich, als wir schon einige Minuten am Strand entlanggelaufen waren. Rambo jagte den Wellen hinterher. Außer uns war keine

Menschenseele zu sehen, es war wundervoll, ein solch traumhaftes Plätzchen für sich ganz allein zu haben.

»Ja, das kommen wir«, antwortete ich vage.

»Keine Panik, ich will keine Details«, entschuldigte Chloe sich sogleich, aber ihre Miene zeigte mir, dass es ihr überhaupt nicht leidtat. Sie sagte eben, was sie dachte, und nahm kein Blatt vor den Mund. Mittlerweile hatte ich mich daran gewöhnt. »Ich wollte damit nur sagen, wie froh ich bin, dass ihr euch gefunden habt.«

»Na ja, eigentlich hast ja eher du mich gefunden«, berichtigte ich und erinnerte sie damit an unseren kleinen Zusammenprall.

»Ja, darüber bin ich auch froh. Sonst würdest du jetzt immer noch in dieser Spedition sitzen und irgendwelche Formulare abstempeln, anstatt mit uns hier eine tolle Zeit zu haben. Und ich hätte eine Freundin weniger.«

»Gegen diese Logik habe ich nichts einzuwenden«, erwiderte ich.

»Brave Hope«, gab Chloe zurück.

»Darf ich dich mal was fragen?«, traute ich mich nach einer Weile.

»Klar, was gibt's?«

»Was läuft da zwischen dir und Logan? Und wie passt Aubrey in die ganze Sache?«

Chloes Augenbrauen rutschten hoch. »Wow, so viele Fragen auf einmal …«

»Das waren nur zwei.«

Ihr Lächeln wirkte ziemlich gequält. »Ja, aber zwei zu viel. Weißt du … Logan und ich … wir hatten mal was miteinander, aber das ist schon lange vorbei. Es passte nicht zwischen uns und hat nicht sein sollen. Wir haben das beide rechtzeitig erkannt und sind Freunde geblieben. Damit fahren wir einfach besser. Und jetzt hat er eben Aubrey. Und ist glücklich. Na gut, das sei mal so dahingestellt, aber er ist alt genug und wahlberechtigt. Er weiß schon was er tut, glaub mir.«

Daran hatte ich meine Zweifel, aber das behielt ich für mich. Ebenso, dass ich fand, Logan und Chloe würden viel besser zueinander passen.

Mein Blick schweifte über das Meer und folgte ein paar Möwen, die schreiend die Wellen angriffen und offensichtlich ein Spiel daraus machten.

»Ja, sie sind ein tolles Paar ...«, meinte ich trocken.

Chloe verdrehte ihre Augen. »Nein, sind sie nicht, aber das geht uns verdammt noch mal nichts an. Aber weißt du was?« Dann warf sie mir einen langen Blick zu, bis ich den Kopf schüttelte und sie fragend ansah. »Du und mein Bruder ... Ihr beide ... Wow, ihr gebt ein tolles Paar ab. Man sieht nicht nur, dass ihr euch gut versteht, sondern man spürt es förmlich. Wie sagt man so platt? Love is in the air ...«

Ich atmete tief ein und ließ die salzige Meeresluft meine Lungen füllen. »Chloe, ich ...«

»Nein, nein. Ach, sorry, ich weiß, ich geh immer zu weit. Tut mir leid. Wie gesagt – ich will keine Details wissen und du musst auch jetzt überhaupt nichts dazu sagen. Ich bin einfach nur froh, dass du da bist.«

Nach einer Weile nickte ich. »Ich bin auch froh, hier zu sein, Chloe.«

Sie blieb stehen und hob ein Stück Treibholz auf, das das Wasser an den Strand gespült hatte. »Rambo! Hol!« Sie warf es ein Stück in die Wellen, und Rambo jagte kläffend ins Wasser, tauchte mit der Nase unter und kam nicht eher zurück, bevor er das Holz zu packen bekommen hatte. Brav legte er es Chloe vor die Füße, und dann schüttelte er sich.

»Ihhhh ...« Quietschend sprangen wir zur Seite, aber Chloe wiederholte das Spiel mit Rambo. Als der Hund losgelaufen war, sah sie mich an.

»Hope ... Ich mag dich. Du passt in die Welt. Und du passt zu Jaxon. Und ganz im Vertrauen ... Ich habe meinen Bruder schon lange nicht mehr so entspannt erlebt wie im Moment. Und –«, sie stoppte meinen Einwand, noch bevor ich ihn erheben konnte, »das liegt nicht an den Hamptons. Mit Sicherheit nicht«, setzte sie hinterher, und diesmal war ihre Miene ernster. Doch ehe ich überlegen konnte, ob ich da nachhaken sollte, setzte sie noch einen drauf: »Er mag dich Hope. Er mag dich wirklich.«

»Was macht dich so sicher?«

Sie lächelte ein wenig, als sie mir antwortete: »Weil er es bisher nicht versaut hat.«

* * *

Während die Männer den Truthahn nach altem Familienrezept zubereiteten, machten Jenna, Elijah, Chloe und ich es uns auf den Sofas vor dem Kaminfeuer gemütlich und spielten eine Runde Autorennen auf Elijahs Spielekonsole. Ein Kompromiss seiner Mutter für ein Wochenende unter Erwachsenen. Wider Erwarten kam ich mit der Lenkung über den Joystick gut zurecht, und es machte einen Heidenspaß, meinen virtuellen quietschbunten Rennwagen samt Fahrerin über die fantasievollsten Strecken zu jagen und dabei die Konkurrenz aus dem Weg zu räumen.

»Ja, nimm das!«, rief ich, als ich Chloes Karre aus dem Weg kickte und mich damit an die Spitze setzte.

»Du Biest«, gab Chloe lachend zurück und drückte den Hebel für das Gas weiter durch.

Aber es nützte alles nichts, denn kurz vorm Ziel holte Elijah mich ein und schoss als Erster über die Ziellinie.

»Gewonnen!«, rief er, riss die Arme hoch und freute sich so sehr über den Sieg, wie sich nur ein Kind freuen konnte. Er lief in die Küche und klatschte jeden der Männer einmal ab. Und wurde dann sogleich von ihnen verhaftet, die Süßkartoffeln für das Püree zu stampfen.

Als ich einen Blick über die Schulter warf und Jaxon in genau diesem Moment in meine Richtung blickte, mir zuzwinkerte und lächelte – da war ich mir sicher, nirgends besser aufgehoben zu sein als bei ihm. Ich war glücklich. Verdammt glücklich. Das konnte auch Logans Verlobte Aubrey nicht verderben, die in diesem Augenblick in einer eleganten schwarzen Hose und einem silbernen Glitzertop die Treppe herunterschritt, uns Frauen kaum eines Blickes würdigte, sondern sich an den Küchentresen setzte und sich dann albern kichernd in das Männergespräch einmischte.

»Mach dir nichts draus«, flüsterte Chloe an meiner Seite.

»Tu ich nicht«, gab ich zurück und fing noch Jaxons kurzen Blick auf, bevor ich mich zu seiner Schwester umdrehte. »Sie ist mir ehrlich gesagt ziemlich egal. Aber ... was ist mit dir?«, hakte ich doch noch einmal nach. Die Version, die sie mir gestern am Strand geschildert hatte, mochte ihre sein, aber sie war mit Sicherheit nicht die Wahrheit.

Chloe lächelte, doch es wirkte gezwungen. »Wie gesagt, sie nervt. Aber solange Logan glücklich ist, ist alles okay.«

Ich runzelte die Stirn. »So hätte ich ihn nicht eingeschätzt.« *Und dich auch nicht.* Chloe war mir bisher immer so gradlinig und ehrlich vorgekommen.

Chloe zuckte nur mit den Schultern. »Aber sag mal ... was war das eigentlich gestern mit dem Namen?«, lenkte sie sogleich von sich ab. *Mist!*

Bevor ich irgendwie ausweichen konnte, plapperte Elijah dazwischen. »Ihr könntet den Tisch decken, Mädels.« Gespielt vorwurfsvoll sah er uns beide an. Ich war sehr dankbar für den Themenwechsel und sprang gleich bereitwillig auf.

»Alles klar, Chef«, erwiderte ich und zog Chloe hoch. Gemeinsam begannen wir mit dem Geschirr, das Elijah uns aus dem Schrank raussuchte, den großen Tisch einzudecken.

Und kurz darauf waren Aubrey und alle damit verbundenen Gedanken für die nächste halbe Stunde vergessen. Und dann rief Sawyer uns zum Essen.

Erst als sich der Duft von gebratenem Truthahn in meiner Nase festsetzte, merkte ich, wie ausgehungert ich eigentlich war. Das Frühstück war schon ein paar Stunden her, und mein Magen freute sich schon riesig auf das Festmahl, welches die Männer gezaubert hatten.

Die große Tafel hatten wir mit weißem Porzellan, Silberbesteck und Kristallgläsern wunderschön gedeckt, und nun bog sie sich unter dem mächtigen Truthahn auf der silbernen Platte sowie Schüsseln mit Kürbis, glasierten Karotten, Süßkartoffelpüree, einer Schüssel überkrusteter Marshmallows als Extra und Rosenkohl. Dazu wurden Apfelmus, Cranberry-Relish und eine Cumberland-Sauce gereicht. Und natürlich das frisch gebackene Walnussbrot, das Jenna heute Morgen gemacht hatte. Die Apple und Pumpkin Pies für den Nachtisch waren ebenfalls von ihr.

Das Essen war ein Festmahl, und selten hatte ich so eine ausgelassene Stimmung an einem Tisch erlebt. Als Kind hatte ich mit meiner Nanny am Esstisch gesessen, als Teenie mit den ganz Großen der Filmszene an Banketttischen, und fast immer hatte ich nur zuhören dürfen. Als Model hatte ich kaum gegessen, und mit Sean hatte es in den letzten Jahren keine Gespräche mehr am Tisch gegeben. Und wenn doch, dann hatte ich mir sicher sein können, dass er betrunken war.

Ich bemühte mich, nicht an die unzähligen Essen zu denken, die ich bereits in langweiliger Gesellschaft hinter mich gebracht hatte, und den Abend hier zu genießen.

Elijah erzählte von seinem ersten Football-Training, das er in der letzten Woche absolviert hatte. Er hatte Flag-Football, eine kontaktlose Footballvariante, gespielt. »Ich bin seit zwei Wochen neun«, sagte er stolz. »Aber erst mit zwölf bin ich alt genug für das Tackeln.«

Sawyer erinnerte sich an seine Footballzeit auf der Highschool, und schnell waren auch die anderen im Thema. Ich mochte Football, aber Baseball war mir lieber, daher hielt ich mich zurück und hörte zu. Mir fiel auf, wie Aubrey lockerer wurde, je länger wir zusammensaßen. Vielleicht war sie einfach nur unsicher gewesen? Oder eine gute Schauspielerin. So what – ich hakte es einfach ab. Chloe hatte recht: Solange Logan mit ihr glücklich war, stand es keinem von uns zu, über sie zu richten. Auch wenn es mir schwerfiel.

Somit wandte ich mich von ihr ab und meine Aufmerksamkeit voll und ganz den Footballregeln zu, die gerade am Tisch diskutiert wurden.

»Magst du noch was?« Jaxon lehnte sich nach dem Dessert zu mir rüber und sah fragend zwischen dem letzten Stück Apple Pie und mir hin und her.

Lachend legte ich mir die Hände auf den Bauch und schüttelte den Kopf. »Ich bin pappsatt. Noch ein Bissen, und ich platze. Es war so lecker. Jenna, ich brauche unbedingt das Rezept von diesem Kuchen.« Zwar würde ich das niemals auch nur annähernd so gut hinbekommen wie sie, aber ich ließ mich von ihrer Begeisterung über das einfache Rezept gerne anstecken.

Nachdem auch die letzten Krümel des Desserts verdrückt waren, räumten wir alle gemeinsam den Tisch ab, und immer, wenn Jaxon und ich uns dabei begegneten, küsste er mich.

»Hey, habt ihr kein Zuhause?« Logan verdrehte lachend die Augen.

»Hey, hast du keine eigene Frau?«, konterte Jaxon, was von Logan nur mit einem kalten Blick bedacht wurde. In der Zeit, in der ich mit Jenna die Spülmaschine bestückte, leistete Aubrey Chloe auf dem Sofa Gesellschaft. Vielleicht hatte sie Angst, sich einen Nagel abzubrechen, sobald sie mit anfasste? Ich konnte es mir nicht verkneifen, mir über sie Gedanken zu machen. Sie war die einzige Schickimickitante hier, und ich fragte mich, was für Talente in ihr schlummerten, dass Logan sie tatsächlich heiraten wollte. Sie passten nicht zusammen. Das sah ein Maulwurf mit Gehstock. Selbst hier in der Abgeschiedenheit und unter Freunden, im privaten Rahmen, schien mir ihr Umgang miteinander nicht so innig, wie ich es von einem fast verheirateten Pärchen erwartet hätte. Die beiden kamen mir eher vor wie Bekannte.

Mir entgingen die Blicke nicht, die Aubrey mir ab und an zuwarf. Bestimmt grübelte sie immer noch, ob sie mir glauben sollte oder nicht. Hoffentlich würde sie es auf sich beruhen lassen.

Hope

Nach dem mächtigen Essen war ich dankbar für etwas Bewegung und stimmte Jaxons Idee von einem erneuten Strandspaziergang begeistert zu. Auch diesmal nahmen wir Rambo mit, der jetzt aber nur träge neben uns herlief, hier und da mal das Bein hob oder schnupperte. Aber das wilde Herumtollen im Wasser wie am Nachmittag blieb aus.

Hand in Hand liefen wir schweigend durch den Sand, wichen ab und an einer leichten Welle aus, die ans Meer gespült wurde, und hingen jeder seinen Gedanken nach. Zumindest tat ich das.

Chloes Worte lagen mir schwerer im Magen als das Essen. *Weil er es bisher nicht versaut hat.* Was genau sollte das heißen? Vermutlich war es bei ihm dasselbe wie bei mir. Gebranntes Kind scheute das Feuer. Aber bei mir war es diesmal anders. Diesmal tat das Feuer nicht weh. Nicht mal, wenn man sich direkt in den Brandherd begab. Es wärmte und erzeugte wohlige Schauer, aber es verbrannte nicht. Es machte süchtig, sodass ich nach mehr verlangte. Nach immer mehr von Jaxon King. Und das war es, das mir Angst machen sollte. Denn mehr von Jaxon zu bekommen hieß auch, mehr von mir preisgeben zu müssen. War ich dazu schon bereit? Aber ich begriff, eben als ich mir diese Frage stellte, dass es nicht mehr nur darum ging, mich zu öffnen. Oder wozu ich bereit war. Es ging darum, ob Jaxons Worte ehrlich gemeint waren. Dass er mich mochte. Sehr mochte. Denn dann, und nur dann, würde er auch mit dem zurechtkommen, was ich ihm erzählen musste. Es stand nicht mehr die Angst vor der Wahrheit im Vordergrund, sondern die Angst, Jaxon wegen der Wahrheit zu verlieren.

»M?« Jaxon war stehen geblieben und sah mich mit prüfendem Blick an.

Ich hob den Kopf und sah ihn an und kämpfte mit mir. Mit meinem Gewissen und der Angst, ihn zu verlieren. Aber das Risiko musste ich eingehen. Es war an der Zeit: Ich wollte und konnte mich nicht mehr länger verstecken. Dafür war Jaxon King mir zu wichtig.

»M, was ist los? Was verschweigst du mir?«

»Willst du das wirklich wissen?«, fragte ich. Er sah mich nur an, ohne ein Wort. Mir war klar, dass er nicht Nein sagen würde, aber ich brauchte diesen kleinen Aufschub, bevor ich loslegte und ihm auch den letzten dunklen Schatten in meinem Leben offenbarte.

»Ich war siebzehn, als mein Leben sich von Grund auf änderte.« Meine Finger krallten sich in meinen Mantel, als würde ich in dem Stoff den Halt finden, den ich so dringend brauchte. Und es dauerte nicht lange, da nahm Jaxon meine Hand in seine.

»Ich bin hier, Hope.«

Dankbar nickte ich. Und dann setzte ich alles auf eine Karte und legte los.

»Du musst wissen, dass mein Leben bis dahin ziemlich glamourös verlaufen ist. Meiner Mutter gehört eine der angesagtesten Modelagenturen in L. A., und mein Vater ist wie erwähnt Filmproduzent von zahlreichen Blockbustern. Geschwister habe ich nicht, und so fiel das Rampenlicht in dieser Familie die ersten Jahre uneingeschränkt auf mich, besonders in der Zeit, in der meine Mutter mich zum Model gemacht hatte. Mein Gesicht zierte einige Titelseiten. Aber gut, damit bin ich aufgewachsen, war es nicht anders gewohnt. Viele von ihnen kannten mich schon, seit ich klein war. Weil meine Eltern mich von Set zu Set mitgeschleppt hatten, anstatt mir Privatsphäre zu gönnen. Statt auf eine staatliche Schule ging ich auf eine private, mit anderen Rich Kids, abgeschottet von dem gewöhnlichen Fußvolk. Aber wie gesagt, ich kannte es nicht anders und wusste nicht, was ich vermisste. Bis ...« Ich hielt inne und hob den Blick. Das Meer lag in seiner ganzen Schönheit, aber auch in tiefster Dunkelheit vor uns. Dunkel, wie mein bisheriges Leben. Das, was ich endgültig hinter mir lassen wollte. »Kelly, meine beste Freundin, und ich fuhren an diesem Wochenende nach Stanford, um uns die Uni anzusehen. Für meine Eltern war schon längst klar, dass ich auf diese Uni gehen würde, schließlich zählt sie zu den Eliteunis. Mein Notendurchschnitt lag immer im Einserbereich, Kelly war ebenfalls eine der Besten unseres Jahrgangs. Für uns war es klar, dass wir zusammen dort studieren würden. Na ja, lange Rede kurzer Sinn. An diesem Wochenende lernte ich Sean kennen.«

Da war er, der Name, der mir immer noch eine Faust in den Magen rammte. Es tat mir weh, und ich blieb stehen und verstummte. Es fiel mir so schwer, Jaxon davon zu erzählen. Und er spürte das auch.

»M, du musst das nicht tun«, gab er mir tatsächlich die Chance für einen Rückzieher.

»Ich will das aber tun.«

Stumm drückte er meine Hand. Wir setzten den Weg fort, und ich sprach weiter.

»Sean war zwei Jahre älter als ich, und ich war sofort völlig fasziniert von ihm. Er war so anders als die Jungs, die ich bisher kennengelernt hatte. Und glaub mir, ich hatte viele kennengelernt, war mit vielen ausgegangen. Allerdings war ich nie mit einem von ihnen ins Bett gegangen, dafür war ich mir immer zu schade gewesen.« Mir war es wichtig, dass Jaxon das wusste. »Ich wollte warten, auf den Richtigen. Und als ich Sean begegnete, wusste ich, dass er der Erste sein würde. Wir lernten uns auf einer dieser Verbindungspartys kennen. Du weißt ja sicher, wie das dort abläuft: Viele Leute, viel Alkohol, und der Rest ergibt sich von selbst.« Er nickte stumm, und ich glaubte, seine Zähne knirschen zu hören.

»Und was ist danach passiert?«

»Wir blieben locker in Kontakt, während ich mein letztes Schuljahr auf der Highschool hinter mich brachte. Und als ich in Stanford auf dem Campus einzog, erfuhr ich, dass er überhaupt nicht an dieser Uni studierte, sondern gar keine Universität besuchte. Ein Freund von ihm hatte ihn eingeladen. Ja, er hatte mich belogen, aber ich war ihm schon viel zu sehr verfallen, als dass ich ihm hätte böse sein können. Erst im Nachhinein erfuhr ich, dass er die ganzen Collegetypen verabscheute und eigentlich die Party hatte sprengen wollen. Aber da bin ich ihm in die Quere gekommen.

Von da an trafen wir uns regelmäßig, und mir gefiel sein rebellisches Verhalten. Gegen die Schulen, die nur den Privilegierten den Besuch ermöglichten. Gegen die Restaurants, die man nur mit Schlips betreten durfte. Gegen die Polizei, die ihn in seinem Handeln einschränkte. Er war gegen alles.«

»Warte, stopp. Gegen die Polizei, die ihn … Was genau bedeutet das?«, hakte er nach.

»Ich erfuhr das alles erst später, aber … er war vorbestraft wegen Einbruchs und Körperverletzung. Als wir uns das erste Mal trafen, war er gerade auf Bewährung draußen. Zu dem Zeitpunkt habe ich das nicht gewusst, nicht mal geahnt.« Kurz sah ich ihn an, dann redete ich weiter. Diesmal ohne Punkt und Komma.

»Hatte ich erwähnt, dass mein Leben bis dahin ziemlich glamourös verlaufen ist? Nun, nachdem ich Sean meinen Eltern vorgestellt hatte, war es das nicht mehr. Sie waren überhaupt nicht begeistert von ihm und verboten mir den Umgang. Ein arbeitsloser Taugenichts ohne Universitätsabschluss mit ihrer Tochter? Nur über die Leiche meines Vaters. Er hatte mir unmissverständlich klargemacht, wer der Herr im Haus war. Aber ich war mittlerweile gereift und fand nicht, dass er weiterhin in der Position war, mir Vorschriften zu machen, mit wem ich mein Leben verbringen sollte. Als ich ihm das sagte, flippte mein Vater aus. Er wollte mich einsperren, von der Schule nehmen, am liebsten, glaube ich, hätte er mich im Keller angekettet. Er versuchte mir weiszumachen, dass Sean nur mein Geld wollte. Besser gesagt, das Geld meiner Familie. Aber ich ließ mich nicht beirren. Ich wusste, was ich wollte. Und das war Sean. Und er mich. Das dachte ich damals zumindest ...« Ich entzog Jaxon meine Hand, strich mir die Haare aus dem Gesicht und atmete mehrmals hintereinander tief ein und aus, weil die Erinnerung an die Zeit drohte, mir die Luft abzuschnüren. Das Letzte, was ich jetzt gebrauchen konnte, war eine Angstattacke, also sprach ich schnell weiter. »Mein Vater kündigte an, mir den Geldhahn zuzudrehen, aber auch das war mir egal. Gegen den Willen meiner Eltern hatte ich mich für ein Zimmer im Studentenwohnheim entschieden, anstatt in die Wohnung meines Vaters außerhalb des Unigeländes zu ziehen, die er bereits bei meiner Geburt für mich gekauft hatte. Weil er mein Leben da schon genau durchgeplant hatte. Als er seine Drohung wahrmachte und mir weder das Zimmer im Wohnheim zahlte noch weiter den Unterhalt überwies, kellnerte ich, um die Miete und mein Leben zu finanzieren. Und als das erste Jahr an der Stanford fast um war, ging die Rechnung für die nächsten Studiengebühren an mich, nicht an meine Eltern. Das war ein verdammter Schock, aber selbst die Doppelschichten in der Bar und die Nachhilfestunden in Englisch, die ich gab, reichten vorne und hinten nicht. Natürlich nicht. Mit solchen Jobs kann man vielleicht das nackte Überleben finanzieren, aber sicher keine Studiengebühren von gut sechzigtausend Dollar im Jahr. Ein Stipendium bekam ich nicht, schließlich hatte meine Familie mehr Geld als nötig. Und meine Noten waren nach den Monaten, in denen ich mir als Bedienung die Nächte um die Ohren geschlagen hatte, auch nicht mehr das Gelbe vom Ei. Also musste ich Stanford verlassen. Meinen Eltern schien das egal zu sein, ich hörte nichts von ihnen, obwohl mein Vater und der Dekan sehr enge Freunde sind. Vermutlich wusste er über jeden meiner Schritte sowieso Bescheid. Noch bevor ich selbst wusste, was ich als Nächstes tun würde.« Ich hielt inne und lächelte schief. Wieder wurde mir klar, wie naiv ich damals gewesen war. Und dass mein Vater mich nur hatte beschützen wollen.

»Was passierte dann?«, hakte Jaxon sanft nach, als ich länger als ein paar Atemzüge schwieg.

»Sean und ich zogen zusammen. Er hatte Freunde in Oakland, sechs Autostunden von L. A. entfernt. Sie hatten die Augen aufgehalten und eine bezahlbare Wohnung für uns gefunden. Es war eine Zwei-Zimmer-Bruchbude, aber immer noch besser als mein goldener Käfig in der abgeschotteten Villa in Hollywood. Ich war so froh, diesem Leben den Rücken kehren zu können. Redete ich mir jedenfalls ein. Während Sean uns mit Gelegenheitsjobs über Wasser hielt, jobbte ich in einer Bar als Bedienung. Wir waren … glücklich, schätze ich. Als ich fünfundzwanzig war, entführte Sean mich nach Vegas.« Ich stoppte. Mir wurde übel, doch ich bemühte mich, die Fassung zu bewahren. »Es war schnell vorbei. Ein abgehalfterter Elvis und eine in die Jahre gekommene Marilyn mit einem Fleck auf ihrem weißen Kleid waren unsere Trauzeugen, ein Pfarrer mit einer ziemlichen Fahne führte die Zeremonie durch. Keine zehn Minuten später waren wir verheiratet, und ich war Mrs Sean Ramirez. Und ich war auch noch stolz darauf.« Auch jetzt, Jahre danach, konnte ich nicht fassen, was ich getan hatte. Wenn ich auf meine Narben sah, dann begriff ich es noch weniger. »Meine Eltern kamen nicht zu meiner Hochzeit. Okay, ich hatte sie auch nicht eingeladen, aber selbst wenn … sie wären nicht gekommen. Niemals.« Jaxon unterbrach mich nicht, obwohl er unglaublich viele Fragen haben musste. »Die ersten Monate als Ehefrau fühlte ich mich wie im siebten Himmel. Sean hatte unverhofft einen guten Job bekommen und in kurzer Zeit ziemlich viel Kohle gemacht.

Er führte mich fast jeden Abend zum Essen aus, wir gingen ins Kino, zum Bowling oder mit Freunden zum Tanzen. Mit seinen Freunden. Ich hatte ja alle in L. A. zurückgelassen. Die Einzige, mit der ich nie gebrochen hatte, war Kelly. Aber Sean mochte sie nicht. Es passte ihm ganz gut, dass wir uns durch den Umzug nach Oakland nicht mehr regelmäßig sehen konnten.« Meine Stimme brach, wurde leiser. »Meine Zukunft hatte sich zerschlagen, aber ich redete mir immer wieder ein, dass es nicht meine Zukunft gewesen war, sondern die, die meine Eltern für mich vorgesehen hatten. Damit ging es mir besser, und dass Sean in dieselbe Kerbe schlug, vereinfachte das Ganze. Mein schlechtes Gewissen hielt sich also in Grenzen. Aber ... Die Glückssträhne begleitete uns nicht ewig, und wir waren gerade etwas über vier Jahre verheiratet, da verlor Sean seinen Job. Er bekniete mich, mit meinen Eltern zu reden, um Unterstützung zu bitten. Aber davon wollte ich nichts hören. Lieber hätte ich noch einen weiteren Job angenommen. Sean passte das nicht. Er verschwand morgens, um auf Jobsuche zu gehen, und kam abends ohne Ergebnisse wieder. Das kam mir komisch vor. Ich vertraute mich Kelly an, die dann herausfand, dass er sich rumtrieb. Und das nicht allein. Also sprach ich ihn darauf an, bekam jedoch keine Antwort, die mich zufriedengestellt hätte. Eines Abends folgte ich ihm. Er verschwand in einem Café, und ich sah durch ein schmutziges Fenster, wie ...« Wieder brach meine Stimme, doch ich riss mich zusammen. Jetzt oder nie. »Er hatte ein Mädchen bei sich sitzen, das so ganz anders aussah als ich. Sie war blond, hatte kürzere Haare und erheblich weniger auf den Rippen. Und gerade, als ich weggehen wollte, sah ich, wie er ihre Hand nahm und sie über den Tisch hinweg küsste. Tja ...« Ich zuckte mit den Schultern und versuchte, das Kopfkino abzustellen, das in HD in meinem Kopf ablief. »Von da an hatte ich Gewissheit. Er hatte nicht nur seinen Job verloren, sondern er betrog mich auch noch. Das war so sicher, wie die Sonne aufging. Kelly hatte recherchiert, ich war zu feige dazu gewesen. Sie fand heraus, dass er bereits vor ein paar Jahren als Jugendlicher wegen sexueller Belästigung angeklagt worden war. Die Anklage allerdings war fallengelassen worden, weil das angebliche Opfer seine Aussage zurückgezogen hatte. Wirklich geklärt hat man seine Schuld nie. Seine Unschuld aber auch nicht. Das war ein Schock. Hatte ich doch gedacht, ich kannte diesen Mann. Weit gefehlt. Aber noch immer hatte ich nicht den Mut, ihn darauf anzusprechen. Lieber suchte ich den Fehler bei mir. Das war einfacher. Ich fragte mich: War ich nicht mehr attraktiv genug? Hatte ich mich gehen lassen? War ich zu oft unterwegs? Ja, okay, ich schob oft Doppelschichten, um das Loch in der Haushaltskasse zu stopfen, aber war das Grund genug? Ich gab mir die Schuld an allem. Völlig bescheuert, ich weiß, aber damals ... dachte ich wohl, ich könnte unsere Ehe noch retten. Also sagte ich nichts, sondern nahm sein Verhalten so hin und hoffte, dass er irgendwann wieder der Mann werden würde, in den ich mich damals verliebt hatte.«

Jaxon schüttelte fast unmerklich den Kopf. Dann sog er scharf die Luft ein, ließ meine Hand los und blieb neben mir stehen, aber mir war klar, dass er meine Berührung jetzt nicht ertrug. Zu schwer wog das, was er zu hören bekam. Doch jetzt war es zu spät, um abzubrechen. »So hielt ich es einige Wochen durch, aber dann wurde sein Verhalten schlimmer. Irgendwann, ich kam von einer Doppelschicht nachts nach Hause, platzte mir die Hutschnur. Er saß in aller Seelenruhe mit hochgelegten Füßen vor dem Fernseher, eine Flasche Bier in der Hand und die Frau aus dem Café zwischen den Beinen, die ihm einen blies.« Den letzten Teil des Satzes presste ich mit Abscheu hervor und bemerkte dabei, dass ich weinte. Lautlos liefen mir die Tränen über die Wangen, während Jaxon starr neben mir stand und die Zähne zusammenbiss. »Und da bin ich ausgeflippt. Ich habe die Schlampe an den Haaren gepackt und aus der Wohnung geschleift. Nackt wie sie war. Ihre Klamotten warf ich aus dem

Fenster, wie auch einige von Seans Sachen. Und dann lief ich gegen seine Hand ... Er schlug mich ins Gesicht, er stieß mich zu Boden, riss mich wieder hoch und brach mir dabei den Arm. Es war schrecklich. Ich wollte es beenden, Jaxon. Ich wollte es wirklich beenden. Aber ich war zu schwach ...« Und noch während ich die Worte über die Lippen brachte, brach ich schluchzend an seiner Brust zusammen.

Hope

»Komm.« Jaxon griff meine Hand.

Noch war ich gefangen in meinen Erinnerungen, die sich aber schnell auflösten, als ich hinter ihm her durch den Sand zum Haus zurückstapfte. Wie Einbrecher schlichen wir uns rein, Jaxon dirigierte mich die Treppe rauf in unser Zimmer. Die ganze Zeit über sprach er kein Wort. Es war ihm anzusehen, wie aufgewühlt er war. Und wütend. Sehr wütend. Die ganze Wut auf Sean, die ich nie gespürt hatte. Da war sie. Ich war erschöpft und wollte schlafen. Einfach nur schlafen und vergessen.

Die Eleganz unseres Schlafzimmers ging völlig an mir vorbei, denn kaum dass die Tür hinter uns ins Schloss gefallen war, hatte ich schon fast keine Klamotten mehr am Leib. Jaxon zog mich aus, seine Hände waren überall, und er sprach immer noch kein Wort. Er trug mich zu dem riesigen Himmelbett, das ein Traum aus Decken und Kissen in zartem Blau und Weiß war. Das war alles, was ich wahrnahm, denn sonst hatte ich nur Augen für Jaxon. Jaxon, bei dem ich mich sicher fühlte. Jaxon, der mir so vertraut geworden war.

Er legte mich auf der nach Meeresbrise duftenden Decke ab, stellte sich vor mich und schlüpfte aus seinen Klamotten. Ich biss mir auf die Lippen und versuchte, nicht durchzudrehen.

»Jaxon …?«

Seine Miene war erbarmungslos. Als er sich seine Hose über die Hüften schob, war sein Glied bereits aufgerichtet. Es war unmöglich, den Blick davon abzuwenden.

Jaxon ging vor dem Bett in die Knie und streichelte meine Beine. Ohne den Blick von mir zu nehmen, arbeitete er sich weiter nach oben vor. Strich über meine Knie, dann über meine Oberschenkel, bis er an die Innenseiten meiner Schenkel wechselte. Als er seine Finger zwischen meine Schamlippen schob, schnappte ich nach Luft und bäumte mich auf. Ich war so kurz davor zu kommen, dass ich nur wimmern konnte.

»Du gehörst mir, Hope«, flüsterte er. »Mir und sonst niemandem. Und diese Nacht gehört uns und glaub mir – du bist nicht fertig, ehe ich es sage …« Mit diesen Worten teilte er meine Schamlippen und vergrub sein Gesicht zwischen meinen Beinen. Und alles, was ich dann noch spürte, war seine Zunge an meiner pulsierenden Mitte. Dann explodierte mein Innerstes, brennende Hitze durchströmte meine Adern und ich schrie …

Noch während die Explosion in mir langsam verebbte, öffnete sein Knie meine Beine noch weiter, und tatsächlich konnte ich es kaum abwarten, ihn endlich in mir zu spüren. Ohne ein Wort legte er sich auf mich und drang in mich ein. Tiefer und tiefer drängte er in mich, und ich kam ihm entgegen. Ich konnte ihn gar nicht tief genug in mir spüren. In mir brannte ein Feuer, das nur noch durch Jaxon gelöscht werden konnte. Und er wusste das.

Mein Herz schlug wie wild, als er mich küsste, während wir einen gemeinsamen, langsamen Rhythmus fanden. Ein Takt, der uns beide in das Lied der Nacht zog und miteinander vereinte. Und als wir immer schneller auf unseren Höhepunkt zusteuerten, merkte ich, dass ich weinte. Ich weinte, weil ich erschöpft und gebrochen, aber auch glücklich wie schon lange nicht mehr war. Und weil ich in diesen Sekunden begriffen hatte, dass ich endlich wirklich bereit war, mein neues Leben auch zu leben. Und das wollte ich mit Jaxon tun.

***

Es war dunkel, als ich ermattet meine Augen öffnete. Im ersten Moment wusste ich nicht, wo ich war, doch dann erinnerte ich mich wieder. Und die schönste Erinnerung von allen war die an letzte Nacht.

Vorsichtig bewegte ich mich und fühlte Jaxons nackten Körper heiß hinter mir. Er atmete ruhig ein und aus, sein Atem blies sanft in meinen Nacken und seine Hand lag schwer auf meiner Brust. Ich lächelte in die Dunkelheit, als ich daran dachte, was in den letzten Stunden zwischen uns passiert war.

Jaxon hatte mit mir geschlafen. Aber es war anders gewesen als die unzähligen Male davor. Rauer, härter und intimer, aber auch liebevoller. Es hatte unglaublich viel Gefühl in seinen Berührungen gelegen, und wenn er in mir gewesen war, dann hatte er nicht nur meine Vagina ausgefüllt, sondern mein ganzes Innerstes. Er hatte ein Licht in mir entzündet, das vor langer Zeit in die Dunkelheit gedrängt worden war, um dort zu verglühen. Nie hätte ich geglaubt, dass es irgendjemand wieder zum Leuchten bringen könnte. Aber es war auch nicht irgendjemand gewesen. Es war Jaxon.

Das Ziehen in meinem Unterleib wich einem warmen Kribbeln. Jaxon King lag hier bei mir und hielt mich. Er war es, der sich in den vergangenen Wochen unermüdlich um mich bemüht hatte. Und vor wenigen Stunden hatte er auch die letzte meiner Barrieren durchbrochen. Er hatte mir zugehört, wusste von meinem Leben vor ihm und hatte mich nicht von sich gestoßen. Nein. Er hatte mich genommen und mir gezeigt, dass ich zu ihm gehörte. Und jetzt war ich bereit. Für ihn und für die Gefühle, die ich jahrelang in mir eingeschlossen hatte. Ich brauchte mich nicht mehr zu verstecken, sondern durfte endlich frei sein.

Wie spät war es? Wie lange musste ich noch warten, um ihn zu wecken? Mit einem Schlag war ich hellwach. Als hätte ich die letzten Jahre geschlafen und wäre erst jetzt aufgewacht. Frisch und erholt. Und voller Drang, mein Leben endlich in die richtigen Bahnen zu lenken.

Vorsichtig, um ihn nicht zu wecken, griff ich nach meinem Handy auf dem Nachttisch. Es war erst kurz vor sechs Uhr am Morgen. Ich hatte nicht viel geschlafen, wenn es hochkam drei Stunden. Das war vielleicht doch ein bisschen zu früh? Also beschloss ich, noch einmal die Augen zu schließen, um weiterzuschlafen, da fiel mein Blick auf den Nachrichteneingang. Und ich erschrak. Der Absender der Nachricht war eine unterdrückte Nummer. Ich hatte niemandem, den ich nicht kannte, meine Handynummer gegeben. Die wenigen Freunde waren in meinem Telefonbuch gespeichert. Theoretisch konnte es also kein Fremder sein, der mir schrieb. Aber praktisch schon …

Und als ich die Nachricht öffnete und die Worte überflog, die dort geschrieben standen, brach mir der Schweiß aus und mir wurde übel.

Herzlichen Glückwunsch zum Jahrestag. Ich habe dich gefunden. Und jetzt wirst du mich so schnell nicht wieder los.

Jaxon

Seit zwei Tagen waren wir aus den Hamptons zurück.
Seit zwei Tagen hatte ich nichts mehr von Hope gehört.
Seit zwei Tagen versuchte ich, sie zu erreichen.
Seit zwei Tagen ging sie nicht ans Telefon.

Seit zwei Tagen nahm ich wieder diese verfickten Schlaftabletten, um runterzukommen, aber sie halfen nicht. Kein bisschen! Sie bescherten mir Albträume. Andere als sonst. Träume, in denen Hope mir entglitt, mir aus den Fingern rutschte und ich sie fallen ließ. Aber das würde ich nie tun! Ich würde sie nicht fallen lassen. Und schon gar nicht, nachdem sie endlich angefangen hatte, mir zu vertrauen. Doch jetzt schien es so, als wäre das nur ein Strohfeuer gewesen.

Wie versteinert stand ich hinter dem Tresen, sah die Gäste, hörte sie reden und verstand nicht, was sie sagten. Ich dachte an *The Crow*, einen meiner Lieblingsfilme, in dem die oberste Prämisse der Krähe ist, nicht aufzugeben. Und das würde ich auch nicht tun. Es reichte! Ich würde zu ihr fahren. Ich würde kämpfen.

In den Hamptons war alles gut gewesen. Nachdem sie am Strand zusammengebrochen war, hatte ich ihr Zeit geben wollen, mir auch den Rest zu erzählen. Niemals hätte ich sie gedrängt. Wir hatten uns fast die ganze Nacht geliebt. Heftig, brutal, liebevoll. Es war, als wären unsere beiden Seelen zu einer verschmolzen. Und dann, am nächsten Morgen, war plötzlich alles anders gewesen.

Hope war wie ausgewechselt gewesen, faselte was von Migräne und wollte zurück. Ich tat ihr den Gefallen, brachte uns nach Hause. Ließ sie sich zurückziehen, bedrängte sie nicht. Aber sie hatte sich seitdem nicht mehr gemeldet, war auch nicht zur Arbeit erschienen. Meine Nachrichten und Anrufe blieben unbeantwortet. Und jetzt fühlte es sich an, als wäre das alles nie passiert. Und warum verdammt tat das so weh? Nein, ich würde das nicht so hinnehmen. Wir würden das wieder hinkriegen!

Ich sagte Brian Bescheid, dass er ohne mich klarkommen musste. Die Bar war wie jeden Samstagabend gut gefüllt und auch heute sollte wieder ein DJ auflegen, er würde in weniger als einer Stunde hier aufschlagen. Aber das sollte Brian auch allein hinkriegen.

»Ich bin dann weg«, rief ich ihm zu, als ich aus der Küche zurückkam, wo ich meine Autoschlüssel geholt hatte.

»Hey.«

Fast wäre ich mit ihr zusammengeprallt, so wütend und schnell war ich um die Ecke gerast, doch ich konnte mich auf den letzten Metern stoppen. Jedoch nicht verhindern, dass ich sie mit offenem Mund anstarrte wie eine Fata Morgana. Vor allem fiel es mir im ersten Moment schwer zu erfassen, was anders an ihr war. Doch beim zweiten Blick registrierte ich es. Und wurde wütend.

»Du bist zu spät.«

»Ich hatte noch zu tun.«

»Hast du vergessen, dein Telefon mit zum Friseur zu nehmen?«, fuhr ich sie an. Ihre Finger fassten in ihre Haare. Doch dort, wo vorher lange rote Wellen gewesen waren, war ... nichts mehr. Sie hatte sich ihre Haare abschneiden lassen. Sie fielen jetzt nicht mal mehr bis auf die Schultern, waren sogar kürzer als Chloes Haare. Und dunkel. Das schöne, natürliche Rot war durch ein Schokoladenbraun ersetzt worden. Ich wusste nicht, wie ich das finden sollte. Es sah ... gut aus, aber ... es war ungewohnt. Sie wirkte total verändert. Nicht mehr so verletzlich, sondern eher kämpferisch. Ihre Augen bestätigten meinen Eindruck, sie blitzten mich an, als wäre ich gerade der letzte Mensch, auf den sie treffen wollte.

»Geht dich das irgendwas an?«

Ich schnappte nach Luft. Das musste ich erst mal verdauen. Aber da mir hier zwischen Tür und Angel nicht viel Zeit dafür blieb, antwortete ich mit dem Ersten, was mir in den Sinn kam. »Ja. Das hatte ich zumindest bis vor zwei Tagen noch gedacht. Was hat sich geändert? Außer deiner Frisur?«

Sie erwiderte nichts, sah mich nicht mal mehr richtig an. Sie fixierte einen Punkt irgendwo schräg hinter mir, ihre Finger aber zuckten nervös. Sie wich mir aus, versuchte bewusst, mich zu verletzen. Damit ich nicht weiter nachfragte. So musste es sein. Anders konnte es nicht sein. Denn sonst wäre alles, was wir erlebt hatten, eine Lüge gewesen. Und das glaubte ich nicht.

Ich bemühte mich, mich zu beruhigen, atmete einmal tief durch und versuchte es etwas sanfter. »M ... Wo verdammt hast du die letzten Tage gesteckt?«

»Ich hatte zu tun.« Wieder diese Kälte in ihrer Stimme, die jedoch nicht so hart rüberkam, wie sie es sich wohl gewünscht hatte.

»So viel, dass du nicht ans Telefon gehen konntest?«

Sie sah erst mich an, dann zum Tresen, an dem bereits fast alle Plätze besetzt waren. »Müssen wir das hier besprechen? Ich sollte jetzt an die Arbeit, ich bin spät dran.«

In mir brodelte es. »Es ist mir scheißegal, wo wir das besprechen. Aber wir werden es besprechen.«

»Sicher. Kann ich jetzt an die Arbeit?«, antwortete sie mir endlich.

Auszuticken wäre nicht sonderlich förderlich fürs Geschäft gewesen. Und mein Privatleben vor den Gästen zu diskutieren erst recht nicht. Also biss ich die Zähne aufeinander, trat wortlos zur Seite und ließ sie vorbei gehen. Dabei vermied ich es einzuatmen. Ich wollte ihren Geruch nicht in der Nase haben.

Nicht, wenn ich sie nicht an mich ziehen und küssen durfte. Und nichts weiter wollte ich in diesem Moment. Sie wirkte trotz aller Distanz, die zwischen uns herrschte, verletzlich. Verletzlich und traurig. Irgendwas war passiert, nachdem wir in der Nacht eingeschlafen waren. Etwas hatte sich verändert. Etwas, das der Grund für ihre neue Frisur war. Und ich musste wissen, was es war. Mir wurde klar, dass sie das auch wollte. Das hier war nichts als ein stummer Schrei nach Hilfe. Denn sonst wäre sie nicht hier. Sie wäre fort, weit weg, abgehauen, noch bevor ich sie hätte finden können. Also würde ich nicht den Rückzug antreten, sondern meinen Job machen. Und darauf warten, dass der Abend vorbeiging und wir beide unsere Chance bekommen würden, um das zu klären. Und ich schwor mir, dass sie die Bar nicht vorher verlassen würde, ehe wir über alles geredet hatten.

Hope und ich arbeiteten stumm nebeneinander her. Wir kamen uns nicht in die Quere, und es war, als stünde ich mit einer Fremden hinter dem Tresen. Sie lächelte ein Lächeln, das ihre Augen nicht erreichte, und war zu jedermann freundlich. Nur mich ignorierte sie. Es kostete mich meine ganze Beherrschung, sie nicht zu packen, raus zu schleifen und zur Rede zu stellen. Aber als die Situation auch nach drei Stunden nicht erträglicher wurde, war ich kurz davor. Und als Hope in den Keller zum Lager verschwand, folgte ich ihr. Brian hatte sie runter geschickt, um Strohhalme zu suchen.

Ich stellte mich in den Türrahmen, schnitt ihr den Fluchtweg ab. »Eigentlich sollte ich dir kündigen.«

Ihr Kopf flog hoch, und ihre Augen weiteten sich erschrocken. Das grüne wie auch das blaue. Dieser Blick erinnerte mich an den ersten Abend, an dem ein Missverständnis zu ihrer Panikattacke geführt hatte.

»Warum?«, fragte sie und hob trotzig ihr Kinn. »Weil ich nicht ans Telefon gegangen bin?«

Lapidar zuckte ich mit den Schultern und bemühte mich, meine Atmung unter Kontrolle zu halten. »Nein.«

»Warum dann?«

»Ich schlafe in der Regel nicht mit meinen Angestellten.«

»In der Regel?«

»Bei dir habe ich diese Regel das erste Mal gebrochen. Und nicht nur diese.«

Sie öffnete den Mund, schloss ihn wieder, schluckte und versuchte es erneut. »Dann ist es wohl besser, du schläfst nicht mehr mit mir.« Sie sah an mir vorbei, hatte nicht den Schneid, mir beim Lügen in die Augen zu sehen.

Also ging ich auf sie zu und baute mich vor ihr auf. »Sieh mich an und sag mir, dass das mit uns ein Fehler war.« Ihre Augen füllten sich langsam mit Tränen. Als ich meine Hand nach ihr ausstreckte, bewegte sie sich nicht, als ich ihre Wange streichelte, erstarrte sie, aber das hielt mich nicht davon ab, sie zu berühren. Meine Finger strichen weiter über ihren Hals, das Dekolletee, ihre Brüste, ihren Bauch. Ein leises Aufkeuchen war die Antwort. »Ich lasse dich nicht gehen. Du kannst mich nicht ignorieren und von dir wegschubsen. Und dann hoffen, dass ich dich gewähren lasse. Über den Punkt sind wir längst hinaus.« Unnachgiebig umfasste ich ihre Taille und hob eine Augenbraue. »Das wird nicht noch einmal passieren, M. Das lasse ich nicht zu.«

»Dann verliere ich meinen Job«, wisperte sie, und ich hörte, dass sie nicht nur Sorge um ihre Arbeit im *King's* hatte.

»Nein, das wirst du nicht.«

»Aber was ist mit deiner Regel?«

Mein Gesicht neigte sich näher zu ihrem, meine Nase berührte ihre Schläfe. »Regeln sind dazu da, gebrochen zu werden, weißt du noch?« Leise stöhnte sie auf, als ich in ihr Ohrläppchen biss und wieder von ihr abließ. »Ich bin der Chef. Ich kann Regeln ändern.«

Unsicherheit flackerte in ihrem Blick auf, als ich fest in ihren Nacken griff und sie an mich zog. Aber als ich meine Lippen fest auf ihre presste, gab es nicht eine Sekunde der Gegenwehr. Ihre Arme schlangen sich um meinen Hals, so, als hätte sie mich vermisst. Und als sie sich an mich drückte, breitete sich die Erregung in meinem Körper aus wie Wasser aus einem geplatzten Rohr. Endlich fühlte ich sie wieder. Roch sie. Spürte sie. Gott, ich hatte sie so vermisst. Und würde sie nie wieder gehen lassen. Nie wieder.

Ich packte sie und drängte sie mit dem Rücken gegen die Kühltruhe. Wir waren im hintersten Lagerraum, niemand würde uns hier vermuten, schon gar nicht gemeinsam. Und selbst wenn, war es mir in diesem Moment total egal. Denn alles, was jetzt zählte, war, dass ich Hope endlich wieder in meinen Armen hatte.

In Windeseile öffnete ich ihre Hose, zog sie samt Slip ihre Beine runter und drehte sie um, sodass sie mir ihren blanken Hintern entgegenstreckte. Dann knöpfte ich auch meine Hose auf, holte mein steifes Glied raus und strich mit der Spitze über ihre festen Backen, drängte zwischen ihre Beine und versenkte mich dann mit aller Härte in ihr. »Oh Gott, Babe ...« Keuchend presste ich mein Gesicht gegen ihren Rücken, biss ihr in die Schulter. »Ich habe dich so vermisst. So sehr.«

»Nimm mich«, flehte sie.

»Oh, das werde ich, keine Sorge.« Das konnte ich selbst kaum erwarten. »Nie wieder lasse ich dich gehen, hörst du? Nie wieder. Nie.« Kraftvoll stieß ich in sie, sie öffnete ihre Beine weiter, ich packte ihre Hüften.

»Oh mein Gott«, wimmerte sie, als ich noch tiefer in sie drang.

»Das ist nur das Vorspiel«, stöhnte ich in ihr Ohr.

»Ich ... ohhhhh«, wisperte sie zurück.

»Ja, komm für mich, Babe«, trieb ich sie an, während ich

meinen Finger auf ihren kleinen empfindlichen Punkt legte und gleichzeitig immer schneller in sie stieß.

»Ja, ich bin … ich komm … Gott … Jaaaaa …«

Ich brauchte nur zwei Sekunden länger, dann kam auch ich. Es war wie eine grelle Explosion in meinem Körper, die mich mit sich zog und mich warnte. Davor, dass ich mich verlieren würde, wenn ich nicht aufhörte, Hope zu wollen. Aber die Warnung war viel zu spät gekommen. Ich wusste schon längst nicht mehr, wer ich eigentlich war.

***

Das Haus, in dem sich der Club befand, war alt und besaß ein Labyrinth aus Gängen und Räumen in der unteren Etage, in dem man sich im Dunkeln gut verlaufen konnte. Der Bau stammte aus dem neunzehnten Jahrhundert, die alten Backsteinmauern waren teilweise fast einen Meter dick, was mich schon als Kind hatte vermuten lassen, dass inmitten der Steine Leichen eingemauert worden waren. Nicht unmöglich, wenn man bedachte, dass die Mafia damals hier ein und aus gegangen war. Wobei ich mich fragte, ob Al Capone denselben Weg für seine Liebschaften gewählt hatte, als er in diesem Haus gewohnt hatte. Wenn es denn stimmte, was mein Grandpa mir erzählt hatte. Vielleicht war es einfach nur Schicksal. Ich war wirklich dankbar, dass es einen Lastenaufzug vom Keller bis in meine Wohnung gab und ich Hope damit ungesehen nach oben ins Bett bringen konnte. Danach hatte ich Brian eine kurze Nachricht geschickt, dass er den Laden allein schmeißen musste. Da er gutes Personal zur Seite hatte, vertraute ich ihm. Er würde das schon machen. Den Chef hatte ich zwar nie raushängen lassen, aber heute nahm ich mir die Freiheit.

Danach hatte Hope mich aus meinen Klamotten geschält und ich sie aus ihrer Uniform. Und als sie dann endlich nackt vor mir lag, konnte ich mich nicht an ihr sattsehen.

»Du bist wunderschön«, raunte ich. Ich musste sie anfassen, jeden Quadratmillimeter ihrer glatten Haut erkunden. Atemlos beugte ich mich zu ihr runter und nahm einen Fußknöchel in die Hand, um mich von dort über ihre Wade und ihren Schenkel zu ihrem Geschlecht zu küssen. Als ich meine Lippen auf ihre nasse Klit presste, keuchte sie auf und krallte ihre Finger in mein Haar. Aber ich hörte nicht auf, sie zu schmecken, dafür war es einfach zu gut. Erst als sie versuchte, meinen Kopf wegzudrücken, und mich zu sich hochziehen wollte, tat ich ihr den Gefallen, legte mich auf den Rücken und zog sie auf mich. Wie von selbst glitt ich in sie hinein. Es fühlte sich so gut an, sie zu spüren und in ihr zu sein.

Meine Hände lagen auf ihren Hüften, während sie auf mir ihren Rhythmus fand. Ich ließ sie nicht aus den Augen, während ich mich ihr anpasste. Ihre Hände legten sich fest auf meine Brust, ihre Beine spreizten sich weiter, sie nahm mich tiefer in sich auf. Und auch sie ließ meinen Blick nicht los.

»Geht's dir gut?«

»Es ging mir nie besser.«

Mehr brauchte ich nicht zu wissen. Nicht jetzt. Reden konnten wir später. Jetzt brauchte ich sie. Und sie mich.

Hope

»Ist alles gut?« Jaxon lag auf dem Rücken, ich in seinem Arm, und streichelte mir mit sanften Kreisen über den Hintern.

»Ja, es ist alles wunderbar«, gab ich souveräner zurück, als ich mich fühlte. Die Tränen kitzelten in meinen Augen, ich blinzelte sie weg. Ich war völlig fertig, weil ich meine Gedanken einfach nicht abschalten konnte.

Der Nachricht an Thanksgiving waren noch drei weitere gefolgt. Immer in dem gleichen Tonfall. Er hatte mich gefunden, hatte angekündigt, mich zu besuchen. Dann, dass er vor meinem Haus stehe. Die halbe Nacht hatte ich kein Auge zugetan. Er schrieb mir, dass er mich nicht in Ruhe lassen werde. Und er werde sich holen, was ihm zustehe.

In der Nacht der ersten Nachricht war ich starr vor Angst gewesen. Aber nicht eine Sekunde hatte ich das für einen Scherz gehalten. Ich wusste – das konnte nur Sean sein und Sean machte keine Scherze. Und er hatte es wieder einmal geschafft, mein Leben zu zerstören. Mit nur einer Nachricht hatte er meine Pläne für die Zukunft ins Wanken gebracht. Und mich zurück in die Hölle geschickt, aus der ich geflohen war. Es war mir schwergefallen, Jaxon danach noch in die Augen zu sehen. Es war abscheulich gewesen, ihn anzulügen, vor allem, weil ich wusste, wie sehr er Lügen verabscheute. Aber auch, weil ich geahnt hatte, dass Jaxon es nicht auf sich beruhen lassen würde. Er würde wollen, dass ich mich dem stellte, anstatt es einfach zu vergessen und neu anzufangen. Aber ihm von dem zu erzählen, was gewesen ist oder von etwas, das passieren würde, waren zwei Paar Schuhe. Das musste ich selbst erst mal verdauen. Daher hatte ich Migräne vorgetäuscht, und kurz darauf hatten wir uns von seinen Freunden verabschiedet. Die Fahrt über war ich schweigsam geblieben, und dann hatte ich mich zwei Tage lang in Peytons Wohnung verschanzt, ohne auf seine Nachrichten oder Anrufe zu reagieren. Und dabei Avril Lavigne in Dauerschleife gehört.

Mein erster Reflex war gewesen, wieder zu lügen und zu fliehen. Wieder abzuhauen, die nächste Stadt zu besuchen. Neuer Name, neues Aussehen, neues Leben. Aber Kell hatte mich davon abgehalten. Sie hatte ich gleich nach meiner Heimkehr angerufen.

»Willst du schon wieder weglaufen? Wie oft denn noch? Du musst zur Polizei gehen«, hatte sie gesagt. »Du musst dein Leben leben, wie du es willst. Nicht, wie er es will. Und du musst Jaxon die ganze Wahrheit sagen!« Und dann hatte sie mich gefragt, ob ich Jaxon lieben würde. Als ich mit der Antwort zögerte, war ihr klar, wie sehr ich ihn liebte. Und mir, dass ich auf keinen Fall verschwinden durfte.

Danach hatte ich noch fast einen weiteren Tag gebraucht, um mich dazu aufzuraffen, aus dem Haus zu gehen. Für den Weg zum *King's* hatte ich mir ein Taxi gerufen. So würde ich Sean keine Angriffsfläche bieten. Es war nicht unmöglich, dass er bereits in der Stadt war. Und umso wichtiger war es jetzt, Jaxon alles zu erzählen. Ein für alle Mal. Ich durfte nicht riskieren, dass er unwissend in Seans Visier geriet. Schließlich hatte er damit nichts zu tun, das war allein eine Sache zwischen Sean und mir, aber ich wusste auch, dass Jaxon mich das nie alleine durchstehen lassen würde. Doch kaum hatte ich das *King's* betreten, war er auf Konfrontation aus gewesen. Er war sauer, und ich war nicht mehr in der Lage, ihm mein Herz auszuschütten, sondern nur noch im Verteidigungsmodus. Bis er mich im Keller überrascht hatte.

Als hätte er meine Gedanken gehört, drehte er sich auf die Seite, ein Arm unter meinem Kopf, mit dem anderen zog er die

Decke über uns beide. Dann schluckte er, und sein Blick bekam etwas Ernstes. »Ich glaube, es wird Zeit, dass ich dir etwas sage.«

»Jaxon, nein! Ich … Ich muss dir etwas sagen«, unterbrach ich ihn und richtete mich auf. Doch er schüttelte den Kopf und setzte sich ebenfalls.

»Egal, was es ist. Warte. Das, was ich loswerden will, ist wirklich, wirklich wichtig. Bitte.« Er besah mich mit diesem einen Blick, dem ich nichts entgegenzusetzen hatte. Also nickte ich stumm. Was es auch war – es würde nichts ändern. Ich würde an meinem Vorsatz festhalten.

»Zwei Tage habe ich in Ungewissheit verbracht. Zwei Tage haben mich die wildesten Gedankengänge fast um den Verstand gebracht. Zwei Tage lang habe ich nicht gewusst, ob das, was in den Hamptons mit uns passiert ist, real oder ein Traum gewesen ist. Aber ich weiß, dass ich mich nicht geirrt habe, was meine Gefühle für dich angeht. Denn die sind echt. Verdammt echt und schmerzhaft. Und deswegen werde ich dich nicht einfach aus meinem Leben verschwinden lassen. M … Für mich ist das hier mehr als eine Affäre oder ein Abenteuer ohne Zukunft.« Seine rechte Hand griff nach meinen Fingern, mit der anderen strich er mir sanft über die Wange. Mein Körper erzitterte unter diesen Berührungen. Mehr noch aber unter seinen Worten. In seinen Augen erkannte ich, dass er nicht die Absicht hatte, mich zu verletzen. »Ich weiß nicht, was genau das zwischen uns ist, M. Ich weiß nur, dass ich es nicht mehr leugnen kann. Das habe ich versucht, glaub mir. Aber du bist in mein Leben gerast wie eine Abrissbirne und hast mich umgehauen. Und wenn mich nicht alles täuscht, dann geht es dir ähnlich.« Seine Worte trieben mir wieder die Tränen in die Augen, aber ich schaffte es auch diesmal, sie zurückzuhalten.

Bleib stark, Hope!

Wie denn, wenn er ausspricht, was ich fühle? Schon seit unserer ersten Begegnung fühle?

»Aber was, wenn es nicht funktioniert? Ich bin kaputt, Jaxon. Ich bin so kaputt. Was, wenn du mich nicht heilen kannst?«, platzte es aus mir raus. Nun liefen mir doch die Tränen über das Gesicht. Zum einen, weil ich so ergriffen von seinen Worten war, zum anderen, weil ich jetzt wusste, dass – egal, was ich ihm noch erzählen würde – er bei mir blieb. Weil ich ihm etwas bedeutete.

Sanft wischte er mir die Tränen von der Wange. »Es wird funktionieren. Vertraust du mir?« Stumm nickte ich. Ja, ich vertraute ihm mittlerweile mehr als mir selbst. »M, ich bin auch kaputt. Und wer kann mich heilen, wenn nicht du?«

Seine Hand ließ meine los, sanft strich er über das Narbengewebe an meinem Unterarm, ohne es anzusehen. In seinen Augen fand ich mein Spiegelbild, und seine Worte drangen so noch intensiver in mich. »Du sollst wissen, was ich empfinde, M. Ich will, dass du weißt, dass du mir etwas bedeutest. Und was auch immer dir passiert ist, was auch immer du durchgemacht hast und was auch immer du für Narben trägst ... auf und unter deiner Haut ... ich bin da. Ich bin für *dich* da. Wenn du mich lässt. Und egal wie viel Zeit du brauchst, ich gebe sie dir. Weil du mir wichtig bist und ich dich, jetzt, wo ich dich gefunden habe, nicht mehr verlieren will.«

Ich bemühte mich, nicht zurückzuzucken, als Jaxons Finger über meinen Arm und dann über meine Narbe strichen. Es war nicht so, dass es wehtat. Zumindest nicht körperlich. Aber unter der Haut, da schrie mein Körper nach einer Streicheleinheit. Bettelte förmlich darum, mehr Zärtlichkeiten aufzunehmen und mich darin zu verlieren.

»Jaxon, ich ...« Ich wusste nicht recht, wie ich ansetzen sollte, aber ich wäre auch nicht dazu gekommen, wenn ich es gewusst hätte. Jaxon stoppte mich, noch bevor ich ein Nein hätte aussprechen können.

»Nicht«, raunte er. »Tu das nicht. Lass uns einfach sehen, was die Zeit bringt, okay? Ich will dich nicht drängen. Zu nichts.

Also …« Seine Miene veränderte sich. Das ernste Gesicht verschwand und machte einem jungenhaften Platz. »Hast du Hunger? Ich mache ein Weltklasseomelett.«

»Mitten in der Nacht?«

»Wie wäre es dann mit einem Drink?« Ich atmete erleichtert aus und erlaubte mir ein befreites Lachen. Jaxons Mundwinkel zogen sich nun auch noch ein winziges Stückchen höher. »Ist das ein Ja?«, fragte er und wackelte mit den Augenbrauen.

Ich schluckte. »Du verstehst es, einem ernsthaften Gespräch aus dem Weg zu gehen, oder?«

Daraufhin lächelte er nur, und das kleine Grübchen bohrte sich tief in seine Wange. Bei dem Anblick wurde mir ganz warm im Bauch. Wir hatten die letzten Stunden miteinander verbracht, waren uns nicht nur nahe, sondern sehr nahe gewesen. Jaxon hatte Stellen an und in mir berührt, die lange, lange unberührt und vereinsamt gewesen waren. Ich hob meinen Blick und fand seinen. Wärme empfing mich aus seinen wunderschönen Augen, und das ließ alle Alarmglocken in meinem Kopf verklingen. Mit einem Lächeln kniete ich mich vor ihn und legte meine Hände auf seine Wangen. Ich spürte die raue, unrasierte Haut unter meinen Fingern, als ich vorsichtig darüberstrich. Aber ich spürte noch etwas. Liebe. Liebe für diesen Mann.

»Ich möchte dir auch den Rest erzählen«, flüsterte ich.

Jaxons Augen weiteten sich für einen Moment, dann nickte er.

Mein Herz stolperte, Angst flutete meine Adern, mir wurde klar, dass es jetzt kein Zurück mehr gab.

Vorsichtig, aber wie von einer geheimen Macht angezogen, bewegte sich sein Gesicht auf meines zu. Unsere Lippen berührten sich. Sanft und behutsam, und gleichzeitig hart und begierig. Als Jaxon seine starken Arme um mich legte, ließ ich mich fallen. Weil ich wusste, dass er mich auffangen würde.

Hope

Mitten in der Nacht saßen Jaxon und ich zusammen, und ich durchlebte alles noch einmal. All die Ängste, all die Schmerzen, all die Erniedrigungen. Ich zitterte am ganzen Körper und wünschte mir, einfach einzuschlafen und nie wieder aufzuwachen. Nie wieder daran zu denken. Nie wieder diese Angst haben zu müssen. Aber dann spürte ich, dass ich nicht allein war, und wusste, dass es einen Grund gab, für den ich das auf mich nehmen würde. Dass es jemanden gab.

Mein Blick hob sich, und ich sah Jaxon direkt in die Augen. Da war keine Abneigung. Kein Spott. Kein Ekel. Nichts von alledem. Jaxon hielt meinem Blick stand. Fragend fast, aber nicht drängend. Er gab mir das Gefühl, da zu sein, ohne sich aufzudrängen. Und das brachte mich dazu, über meinen Schatten zu springen und auch die letzten Dämonen freizulassen.

»Nachdem ich Sean mit dieser ... erwischt hatte ... hatte er begriffen, dass es so nicht weitergehen konnte«, begann ich und sah noch ganz genau, wie er sich, nachdem er mich verprügelt hatte, auf Knien und unter Tränen bei mir entschuldigt hatte. »Er sei nicht bei Sinnen gewesen, habe nicht nachgedacht und es werde nie wieder vorkommen. Und was machte ich Trottel?« Ich schämte mich wirklich, das zuzugeben, und vermied es, Jaxon dabei anzusehen. »Ich verzieh ihm. Wenn mich damals jemand gefragt hätte, ob ich aus Liebe oder aus Angst bei ihm blieb, dann hätte ich wohl Ersteres geschworen. Sean verstand es, mich zu manipulieren, mir das Blaue vom Himmel vorzulügen und mich um den Finger zu wickeln. Es war leicht, ihm zu glauben. Ich liebte ihn doch. Heute ... würde ich dir eine andere Antwort geben. Aber ich war jung und ich hatte doch niemanden mehr. Ich war allein. Wenn ich Sean auch noch verlassen hätte ... Es war ein beschissenes Leben, aber es war wenigstens *mein* Leben und nicht das meiner Eltern. Heute weiß ich, dass das Quatsch war. Alles wäre besser gewesen, als bei ihm zu bleiben, aber das sollte ich erst noch schmerzhaft erfahren müssen.«

Jaxon schnaubte leise, und seine Kiefer pressten sich aufeinander. Für mich war es nicht leicht, das alles zu erzählen, aber für ihn war es nicht weniger schwer, das alles zu verfolgen. »Du musst dir das nicht anhören, Jaxon, ich weiß, wie schwer das ist. Es ist nicht so wichtig, ich –«

»Wage es nicht, Hope. Wage es nicht, das, was du durchgemacht hast, auch nur ansatzweise zu schmälern. Ich komme damit schon klar. Um mich solltest du dir die wenigsten Gedanken machen.« Er hörte sich wütend an, aber ich wusste, dass es nicht mir galt.

»Okay ... Aber ich brauche Alkohol, wenn ich das durchstehen soll«, sagte ich. »Hast du noch was von diesem Schnaps, den ich schon mal in deinem Büro getrunken habe?« Er würde mich wärmen und mir helfen, über all das zu sprechen.

»Kommt sofort, Babe.« Jaxon küsste mich auf den Scheitel, stand auf und zog sich ein T-Shirt über. Kurz darauf hörte ich ihn barfuß die kleine Stahltreppe zum Wohnbereich runtergehen. Ich war dankbar für die wenigen Minuten allein, die ich brauchte, um mich zu sammeln und kurz durchzuatmen. Froh, dass ich jetzt auch die letzte Endlosschleife aus meinem alten Leben durchbrach. Schließlich hatte ich mich lange genug durchs Leben geschlichen wie eine Verbrecherin. Damit war jetzt Schluss. Also stand ich auf, klaubte Slip und T-Shirt zusammen, nahm mein Handy und folgte Jaxon dann die Treppe runter.

»Hey, ich wollte gerade wieder hochkommen.«

»Wie soll ich mich konzentrieren, wenn ich dich halb nackt neben mir liegen habe, Jaxon?«

Mit einem liebevollen Lächeln sah er mich an, dann stellte er die Gläser auf dem Brettertisch in der Küche ab und zog zwei Hocker heran. »Setz dich.«

Ich setzte mich und rubbelte mir über die Arme. Im Bett war es wesentlich wärmer gewesen, aber ich hatte es ja nicht anders gewollt.

Jaxon setzte sich ebenfalls und schob mir mein Glas rüber. Dann nahm er seines in die Hand und trank einen Schluck. Und dann noch einen und noch einen. Bis ich endlich das Wort ergriff.

»Verrückterweise hatte ich die Hoffnung, dass Sean sich ändern würde. Habe den Optimismus nicht verloren. Er hatte mir mehr als einmal beteuert, dass er mich lieben und alles für mich tun würde. Ich wollte ihm einfach glauben, deswegen blieb ich. Er schlug mich auch nicht wieder, er war liebevoll, zuvorkommend. Der perfekte Ehemann. Also ging ich weiter arbeiten und rief von da an jedes Mal an, bevor ich die Bar Richtung zu Hause verließ. Nicht noch einmal wollte ich eine solche Überraschung erleben. Zu der Zeit verstand ich mich sehr gut mit meinem derzeitigen Boss Chris. Er hatte mich mehr als einmal aufgebaut, wenn ich völlig aufgelöst zur Arbeit gekommen war. Chris war einige Jahre älter als ich und verheiratet. Er war eher wie ein Vater für mich als irgendetwas anderes.« Ich nahm das Glas in beide Hände, bevor ich den Mut gefasst hatte weiterzusprechen. »Und eines Abends fuhr Chris mich nach Hause. Sean stand in der Tür und wartete auf mich. Dass er getrunken hatte, sah ich sofort. Er hatte dann immer diesen irren Blick drauf, der ihn aus der Gegenwart in seine eigene Welt zog. Wenn er da erst drin war, dann konnte nur eine Ausnüchterung ihn wieder rausholen. So war es auch an diesem Abend. Es war ein Abend im November. Ich weiß es noch ganz genau.« Als mich seine erste SMS in den Hamptons erreichte, war es auf den Tag genau ein Jahr her gewesen. Meine Finger umklammerten den Becher fester. »Ich war noch gar nicht ganz drinnen, da machte er mir schon Vorhaltungen wegen Chris. Warum ich mit ihm gekommen sei. Ich wusste, es war egal, was ich sagte, er würde mir nicht glauben. Er hatte sich längst sein Bild gemacht. Es stand ein Wasserkessel auf dem Herd, und ich weiß noch, wie ich mich fragte, was das zu bedeuten hatte. Wenn er trank, dann trank er Bier oder billigen Whiskey, aber keinen Tee oder so. Eigentlich wollte ich ihn nur kurz begrüßen und dann unter die Dusche gehen. Und danach zu Bett. An Tagen wie diesem ging man ihm besser aus dem Weg. Aber daraus wurde nichts. Er war wütend und packte mich, als ich bei ihm stand, und lallte immer wieder den Namen meines Vaters. Ich wusste nicht, was er von mir wollte, bis ich begriff, dass er mir Vorhaltungen machte, weil ich uns nicht mit Daddys Hilfe aus dem Sumpf holte. Aber als ich ihn bat, meine Eltern aus dem Spiel zu lassen, fing er an, mich zu beschimpfen.« Zögernd hob ich den Kopf und sah Jaxon an. »Sean hatte sich in die kranke Fantasie gesteigert, dass ich uns mit Absicht in den Ruin treiben würde, wobei es doch so einfach sei, in Saus und Braus zu leben. Schließlich sei ich eine Vanderwall.« Ich starrte das Holzbrett an, das als Küchentisch diente, und konzentrierte mich auf die Maserung. Noch immer war ich fassungslos über Seans Verhalten, selbst jetzt, knapp ein Jahr später, konnte ich nicht verstehen, wie ich so blind hatte sein können. »Und dabei war es doch genau das, was ich an ihm geliebt hatte. Dass er anders war, keinen Wert auf den ganzen Pomp gelegt hatte. Dass Geld und Status ihm egal waren. Aber da hatte ich mich wohl geirrt.« Kurz zuckte ich zusammen, als Jaxons Hand über meinen Arm mit der Narbe strich. Jetzt wollte ich es nur noch hinter mich bringen.

»Er war nur wegen des Geldes mit mir zusammen, hatte mich nur deswegen geheiratet, aber ich würde ihn mit meinem Verhalten um seinen Anteil bringen. Gott, ich war so blöd gewesen, so naiv. Damals wusste ich nicht, ob ich es noch auf den Alkohol schieben konnte, oder ob er wirklich so berechnend war.

Ich wollte gehen, doch ... er schrie mich an und gab mir eine Ohrfeige. Und noch eine. Und noch eine. Dagegen konnte ich mich nicht wehren. Er hielt mich fest, und als der Kessel pfiff ... schleifte er mich wutentbrannt zum Herd und goss mir das kochend heiße Wasser über den Arm.«

Jaxon sog erschrocken die Luft ein. Betroffen sah er mich an, sein Blick war traurig, mitfühlend. Aber er sagte nichts, unterbrach mich nicht, wofür ich ihm wirklich dankbar war.

»Ich flüchtete noch in derselben Nacht. Während ich mir im Bad mindestens eine Stunde kaltes Wasser über den Arm hatte laufen lassen, war Sean im Sessel eingeschlafen. Ich raffte ein paar Sachen zusammen, rief Kelly an und fuhr dann zum Flughafen. Sie hatte mir ein Ticket nach L. A. hinterlegen lassen, und wenige Stunden später holte sie mich dort ab. Dem Arzt im Krankenhaus erzählte ich etwas von einem Unfall im Haushalt. Nicht abwegig, allerdings war ich viel zu spät beim Doc, als dass man noch irgendetwas hätte tun können. Nach Hause konnte ich nicht, mit meiner Familie hatte ich gebrochen. Niemals hätte ich meinen Fehler ihnen gegenüber eingestanden. Zu Kelly wollte ich ebenso wenig, auch wenn sie darauf bestand. Unsere Eltern waren befreundet, und ich wollte ihr nicht zur Last fallen und sie schon gar nicht in Schwierigkeiten bringen. Kelly blieb bei mir, wir schliefen die erste Nacht in einem Hotel. Ich war froh, dass sie da war. Und nach drei weiteren Nächten war ich so weit, dass ich mir Hilfe suchte. Ich hatte etwas Geld angespart, mit dem ich die Miete für das Motel für einen Monat begleichen konnte. Kelly plünderte ihr Konto und mithilfe eines Anwalts reichte ich die Scheidung ein. Er plädierte auf häusliche Gewalt, und somit hatte der Richter kein Problem, Sean wegzusperren. Das Ganze ist vor einem Jahr passiert. Drei hätte er im Knast bleiben sollen.«

»Hätte?«

»An dem Tag ... in den Hamptons ... Das war keine Migräne.

Es war eine Nachricht. Von Sean.« Ich nahm mein Handy zur Hand und öffnete den Nachrichtenverlauf mit der unterdrückten Nummer. Dann gab ich es ihm. Während Jaxon die Nachrichten las, beobachtete ich ihn. Erst wurde er blass. »… dich gefunden …« Dann wurde sein Gesicht rot. »Er stand vor deiner Tür?« Ich schwieg, wusste ich doch selbst nicht, ob er nur gebluufft hatte oder wirklich da gewesen war. Jaxons Kiefer knackten, er las weiter, und schließlich pochte seine Halsschlagader so heftig, dass ich dachte, sie würde gleich platzen.

»Die sind alle von ihm?«, presste er hervor. Ich nickte. »Bist du sicher?«

»Ich habe ihn gesehen.«

»Du hast was?« Jaxon starrte mich ungläubig an.

»Zumindest glaube ich, dass er es war. Ich weiß es nicht genau, ich habe sein Gesicht nicht sehen können. Es war vor ein paar Wochen im *King's*. An dem Abend, als Sawyer mich über Thanksgiving in die Hamptons eingeladen hatte. Da war so ein Typ, ich konnte ihn nur von hinten sehen, aber alles an ihm … Ich bin mir ziemlich sicher, dass er es war, Jax. Er hat mich gefunden.«

»Warum hast du –«

»Nichts gesagt?«, fiel ich ihm ins Wort. Wir beide kannten die Antwort.

Er starrte lange schweigend auf das Display. Als es sich verdunkelte, wischte er darüber, um es wieder zu aktivieren. Ich war fertig mit meiner Geschichte. Es gab nichts mehr zu sagen. Alles, was ich durchgemacht hatte, hatte ich erzählt.

»Er ist also frei«, schlussfolgerte Jaxon.

»Oder er hat sich im Knast ein Handy besorgt.«

»Aber er muss jemanden haben, der dich und deine Nummer ausfindig gemacht hat. Das kann er nicht vom Knast aus.«

Meine Schultern zuckten. »Bist du sicher? Es ist über ein Jahr her, dass ich ihn gesehen habe. Zwischenzeitlich bin ich dreitausend Meilen geflogen, habe drei Zeitzonen durchquert und bin untergetaucht. Wie hat er mich gefunden?«

Jaxon hob den Kopf und sah mir fest in die Augen. »Ich habe keine Ahnung, Hope. Aber ich werde es rausfinden. Und dann gnade ihm Gott.«

Jaxon

»Ich will nicht wissen, *wie* das funktioniert, ich will wissen, *ob* es funktioniert, Mann!«, herrschte ich Sawyer an, der an diesem Sonntag statt in einem Businessanzug in Jeans und T-Shirt in seinem Büro im vierundfünfzigsten Stock eines Towers im New Yorker Finanzviertel saß. Schon immer hatte ich mich in solch hohen Gebäuden unwohl gefühlt. Seit 9/11 noch viel mehr. Aber Sawyer fühlte sich wohler, je weiter oben das Büro lag. Jedes Stockwerk, das er erklomm, stand für seinen beruflichen Erfolg. Ich dagegen bekam Beklemmungen. »Ich bin sowieso schon auf hundertachtzig, und wenn ich eines nicht brauche, dann sind es Belehrungen über irgendwelchen Technikscheiß!«

Sawyer blieb ruhig, sein Hund Rambo dagegen, der wie immer neben seinem Schreibtisch in einem Hundekorb lag, hob den Kopf und knurrte leise. »Schon gut, Junge«, beruhigte sein Herrchen ihn, woraufhin er sich wieder ablegte und die Augen schloss. Sawyer lehnte sich in seinem mächtigen Ledersessel zurück und legte den Kugelschreiber auf die viel zu aufgeräumte Platte des Schreibtischs. Er öffnete eine Schublade, holte zwei Gläser und eine Flasche Hochprozentigen heraus.

»Scheiß auf Sonntag, scheiß auf die Uhrzeit. Der wird hoffentlich helfen, dich wieder klarzukriegen. Du solltest mit diesen scheiß Tabletten endlich aufhören«, murmelte er, als er uns einschenkte.

»Das habe ich schon längst.«

»Gut. Von mir kriegst du nämlich auch keine mehr. Die Dinger tun dir nicht gut.«

»Sagt der, der den Hals von so einem Mist nicht vollkriegen kann.«

»Das ist nicht dein Bier.« Dann schob er mir den Gebrannten rüber und hob sein Glas. »Cheers.« Er kippte es in einem Zug runter. Ich tat es ihm gleich. Und ja, er hatte recht. Das Brennen, das sich in meiner Kehle ausbreitete und als warmer Ball in meinem Magen ankam, beruhigte mich sofort. Ein wenig entspannte mich das, und nach einem scharfen Blick meines Freundes ließ ich mich auf einen der Ledersessel vor seinem Schreibtisch fallen.

»Okay. Kannst du mir jetzt erklären, was eigentlich los ist?«

Ich atmete einmal tief durch, dann erzählte ich ihm von Sean. »Er bedroht Hope. Und ich gehe davon aus, dass er irgendwo in der Nähe ist.«

Sawyer hatte sein Anwaltsgesicht aufgesetzt. Seine Stirn kräuselte sich, seine Augen waren wachsam und seine Lippen zu einem schmalen Strich zusammengelegt. Ich wusste, er würde alles tun, um mir zu helfen und Hope zu schützen.

»Das kann ich leicht rausfinden, aber dafür brauche ich die Nummer von –«

»Hier.« Ich legte ihm Hopes Handy auf den Tisch. »Das ist von ihm. Finde diesen Drecksack.«

Sawyer nahm das Telefon in die Hand und starrte nachdenklich auf die Nachrichten, die ich bereits geöffnet hatte. Dann griff er zu seinem Smartphone und fotografierte den einseitigen Chatverlauf von dem Display ab, bevor er es mir zurückgab.

»Okay. Aber ich muss dafür ein paar Gefallen einfordern. Das dauert eine Weile. Aber was viel wichtiger ist: Was hast du vor, Jax?« Er fixierte mich mit seinen stahlgrauen Augen, unter denen jeder Gegner einknickte.

»Fragst du mich das als Anwalt oder als Freund?«, wollte ich wissen.

»Macht das einen Unterschied?«

»Ich denke schon.«

»Was wäre dir lieber?«

»Womit hätte ich weniger Schwierigkeiten?«

»Jax, mach keinen Scheiß. Es gibt Wege, um –«

»Wege? Scheiße, Sawyer! Wenn der Kerl den richtigen Weg einschlägt und ... Was, wenn er sie findet? Was, wenn er sie noch mal ... Das kann ich nicht zulassen, verstehst du? Nicht noch einmal.«

Wir starrten uns an. Es war ein stummes Duell. Sawyer wusste von Jules. Auch wenn das vor seiner Zeit gewesen war, hatte ich ihm die Geschichte erzählt. Ihm und Logan. Ich hatte jemanden gebraucht, bei dem ich meinen Müll abladen konnte, und die Jungs waren da gewesen. Aber auch sie hatten mir die Last nicht von den Schultern nehmen können.

»Ja, das verstehe ich, Jax«, murmelte Sawyer schließlich. Aber dann sah er mich geradeheraus an. »Und genau deswegen werden wir keinen Scheiß bauen, klar? Wir finden den Kerl, aber wenn du Mist baust, kann ich dir nicht helfen. Und Hope auch nicht. Du musst mir vertrauen. Kannst du das?«

Ich zögerte. Ich wusste, dass ich Sawyer vertrauen konnte. Er war mein bester Freund, ich vertraute ihm blind. Aber darum ging es nicht. Und das wussten wir beide.

»Ja.«

»Versprich es mir, Jax. Sonst werde ich keinen Finger rühren.« Er meinte es verdammt ernst. Ich versprach es, und er atmete erleichtert aus. »Gut. Und jetzt geh nach Hause, kümmere dich um dein Mädchen und lass mich ein paar Hebel in Bewegung setzen. Ich melde mich bei dir, sobald ich etwas herausgefunden habe.«

* * *

Hope war die ganze Nacht bei mir gewesen. Ich hatte wach neben ihr gelegen, während sie unruhig in meinem Arm geschlafen hatte. Zu viele Gedanken kreisten in meinem Kopf, müde war ich kein Stück. Deswegen hatte ich schon um sechs Uhr Sawyer angeschrieben und war keine Stunde später in seinem Büro aufgeschlagen. Er war ein Workaholic, er war immer da.

Aber ich war froh, dass er mir half, und ich würde mein Versprechen halten. Eine andere Chance gab es nicht. Ich allein würde nie rausfinden, wo der Dreckskerl sich aufhielt. Weder hatte ich das Know-how dazu noch die Möglichkeiten. Sawyer war Anwalt, er kannte Typen, von denen ich nicht mal wusste, dass solcher Abschaum unter uns lebte. Er hatte sich im Laufe der Jahre ein Netz aus Informanten und Handlangern gesponnen. Eine Hand wäscht die andere – das war die Devise. Und ich vertraute darauf, dass es auch in diesem Fall etwas brachte.

Mit einem Kaffee in der Hand lehnte ich am Türrahmen und sah Hope beim Schlafen zu. Sie lag auf dem Bauch, die Decke war bis zu ihrem unteren Rücken hinuntergerutscht, ein Bein hatte sie rausgestreckt. Die kürzeren Haare standen ihr unordentlich vom Kopf ab, und ich unterdrückte den Wunsch, sie mit meinen Fingern noch mehr zu durchwühlen. Ihre Arme umklammerten das Kissen, ihr Gesicht lag auf der Seite, sodass ich ihre geschlossenen Lider und ihren leicht geöffneten Mund sehen konnte. Sie war so wunderschön, und ich war stolz und dankbar, dass sie in meinem Bett lag. Dass ich es war, der sie glücklich machen durfte. Und das würde ich. Jeden Tag aufs Neue.

Es war nicht die feine Art gewesen, ihr eine meiner Schlaftabletten unterzumogeln, aber die einzige, um sie zur Ruhe zu kriegen. Nachdem sie alles losgeworden war, war sie einfach zu aufgewühlt gewesen und hätte die ganze Nacht kein Auge zugetan. Aber sie brauchte Ruhe. Vor allem in ihrem Kopf. Sie musste wenigstens für ein paar Stunden vergessen, dass es da draußen jemanden gab, der ihr wehtun wollte.

Ich dachte an die unzähligen Nächte, in denen nur Tabletten in der Lage gewesen waren, mir ein bisschen Ruhe zu bescheren. Mir selbst fiel es nicht gerade leicht, die Pillen nicht mehr anzurühren, und nur mein Versprechen Hope gegenüber und meine Liebe zu ihr hielten mich davon ab. Wenn sie bei mir war, ging es mir gut. Ich konnte sie nur beschützen, wenn ich klar im Kopf war. Das war eine der positiven Nebenwirkungen von Hope.

Das Handy hatte ich wieder zurückgelegt, ich hatte kein schlechtes Gewissen, dass ich es mir ausgeborgt hatte. Wenn es eine Möglichkeit gab, diesem Drecksack auf die Schliche zu kommen, würde ich sie nutzen. Egal, wie klein sie war. Niemand würde Hope etwas antun. Das ließ ich nicht zu.

Ich hatte es ernst gemeint, als ich gesagt hatte, dass ich sie nicht mehr gehen lassen würde, jetzt, wo ich sie endlich gefunden hatte. Und nachdem sie mir von diesem Sean erzählt hatte, wusste ich, dass ich von Anfang an mit meiner Vermutung recht gehabt hatte und sie tatsächlich das Déjà-vu meiner Vergangenheit war.

Hope bewegte sich, und mir wurde ganz warm, als ich sah, wie sie die Hand nach mir ausstreckte. Als sie mich nicht ertastete, ging ein Ruck durch ihren Körper. Sie sah sich um, und als sie mich entdeckte, erkannte ich die Erleichterung auf ihrem Gesicht.

»Du bist ja schon wach«, murmelte sie vorwurfsvoll.

»Ich wollte dich nicht wecken. Schlaf ruhig weiter. Ich bin hier.«

»Nein, schon gut. Wie spät ist es?«

»Halb neun«, sagte ich nach einem Blick auf meine Uhr.

Sie setzte sich auf und sah aus verschlafenen Augen zu mir hoch. »Hast du überhaupt geschlafen?«

»Ein bisschen. Aber das macht mir nichts aus«, versicherte ich ihr und setzte mich zu ihr auf den Rand. »Ich bin wenig Schlaf gewohnt.«

»Was ist los, Jax?«, fragte sie zögernd. Ich mochte es, wenn sie meinen Namen abkürzte. Das ließ mich lächeln. Aus ihrem Mund hörte es sich verdammt gut an.

»Nichts, was dich beunruhigen sollte, okay?«

»Hältst du etwa Wache?«

Meine Atmung wurde etwas lauter, dann sah ich sie schuldbewusst an. »Ich kann nicht schlafen, wenn ich weiß, dass da draußen irgendwo ein Verrückter rumläuft, der dich …« Was in meinem Kopf vor sich ging, wagte ich kaum auszusprechen. Es würde sie ängstigen.

»Morgen gehe ich zur Polizei«, erklärte sie entschlossen. Das wäre der Zeitpunkt gewesen, ihr von meinem Gespräch mit Sawyer vor wenigen Stunden zu erzählen. Aber er verstrich ungenutzt.

»Kann ich auch einen … Kaffee haben? Bitte?« Sie lächelte.

»Alles, was du willst.« Sanft strich ich ihr über die Wange, dann drückte ich ihr meinen Becher in die Hand. »Hier, nimm meinen.«

Ich erhob mich, um runter in die Küche zu gehen und mir einen neuen Kaffee zu holen. Wie auch schon letzte Nacht kam Hope mir hinterher, nachdem sie im Bad gewesen war.

Sie setzte sich auf das Sofa, und die Sonne, die sich an diesem Morgen mal wieder blicken ließ und jetzt gerade durch die Häuserschluchten schien, fiel auf ihr Gesicht. Ich hielt inne und beobachtete sie einfach nur. Sie war nicht nur schön, sie war atemberaubend schön. Selbst mit der neuen Frisur und der anderen Farbe war sie einfach umwerfend, und ich hätte mir selbst auf die Schulter geklopft und gratuliert, wenn wir nicht gerade so einem Mist ausgeliefert wären.

»Ich möchte, dass du hier einziehst«, platzte ich heraus, als die Sonne sich hinter eine Wolke verabschiedet hatte und das Grau in meiner Wohnung mich an das Wesentliche erinnerte.

»Was?« Ungläubig starrte sie mich an. Wie es aussah, wusste sie nicht, ob sie lachen oder überrascht über meine Ansage sein sollte. Ich nahm den Becher, den ich frisch eingeschenkt hatte, und ging zu ihr rüber.

»Es muss ja nicht für immer sein, aber ich würde mich besser fühlen, wenn du hier wärst. Hier, wo ich dich beschützen kann.«

Ihre Augenbrauen zogen sich in Zeitlupe nach oben. »Beschützen?«

»Vor Sean.«

Kurz schüttelte sie den Kopf, dann verzogen sich sie ihre Lippen zu einem künstlichen Lächeln, das ich nicht mochte. »Was hast du vor? Ihm eine überbraten, sobald er mir zu nahe kommt? Jax, das funktioniert so nicht.«

»Nein. So ... so wird es nicht funktionieren. Da gebe ich dir recht.« Es fiel mir schwer, meine Verärgerung im Zaum zu halten. »Und bitte tu nicht schon wieder so, als würdest du alleine da durch müssen.«

Ihr Blick wandelte sich, und schuldbewusst sah sie mich an. »Nein ... tut mir leid. Ich weiß, dass du mir nur helfen willst.«

Sachte setzte ich mich neben sie und griff in ihren Nacken. Ihre Finger umschlangen meine, und ihre Miene wurde weicher, also zog ich sie zu mir und küsste sie. »Ich lasse dich auf keinen Fall mehr auch nur eine Sekunde allein«, flüsterte ich, als ich ihre Lippen wieder freigegeben hatte.

»Auch nicht aufs Klo?«, witzelte sie mit noch geschlossenen Augen.

Geräuschvoll atmete ich einmal durch. »Du nimmst mich nicht ernst, oder?«

Sie gab mir einen Kuss. Einen viel zu kurzen Kuss. »Jax ...«

»Ich mag es, wenn du mich so nennst«, raunte ich. Ein bisschen hoffte ich, dass wir der Ernsthaftigkeit entfliehen und zurück ins Bett gehen könnten. Doch Hope lächelte nur vielsagend und nippte an ihrem Kaffee.

»Dann hole ich nachher ein paar Sachen aus Peytons Wohnung. Sie ist vermutlich eh nicht da, also wird es ihr nicht auffallen, wenn ich weg bin.«

»Gut. Ich begleite dich.«

»Das musst du nicht. Das kann ich –«

»Ich komme mit.« Mein Tonfall schien sie zu erschrecken, denn sie entzog mir ihre Hand und wich unmerklich vor mir zurück. »Oh nein, tut mir leid. M, nicht ...« Erneut nahm ich ihre Hand und sah sie bittend an. »Das war ziemlich unpassend, was?«

»Ich bin einfach zu schreckhaft«, bemerkte sie verhalten und sank ein wenig in sich zusammen.

»Du weißt, dass ich dir niemals etwas antun würde, Hope. Ich bin einfach nur so wütend. Dieser Mistkerl ... was er dir angetan hat ... ich ...«

Sie richtete sich wieder auf, rückte näher und stupste mit der Nase an meine. Dann legten sich ihre Lippen sanft auf meine. Wer konnte da widerstehen? Ich nicht. Also erwiderte ich den Kuss mit allem Gefühl, das ich in mir hatte. Aber dabei schwor ich mir, dass ich Hope beschützen würde. Noch einmal würde ich nicht zu spät kommen.

Jaxon

»Ich habe lange genug gewartet. Sag mir endlich, was Sache ist!«, verlangte ich zwei Tage später und tigerte in Sawyers Büro vor seinem Schreibtisch auf und ab. Sawyer seufzte geräuschvoll, dann legte er den Kugelschreiber auf den Stapel Papier vor ihm. Er hatte gerade irgendwelche Vereinbarungen unterzeichnet, als ich in sein Arbeitszimmer gestürmt war. Rambo lag wie immer neben dem Schreibtisch, aber sah mich diesmal nur aus schläfrigen Augen an. Sawyer betätigte die Gegensprechanlage.

»Ella? Bring uns bitte zwei Kaffee. Stark. Danke.«

»Ich will keinen Kaffee, ich will –«

»Jax! Halt die Klappe und setz dich hin, verdammt!«, herrschte mein Freund mich an und schlug seine Handflächen auf die Platte des Schreibtischs. Eisig starrte ich ihn an, aber er hielt meinem Blick stand. Es wirkte. Ich verstummte und ließ mich in den Sessel vor seinem Tisch fallen. »Geht doch. Und jetzt lass mich das hier eben fertig machen, dann hab ich Zeit. Und dann erkläre ich dir alles. Und vorab, damit du beruhigt bist«, er sah mich eindringlich an. »Ja, es hat funktioniert. Wir haben ihn.«

Erleichtert atmete ich aus. Das war alles, was ich wissen wollte. Und er hatte recht, es beruhigte mich, dass er diesen Kerl aufgespürt hatte.

Während Sawyer wie abwesend die Unterlagen durchging, brachte die Sekretärin uns den Kaffee.

»Bitte auf den Tisch, Ella. Danke.« Sawyer zeigte auf die Sitzecke in seinem Büro. Kurz darauf fiel die Tür hinter ihr wieder ins Schloss, und er legte den Stift weg, stand auf und winkte mich zum Sofa. Dann klappte er sein Laptop auf.

»Hier. Von hier kommt das Signal. Er ist in der Nähe, Jax.« Sawyer zeigte auf den blinkenden Punkt in einem Gewirr aus Straßen und Gebäuden auf dem Bildschirm.

»Wie ...?«

»Er wird per Handyortung überwacht. Jemand schuldete mir noch einen Gefallen«, setzte er hinterher. Da ich wusste, dass Sawyer überall Kontakte hatte, hakte ich auch nicht weiter nach. Ich versuchte zu erkennen, wo genau sich der Ping befand. Dann keuchte ich auf. »Fuck! Er ist also raus.«

»Ich habe meine Fühler ausgestreckt. Sein Anwalt hat ihn rausgeboxt wegen guter Führung.«

»Das sind keine guten Nachrichten.«

»Eigentlich sind es gute Nachrichten«, widersprach er mir.

»Spinnst du? Das Schwein hat es bis auf ein paar Meter an sie ran geschafft.«

»Das *Schwein* ist mehrfach vorbestraft. Hier ist seine Akte.« Er klickte auf einen weiteren Tab auf seinem Bildschirm, und ein Datenblatt erschien. Das Bild eines Mannes starrte mich an.

»Ist er das?« Sawyer nickte, ich fixierte den Bildschirm. Blond, blaue Augen, fiese Visage. Ja, Kerlen wie ihm würde ich alles zutrauen. Sein Strafregister las sich ziemlich flüssig: Raubüberfall. Einbruch. Nachstellen einer Minderjährigen. Stalking und sexuelle Belästigung, sowie häusliche Gewalt in der Ehe. Damit war wohl Hope gemeint. Meine Fäuste ballten sich, ich hielt mich zurück, um nicht auf das Display einzuschlagen. Sawyers Laptop war wahrlich nicht der Gegner, auf den ich aus war.

»Und jetzt?«

»Ich habe einen Privatdetektiv auf ihn angesetzt. Wir überwachen jeden seiner Schritte, Jax. Außerdem habe ich hier eine einstweilige Verfügung, die muss Hope schnellstmöglich ausfüllen und mir zurückgeben, damit ich sie Sean zustellen lassen kann.«

»Muss das sein? Dann weiß er –«

»Ja, das muss sein. Der Fall ist schon aktenkundig, Jaxon. Hope war schon bei der Polizei, aber man konnte ihr nicht helfen, weil noch nichts passiert ist und sie keine Beweise in der Hand hat.«

»Aber die SMS –«

»Könnte jeder geschrieben haben. Deswegen die Verfügung. Sonst ist das Ganze nicht rechtsgültig, und ich kann keine weiteren Schritte erwirken. Und die sind verdammt wichtig, damit er sie nach dem Gesetz nicht belästigen kann.«

»Nach dem Gesetz? Das Gesetz kümmert mich gerade einen verfickten Scheiß!«, fuhr ich auf. »Das Gesetz hat nicht verhindert, dass der Wichser ihr kochendes Wasser über den Arm kippen konnte. Das Gesetz war nicht da, als sie verprügelt wurde. Das Gesetz war auch nicht da, als sie abhauen musste. Sie *musste*, verstehst du das?« Ich wollte dieses Schwein in die Finger kriegen und ihm die Seele aus dem Leib prügeln.

»Ja, das verstehe ich alles, Jax«, hörte ich meinen Freund sagen. Er war mein Fels in der Brandung, ruhig und abwartend, bis ich wieder runterkam, saß er einfach nur da. Und es half. Ich atmete gleichmäßiger, bis ich mich einigermaßen beruhigte. »Jax, ich weiß, was ich tue.«

»Das hoffe ich.«

»Glaubst du ernsthaft, ich würde Hope diesem Tier zum Fraß vorwerfen?« Jetzt war er sauer. Kein Wunder.

»Nein. Tut mir leid. Natürlich nicht.«

Er nickte. »Vertrau mir.«

»Das tue ich, aber es fällt mir schwer, die Füße stillzuhalten.«

»Das verstehe ich. Und glaub mir, ich wäre auch dafür, ihm die Fresse zu polieren. Nach allem, was du mir erzählt hast – und ich gehe davon aus, dass das nicht mal alles war –, hat der Kerl es nicht anders verdient. Aber das darf ich nicht, Jax. Ich strecke zwar meine Fühler im Untergrund aus, aber ich muss den offiziellen Weg gehen, um ihn wieder einfahren zu lassen. Und ich verspreche dir: Sollte er auch nur ansatzweise in Hopes Nähe kommen, kriegen wir ihn und sperren ihn weg. In der Zwischenzeit grabe ich tiefer. Vielleicht finden wir noch etwas anderes, was wir nutzen können. Okay?«

In meiner Wut war ich nicht wirklich überzeugt von dem, was Sawyer mir sagte, aber ich wusste auch, dass er recht hatte. Gewalt mit Gegengewalt zu bekämpfen war die falsche Lösung. Dann wäre ich nicht besser als dieser Drecksack.

»Okay.«

»Weiß Hope, dass ich …?«

»Nein.«

»Was ist mit ihren Angehörigen? Ihren Eltern?«, hakte er nach. Ich hatte nicht verschwiegen, woher Hope ursprünglich kam.

»Nein. Sie hat keinen Kontakt mehr zu ihnen. Ich denke nicht, dass sie scharf darauf ist, dass ihre prominenten Hollywoodeltern da mit reingezogen werden.«

Sawyer nickte nachdenklich. »Falls sie es sich anders überlegt, lass es mich wissen. Vielleicht könnten die Beziehungen ihres Vaters eine Hilfe sein«, merkte er an. Er hatte sich wirklich sehr gut informiert. Er reichte mir einen großen Umschlag. »Bevor du ihr das gibst, solltest du mit ihr reden. Und sobald er es erhalten hat, solltest du sie nicht mehr aus den Augen lassen.«

»Das werde ich sowieso nicht mehr.«

»Gut. Wenn er ihr zu nahe kommt, kriegen wir ihn, Jax. Stalking ist ein Verbrechen. Bei seinem Werdegang wird er bei einem neuen Vergehen nach dem Gesetz *Stalking des ersten Grades* verhaftet und mindestens zwischen zehn bis fünfundzwanzig

Jahren weggesperrt. Wenn wir ihm noch mehr nachweisen können, vielleicht sogar lebenslänglich. Kein Anwalt wird ihn dann jemals wieder rauskriegen.«

»Dann sollte dein Schnüffler zusehen, dass er dranbleibt.«

»Das wird er. Ganz sicher.«

* * *

»Das ist nicht dein Ernst!« Hope baute sich mit in die Hüften gestemmten Armen in meiner Küche vor mir auf. Auf dem Tisch lag die einstweilige Verfügung, die Sawyer mir für sie mitgegeben hatte. Verdammt, ich hatte Sawyer gesagt, dass das eine ganz beschissene Idee war. »Wie konntest du hinter meinem Rücken damit hausieren gehen?« Sie war auf hundertachtzig.

»Verdammt, Hope, ich mache mir Sorgen. Die Polizei wollte dir nicht helfen. Ich musste das tun«, entgegnete ich, doch von Verständnis keine Spur.

»Du musstest? Dann geh aufs Klo, verdammt!«, blaffte sie. »Aber nicht zu einem Anwalt, mit dem wir zudem auch noch befreundet sind und der jetzt alles über mich weiß, außer meine BH-Größe. Vielleicht. Keine Ahnung, worüber ihr noch gesprochen habt.«

»Weder über Körbchengrößen noch über Sexpraktiken. Zumindest nicht über deine«, schnauzte ich zurück. »Es ist nur Sawyer. Und er ist Anwalt. Einer der besten, die du kriegen kannst.«

»Ich will überhaupt keinen Anwalt!«

»Du brauchst aber einen, begreif es endlich.«

Sie stürmte die zwei Meter, die sich zwischen uns befanden, auf mich zu und bohrte mir ihren Zeigefinger in die Brust. Ihre Augen funkelten vor Wut. Und Entschlossenheit. »Sag du mir nicht, was ich brauche, King. Ich brauche nichts und niemanden. Ich komme sehr, sehr gut alleine klar.«

Schnell packte ich ihre Hand. Es war mir in diesem Moment egal, welche Empfindungen ich damit heraufbeschwor, ich war stinksauer. Sie starrte mich an, als wäre ich ein Mogwai, den sie nach Mitternacht gefüttert und der sich jetzt in etwas Bösartiges verwandelt hatte. »Vergiss es, Hope. So nicht. Über diesen Punkt sind wir beide schon längst hinaus. Du und ich, das ergibt ein Wir. Und wir beide werden das durchstehen. Wir beide gemeinsam. Geht das jetzt endlich in deinen verdammten Dickschädel?«

»Lass mich los«, flüsterte sie.

»Nein, ich lasse dich nicht los«, sagte ich. Mein Griff lockerte sich, aber ich ließ nicht los. Ihre Versuche, sich loszumachen, liefen ins Leere. »Du wirst jetzt nicht einfach gehen. Abhauen, wie du es bisher gerne getan hast. Diesmal wirst du dich deiner Vergangenheit stellen. Und ich werde an deiner Seite sein. Ich kämpfe mit dir, Hope. Und aus genau diesem Grund werde ich dich nicht loslassen.« Meine Worte ließen sie ruhiger werden. Ihr Arm hielt still, den Versuch, sich von mir zu befreien, hatte sie aufgegeben. Statt der Wut und dem Kampfgeist in ihrer Miene sah ich nun Verblüffung. Und Zweifel.

»Ich weiß nicht, ob ich das schaffe, Jaxon ...« Ihre Stimme war leise, kaum mehr als ein Flüstern.

Sanft zog ich sie an mich und legte meine Arme um sie. »Aber ich weiß es.«

»Was macht dich da so sicher?«, fragte sie, als würde sie die Bestätigung von mir brauchen.

»Du bist stark, Hope. So viel stärker als ich. Ich habe auch schon einiges mitgemacht. Und wenn ich es aus diesem Sumpf geschafft habe, dann schaffst du es erst recht.«

Sie sah zu mir hoch, der Zweifel war noch immer da, aber langsam kehrte auch wieder ein bisschen Kampfgeist in ihren Blick zurück. Sie legte ihre Hände um mich und ihren Kopf gegen meine Brust. Ich spürte, wie er sich mit meinen Atemzügen bewegte, und das beruhigte mich. Hope bei mir zu haben beruhigte mich. Der Streit mit ihr war schrecklich, aber unausweichlich gewesen. Sie durfte nicht mehr weglaufen. Denn sonst würden wir niemals eine Chance haben. Aber im gleichen Moment wurde mir klar, dass auch ich nicht mehr weglaufen durfte. Und nichts anderes tat ich. Schon seit Jahren ...

Ich starrte weiter ins Leere und dachte das erste Mal seit Langem zurück an meine Kindheit. Und auf einmal war ich wieder mittendrin in der Bronx, in der ich aufgewachsen war.

»Jax ...« Erst nach einer Weile begriff ich, dass nicht mein Vater nach mir rief, sondern Hope. Sie hatte sich ein Stück von mir gelöst, ohne dass ich es mitbekommen hatte. »Willst du darüber reden?« Sie kannte mich schon so gut. Und ich wusste, dass eine solche Chance nicht noch einmal kommen würde. Deshalb nickte ich, schluckte und begann mit meiner Geschichte.

»Ich bin in der Bronx aufgewachsen. In einem Viertel, in dem die verschiedensten Nationalitäten zu Hause waren. Mexikaner, Jamaikaner, Afrikaner und andere Einwanderer, deren Hauptbeschäftigung es war, andere um ihre Ersparnisse zu bringen. Jeden Tag hörte ich die Sirenen der Cops. Ich schlief mit ihnen ein und wachte mit ihnen auf. Wenn ich durch die Straßen zur Schule ging, dann nur mit meiner gestohlenen Beretta unter der Jacke. Ich kenne die Angst vor Gewalt sehr gut, Hope.« Dabei sah ich den Film meiner Kindheit vor meinen Augen ablaufen und schmeckte den Staub der Straßen. Floh vor den Straßenkämpfen, roch den Qualm der Hinterzimmer und hörte das Lachen der Nutten. Ich hatte meinen Dad vor Augen, der in seinem feinen Anzug in seinem weißen Cadillac saß und sich von einem seiner Jungs durch das Viertel kutschieren ließ, um seine Geschäfte zu tätigen oder Geld einzutreiben.

Ich schüttelte mich kurz, löste mich von Hope, ging zum Kühlschrank und holte zwei Bier raus, öffnete sie, stellte eines davon für Hope auf den Tisch. Dann trank ich einen Schluck und lehnte mich mit der Flasche in der Hand mit dem Rücken gegen die Kühlschranktür.

»Meine Mutter war Irin, mein Vater Italiener. Wie du siehst, bin ich ein wenig multikulti. Mein Dad war, so lange ich zurückdenken kann, ein ziemlich gerissener Drogenboss in unserem Viertel. Er war immer gut zu mir und zu Chloe. Er hat uns aus seinen Geschäften rausgehalten, und ich erinnere mich daran, dass wir viel Zeit mit ihm verbracht haben. Ich weiß, dass er uns geliebt hat. Als sie ihn auf offener Straße innerhalb eines Bandenkriegs erschossen haben, war ich dreizehn.«

Ich spülte den Kloß in meinem Hals mit Bier runter. Es tat weh, darüber zu sprechen, zumal ich mich bisher nie so richtig damit auseinandergesetzt hatte. Dafür war damals alles viel zu schnell gegangen, und im Verdrängen war ich ein Meister. Erst als Hopes Hand sich auf meine Schulter legte und sie drückte, erinnerte ich mich, dass ich nicht allein war. So sehr war ich in meinen Erinnerungen gefangen gewesen. Sie wollte etwas sagen, rang mit sich, suchte Worte für das, was ich erlebt hatte. Aber das wollte ich nicht. Nicht jetzt.

»Meine Mutter ... Ich kann mich kaum an sie erinnern, sie verließ uns, als ich fünf Jahre alt war. Unsere Nanny erzählte mir irgendwann später, dass sie nach Chloes Geburt Dads beste Kundin geworden war und uns in einer Winternacht ohne ein Wort verlassen hatte. Dad ließ wohl nach ihr suchen, aber sie blieb wie vom Erdboden verschluckt. Lange wusste ich nicht, ob sie noch lebte oder schon tot war. Die Jungs in unserem Viertel haben sie manchmal Schlampe genannt. Hinter vorgehaltener Hand. Sie hatten Respekt vor meinem Dad. Aber als er tot war ... Meine Mutter war bestimmt keine Heilige, aber sie war meine Mutter und ich habe sie geliebt ...«

Tränen schimmerten in Hopes Augen. »Jax, das ... Es tut mir so leid. Es muss schrecklich für dich gewesen sein«, flüsterte sie.

Stumm bejahte ich, aber ließ mich nicht ablenken. Es war, als hätte Hope mit ihrer Wut einen Stöpsel in mir gezogen und all mein angestauter Zorn, die Angst und Erinnerungen flossen nun wie Wasser in einem Strudel aus mir heraus. Es strömte immer weiter, aufhören würde ich erst, wenn ich leer war.

»Ich machte die Highschool zu Ende. Mein Dad hat mir eingebläut, dass ein Abschluss wichtig sei. Er hat immer dafür gesorgt, dass ich lernte und gute Noten schrieb. Das habe ich auch nach seinem Tod nicht vergessen. Ich kümmerte mich um Chloe. Jetzt war ich der Mann im Haus, also achtete ich darauf, dass sie auch zur Schule ging, dass sie regelmäßig aß, sich ordentlich kleidete, die richtigen Freunde hatte und keinen Mist baute. Wir durften nicht auffallen, das war das Wichtigste.«

»Das hast du großartig gemacht«, wisperte Hope, als ich verstummte. »Aus ihr ist ein wunderbarer Mensch geworden.«

»Du glaubst nicht, wie viel Kraft mich das gekostet hat«, gab ich leise zu. »Aber sie allein war der Grund, dass ich jeden Morgen aufstand und unser Leben regelte. Dass ich mich nicht den Jungs auf der Straße anschloss, dass ich die Beretta nur zu unserer Verteidigung bei mir trug. Und nicht, um anderen wehzutun, sie zu erpressen, sie zu ängstigen oder sie umzubringen.« Ich redete mich in Rage. Die Ängste, die ich damals ausgestanden und nun schon über zwanzig Jahre tief in mir vergraben hatte, schwappten wie eine tosende Welle über mich hinweg und rissen mich mit sich.

»Was ist dann passiert?« Hopes Stimme war leise, kaum zu verstehen in dem Lärm, der in mir herrschte.

»Wir hielten uns etwa ein Jahr lang über Wasser. Die Fürsorge kam nicht einmal. Niemand wollte uns in ein Heim stecken, weil wir jetzt Waisen waren. Die Jungs aus Dads Syndikat meinten, dass es in diesem Viertel an Geld für Sozialarbeiter fehlte, die sich um Kids wie uns kümmerten. Und von Kindern, die ohne Eltern aufwuchsen, sogar obdachlos waren, gab es dort genug. Chloe und ich hatten aber wenigstens Glück, dass mein Dad sich zu Lebzeiten genügend Respekt auf der Straße verschafft hatte. So kümmerten seine Jungs sich um uns, wir hatten zu essen und uns blieb das Dach über dem Kopf. Ich hatte mir vorgenommen, nach dem Abschluss einen guten Job zu finden, um endlich aus der Bronx rauszukommen. Dads Geld wollte ich nicht. Es war durch Drogen und Waffen verdient worden, das war nichts, was ich unterstützen wollte. So gut die Jungs auch zu uns waren – ich wünschte mir ein anständiges Leben für Chloe und mich. Es war mir wichtig, dass meine Schwester es besser hatte. Tja, und dann … Ich war gerade fünfzehn geworden, da tauchte Paul auf.«

»Paul?«

»Der Vater meiner Mutter. Mein Großvater.« Mein Herz wurde schwer beim Gedanken an meine Großeltern. »Er war Ire und verdammt streng. Anfangs habe ich ihn gehasst. Dafür, dass er einfach so in unser Leben geplatzt ist und es einmal auf links gedreht hat. Wo war er die letzten fünfzehn Jahre gewesen? Warum hatte er sich nicht um seine Tochter gekümmert? Um uns, als Dad gestorben war? Ganz einfach: Er hatte gar nicht gewusst, dass es uns gab.« Danach hielt ich inne, trank einen Schluck und sammelte mich. In Hopes Miene sah ich unzählige Fragen. »Meine Mom hatte mit ihren Eltern gebrochen, Dad kannte sie gar nicht. Erst als Dad auf seinen letzten Wunsch im Testament hin neben meiner Mutter begraben wurde und Grandpa auf dem Friedhof seinen Namen las, wurde ihm bewusst, dass da mehr war, und er forschte nach. Tja, und so stieß er fünfzehn Jahre zu spät auf zwei Teenager, die viel zu früh erwachsen geworden waren.«

Wieder trank ich, diesmal leerte ich die Flasche und holte mir eine neue aus dem Kühlschrank. »Er ist gekommen, hat uns mitgenommen und in seine Villa gebracht. Sympathiepunkte gab es dafür keine. Tagsüber versuchte er, Chloe und mir Werte, seine Werte beizubringen, nachts führte er die Bar. Das *King's Legacy*. Großmutter blieb bei uns Kindern, kümmerte sich liebevoll um uns. Sie war die, die Wärme in unser Leben brachte. Mit ihr konnten wir lachen und uns auch mal bei ihr ausweinen, wenn Grandpa wieder besonders streng gewesen war. Ich rieche noch immer den Duft von Keksen zu Weihnachten ...« Meine Brust zog sich schmerzhaft zusammen. »Anfangs war ich oft genug versucht abzuhauen, wieder in die Bronx zu gehen, nur um seiner strengen Hand zu entfliehen. Aber ... da war Chloe. Ich brachte es nicht übers Herz, sie allein zurückzulassen. Und zurück ins Viertel sollte sie auf keinen Fall. Es ging uns ja gut bei unseren Großeltern. Wir lebten in einem großen Haus, in dem wir beide ein eigenes Zimmer bekamen. Mit Bad. Und es gab eine Köchin, die machte das beste Irish Stew, das ich je gegessen habe. Wir konnten essen, wann immer wir wollten. Der Kühlschrank war stets voll, wir mussten nicht hungern, und wenn ich aus dem Fenster sah, dann blickte ich auf grüne Bäume und einen kleinen See. Nicht auf schrottreife Autos und Kids, die sich gegenseitig für eine Handvoll Dollar oder ein paar Gramm Crack die Birne wegschossen. Es ging uns gut. Und Grandpa und ich arrangierten uns jeden Tag ein bisschen besser miteinander. Ich lernte, ihn zu lieben, und irgendwann fühlte ich mich auch endlich zu Hause. Ich war angekommen. Aber dann starb Grandma.« Meine Kehle wurde eng, ich spülte sie erneut mit Bier. »Sie war krank. Schon lange. Wir Kinder hatten keine Ahnung gehabt, und sie hatte es sich nie anmerken lassen. Erst, als sie immer öfter schlief, als wach zu sein, dann ins Krankenhaus musste und wenige Wochen darauf nicht mehr aufwachte, erfuhren wir die bittere Wahrheit. Sie hatte Brustkrebs. Ich vermisse sie immer noch ...«

Hope legte ihre Arme um mich und schmiegte sich an mich. Und erst da verstand ich, wie gut es tat, darüber zu reden, es rauszulassen. Und ich merkte, wie die Last auf meinen Schultern etwas leichter wurde. Ich weinte nicht, aber Hope hatte eine Tür geöffnet. Sie hatte es geschafft, dass ich mich erinnerte.

Langsam fasste ich mich wieder und redete einfach weiter. »Grandpa war hart getroffen. Ich wusste, dass er Grandma sehr geliebt hatte. Dennoch ließ er sich nicht hängen. Er sorgte dafür, dass ich die Schule beendete und Chloe ihren Notendurchschnitt verbesserte. Er schaffte es, dass ich im Anschluss an die Highschool aufs College gehen konnte. Nach Harvard. Etwas, das ich, bevor er in unser Leben getreten war, niemals für möglich gehalten hatte. Da war meine einzige Perspektive gewesen zu überleben. Jetzt wollte ich Anwalt werden, Wahrheiten aufdecken, Gerechtigkeit verbreiten und Menschen helfen. So wie mein Grandpa uns geholfen hatte. Er hatte es geschafft, einen besseren Menschen aus mir zu machen. Und ich wünschte mir, dass er stolz auf mich war. Die Gebühren dafür verdiente ich mir in den Semesterferien bei ihm in der Bar. Im *King's*. Dann arbeitete ich fast jede Nacht dort, büffelte nebenher fürs Studium und hatte weiter ein Auge auf Chloe, an der Grandmas Tod nicht spurlos vorbeigegangen war. Sie begann, sich mit den falschen Leuten einzulassen, und geriet ein paar Mal mit der Polizei aneinander. Ich hatte versucht, Grandpa da rauszulassen, aber er war in der Stadt bekannt, und wenn seine Enkelin Mist baute, blieb das kein Geheimnis. Es war eine verdammt harte Zeit, aber irgendwann fing ich an, meinen Großvater zu verstehen, begriff, was er uns lehren und wovor er uns beschützen wollte. Und als ich das verstanden hatte, griff ich mir Chloe und stellte sie vor die Wahl. Und Gott sei Dank hat sie die richtige getroffen.« Lange hatte ich nicht mehr daran gedacht, dass meine Schwester kurz davor gewesen war, in den Sumpf abzurutschen. Und jetzt, als ich mir alles noch mal vor Augen hielt, war ich dankbarer denn je, dass sie die Kurve gekriegt hatte. »Und dann, als Grandpa und ich nach Jahren endlich einen Draht zueinander gefunden hatten, kam das Leben dazwischen. Er starb tatsächlich an einem beschissenen Schlaganfall. Und alles, was mir von ihm geblieben ist, sind Fotos und das *King's*. Und die Gewissheit, dass das Studium in Harvard viel mehr gekostet hat, als die paar Kröten, die ich selbst dafür verdient hatte ...«

Hope

Weil ich nicht wusste, welche Worte Jaxon hätten trösten können, schwieg ich. Aber ich umarmte ihn fest und ließ es zu, dass dieser Mann, der so viel durchgemacht hatte, der sein Leben für seine Schwester geben würde und immer für seine Freunde da war, sich selbst einmal gehen ließ und um die Menschen trauerte, die er verloren hatte. Ich trauerte mit.

Es tat mir weh, ihn leiden zu sehen, zu spüren, wie es ihm das Herz zerriss. Aber es war nötig. Erforderlich, um dieser Endlosschleife in seinem Herzen zu entfliehen. Notwendig, um endlich zur Ruhe zu kommen.

Eine gefühlte Ewigkeit standen wir so beieinander in der Küche seines Lofts und ließen seine Vergangenheit passieren. Und als er den Kopf hob, mich küsste und mir danach in die Augen sah, wusste ich, dass er noch nicht fertig war. Seine Geschichte war noch nicht zu Ende.

»Was ist dann passiert?«

»Dann habe ich die Bar übernommen und nur noch gearbeitet. Aber es gibt noch etwas anderes … Etwas davor, von dem du wissen solltest.«

Er sagte das mit einer Bestimmtheit, die mich erschreckte. Wollte ich es wirklich wissen?

»Okay …« Langsam setzte ich mich auf einen Hocker am Tisch und griff nach der Flasche Bier, die ich bisher nicht angerührt hatte. Ich fürchtete, ich könnte gleich ein paar Schlucke davon brauchen.

Jaxon nickte langsam und nachdenklich, dann sah er mich an. »Ihr Name war Julie, und ich lernte sie kennen, als ich meinen sechzehnten Geburtstag feierte.« Es war für ihn jetzt an der Zeit aufzuräumen, und ich wappnete mich gegen das, was da kommen sollte. Denn eines war klar: Es musste etwas Schlimmes passiert sein, wenn er so lange mit sich haderte, es loszulassen. So wie bei mir. »Ich hatte sie immer Jules genannt, das hörte sich cooler, und in ihren Ohren nicht so unschuldig an. Denn sie hatte gemeint, das sei sie nicht«, setzte er mit einem leisen Lachen hinterher. Sein Blick war entrückt, und ich ahnte, dass er tief in den Erinnerungen versunken war. »Zuerst waren wir nur Nachbarn, ihre Familie besaß ein Haus in den Hamptons, nur ein paar Grundstücke von dem meiner Großeltern entfernt. Daraus wurde eine Freundschaft, und gegen Ende des Sommers hatten wir uns ineinander verliebt. Sie war so voller Lebensfreude, immer guter Laune, und wenn sie einen Raum betrat, dann war es, als würde die Sonne aufgehen. Sie brachte jeden noch so dunklen Fleck zum Strahlen. So auch mein dunkles Inneres …«

Ich wusste, das war schon Jahre her, und ich selbst war ja auch kein unbeschriebenes Blatt. Aber die Vorstellung, dass ein Mädchen sein Herz so sehr mit Liebe erfüllt hatte, und es dann gebrochen hatte, tat mir fast körperlich weh.

»Sie lebte drei Autostunden von New York entfernt, in Providence. Als wir uns am Ende des Sommers verabschieden mussten, schworen wir uns ewige Liebe. Wir waren Teenager, Hope.« Er sah auf. »Wir glaubten wirklich daran.«

Das konnte ich nachvollziehen …

»Wir schrieben uns Briefe, telefonierten stundenlang miteinander, irgendwann kamen die SMS, die den täglichen Kontakt einfacher und schneller gestalteten. Schneller als erwartet war das Schuljahr rum, und die nächsten Ferien in den Hamptons standen vor der Tür. Und die Beziehung zwischen Jules und mir hatte sich durch die Trennung noch stärker gefestigt. Wir verbrachten wieder drei intensive Monate miteinander, blieben auch danach weiter in Kontakt. Bis das Frühjahr kam.« Die

Trauer stand ihm ins Gesicht geschrieben. »Jules' Antworten auf meine SMS wurden weniger. Auf meine Anrufe reagierte sie nur verspätet, aber als ich sie endlich erwischte, gestand sie mir, dass es einen anderen geben würde. Sie hatte jemanden kennengelernt und sich verliebt.«

Dieses Geständnis tat mir in der Seele weh. So sehr hatte ich mit Jaxon auf ein Happy End gehofft, obwohl mir klar war: Diese Geschichte würde nicht gut enden. Und doch musste ich schlucken, weil sein Verlust mich traurig machte.

»Im dritten Sommer veränderte sich also etwas Entscheidendes. Jules hatte in ihrem Leben in Providence nicht nur jemand anderen, nein – sie war auch nicht mehr allein in die Hamptons gekommen. Ich sah ihn da zum ersten Mal, ihren neuen Freund. Sebastian. Ein wirklich arroganter Kerl, der überhaupt nicht zu ihr passte. Ein Schnösel, von Beruf Sohn, dem in seinem jungen Leben alles in den Schoß gefallen war. Es fiel mir so schon verdammt schwer zu akzeptieren, dass sie ihr Leben jetzt mit jemand anderem verbringen wollte, aber gut – wir waren jung und vielleicht war es von vornherein klar, dass es mit uns nicht ewig halten würde. Mir war wichtig, dass sie glücklich war. Und wäre sie das gewesen, dann … Aber sie war es nicht. Denn das Strahlen, das sie ausgemacht hatte, war erloschen.« Jaxon schluckte, und es verstrichen ein paar Sekunden, bis er mit kratziger Stimme weitersprach.

»Einmal sprach ich sie darauf an, doch das Einzige, was sie dazu sagte, war: Ich bin erwachsen geworden, Jaxon.« Er schnaubte verächtlich. »Ja, sie war erwachsen geworden … Sie trug ihre blonden Haare jetzt akkurat hochgesteckt anstatt dem unordentlichen Pferdeschwanz, und schminkte sich plötzlich. Etwas, das sie vorher immer verabscheut hatte. Ihr Körper steckte in schicken Shorts und Blusen, statt in zerrissenen Jeans und Tops. Aber das alles musste ich akzeptieren. Ich hatte kein Anrecht auf sie, sie gehörte mir nicht, und alles, was wir miteinander gehabt hatten, waren zwei Sommer, in denen wir frei gewesen waren. Ich bemühte mich, sie zu vergessen, gab mich mit Mädchen in meiner Schule ab und hatte einige Freundinnen, aber keine konnte Jules das Wasser reichen. Im nächsten Jahr wollte ich gar nicht mehr mit in die Hamptons. Jules zusammen mit ihrem Freund zu sehen hätte ich nicht ertragen. Aber Chloe bearbeitete mich so lange, bis ich letztlich doch mitfuhr. Die Hoffnungen, dass es vielleicht schon wieder vorbei sein könnte, zerschlugen sich. Jules und er waren jetzt verlobt. Heilige Scheiße! Ich hätte es verstanden, wenn sie glücklich gewesen wäre, aber ... Aber sie hatte sich weiter verändert. Ihre Unbeschwertheit war Ernsthaftigkeit gewichen. Ihr fröhliches Lachen einem matten Lächeln. War sie zwei Jahre zuvor noch in abgerissenen Jeansshorts und barfuß am Strand entlanggetobt, um sich wilde Wasserschlachten mit mir zu liefern, so spazierte sie jetzt abseits der Wellen in Caprihosen und gestärkten Blusen Hand in Hand mit Sebastian entlang. Oder saß komplett angezogen auf einer dieser karierten Picknickdecken am Strand und sah lächelnd ihrem Verlobten beim Surfen zu, anstatt sich selbst jauchzend und lachend auf einem Brett in die Fluten zu stürzen, wie wir es damals getan hatten. Das alles gab ein trauriges Bild ab, und ich fragte mich mehr als einmal, wo das lebenslustige, fröhliche Mädchen abgeblieben war. Es war verschwunden und hatte einer ernsten jungen Frau Platz gemacht, die selbst im Sommer mit langärmligen Pullovern am Strand saß und vermutlich zum Lachen in den Keller ging.« Wieder verlor sich sein Blick, und ich erkannte, dass er in Empfindungen versank, die ihn sehr mitnahmen.

»Jax ...?«

Sein Blick fuhr hoch, dann nickte er. »Ich habe es in diesem Sommer noch ein letztes Mal versucht, in Erfahrung zu bringen, was los war, aber sie ließ mich nicht mehr an sich ran. Die Zeit in den Hamptons ging zu Ende, ohne dass ich eine Antwort darauf bekommen hatte. Grandpa verkaufte im Herbst das Haus, und damit sollte diese Ära vorbei sein. Aber so sehr ich mich dagegen sträubte – Jules' Verhalten ließ mir keine Ruhe. Ich war so überzeugt, dass wir das perfekte Paar waren, dass ich sie in den sozialen Netzwerken weiter beobachtete, mir auf Facebook Bilder aus den Hamptons und von ihr ansah. Aber ich sah nie welche von ihm. Ein halbes Jahr später nahm ich meinen Mut zusammen und schrieb sie an. Sie antwortete mir ein paar Tage später, und wir nahmen langsam wieder Kontakt auf. Erst unterhielten wir uns nur über banale Dinge wie das Wetter, unsere Jobs und das Studium, aber schleichend mischten sich wieder Töne von früher in die Unterhaltungen. Und ein paar Monate drauf verabredeten wir uns auf halbem Weg. Ein paar Wochenenden später fuhr ich zwei Stunden mit dem Auto nach New Haven, um sie wiederzusehen. Das Thema Sebastian hatten wir bisher vermieden, uns wie auf einem Minenfeld drum herum bewegt. Ich hoffte wirklich, dass er in ihrem Leben nicht mehr existierte und wir uns wieder näherkommen konnten. Ich liebte sie immer noch.

Als ich in das Diner kam, in dem wir uns treffen wollten, erkannte ich sie sofort. Ihre blonden Haare waren kürzer und in ihrem Gesicht fehlte die Sommerbräune, aber ihre Augen und ihr Lächeln waren noch dieselben. Auch wenn sie nach wie vor ernster wirkte als damals, konnte ich das Strahlen von früher noch erahnen. Es war noch nicht ganz erloschen.

Wir bestellten uns Kaffee, sprachen über alte Zeiten, lachten über gemeinsame Erlebnisse. Wir aßen zusammen, tranken noch mehr Kaffee, und irgendwann waren die Themen erschöpft und der Name Sebastian fiel.

Sie zögerte, aber dann brach es nach und nach aus ihr heraus. Er hatte sie geschlagen. Nicht nur einmal, sondern mehrmals. Sie schämte sich so, als sie mir davon erzählte, von den erfolglosen Versuchen, von ihm loszukommen, ihn zu verlassen … Aber jetzt, wo wir uns wieder getroffen hätten … das würde ihr die

Kraft geben …« Jaxon hielt inne, schüttelte langsam den Kopf und vermied es, mich anzusehen. Stattdessen fixierte er die Holzmaserung des Tisches. »Wir nahmen uns ein Zimmer in einem Motel. Wir schliefen miteinander, leise Tränen traten aus ihren Augenwinkeln. Aber nicht, weil sie traurig war, sondern weil sie glücklich war. Und dann hielt ich sie die ganze Nacht einfach nur fest in meinem Arm, malte mir aus, wie ich sie von diesem Arsch wegbrachte und wir gemeinsam ein neues, besseres Leben beginnen würden. Doch als ich aufwachte, am nächsten Morgen …« Wieder schüttelte er den Kopf. »… war sie fort. Nur eine Notiz, dass ich ihr nicht folgen sollte, dass sie es allein schaffen würde, war alles, was mir von ihr blieb. Ich rief sie an, aber ihr Telefon war tot. Dann fuhr ich weiter durch nach Providence, aber unter der Adresse, die sie mir genannt hatte, lebte nur ein altes Ehepaar, das keine Ahnung hatte, von wem ich sprach. Ums Verrecken gab es keine Julie Mannors in Providence. Ich suchte das Ferienhaus in den Hamptons auf, doch auch dort war niemand, das Haus wirkte verlassen. Da begriff ich, dass sie es ernst gemeint hatte. Sie wollte nicht von mir gefunden werden. Und zwei Wochen später war sie …« Seine Stimme brach, und für einen Moment dachte ich, er würde weinen. Aber er rieb sich nur über die Augen, die nun rot waren, und brachte den Satz zu Ende. »Jules war tot. Zu Tode geprügelt von ihrem Ehemann. Das erfuhr ich aus der Zeitung. Dabei war ein Foto von dem Wichser abgedruckt, Sebastian Williams, Erbe einer amerikanischen Modekette, wie er in Handschellen abgeführt wurde.«

»Oh mein Gott …« Mir lief es eiskalt den Rücken runter, und heiße Tränen auf meinen Wangen begleiteten diesen Schauder. Denn ich verstand, was Jaxon durchgemacht hatte. Ich hatte es selbst erlebt. So wie Jules. Nur war ich gerade noch mit dem Leben davongekommen. »Das tut mir so leid, Jax … Ich weiß nicht, was ich sagen soll …«

Jaxon sah mich an, nur sehr langsam kehrte er aus der Hölle

seiner Erinnerungen in die Gegenwart zurück. »Ich wollte ihr helfen, Hope ... ich wollte sie da rausholen, aber ... Ich kam zu spät. Hätte ich nur vorher auf die Zeichen reagiert ... Ich hätte es verhindern können ...«

Wie gerne hätte ich ihn geschüttelt und ihn angeschrien »Nein, hättest du nicht!«, weil ich es besser wusste. Weil mir klar war, dass Jules niemals zugelassen hätte, dass er sich für sie in Gefahr brachte. Aber das hätte nichts genützt. Er machte sich diese Vorwürfe nicht, weil er es nicht besser wusste. Sondern weil er nicht anders konnte. Er hatte helfen wollen und es nicht geschafft. Und jetzt verstand ich noch besser, warum er so ein Auge auf mich hatte. Es tat so weh.

Also stand ich auf, nahm ihn in den Arm und hielt ihn einfach nur fest. Ich versuchte, mich mit dem Gedanken zu arrangieren, dass er ein gebranntes Kind war. Versuchte zu verstehen, wie es für ihn sein musste, fast dasselbe noch einmal durchzumachen. Zu begreifen, wie wichtig es ihm war zu helfen, mich nicht allein damit zu lassen, sondern mich zu beschützen. Und ich schwor mir, dass ich nicht zulassen würde, dass diese Sache uns auseinanderbrachte. Ich nahm mir vor, ihn nicht noch einmal von mir zu stoßen, sondern von nun an immer ehrlich und offen zu sein und das mit ihm zusammen durchzustehen. Weil ich ihn liebte.

Ja, ich liebte ihn.

Seit Sean hatte ich keinen Mann mehr an mich herangelassen. Ich hatte gedacht, ich wäre kaputt, und das unheilbar. Aber Jaxon hatte mich eines Besseren gelehrt. Er hatte mich wieder heil gemacht. Aber nicht dafür liebte ich ihn. Sondern weil er mich nahm, wie ich war. Mit all meinen Fehlern, Macken und Rissen.

»Deswegen schlucke ich die Tabletten«, flüsterte Jaxon irgendwann in die Stille. »Weil ich immer noch diese Albträume habe, die mich einfach nicht schlafen lassen.« Er sah auf und mich an. »Erst seitdem du da bist, geht es. Und es wird immer besser. Langsam glaube ich sogar, dass ich drüber hinwegkommen kann. Ich weiß nur nicht, ob ich sie jemals vergessen kann.« Diese Worte brachen mir fast das Herz.

»Das sollst du auch nicht, Jax. Niemals.« Ich legte meine Hand auf sein Herz. »Hier drin wird sie immer bei dir sein.«

Es dämmerte, als wir uns voneinander lösten. »Danke, dass du es mir erzählt hast«, sagte ich leise.

»Danke, dass du mir zugehört hast.«

»Ich bin für dich da, Jax. Jederzeit.«

In seinen Augen leuchtete es auf, nur kurz, aber ich sah es genau. Ein winziges Lächeln zeichnete sich auf seinem Gesicht ab, als er sich zu mir runterbeugte und mir einen Kuss auf die Stirn gab. Dann sah er mich an, und mir wurde ganz heiß und schwindelig unter seinem intensiven Blick.

»Ich liebe dich, M.« Er sagte es so schlicht und so bestimmt, dass ich keine Chance hatte, daran zu zweifeln. Eine Hitzewelle durchflutete mich, die Herz und Kopf miteinander verband. Endlich waren die beiden sich einig.

»Ich liebe dich auch, King.«

Jaxon nickte fast unmerklich und sah mich an, als hätte er nichts anderes erwartet. Als hätte er die Antwort schon ewig gewusst. Vielleicht hatte er das auch. Vielleicht war ich diejenige gewesen, die nichts verstanden hatte. Bis jetzt.

Er nahm mein Gesicht in beide Hände und küsste mich stürmisch. »Ich brauche dich jetzt, M. Ich brauche dich.«

Kaum ausgesprochen lagen seine Lippen auf meinen, und seine Hände waren überall an meinem Körper. Wir hatten schon viele, viele Male miteinander geschlafen in den letzten Wochen, aber noch nie hatte ich eine solche Gier, ein solches Verlangen und eine so große Verletzlichkeit in unserem Zusammensein gespürt. Es war, wie er gesagt hatte: Er brauchte mich jetzt.

Er nahm mich hart. In der Küche riss er mir die Klamotten vom Leib und drückte mich mit sanfter Gewalt auf den Küchentisch. Er schob meine Beine mit seinem Knie auseinander und nahm mich von hinten. Er drang ungestüm in mich ein, ohne mich vorher auf irgendeine Weise zu stimulieren. Aber das hatte er auch nicht gebraucht. Allein wie schonungslos er mit mir umging, machte mich so scharf auf ihn, dass ich sofort nass und bereit war. Er stieß heftig und schnell in mich, war wie ein Tier, das nur seiner eigenen Befriedigung nachkam. Er stöhnte laut, biss mir in die Schulter, während Haut auf Haut klatschte und er immer schneller wurde. Und als ich meinte, nicht mehr an mich halten zu können, weil seine rohe Gewalt mich fast um den Verstand brachte, kam ich so gewaltig mit einem lauten Schrei, dass ich vor mir selbst erschrak. Im selben Moment explodierte Jaxon in mir, und ich spürte, wie sein heißer Samen in mich schoss.

»Gott, ich liebe es, ohne Gummi mit dir zu schlafen«, keuchte er an meinem Ohr, als er wieder etwas zu Atem kam.

»Ich liebe es, dich in mir zu spüren und ganz und gar in mich aufzunehmen«, entgegnete ich.

»Kannst du noch?«

»Frag mich so was nie wieder, King. Mit dir kann und will ich immer«, gab ich zurück.

»Das ist mein Mädchen.«

Er drehte mich um und hob mich hoch, dann trug er mich die Treppen nach oben ins Schlafzimmer.

»Ist Chloe eigentlich wieder hier?« Erschrocken erinnerte ich mich daran, dass er ja zurzeit nicht alleine hier wohnte.

»Ich weiß nicht, kann schon sein«, gab er gleichgültig zurück.

Ich boxte ihm gegen die Schulter. »Spinnst du? Ich … wir haben gerade … Gott! Was, wenn sie uns erwischt hätte?«

Jaxon zwinkerte mir zu. »Vielleicht hat genau das den Reiz ausgemacht?«

Allmählich verstand ich. »Du magst das?«

»Sex an öffentlichen Orten?« Wir waren mittlerweile in seinem Schlafzimmer angekommen, und er legte mich auf dem Bett ab, dessen Laken noch zerwühlt vom Morgen waren. Dann zog er sich ganz aus und kniete sich zwischen meine Beine. »Hab ich noch nie gemacht, aber ...« Er brachte seine Finger zielsicher an meine nasse Spalte und drang damit in mich ein. Ich keuchte auf, aber wandte den Blick nicht von ihm ab. »Mit dir würde ich das gerne mal ausprobieren.«

»Du bist verrückt!«

Er nickte, zog seine Finger aus mir, hob meine Beine über seine Schultern und schob dann seinen Schwanz in mich. »Oh ja, Babe. Das bin ich. Ich bin verrückt nach dir, und ich liebe dich. Und ich will nicht mehr ohne dich sein.«

Nein, das wollte ich auch nicht. Und so klammerte ich mich wie berauscht an den Gedanken, dass von jetzt an alles gut werden würde. *Ich liebe dich, Jaxon King.*

Hope

»Machst du mir das bitte fertig?« Brittany legte mir ihren Bon auf den Tresen, und ich sah das verstohlene Lächeln in Brians Richtung. Was genau in der Halloween-Nacht zwischen ihnen gewesen war, wusste ich nicht. Aber seitdem gingen sie anders miteinander um. Und wenn ich mich nicht täuschte, dann waren sie bereits ein Paar. Ich freute mich sehr für Brian, erinnerte ich mich doch noch gut daran, wie er mir erzählt hatte, seine Auserwählte würde nichts von seiner Existenz wissen. Umso schöner, die beiden nun so miteinander zu sehen.

Unzählige Ankle Breaker, Jack Rose und Moonshine Coladas mixte ich an diesem Abend, zapfte Biere und servierte Whiskeys.

Es waren nur noch wenige Wochen bis Weihnachten, und die Stimmung in der ganzen Stadt hatte sich verändert. So geschäftig die New Yorker auch waren – in der Weihnachtszeit blieben selbst hier so manches Mal die Uhren einfach stehen.

Jaxon und ich hatten den riesigen Weihnachtsbaum am Rockefeller Center bewundert und waren dort sogar Schlittschuh gelaufen. Er hatte recht gehabt – hier in New York war Weihnachten anders als in Kalifornien. Es war wirklich besonders, und der Grinch in mir trollte sich. Wir hatten den Columbus Circle Weihnachtsmarkt am Central Park besucht, um das weihnachtliche Flair zu genießen. Hier im kalten New York ging es noch ein bisschen verrückter zu als im warmen L. A.

Schon komisch, wie sich mein Leben in den letzten Wochen gewandelt hatte. Seit Jaxon und ich zu unseren Gefühlen standen, noch viel mehr. Mittlerweile machten wir auch in der Bar vor den Gästen kein Geheimnis mehr daraus. Jaxon und ich gehörten zusammen. Punkt. Ich war wirklich glücklich. Wenn nur Seans SMS nicht gewesen wären. Zwar hatte er nur noch eine einzige geschrieben, seit ich mit Jaxon darüber gesprochen hatte – was vermutlich an der richterlichen Anordnung lag, die ihm zugestellt worden war –, aber die Angst blieb, dass Sean sein Versprechen halten würde. Er wusste, wo ich war, und er würde mich zurückholen. Er würde auf die einstweilige Verfügung scheißen, das war mir klar. Doch trotz dieser Situation war ich froh, dass Jaxon nicht mehr so beunruhigt war wie anfangs. Vielleicht lag das an unserem Gespräch, ich wusste es nicht. Jedenfalls bestand er nicht mehr darauf, auf Schritt und Tritt an meiner Seite zu sein, gab mir meinen Freiraum zurück. Sonst wäre es irgendwann eskaliert zwischen uns, denn es hatte mich schier verrückt gemacht, so unter seiner Beobachtung zu stehen. Und außerdem war ich es auch leid, dieses Thema zu unserem Thema zu machen. Ich wollte darüber nicht mehr ständig nachdenken und mir permanent Angst machen lassen. Und das war es, was Sean beabsichtigte: mir Angst zu machen.

Und so versuchte ich einfach zu leben und glücklich zu sein. Was mir nicht schwerfiel, wenn Jaxon bei mir war.

In diesem Moment kam er hinter den Tresen und hauchte mir im Vorbeigehen einen Kuss in den Nacken. Ich erschauderte. Auf dem Rückweg steckte er mir einen Umschlag in die hintere Hosentasche meiner Uniform. Als ich wenig später etwas Zeit hatte, holte ich ihn raus und öffnete ihn. Mir fielen zwei Karten für ein Eishockey-Weihnachtsbenefizspiel in die Hände samt einer handgeschriebenen Karte von Jaxon.

»Sonntagabend. Du und ich. An einem öffentlichen Ort.«

Ich sah auf und begegnete seinem Blick. Prompt wurde ich rot, aber bekam das breite Lächeln den ganzen Abend nicht mehr aus meinem Gesicht.

* * *

Sonntagabend fuhren wir in Jaxons Pick-up über die Brooklyn Bridge rüber zum Barclays Center. Ich wartete auf den Schnee, den sie angesagt hatten, und hoffte wirklich auf weiße Weihnachten. Aber weit und breit war keine Wolke am Himmel, als wir unterwegs waren, um uns das Spiel der New York Islanders gegen die Fight Huskies anzusehen.

Die Islanders spielten in der National Hockey League, die Huskies in einem kleinen Regionalteam, in dem auch Logan mitspielte. Das Spiel war von zwei ehemaligen Teammitgliedern der Huskies organisiert worden, die mittlerweile bei den Islanders spielten. Ich freute mich riesig auf den Abend. Vor allem darauf, Logan, den ich auch schon sehr ins Herz geschlossen hatte, auf dem Eis zu sehen. Chloe war nicht mitgekommen, das wunderte mich, aber ich hatte nicht weiter nachgefragt. Logans Verlobte Aubrey saß mit einigen ihrer Freundinnen in irgendeiner VIP-Loge, zu der wir keinen Zutritt hatten. Das fand ich allerdings auch nicht wirklich schlimm. Jaxon hätte es sich leisten können, aber wir wollten das richtige Eishockey-Gefühl inmitten der echten Fans.

Nachdem wir uns unsere Plätze gesucht hatten, holte Jaxon uns Bier und Hotdogs. Die Halle war bis auf den letzten Platz besetzt, die Laune der Fans bombig. Überall wurde gefeiert und gelacht, Maskottchen und Fahnen in die Höhe gehalten und Schlachtrufe gesungen. Mal für die Islanders, mehr aber für die Huskies, denen an diesem Abend die ganze Halle die Daumen drückte. Denn für jedes Gegentor, das sie kassierten, so hatten die Islanders verkündet, sollten tausend Dollar an ein Kinderhospiz in der Stadt gehen.

Und beim Anpfiff war die Stimmung so aufgeheizt, dass die ganze Halle zu beben schien. Es war gigantisch.

Von Eishockey hatte ich überhaupt keine Ahnung, zuckte aber jedes Mal zusammen, wenn einer oder mehrere Spieler sich gegen die Banden krachen ließen. Bodychecks, wie mir Jaxon erklärte. Ich erfuhr, dass Teams auf dem Eis aus sechs Cracks inclusive des Torwarts bestehen. »Jeder Feldspieler steht aber nur eine Minute am Stück auf dem Eis, bevor sie alle gleichzeitig wieder ausgewechselt werden. Der Puck wird drei mal zwanzig Minuten übers Eis geschlagen, nach jedem Drittel gibt es einen Seitenwechsel. Bodychecks sind normal, Fouls werden geahndet.« Das war die Kurzfassung, aber auch während des Spiels hielt Jaxon mich auf dem Laufenden, wenn ich nicht wusste, warum gepfiffen oder sich auf dem Feld gerade geprügelt wurde.

Kurz bevor das erste Drittel rum war, zwinkerte Jaxon mir zu. Er nahm meine Hand und zog mich vom Platz, dann die Treppen hoch und zu den Damentoiletten. Laut Anzeigetafel waren es noch achtzig Sekunden bis zur Pause, als wir die Waschräume betraten und Jaxon mich in eine der Kabinen zog.

»Du weißt, dass auf Erregung öffentlichen Ärgernisses hohe Haftstrafen stehen«, flüsterte ich, als er mich gegen die Kabinenwand drückte und hinter uns abschloss. Die Vorfreude auf das, was er jetzt mit mir vorhatte, trieb mir die Schamesröte ins Gesicht.

»Meinst du, Orange würde uns stehen?«

»Darum mache ich mir die wenigsten Sorgen«, keuchte ich, als er sich hinsetzte und mich zwischen seine Beine zog. Ich ließ meine Tasche auf den Boden fallen.

»Worum dann?«, flüsterte er in mein Ohr.

»Wir könnten lange nicht miteinander vögeln.«

»Das wäre fatal. Also sollten wir uns nicht erwischen lassen.«

Er hatte mich gebeten, heute Abend einen Rock anzuziehen, was ich bei zwei Grad über null als ziemlich gewagt empfunden hatte und deswegen noch Thermoleggins daruntergezogen hatte, die er mir jetzt bis in die Kniekehlen schob. Einen Slip trug ich nicht. Er öffnete seine Hose und zog mich rücklings auf seinen Schoß. Ich stützte mich mit den Händen an der Kabinentür ab und nahm ihn in dem Moment in mir auf, als sich die Tür zu den Toiletten öffnete und die ersten Fans die Klos stürmten, und unser Stöhnen ging im Stimmengemurmel und Türengeklapper unter. Mehr als einmal wurde an der Kabinentür gerüttelt, in der wir uns versteckten. Ich hörte Fetzen von Vermutungen, was hinter dieser verschlossenen Tür geschah, aber nahm sie nicht richtig wahr. Viel zu sehr war ich damit beschäftigt, meine Lust nicht lauthals herauszuschreien. Denn allein die Tatsache, dass ein Haufen Fremder sich in unserer Nähe befanden, sogar nur durch eine dünne Wand getrennt neben uns saßen, trieb mich ungebremst den Gipfel der Lust hinauf. Und als Jaxon mit einem Stöhnen, das er dämpfte, indem er in meine Jacke biss, in mich schoss, bescherte er mir mit dem letzten Stoß einen wahnsinnigen Orgasmus, bei dem ich nicht ganz lautlos kam. Meinen unkontrollierten Schrei hatte man wahrscheinlich noch auf dem Herrenklo nebenan gehört.

Wir kamen langsam wieder zu Atem, und als die Stimmen verstummten und der Toilettenraum verlassen war, lösten wir uns voneinander, machten uns sauber und zogen uns wieder an. Dann nahm Jaxon mich fest in den Arm und stupste seine Nase an meine. »Hat es dir gefallen?«

»Es war gigantisch.«

»Wiederholung nicht ausgeschlossen?«

»Unbedingt!«

Er lachte leise. »Du bist unglaublich«, raunte er mir zu und strich mir über die Wange.

»Na, und du erst …« Wir küssten uns, dann stolperten wir lachend aus der Kabine. »Geh schon vor, ich komme gleich nach. Ich brauche noch ein paar Minuten für Frauenkram«, sagte ich und zeigte auf meine Tasche.

»Nase pudern und so?« Er grinste mich über den Spiegel an, als er sich die Hände wusch.

»Und so. Ganz genau.« Ich zwinkerte ihm zu, und nach einem

kurzen Kuss schlich er sich aus der Damentoilette in die vollbesetzte Halle, in der das Spiel schon wieder in vollem Gange war. Unser heißer Quickie hatte keine fünf Minuten gedauert. Das Warten, bis wir die Kabine verlassen konnten, aber bis zum Anpfiff des nächsten Drittels.

Ich puderte tatsächlich meine Nase und auch den Rest des Gesichts über, ordnete noch mal meine Klamotten und meine Frisur. Mittlerweile war der Anblick meines Spiegelbilds nicht mehr fremd für mich, und ich hatte mich an die kurzen dunklen Haare gewöhnt. Nun ja, so kurz waren sie ja auch nicht mehr, sondern in den letzten Wochen schon wieder bis fast auf die Schultern gewachsen. Aber dennoch sah ich verändert damit aus. Auf den ersten Blick würde Sean mich so wohl nicht erkennen.

Nach einer letzten Überprüfung im Spiegel verließ auch ich die Toiletten. Bis zur Treppe, die zu unserem Platz führte, waren es einige Meter nach links. Ich hielt den Kopf gesenkt, als ich auf den Gang trat. Der Gedanke, dass alle Welt mich anstarrte, weil sie wissen wollten, wer in der Kabine so gestöhnt hatte, ließ mich erröten. Aber bescherte mir auch ein angenehmes Ziehen in meinem Unterleib. Das war ein Geheimnis, das Jaxon und mich verband. Und sicher war es nicht das letzte Mal gewesen. Dafür hatte uns beiden diese Art von Sex viel zu gut gefallen. Gott, wie ich diesen Mann liebte und ihm vertraute. Wer hätte das noch vor wenigen Monaten für möglich gehalten? Ich jedenfalls nicht.

Das Lächeln begleitete mich, als ich zurückging, und ich achtete nicht auf die Leute, die an mir vorbei ebenfalls schnell zu ihren Plätzen hasteten. Ich trat an die Seite und hielt mich nah an der Wand. Und deswegen bemerkte ich die Gestalt, die aus der Schwärze eines Ausgangs auf mich zukam, auch erst, als sie mich schmerzhaft am Arm packte, mir die Hand auf den Mund presste und mich dann mit sich in die Dunkelheit zog …

Hope

»Keinen Mucks, sonst tut's weh, *Redhead*.«

Ich erkannte die Stimme, die mir in der Dunkelheit diese Drohung ins Ohr flüsterte, sofort. Und in dieser Sekunde fühlte ich das kalte Metall an meinem Hals. Vermutlich wäre ich durchgedreht, hätte um mich geschlagen und versucht, mich zu befreien, wenn ich nicht gewusst hätte, dass Sean es ernst meinte. Sean machte keine Späße. Und er hasste mich womöglich, weil ich ihn verpfiffen und mit meiner Anzeige in den Knast gebracht hatte. Weil ich ihn verlassen und die Scheidung eingereicht hatte. Das waren zwei Komponenten, die mich schlucken und erst mal stillhalten ließen. Allerdings nicht mit weniger Angst, als ich sie noch vor ein paar Jahren empfunden hatte. Und sofort wollte mich eine Lähmung übermannen, so wie damals, wenn Sean mich angegriffen hatte. Aber zu dem Zeitpunkt war ich ein dummes, naives Mädchen gewesen, das den falschen Mann geliebt und sich abhängig von ihm gemacht hatte. Das war jetzt nicht mehr der Fall. Ich war stark. Und Jaxon saß nur wenige Meter von mir entfernt. Wenn ich nicht gleich zu ihm zurückkehrte, würde er mich suchen kommen. Und finden. Da war ich mir sicher.

»Keinen Mucks«, erinnerte Sean mich noch einmal und nahm dann langsam die Hand von meinem Mund. Kurz war ich versucht, in seine Finger zu beißen, sie ihm abzubeißen und vor die Füße zu spucken, aber dann spürte ich das Messer wieder an meinem Hals und wusste – er würde keinen Moment zögern. Auch mit weniger als zehn Fingern würde er mich noch locker überwältigen und umbringen können. Er war groß, er war kräftig und – was das Schlimmste war – er war entschlossen. Entschlossen, mir das Leben zur Hölle zu machen. Das und nichts anderes hatte er mir in den SMS angedroht.

Er hielt meinen Arm im Polizeigriff. »Nur einen Schritt in die falsche Richtung, und ich breche ihn dir«, zischte er mir ins Ohr. Ja, ich erinnerte mich. Das hatte er schon einmal getan. Der Bruch tat mir bei Regen oder Sturm immer noch weh. So wie auch die Brandnarben auf meinem Arm. Als kleine Erinnerung ruckte er am Handgelenk, was mich schmerzhaft zusammenzucken ließ. Meine andere Hand verlor die Tasche, sie rutschte von Sean unbemerkt auf den Boden.

Sean drängte mich weiter durch den kleinen Tunnel in Richtung Ausgang. Sein Atem war nahe an meinem Ohr, er klang gehetzt. Immer wieder bemerkte ich, wie er den Kopf drehte und zurückblickte. Ich konnte nicht sehen, ob uns jemand folgte, aber ich hoffte es. Vage erinnerte ich mich, dass es noch eine Treppe gab, um zum Eingang zu kommen, durch den wir reingekommen waren. Der ganze Bereich war aus Glas, gut einsehbar also. Vielleicht würde ich dort jemanden auf meine Situation aufmerksam machen können, mich aus seinem Griff befreien. Aber da hatte ich die Rechnung ohne Sean gemacht.

Er bog in einen weiteren dunklen Winkel des Tunnels ab, führte mich durch eine Tür und damit in ein verlassenes Treppenhaus. *Verdammt!* Als die Feuerschutztür hinter uns zufiel, war mir klar, dass mich hier niemand hören würde, selbst wenn ich aus Leibeskräften schrie. Dafür war die Tür zu dick und die Stimmung im Stadion zu ausgelassen.

Doch anstatt mich die Treppen hinunterzuführen, hielt er mich fest und presste seinen Mund auf meinen. Ich war viel zu überrascht, als dass ich hätte reagieren können, aber als er versuchte, mit seiner Zunge meine Lippen zu teilen, biss ich ihm in die Zungenspitze. Ich dachte nicht mehr an das Messer, nur daran, dass ich es nicht ertragen würde, dass er mir so nahekam.

Sofort ließ er von mir ab, fluchte und zeterte, während er sich die Hand an den Mund hielt. Sein Blick war mörderisch. »Mach das nicht noch mal, Miststück«, zischte er und stieß mich von sich gegen die Wand. Auf den Schlag war ich nicht vorbereitet und bretterte mit dem Kopf volle Wucht gegen den gelb gestrichenen Beton. Kurz sah ich Sterne. Doch gleich darauf direkt in Seans blaue Augen. Ich spürte das Blut an meinem Hinterkopf hinunterlaufen. Gänsehaut überzog meinen Körper und mir wurde übel, mein Magen drehte sich wie bei einer Fahrt in der Achterbahn.

Seine rauen, kräftigen Finger griffen nach meinem Kinn und quetschten meinen Mund wie in einem Schraubstock so zusammen, dass ich nicht mal hätte kotzen können, wenn ich gewollt hätte. Die Übelkeit versiegte nicht, aber ich konnte sie runterschlucken. Fürs Erste.

»Wie …« *Hast du mich gefunden*, wollte ich fragen, aber er ließ mir kaum genug Luft zum Atmen, als dass ich den Satz hätte zu Ende bringen können.

»Wie ich dich gefunden habe?«, wiederholte er meine stumme Frage. »Erinnerst du dich an Vito?« Ich riss die Augen auf. *Redhead*. Ich hätte es wissen müssen. »Er hat dich für mich gefunden. Das hat mich eine schöne Stange Geld gekostet, aber das war es wert. Du warst es wert. Und jetzt werde ich dich und dein dickes Bankkonto sponsored by Daddy zurück nach Hause holen.« Sein Gesicht kam näher, sodass ich seinen Atem auf meinem Gesicht fühlte. Ich wollte mich wegdrehen, aber das ließ sein Griff nicht zu. »Ich habe dir gesagt, dass ich dich finde«, spuckte er mir entgegen. »Oder glaubst du wirklich, dass ich zulasse, dass ein anderer Mann die Kohle ausgibt, die mir zusteht, Miststück?«

Ich hätte gelacht, wenn es nicht so erbärmlich gewesen wäre. Jetzt war mir klar, warum er mich hatte finden wollen. Nur wegen des Geldes, das mein Vater mir seit meiner Geburt auf einem

Treuhandkonto angelegt hatte. Erst seit meinem dreißigsten Geburtstag konnte ich darauf zugreifen. Und Sean wusste das. Deswegen war er hier.

Die Finger seiner anderen Hand griffen in meine Haare, und er drehte eine einzelne Strähne zwischen ihnen. Er zog so fest, dass ich den Kopf neigen musste, weil es wehtat.

Er lockerte seinen Griff um mein Kinn so weit, dass ich ihm antworten konnte. »Vergiss es. Du bekommst nicht einen Cent«, spie ich ihm entgegen. Ein dreckiges Lachen war seine Antwort.

»Das werden wir ja sehen. Aber erst mal kommst du mit mir nach Hause.«

»Mein Zuhause ist hier in New York.«

Er grinste und entblößte eine Zahnlücke in der oberen Reihe. Da hatte er sich im Knast bestimmt mit jemandem angelegt, der stärker gewesen war als er. »Nein, Redhead. Dein Zuhause ist da, wo ich bin. Aber wir werden nicht nach L. A. zurückgehen. Ich habe vor, uns ein neues Leben in Texas aufzubauen. Hier hat ein Knasti wie ich keine Chance. Aber … dafür brauche ich Geld. Und deswegen kommst du wieder ins Spiel, mein Schatz. Glaub mir, ich hätte dich ziehen lassen, es ist mir scheißegal, was aus dir wird. Aber dein Geld, das gehört mir.« Er strich mir mit der anderen Hand über die Wange und brachte sein Gesicht so nahe vor meins, dass ich seine Alkoholfahne riechen konnte.

»Vergiss es, Sean. Du kommst damit nicht durch«, presste ich zwischen seinen Fingern heraus. Er griff wieder fester zu.

»Oh doch, Redhead. Und dafür wirst du sorgen.«

»Egal, wohin du mich verschleppst, sie werden dich finden. Und wieder in den Bau stecken. Und dann für immer.«

Sean lachte rau. »Glaubst du wirklich, dass dein Freund dir jetzt noch helfen kann?«

Ich starrte ihn nur an, täuschte Mut vor, den ich langsam nicht mehr hatte, und Stärke, die mir immer mehr abhandenkam. Nur die Hoffnung, dass Jaxon mich suchen und rechtzeitig finden würde, hielt mich aufrecht. »Ich lasse dich einbuchten, du Dreckskerl.«

An seinen Augen erkannte ich, dass er ziemlich betrunken war. Aber weder schwankte er, noch sprach er undeutlich. Durch und durch ein Alkoholiker. Daran hatte sich also auch nichts geändert. »Es ist besser, wenn du tust, was ich sage. Sonst könnte es schmerzhaft werden für dich. Sehr schmerzhaft.« Er ließ mein Gesicht los, und mein Kopf kippte zur Seite. Langsam drehte ich ihn wieder zurück und sah zu ihm auf.

»Glaub mir – du kannst mir nichts mehr anhaben.« Der Satz hatte schon ausgereicht, um sein Gesicht rot anlaufen zu lassen. Und ich spürte den Schlag, noch bevor er meine Wange traf.

»Halt's Maul, Dreckstück!« Wieder schlug mein Kopf gegen die Wand, und diesmal sah ich nicht nur Sterne, sondern schmeckte auch das Blut in meinem Mund. Die Menge im Stadion applaudierte und rastete aus. Mir entwich ein hysterisches Lachen, weil es zeitlich so passte, als würden sie Seans Schlag bejubeln.

»Was ist so witzig?«

Ich sah ihm direkt in die Augen und versuchte mich an einem herablassenden Grinsen, was mit dem Blut im Mund wohl eher lächerlich aussah. »Du.«

Ein zweiter kräftiger Schlag ließ mein Trommelfell explodieren. Ein stechender Schmerz schoss mir ins Ohr, dann durch den Kopf. Gleich darauf spürte ich, wie es warm wurde in meinem Ohr, dann wurde mir kotzübel und schlagartig schwindelig. Ich drohte wegzuknicken, um mich herum begann sich die Welt zu drehen, aber Sean hielt mich fest an die Wand gedrückt.

»Du machst mich nicht mehr fertig, Miststück. Diesmal mache ich dich fertig. Los jetzt!« Wie es aussah, würde ich nicht mehr unbeschadet aus dieser Nummer rauskommen. Zumindest körperlich. Meinen Geist aber würde er nicht mehr brechen. Er packte mich am Arm, aber die Welt um mich herum schwankte immer noch. Mir war schlecht, und ich war jetzt wirklich nicht mehr weit davon entfernt, Sean auf die Schuhe zu kotzen. Wenn ich sie denn gesehen hätte. Aber ich hatte einen Tunnelblick, konnte mich kaum auf einen Punkt konzentrieren. Und mein Kopf dröhnte, als hätte ich einen Baseball mit voller Wucht dagegen bekommen oder wäre gegen eine Wand geprallt. Mein Ohr schmerzte, ich hörte nur noch ein lautes Rauschen. Ich spürte kaum, wie er seine Finger in meinen Arm krallte, aber als er mich mitziehen wollte, wurde ich ruckartig in die andere Richtung herumgerissen. Plötzlich fehlte mir der Halt, ich erhielt einen Stoß und sackte auf der Stelle zusammen. Aber anstatt einfach auf dem Fußboden zu landen, rollte ich irgendwo herunter. Schmerzhaft und laut, und der Schwindel war keine Einbildung mehr, sondern die Welt drehte sich wirklich um mich herum. Bilder von Sean, von Jaxon, der Bar, Chloe, Kelly, meinen Eltern … sie alle verschwammen zu einem Einheitsbrei, und ich fürchtete in der Sekunde, in der ich erneut mit dem Kopf gegen etwas Hartes prallte, dass ich wohl niemals aus diesem Albtraum erwachen würde.

»Hope!« Jaxon. Er kam durch die Tür auf mich gerannt. Er würde mich retten.

Und als ich das begriff, packte mich die Dunkelheit, verschlang mich und es wurde schwarz um mich herum.

Jaxon

Ich rannte zu den Toiletten und riss die Tür auf.

»Hope? Hope?!«

»Hey, was fällt Ihnen ein?«, motzte mich die Frau am Waschbecken an, aber ich ignorierte sie. Rasend vor Sorge suchte ich nacheinander die Kabinen ab, aber in keiner war auch nur eine Spur von ihr. Wo war sie nur hingegangen? Sie wollte doch gleich hinterherkommen. Jetzt war schon eine Viertelstunde vergangen.

Schnellen Schrittes verließ ich die Damentoilette und rannte zu unserem Platz zurück. Aber schon von Weitem erkannte ich, dass sie noch nicht zurückgekehrt war.

Ich blieb stehen und richtete meinen Blick auf die Tribüne, suchte mit den Augen ab, was ich erfassen konnte. Keine Hope. Nichts.

»Alles in Ordnung, Sir?« Ein junger Securitymann kam mit fragender Miene auf mich zu. »Haben Sie etwas oder jemanden verloren?«

»Ich suche meine Freundin.«

»Haben Sie schon auf den Toiletten –«

»Verdammt, ja!«, entfuhr es mir unbeherrscht, und ein schlimmer Verdacht machte sich in mir breit.

»Sir, ich …« Unwirsch winkte ich ab, hörte gar nicht hin, sondern ließ meinen Blick weiter, diesmal nach links wandern. Und da sah ich es. Hopes Tasche. Sie lag auf dem Boden.

Fuck! Was war, wenn … Nein! Daran wollte ich gar nicht denken. Das durfte nicht sein.

Ich rannte zur Ecke, von wo aus es durch einen dunklen Gang zu dem Notausgang im Treppenhaus ging. »Rufen Sie die Polizei«, rief ich dem Securitymann zu. Seinen verdutzten Gesichtsausdruck und seine Worte beachtete ich nicht, sondern rannte los.

Die Feuerschutztür war schwer, aber ich riss sie auf, als würde sie nichts wiegen. Und das Erste, was ich sah, war …

»Hope!« Sie fiel. Noch während unsere Blicke sich trafen, sah ich sie die Treppen runterfallen. Ich wollte zu ihr, sie auffangen, doch etwas hielt mich auf. Es traf mich an der Schläfe, und erst da erkannte ich, dass Hope nicht allein war.

Ein blonder Kerl in Lederjacke stand vor mir und sah mich mit feindseligem Blick an. Sean.

»Ich bring dich um!« Hasserfüllt stürmte ich auf ihn zu. Und dann brannten meine Sicherungen durch. Mit einer Hand packte ich ihn am Kragen seiner Jacke, die andere boxte ich direkt in sein Gesicht. Einmal. Zweimal. Dreimal. Blut lief ihm über das Kinn, aber ich war noch nicht fertig. Meine Faust krachte gegen seine Schläfe, ich drückte ihn gegen die Wand, prügelte auf ihn ein. Ich war wie von Sinnen.

»Sir! Stopp!« Erst als ein paar kräftige Hände mich zurückhielten, beruhigte ich mich und mein Blickfeld wurde langsam klarer.

»Was …?«

»Hope? Hope!« Ich riss mich los und stürmte zur Treppe. Die Stufen nahm ich mit wenigen Sätzen und ließ mich neben ihr auf die Knie fallen.

Hopes Körper lag verdreht auf dem nackten Betonboden am Fuß der Treppe. Ihr Gesicht war geschwollen, ihre Lippen aufgeplatzt und sie blutete. Ich hätte sie am liebsten in meinen Arm gezogen, aber nahm nur ihre Hand. »Einen Krankenwagen! Verdammt, wir brauchen einen Krankenwagen!«, schrie ich die Treppe hoch.

Nur am Rande registrierte ich, wie das Treppenhaus sich mit Securitymännern und Polizisten füllte. Hörte Sean fluchen, aber versuchte, ihn auszublenden. Ansonsten hätte ich für nichts garantieren können.

Erst als ein paar Sanitäter mit einer Trage neben Hope in die Knie gingen, war ich bereit, sie loszulassen. Und dann fing ich an zu beten.

Jaxon

»Mr King!« Ich zuckte zusammen und hob kurz den Kopf in die Richtung, aus der die Stimme kam. Die junge Ärztin warf mir einen strengen Blick über ihre randlose Brille zu. »Ihre Verlobte braucht Ruhe. Und Sie sollten sich auch ausruhen. Dringend mal eine Mütze Schlaf nachholen. Wenn Sie wollen, dann gibt die Ärztin Ihnen ein paar Tabletten, damit –«

»Nein! Nein, danke. Ich … möchte wach sein, wenn sie zu sich kommt. Nur hier sitzen und ihre Hand halten, Doc. Ich will da sein, wenn sie aufwacht«, wiederholte ich den Satz, den ich in den letzten zwei Tagen schon zu oft von mir gegeben hatte.

Ein geräuschvolles Seufzen ertönte. »Also gut. Holen Sie sich einen Kaffee, während ich sie untersuche.« Nur zögernd ließ ich Hopes Hand los. Die Hand der Ärztin legte sich auf meine Schulter. »Gehen Sie, vertreten Sie sich die Beine. Ich passe so lange auf Ihre Verlobte auf.«

Es nützte nichts, ich musste gehen. Also klappte ich das dicke Buch zu, aus dem ich Hope gerade vorgelesen hatte, legte es auf den Nachttisch und verließ das Zimmer. Den erstaunten Blick der Ärztin, als sie das Buch sah, ignorierte ich. Ich ging bis zum Ende des Flurs, zog mir den keine Ahnung wievielten Kaffee und trat wieder den Rückweg an. Die Schwestern, die mir begegneten, warfen mir mitleidige oder auch aufmunternde Blicke zu. Sie sahen mich nicht zum ersten Mal. Bereits seit Hope am Sonntag hier eingeliefert worden war, tigerte ich den Flur vor ihrem Zimmer auf und ab, wenn die Ärzte bei ihr waren. Ansonsten saß ich die ganze Zeit an ihrem Bett.

Ich hatte mich als ihren Verlobten ausgeben müssen, sonst

hätten die Ärzte mich niemals zu ihr gelassen. Da ich in ihrem Handy, das sie in ihrer Tasche gefunden hatten, als Notfallkontakt aufgeführt wurde, hatten sie diese Aussage ohne weiter zu fragen geschluckt. Wie auch der Polizei hatte ich ihnen die ganze Geschichte erzählt, und sie glaubten mir. Natürlich glaubten sie mir. Sean lag auf der Krankenstation des Bunkers, wie Sawyer mir per Handy mitgeteilt hatte. Wie er sagte, hatte ich ihn ganz schön zugerichtet. Aber der Dreckskerl hatte nichts anderes verdient. Nicht nur einmal wünschte ich mir, dass ich nicht gestört worden wäre …

Und Hope … sie war von den Verletzungen gezeichnet und seit dem Sturz von der Treppe im Stadion bewusstlos. Die Ärzte hatten ein schweres Schädelhirntrauma diagnostiziert und sie nach der Diagnose in ein künstliches Koma versetzt, um ihrem Körper die Ruhe zu geben, wieder gesund zu werden. Dazu kamen ein paar Rippenbrüche und unzählige Prellungen. Ihr Anblick war kaum auszuhalten, so grün und blau und geschwollen war ihr Gesicht. Die vielen Schläuche, die in ihr steckten, machten das Bild auch nicht erträglicher. Sie war durch einen Luftröhrenschnitt an die Beatmungsmaschine angeschlossen, das Geräusch des Blasebalgs machte mich kirre. Viele kleine Computer überwachten ihre Körperfunktionen, piepten unaufhörlich im Hintergrund.

Seit zwei Tagen saß ich fast ununterbrochen an ihrem Bett. Ich schlief auf dem Sessel, den eine besorgte Schwester für einen ungemütlichen Stuhl eingetauscht hatte. Ich aß wenige Bissen des Krankenhausessens, das sie mir hinstellten, und trank literweise ekelhaften Automatenkaffee. Aber ich schmeckte nichts. Alles schmeckte gleich fad. Logan und Chloe kamen mich besuchen, zu Hope durften sie nicht rein. Sawyer erkundigte sich telefonisch nach Hope, und hielt mich auf dem Laufenden, was Sean anging. Durch seinen gewalttätigen Übergriff würde es diesmal wohl auf lebenslänglich hinauslaufen. Wie Sawyer es prophezeit hatte. Nach Durchsuchung seiner Habseligkeiten war festgestellt worden, dass er Hope all die Zeit beobachtet hatte. Wie er das aus dem Knast heraus angestellt hatte, wusste ich nicht. Ich wusste nur, dass ich – sollte er jemals wieder auch nur in die Nähe von Hope gelangen – es dann ohne Zögern zu Ende bringen würde.

Stundenlang starrte ich auf Hopes Gesicht, als würde einzig mein Blick sie zum Aufwachen bewegen. Aber das tat er nicht, denn aus dieser Bewusstlosigkeit konnten allein die Ärzte sie zurückholen. Trotzdem redete ich mit ihr, denn ich war mir sicher, dass sie mich hörte.

»M, du darfst mich nicht allein lassen. Ich habe dir geschworen, dass ich dich nicht mehr allein lasse, und du darfst das auch nicht.« Meine Stirn sank auf ihren Arm, und ich schloss die Augen. Die Bettdecke berührte meinen Kopf, und ich spürte, wie sie sich hob und senkte, wenn die Maschine Hope beatmete. »Hope ... das heißt Hoffnung, Babe. Ich weiß, dass du wieder gesund wirst. Die Ärzte sagen, der Druck in deinem Kopf muss erst nachlassen, dann darfst du auch wieder aufwachen. Babe, ich verspreche dir, was auch passiert, ich bin bei dir. Ich liebe dich.«

Ich verstummte und hörte auf ihren gleichmäßigen Atem. Nach und nach entspannte ich mich mehr und war kurz davor einzuschlafen, als ein Klopfen mich aufschreckte.

»Ihr Freund, Mr Lee ... Er wartet vorne auf Sie.« Die kleine brünette Krankenschwester lugte um die Ecke ins Zimmer und warf mir ein aufmunterndes Lächeln zu. »Er hat Kaffee dabei.«

Ich nickte und drückte mich aus dem Stuhl. »Danke.«

Dann folgte ich ihr auf den Flur und bog zur Anmeldung ab.

»Hey.« Sawyer saß auf einem der Plastikstühle im Wartebereich.

Wir umarmten uns, dann drückte er mir einen Becher Kaffee von meinem Lieblings-Coffee-Shop in die Hand. »Ich dachte, du möchtest vielleicht mal was Vernünftiges trinken.«

»Danke.«

»Wie geht's ihr?« Sawyer sah mich mitfühlend an.

»Die Ärzte sind zuversichtlich.«

»Heißt was?«

»Sie war nach dem Sturz zu lange bewusstlos, und das CT hat ergeben, dass ihr Gehirn durch den Sturz Blutungen und Schwellungen erlitten hat«, spulte ich das ab, was ich von den Aussagen der Ärztin behalten hatte. »Sie sind zuversichtlich, dass sie keine bleibenden Schäden davonträgt. Genau sagen können sie das aber erst, wenn sie aufwacht.«

»Scheiße …«

Ich bejahte stumm, starrte weiter durch das Fenster auf Hopes schlafenden Körper inmitten der vielen piependen Geräte. Sie sah so zerbrechlich aus, dass es mir das Herz zerriss.

»Sitzt er?«

Sawyer nickte. »Und er wird tatsächlich nicht mehr rauskommen. Diesmal nicht. Nachdem er schon eine Freiheitsstrafe wegen sexueller Gewalt abgesessen hat, gilt er als Wiederholungstäter. Dazu das Stalking im letzten Jahr, jetzt der Übergriff im Stadion … Er war nur auf Bewährung draußen. Jetzt fährt er lebenslänglich ein. Und wir haben den Kerl, der für ihn die Arbeit gemacht hat, als er im Bau war. Und ihn ebenfalls eingebuchtet. Er singt schon wie ein Vögelchen. Sean ist am Ende. Von dieser Seite ist rein gar nichts mehr zu befürchten.«

Ich atmete tief durch. »Das ist gut«, sagte ich.

»Du klingst nicht überzeugt.«

»Ich weiß nicht, ob das Hope überzeugen wird«, gab ich zu. »Sie wird weiter Angst haben. Angst davor, dass er ausbricht oder doch freikommt und ihr dann wieder auflauert.«

»Glaub mir: Sie braucht keine Angst mehr zu haben. Es ist vorbei, Jax. Es ist vorbei. Geh und kümmere dich um deine Frau.«

***

»Mr King? Wachen Sie auf.«

Ich schreckte hoch, kaum dass die Schwester ihre Hand auf meine Schulter gelegt hatte. Mein Schlaf war so leicht, somit hatte ich kein Problem damit, zu mir zu kommen.

»Was ist los?«, fragte ich und sah zu Hope, in der Annahme, ihr Zustand hätte sich verändert. Aber sie lag weiterhin reglos inmitten der Schläuche und atmete mithilfe der Maschine. Ich sah die Schwester an, die mit einem Fingerzeig auf die offene Tür wies, und folgte ihrem Blick.

Auf dem Flur stand ein älteres Paar, das mit der Ärztin diskutierte, sowie eine junge Frau mit blonden Locken, die mich neugierig ansah.

»Wer ist das?« Fragend sah ich zur Schwester und stand auf.

»Na, wenn Sie diese Leute nicht kennen ...« Sie zuckte mit den Schultern und wandte sich zum Gehen. Ich hielt sie zurück. Sie seufzte. »Ihre Schwiegereltern, Mr King. Haben Sie sie noch nicht kennengelernt?«

»Nein«, flüsterte ich. »Habe ich nicht ...«

In diesem Moment löste meine *Schwiegermutter* sich, ließ den Arzt stehen und kam direkt auf mich zu. Sie warf einen kurzen Blick auf Hope, ich sah, wie ihre Augen sich mit Tränen füllten. Dann gab sie mir die Hand. »Sie müssen Mr King sein. Danke, dass Sie bei meiner Tochter sind«, sagte sie mit dünner Stimme.

»Ja, ich ... Nennen Sie mich Jaxon, Mrs Vanderwall«, entgegnete ich. Dann wies ich auf den Stuhl an Hopes Bett, aus dem ich vor wenigen Sekunden aufgestanden war. Sie lächelte dankbar und setzte sich, nahm die Hand ihrer Tochter und weinte.

Ich wandte mich ab und ging auf Hopes Vater zu, der noch immer mit der Ärztin sprach. Die junge Frau mit den blonden Locken fing mich vorher ab.

»Hey, du musst Jaxon sein, richtig?« Ich nickte stumm. Sie

lächelte leise. »Ich bin Kelly, schön, dich kennenzulernen. Wenn auch die Umstände nicht so schön sind ...«

»Du bist Hopes Freundin«, erinnerte ich mich.

»Danke, dass du dich gemeldet hast.«

»Das ist wohl das Mindeste.« Ich hatte ihre Nummer in Hopes Handy gesucht und sie angerufen, als Hopes Diagnose festgestanden und niemand gewusst hatte, wie es weitergehen würde. Ich war der Meinung gewesen, dass ihre Freundin informiert werden sollte. Kelly hatte dann ihre Eltern angerufen, und jetzt waren sie hier.

Sie sah zu Hope rüber und hatte ebenfalls Tränen in den Augen. »Wie geht es ihr?«

Bevor ich zu einer Erklärung ansetzen konnte, kam Hopes Vater ins Zimmer. Er ignorierte mich und hielt schnurstracks auf seine Frau zu. Er griff sich einen Stuhl und setzte sich zu Hope ans Bett. Ich nahm es ihm nicht übel.

Kelly zupfte an meinem Ärmel. »Komm, lassen wir die drei alleine.«

Jaxon
Neun Tage später

Ich schlief. Und ich träumte. Von Wölfen und Vampiren. Von glitzernden Eichhörnchen und blutbefleckten Schneedecken. Und in meinem Traum hielt Hope meine Hand und lächelte mich an. Sie sah wunderschön aus. Ihre langen roten Haare wehten im Wind, als wir am Meer entlangspazierten. Immer wieder sah sie mich an, immer wieder blieben wir stehen, um uns zu küssen, und immer wieder drückte sie meine Hand. Immer wieder meine Hand. Meine Hand.

Dann schreckte ich auf. Und merkte, dass ich eingeschlafen war. Mittlerweile war es bis auf das Nachtlicht, das vom Flur hereinschien, und dem schwachen Blinken der Monitore dunkel im Zimmer. Ich musste so erschöpft gewesen sein, dass ich einfach eingeschlafen war. Aber der Traum, er war schön gewesen. Hope hatte mich geküsst und meine Hand …

»Was …?«

Ich zuckte zusammen, als ich das Gefühl hatte, dass meine Hand wirklich gedrückt wurde. »Hope?«

Meine Finger tasten nach dem Schalter am Bett, und ein schwaches Licht flammte darüber auf. Schlagartig richtete ich mich auf und sah Hope an. Dann auf ihre Hand, die meine umschlossen hielt. Umschlossen hielt? »Hope! Oh mein Gott, du bist wach …«, flüsterte ich heiser. Mit einem Schlag war ich hellwach und sah um mich, aber wie es aussah, war ich allein mit ihr im Zimmer. Ihre Eltern und Kelly waren sicher im Hotel oder in der Cafeteria.

Als sie erneut meine Hand drückte, schwach, ganz schwach,

wurden meine Augen feucht. Nein, ich würde jetzt nicht heulen. Das war auf keinen Fall das Erste, was Hope sehen würde, wenn sie endlich wieder die Augen öffnete.

Vor ein paar Tagen schon hatten sie Hope immer mal wieder von der Beatmungsmaschine genommen, um sie selbstständig atmen zu lassen. Nachdem das gut funktioniert hatte, war die Dosis der Narkose für ihren Körper nach und nach gesenkt worden. Dass sie aufwachen würde, war nur noch eine Frage von wenigen Tagen oder Stunden gewesen. Jetzt war ich froh, dass die ersten Anzeichen dafür kamen, während ich bei ihr war.

»Hope, Babe ... Hörst du mich?«, krächzte ich. Der Kloß in meinem Hals war so dermaßen dick, dass ich Schwierigkeiten hatte zu sprechen. Aber sie verstand mich, denn ihre Finger drückten wieder ein wenig zu. Und dann flatterten ihre Lider. Fassungslos starrte ich auf ihr Gesicht, aber die Augen blieben geschlossen. Ich senkte meinen Kopf, küsste ihre Hand, dann stand ich auf, küsste ihre Stirn, und dann drückte ich den Knopf, um eine Schwester zu rufen. Nur wenige Sekunden später öffnete sich die Tür und eine Schwester streckte den Kopf herein.

»Ist alles in Ordnung, Mr King?«

»Sie wacht auf«, sagte ich.

»Ich hole einen Arzt.«

Sie verschwand und brachte nur eine Minute später die junge Ärztin mit, die uns seit Hopes Einlieferung betreute. Ich bat Hope, sich noch einmal bemerkbar zu machen, und sie tat es. Die Ärztin bat mich beiseitezutreten, um Hope untersuchen zu können. Nach den wichtigsten Funktionstests wandte sie sich mit einem Lächeln zu mir herum. »Sie wacht tatsächlich auf, Mr King.«

»Wie lange wird das dauern?«

»Geben Sie ihr ein wenig Zeit, sie lag lange im Koma und wird ein paar Tage brauchen, um sich wieder zu orientieren. Dass sie auf Ihre Fragen mit Fingerdruck antwortet, ist aber schon ein gutes Zeichen. Wie weit ihr Gehirn geschädigt ist, werden wir in den nächsten Tagen sehen. Aber jetzt freuen Sie sich erst mal, dass sie aufwacht.«

»Das tue ich, Doc. Das tue ich.«

Hope

»Ich kann es noch gar nicht glauben ... Er ist wirklich weggesperrt? Für immer?«

Ich setzte mich etwas auf und befreite mich aus dem Deckenberg, in den Jaxon mich gehüllt hatte, nachdem er mich zum Jahreswechsel auf die Dachterrasse seiner Wohnung gebracht hatte. Erst gestern war ich aus dem Krankenhaus entlassen worden, allerdings mit der Auflage, viel zu liegen und mich ruhig zu verhalten. Ich hatte zugestimmt, ich hatte ja nicht ahnen können, dass Jaxon die Anweisungen so wörtlich nehmen würde. Kaum einen Schritt durfte ich allein machen. Aber ich genoss die Aufmerksamkeit auch.

»Ja. Er wird aufgrund der Schwere seiner Taten lebenslänglich bekommen und sitzt im San Quentin Staatsgefängnis, Kalifornien«, wiederholte Jaxon. Ich brauchte ein paar Augenblicke, um diese Botschaft zu begreifen. Ich war frei. Mein Kopf schwirrte, und ich wusste nicht, ob es Nachwehen meiner Verletzungen waren oder die Nachricht von Seans voraussichtlicher Verurteilung, die uns gerade erreicht hatte. Doch Jaxon ließ keinen Zweifel daran, dass ich die Botschaft richtig verstanden hatte.

»Er hat dich in den letzten Monaten beobachten lassen. Dieser Kerl, der dich in der Bar angefasst hat ...«

»Vito«, warf ich ein. Jaxon nickte.

»Der Typ war von Sean beauftragt worden, ihn über jeden deiner Schritte zu informieren. Die Kohle dafür hat er sich wohl vorher schon mit Drogengeschäften verdient.«

Ich nickte nachdenklich. »Ja, ich hatte mir schon so was gedacht. Kelly hat ja damals Ähnliches erwähnt. Aber ich hab's nicht wahrhaben wollen. Ich war so blöd ...«

»Nein, Babe. Er war nur vorsichtig. Aber jetzt, nachdem er dich ... er wird wegen Drogenbesitzes und Dealerei, wegen Stalking und wegen versuchtem Totschlag angeklagt, und laut Sawyer stehen die Chancen bei neunundneunzig Komma neun Prozent, dass er zu lebenslanger Haft verurteilt wird. Ich bin so froh, dass du die Tasche verloren hast. Sonst hätte ich dich vermutlich nicht rechtzeitig gefunden.« Wäre Jaxon nicht so schnell bei mir gewesen ... Wer weiß, ob ich den Abend überlebt hätte.

Jaxon sah mich eindringlich an. »Es ist vorbei. Er wird dir nie wieder etwas tun, Babe.«

»Was ist mit dir?«, hakte ich nach. Da Jaxon Sean verprügelt hatte, war er nach meiner Rettung verhaftet worden. Sawyer hatte ihn auf Kaution rausgeholt. Aber das Urteil stand noch aus. Jaxons Miene verriet mir, dass die guten Nachrichten jetzt vorbei waren. Mir war nicht entgangen, wie er und Sawyer die Köpfe zusammengesteckt und sich unterhalten hatten, wenn er im Krankenhaus gewesen war. Ich hatte allerdings nicht geahnt, dass es um Jaxons Angriff auf Sean gegangen war. Dafür zählte ich jetzt eins und eins zusammen. Sawyer war Anwalt, er würde Jaxon hoffentlich da rausboxen.

Und jetzt sah er mich nur mit diesem gequälten Gesichtsausdruck an.

»Die Anhörung ist in zwei Wochen. Wenn du wieder soweit fit bist. Sie werden dich ebenfalls dazu anhören wollen ... Sawyer hat das bislang abgeblockt, aber jetzt, wo es dir besser geht, werden sie dich bald aufsuchen.«

»Oh ...« Darüber hatte ich bisher noch gar nicht nachgedacht, aber klar – ich war eine Augenzeugin. Auch wenn ich mich nur bis zu Jaxons Eintreffen im Treppenhaus erinnern konnte. Aber das würde hoffentlich reichen.

»Sawyer meint, ich hätte ganz gute Chancen, da es so was wie Notwehr war«, setzte Jaxon hinterher.

»Können sie dich ins Gefängnis stecken?«

»Unwahrscheinlich.«

»Okay«, sagte ich und hob seine Hand an meinen Mund und drückte ihm einen Kuss darauf. »Dann warten wir ab und hoffen das Beste. Ich will nicht, dass du dafür bezahlen musst, dass du mir das Leben gerettet hast.«

Er sah mich lange an, ohne ein Wort zu sagen. Aber als er antwortete, war ich mir sicher, dass es die Wahrheit war. »Ich würde es jederzeit wieder tun, Babe. Du bist mein Leben, und ich liebe dich.«

Ich versuchte, das alles nicht zu sehr an mich ranzulassen, aber ich konnte doch nicht verhindern, dass ich weinte. Lautlos weinte, bis Jaxon seine Position veränderte, sich zu mir auf das Sofa der Dachterrasse legte und mich in seine starken Arme zog. Als ich seinen Geruch einsog, der mich durch meinen Schlaf begleitet hatte, weil er immer bei mir gewesen war, heulte ich unkontrolliert los. Ich schluchzte und schniefte vor Erleichterung. Erleichtert, weil mein Peiniger für immer eingesperrt war. So konnte er weder mir noch einer anderen Frau jemals wieder etwas antun.

Keine Ahnung, wie viel Zeit vergangen war, aber irgendwann hatte ich mich wieder einigermaßen im Griff und genoss einfach nur, dass Jaxon King bei mir lag und mich im Arm hielt. Schon im Krankenhaus hatte ich von den Schwestern die verschiedensten Geschichten gehört aus den Tagen, in denen ich im Koma gelegen hatte. Aber alle beinhalteten die gleiche Botschaft: Jaxon hatte Tag und Nacht an meinem Bett gewacht und mich nicht aus den Augen gelassen. Alleine, dass er, Jaxon King, mir aus *Twilight* vorgelesen hatte, während ich bewusstlos gewesen war. Ich hob mein Gesicht und grinste.

»Und so verliebte sich der Löwe in das Lamm«, zitierte ich aus dem Buch.

Er rollte mit den Augen. »Was für ein dummes Lamm.«

»Was für ein kranker, masochistischer Löwe.«

»Das sage ich dir. Und ich verspreche dir noch was.«

»Was denn?«

»Solltest du je wieder ohnmächtig werden – nie wieder werde ich dieses Buch in die Hand nehmen, geschweige denn, daraus vorlesen.«

Ich kicherte. »Willst du denn nicht wissen, wie es weitergeht?«

Er zog eine Augenbraue hoch. »Du weißt doch, ich habe den Film ...«

»Stimmt. Das Foto ... Wann kriege ich das eigentlich mal zu sehen?«

»Nur über meine Leiche.«

Ich lachte und stupste ihn gegen die Brust. »Ich liebe dich, King.«

Er hauchte mir einen Kuss auf die Lippen. »Ich liebe dich, M.«

Ja, das tat er, das spürte ich.

Wir lagen einfach so da, eng beieinander, Nase an Nase, und sahen uns an.

»Wie geht es dir?«, fragte er mich leise.

»Du weißt ja, ich habe einen Dickschädel«, witzelte ich und drückte seine Hand. Es würde noch einige Zeit brauchen, bis all meine Verletzungen verheilt wären. Aber ich war froh, dass ich am Leben war.

»Ich bin froh um deinen Dickschädel«, meinte Jaxon und lächelte mich an. »Bevor ich's vergesse ... ich soll dir von allen liebe Grüße bestellen.« Jaxon musste allen Freunden täglich Rede und Antwort über meinen Gesundheitszustand stehen, weil sie nicht zu mir durften. Noch war ich nicht so weit, dass ich jemand anderen als Jaxon und Kelly um mich haben wollte. Ich war ihm dankbar, dass er die von Chloe geplante Überraschungsparty für mich abgeblockt hatte. Mir war nicht danach, mich zu unterhalten, zu lachen und zu feiern, auch wenn ich allen Grund dazu hatte. Mir war nur danach, mit Jaxon allein zu sein.

Er strich mir sanft das Haar aus dem Gesicht. »Ich bin froh, dass ich dich im Moment mit niemandem teilen muss.«

»Das geht mir auch so.«

Chloe war glücklicherweise gleich nachdem ihre Verletzung verheilt war mit Sack und Pack wieder in ihre eigene Wohnung nach Queens gezogen. Sobald es mir wieder besser ging, würden wir einen Mädelsabend einberufen. Ich freute mich schon sehr darauf. Aber jetzt hatten wir das erste Mal Jaxons Wohnung ganz für uns alleine, und darauf freute ich mich noch mehr. Meine Eltern und Kelly wohnten in einem Hotel in der Nähe. Es war schön, dass Kelly hier war, aber was meine Eltern anging, war ich zwiegespalten und hatte ihre Besuche bisher erfolgreich abgeblockt. Jaxon war derjenige, der sie über meine Fortschritte auf dem Laufenden hielt. Kelly feierte unten im Club mit allen anderen zusammen ins neue Jahr rein. Ich war froh, dass sie so gut hierher passte, und hegte den leisen Wunsch, dass sie hierbleiben würde. Oder mich oft besuchen käme. Denn ich würde nicht wieder zurück nach L. A. gehen. Das war so sicher wie die Gezeiten.

Ich sah an Jaxon vorbei über die Brüstung in den New Yorker Nachthimmel. Lächelnd hob ich die Hand. »Es schneit«, flüsterte ich und konnte meinen Blick nicht von den tanzenden Flocken abwenden, die außerhalb des Pavillons, der uns schützte, in der Luft schwebten.

Jaxon stand auf und fing ein paar Schneeflocken mit der Hand. Dann brachte er sie mir. »Wenn du nicht zum Schnee kannst, kommt er eben zu dir.« Jaxon nahm die Anweisung der Bettruhe wirklich verdammt ernst.

»Danke«, hauchte ich und sah zu, wie die Flocken in meiner Hand schmolzen.« Er wusste, wie sehr ich mich auf den ersten Schnee gefreut hatte.

»Ich bin dir dankbar, dass du mir meine Eltern vom Leib hältst«, sagte ich nach einer Weile.

»Lange geht das nicht mehr gut, M. Du musst irgendwann mit ihnen reden.« Er drehte sich wieder zu mir und sah mich ernst an. »Deine Mom ist wirklich nett, aber dein Dad ... Er redet keine zwei Worte mit mir und zeigt mir ganz klar, wie wenig er von mir hält.«

Ich nickte nachdenklich. »Das war einer der Gründe, warum ich damals abgehauen bin. Er begreift einfach nicht, dass es nicht mehr nach seinem Willen geht, sondern dass ich mir meine Freunde selbst aussuche.«

»Ich fürchte, er wird mich nie akzeptieren«, meinte Jaxon.

»Und wenn schon. Warte ab, wenn er erst wieder in L. A. ist, dann hat er gar keine Zeit mehr, sich um seine Tochter zu kümmern«, gab ich mit einem lapidaren Schulterzucken zurück. Ich war mir sicher, dass sich in den letzten Jahren daran nichts geändert hatte.

Jaxon warf mir einen ernsten Blick zu. »Er liebt dich, M. Beide lieben dich.«

»Das mag sein, aber ich kann im Moment nicht. Ich brauche einfach Zeit.«

»Das verstehe ich. Aber irgendwann ... gib ihnen eine Chance.«

Darauf erwiderte ich nichts, aber ich wusste, Jaxon hatte recht. Irgendwann musste ich über meinen Schatten springen und die Dinge regeln. Irgendwann.

»Kelly mag dich«, sagte ich, während die Schneeflocken immer weiter vom dunklen Himmel fielen und den Boden der Dachterrasse mit einem sauberen Weiß bedeckten.

»Ach? Was hat sie gesagt?«

»Dass du mich sehr lieben musst, so, wie du dich um mich kümmerst.«

»Damit hat sie verdammt recht.«

»Und wie sehr genau?«, fragte ich leise, obwohl ich es wusste.

»Weißt du das nicht, M?«, raunte er und sah mich aus seinen dunklen Augen eindringlich an. Ich konnte nicht anders, als zu nicken. Denn ich wusste, nein, ich fühlte, ich spürte mit all meinen Sinnen, wie sehr Jaxon King mich liebte.

»Willst du eigentlich … jetzt, wo Sean … ich meine …« Jaxon schaffte es nicht, einen vollständigen Satz zu bilden, sah mich an wie ein Schuljunge, der die Antwort nicht wusste, aber mir war auch so klar, was er mich fragen wollte. Und ich war froh, ihm eine Antwort darauf geben zu können.

»Mit Hollywood verbindet mich nichts mehr«, sagte ich leise und sah ihn an. »Mein Glück, alles, was ich will, und alles, was ich brauche, ist hier. Hier bei dir. Ich würde gerne bleiben, wenn du nichts dagegen hast.«

»Wie könnte ich, M? Du bist alles, was ich mir je gewünscht habe. Ich liebe dich mehr als alles andere. Du machst mich gerade sehr glücklich, weißt du das?« Er beugte sich zu mir und küsste mich vorsichtig. Aber ich stöhnte einen Tick zu laut, und sofort wich er zurück.

»King, ich bin nicht aus Zucker. Küss mich endlich. Und zwar vernünftig.« Ich griff in sein Haar und zog ihn zu mir rüber, presste meine Lippen auf seine, öffnete den Mund und neckte seine Zunge mit meiner. Das dumpfe Pochen in meinem Kopf ignorierte ich. Jammern konnte ich, wenn ich wieder allein war. Jetzt wollte ich Jaxon spüren. Und noch während wir uns küssten, sodass alles um uns herum versank, wechselte draußen die Jahreszahl im Kalender und unzählige Feuerwerke erhellten den Himmel über New York. Und auch wenn die letzten Monate wirklich erschreckend gewesen waren, so war es doch das beste

Jahr meines Lebens. Denn ich hatte Jaxon getroffen. Und ich würde ihn nie wieder hergeben. Nie wieder.

ENDE

Danke

Einen Roman zu schreiben ist streckenweise sehr anstrengend. Aber niemanden zu vergessen, der daran beteiligt war und mir geholfen hat, aus der Geschichte das Beste rauszuholen – das ist eine Herausforderung. Irgendwie habe ich das Gefühl, dass die Liste mit jedem Buch länger wird ... Daher bitte ich um Nachsicht, sollte ich einen meiner lieben Helfer und Helfershelfer übergangen haben.

Meine Familie. Ohne eure Unterstützung und euer Verständnis wäre all das hier gar nicht möglich. Ich liebe euch über alles.

Meine Leser. Als Erstes möchte ich allen danken, die bis zu dieser Danksagung vorgedrungen sind. Denn das heißt, ihr habt das Buch bis zum Ende durchgelesen. Oder vorgeblättert?

Danke, dass ihr die Geschichte um Jaxon und Hope gekauft und gelesen habt. Lasst mich wissen, was ihr davon haltet!

Meine Skinneedles. Ein tolles Team, das in den letzten Jahren zu einer kleinen Familie zusammengewachsen ist und mir so unglaublich viel bedeutet. Danke, dass ihr diesem Buch genauso entgegengefiebert habt wie ich. Danke für eure Anregungen, Anmerkungen, konstruktive Kritik und für euer Feedback. Danke für euren Support seit der allerersten Stunde. Ich habe euch alle sehr, sehr lieb gewonnen.

Meine Lektorin Annika. Was soll ich sagen? Du bist einfach die Beste! Danke für die unzähligen Brainstormings. Für dein konstruktives Feedback, deine Ideen, Anregungen und deinen Biss. Danke, dass du an mich und das *King's Legacy* geglaubt und dich dafür stark gemacht hast.

Stephan. Tausend Dank für deine Unterstützung, dein unermüdliches Lächeln und deine Geduld selbst in den stressigsten Situationen.

Meine Lektorin Stefanie. Danke, dass du mir und dem ganzen *King's Legacy* eine Chance gegeben hast. Ich freue mich sehr, dass die Jungs bei Bastei Lübbe so ein schönes Zuhause gefunden haben.

Das ganze Team von be-ebooks und Bastei Lübbe. Danke, denn ohne euch bliebe es nur ein Buchstabensalat auf meinem Laptop – ohne dieses wundervolle Cover.

Meine Lektorin Clarissa. Auch dir ein dickes Dankeschön. Du weißt mittlerweile, wie ich ticke, und ich bin so froh, dich wieder an meiner Seite zu haben, um aus dem Tohuwabohu meiner Worte runde Geschichten zu machen.

Meine liebste Freundin Sina. Danke, dass du für mich da bist und auch dann noch an mich glaubst, wenn ich schon längst aufgeben will. Love u.

Meine LTF-Mädels. Danke, dass ihr immer ein offenes Ohr für mich habt. Ich hab euch lieb.

Meine Testleserinnen. Ihr wisst, wer gemeint ist. Danke für eure Zeit und Mühe und euer hilfreiches Feedback.

O'Donnell. Danke an Philip und August, Gründer und Inhaber von O'Donnell. Ohne den Moonshine und die tollen Rezepte wäre das Buch nur halb so lecker.

Meine Freunde. Die in den heißen Phasen ohne mich auskommen und sich auch mal mit meinen Launen rumschlagen müssen. Danke, dass ihr mich ertragt.

Wie Feuer und Eis

Amy Baxter
KING'S LEGACY
– NUR MIT DIR
Roman
DEU
ISBN 978-3-404-17960-2

Logan Hill hat alles erreicht. Er liebt seine Arbeit und steht kurz vor der Hochzeit mit der millionenschweren Tochter seines Chefs. Doch als Faye in sein Leben tritt, fühlt sich das alles plötzlich nicht mehr richtig an. Hat er bisher eine Lüge gelebt? Logan steht kurz davor, alles aufs Spiel zu setzen. Doch es gibt etwas, das Faye vor ihm verbirgt. Ist er kurz davor, den größten Fehler seines Lebens zu machen? Oder ist Faye seine Rettung?

Bastei Lübbe

Wenn du weißt, dass sie etwas vor dir verbirgt, und du sie trotzdem willst ...

Amy Baxter
NEVER BEFORE YOU
- JAKE & CARRIE
ISBN 978-3-7413-0032-5

Jake muss weg aus Brooklyn. Weg von der Gang, die ihn immer tiefer in die Kriminalität zieht. Weg von der Frau, die er nicht vergessen kann. Auf der anderen Seite des Kontinents, in San Francisco, will er das Tattoo Studio seines verstorbenen Vaters wiederaufbauen und ein neues Kapitel beginnen. Die kesse und gut organisierte Carrie kommt ihm da gerade recht. Sie hilft ihm mit dem Papierkram, doch pünktlich zum Feierabend verschwindet sie still und heimlich. Aber wohin? Und warum erzählt sie nichts von sich? Obwohl ihn Frauen außerhalb des Schlafzimmers nicht interessieren, geht ihm die kleine Tänzerin nicht mehr aus dem Kopf – und mächtig unter die Haut ...

be – ein Imprint von Bastei Lübbe

In der Liebe zählt jeder Moment

Renée Carlino
DIESER EINE AUGENBLICK
Roman
Aus dem amerikanischen
Englisch von
Frauke Meier
320 Seiten
ISBN 978-3-431-04132-3

Als Charlotte auf Adam trifft, ist es, als würden sie sich schon ewig kennen. Sie verbringen eine wunderbare Nacht zusammen, am nächsten Morgen jedoch ist er wie verwandelt und zeigt ihr die kalte Schulter. Aber Charlotte kann den mysteriösen Fremden nicht vergessen, der ihr in nur einer Nacht das Herz gebrochen hat. Sie macht sich auf die Suche nach ihm, um endlich Klarheit zu bekommen. Doch sie ahnt nicht, dass Adam ein Geheimnis hat, das ihr Leben für immer verändern wird.

Dieses Buch müssen Sie einfach lesen. Einhundert Prozent Gefühle, vom Anfang bis zum Ende. USA TODAY

Bastei Lübbe

Die Community für alle, die Bücher lieben

Das Gefühl, wenn man ein Buch in einer einzigen Nacht verschlingt – teile es mit der Community

In der Lesejury kannst du
- ★ Bücher lesen und rezensieren, die noch nicht erschienen sind
- ★ Gemeinsam mit anderen buchbegeisterten Menschen in Leserunden diskutieren
- ★ Autoren persönlich kennenlernen
- ★ An exklusiven Gewinnspielen und Aktionen teilnehmen
- ★ Bonuspunkte sammeln und diese gegen tolle Prämien eintauschen

Jetzt kostenlos registrieren: www.lesejury.de
Folge uns auf Facebook:
www.facebook.com/lesejury